Anne-Marie Käfer

Der Babyblues

Roman

Taschenbuch 1. Auflage April 2018

annemariekaefer@yahoo.de

www.annemariekaefer.de

Herausgeber: Karin Wachsmann, Ottenschlag 7a, 46244 Bottrop
Korrektorat: SW Korrekturen e.U. Sybille Weingrill
Satz: Corinna Rindlisbacher, www.ebokks.de
Umschlag: Sabrina Dahlenburg, art-for-your-book.weebly.com

Drei Dinge sind uns aus dem Paradies geblieben:
Die Sterne der Nacht, die Blumen des Tages und
die Augen der Kinder.

Dante Alighieri

Für meinen kleinen Samuel, der es immer wieder schafft, die Welt noch bunter zu malen, als sie es ohnehin schon ist.

1. Hans-Werner

Seit wir in dem großen Anbau neben dem Pfarrhaus wohnen, aus dem die vorherigen Mieter vor drei Monaten ausgezogen sind, habe ich ständig einen Weihrauchgeruch in der Nase. An manchen Tagen, wenn der Wind ungünstig steht und unser Grüß-Gott-Herr-Pfarrer wieder ordentlich den Kessel mit den Räucherkerzen geschwungen hat, ist es ganz schlimm. Das Zeug kriecht durch jede Ritze unseres Hauses.

Marie ist im Pfarrhaus aufgewachsen. Ihre Riechnerven nehmen den Geruch gar nicht mehr wahr, und sie rollt jedes Mal mit den Augen, wenn ich davon Hustenanfälle bekomme.

Heute ist es ganz besonders schlimm. Ich stehe vor dem Badezimmerspiegel und bölke mir die Lunge aus dem Leib.

Marie streckt den Kopf zur Tür herein. »Ach, Alex. Sei doch ein wenig leiser. Hans-Werner liegt nebenan im Stubenwagen. Er ist gerade eingeschlafen.« Dabei schaut sie mich so an, als hätte ich eine gehbehinderte alte Frau von der Treppe geschubst.

Ich stutze und schaue sie durch den Badezimmerspiegel an. Ich möchte sagen: »Wenn du ihn ins Wohnzimmer schieben würdest, dann könnte ich jetzt in Ruhe husten«, ich sage es aber nicht. Vatersein bedeutet, Verständnis zu haben. Verständnis für den neuen Erdenbürger, der die ganze Nacht schreit und tagsüber selig schläft, nachdem er an Mamas Milchtüten genuckelt hat. Verständnis für die frischgebackene Mutter, die mitunter am Heulen ist und nicht weiß, warum sie heult, und Verständnis für die Eltern und Schwiegereltern, die jeden Tag vor unserer Haustür Schlange stehen, weil sie klein Hans-Werner sehen wollen. Vollstes Verständnis habe ich auch dafür, dass unser Haushalt im Moment sehr chaotisch ist.

Meine Mutter würde gerne helfen. Zum Beispiel die Wäsche bügeln, die Fenster putzen oder mal ein Süppchen kochen, was Marie dankend abgelehnt hat, weil das alles Dinge sind, die auch ich erledigen kann, während sie auf dem Sofa sitzt und Hans-Werner die Brust gibt. Und weil ich ein sehr guter Papa und Ehemann bin, schwinge ich den Lappen, das Bügeleisen oder auch den Kochlöffel.

Ich drücke einen Strang Zahnpasta auf meine Zahnbürste und drehe die Eieruhr um. Der Sand rieselt exakt fünf Minuten. Marie meint, dass wir jetzt in allem, was wir tun, Vorbilder für Hans-Werner sein müssen. Und die Zahnpflege gehört auf jeden Fall dazu.

Und weil ich nicht möchte, dass mein Sohn schon vor dem Abitur eine Zahnprothese braucht, weil ihm wegen mangelnder Zahnhygiene alle Zähne ausgefallen sind, schrubbe ich so schnell, wie ein Hase rammeln kann.

Obwohl ich das Gefühl habe, Hans-Werner schon ewig zu kennen, kenne ich ihn erst seit vierzehn Tagen. Ich war bei der Geburt dabei und muss sagen, dass es ein wirklich emotionales Erlebnis war. Marie und ich haben das Kind zusammen gezeugt, und ich bin besonders stolz darauf, dass wir es auch zusammen bekommen haben. Seitdem habe ich vor jeder Frau den vollsten Respekt, die ein beziehungsweise mehrere Kinder zur Welt gebracht hat.

Den Namen unseres Filius hat Marie ausgesucht. Er setzt sich aus dem Vornamen meines Vaters und dem des Pfarrers zusammen. Mein Vater heißt Hans und der Pfarrer Bütfering heißt Werner.

Marie hat mir immer erzählt, dass ihre Mutter als Haushälterin bei dem Pfarrer angeheuert habe, als Marie noch ein Baby war.

Und jetzt aufgepasst, Pfadfinder. Als ich den Pfarrer das erste Mal gesehen habe, hat es mich fast aus den Socken gehauen. Er hat die gleichen Segelohren wie Marie, das strahlende Blau der Augen ist ebenfalls gleich und auch sonst ist Marie ihm wie aus dem Gesicht geschnitten.

Tja, kürzen wir das Ganze ab. Da Pfarrer Werner nicht nur gerne Hostien lutscht, sondern auch ab und an mal zu tief in den Weinkelch schaut und sich einen zwitschert, hat er mir und meiner Familie verraten, dass Maries Mutter seine Nudel unter der Kutte damals ordentlich zum Dampfen gebracht hat.

Danach war mir klar, dass diese Gemeinde nur aus dummen Schafen bestehen kann, denn es ist nicht zu übersehen, dass der Grüß-Gott-Herr-Pfarrer Maries Papa ist.

Wie dem auch sei. Es kann nicht schaden, dass Hans-Werner einen Opa hat, der in direktem Kontakt zum lieben Gott steht.

Die fünf Minuten sind rum. Ich spüle den Schaum aus dem Mund, es kitzelt wie verrückt in meinem Hals. Da ist er wieder, der Hustenreiz. Meine Zahnbürste fliegt ins Waschbecken. Ich presse beide Hände vor den Mund und trete mit dem linken Fuß die Badezimmertür zu. Es knallt.

Und während ich versuche, so dezent wie möglich zu hüsteln, was mir aber nicht gelingt, kräht es laut.

Die Tür wird leise geöffnet. Maries Kopf taucht wieder auf. Mit vorwurfsvoller Stimme sagt sie: »Jetzt hast du Hans-Werner doch wach bekommen. Es ist schade, dass ich mich nicht auf dich verlassen kann, Alex.«

Ich komme nicht mehr dazu, Marie zu erklären, wie das passiert ist, denn sie ist schon wieder weg. Ich höre ihre Stimme. »Komm mal her, kleiner Schatz. Hat der böse Papa dich so erschreckt? Na, mit dem müssen wir aber schimpfen.«

Ich rolle mit den Augen und flüstere: »Das ist gemein.«

Im Schlafzimmer schlüpfe ich in ein blütenweißes Hemd und binde mir eine Seidenkrawatte um den Hals. Nach Hans-Werners Geburt habe ich mir eine Auszeit von vierzehn Tagen gegönnt und gehe ab heute offiziell wieder arbeiten, inoffiziell allerdings nur ganz sporadisch.

Ich habe das große Glück, in der Anwaltskanzlei *Dr. Mockenhaupt & Kollegen* arbeiten zu dürfen, denn als Fachanwälte für Marken-, Medien- und Strafrecht vertreten wir überwiegend Prominente, Sportler und Wirtschaftsgrößen, und das ist nicht nur interessant, sondern auch sehr lukrativ.

Der Vorschlag, in den nächsten Wochen den größten Teil meiner

Anwaltstätigkeit von zu Hause aus erledigen zu dürfen, stammt von meinem Big-Big-Boss Dr. Mockenhaupt.

Er pudert mir quasi mit Samthandschuhen und bunten Wattebäuschchen den Hintern, weil ich vor vielen Monaten zufällig Zeuge wurde, dass er seine Frau mit unserer damaligen Praktikantin Iris betrogen hat.

Ich habe die beiden beim Herumknutschen und Fummeln in einem Gartenlokal erwischt, und es ist Mockenhaupt nicht entgangen, dass ich ihn beim wilden Fremdzüngeln gesehen habe. Ich bin fest davon überzeugt, dass er seine Frau noch immer mit Iris betrügt, die mittlerweile nicht mehr als Praktikantin, sondern als junge Anwältin bei uns arbeitet. Wenn sie mit verschmiertem Lippenstift und leicht zerzausten Haaren aus seinem Büro kommt, wird sie auf Mockenhaupt und nicht auf Paragrafen herumgeritten sein.

Obwohl mein Big-Big-Boss eine ordentliche Stange Geld einfährt, ist es kein Geheimnis, dass er das Luxusleben, das er führt, nur durch das Kapital seiner Frau Elvira finanzieren kann. Sie ist Schönheitschirurgin und leitet eine Privatklinik, die einige Kilometer hinter *Dippendorf-Kaiserberg* in einer riesigen Parkanlage steht. Zu ihren Klienten gehören Filmschauspielerinnen aus den USA und Europa sowie etliche der Reichen und Schönen aus Monaco, die mit den von ihr eingesetzten Silikonimplantaten in den Wangen, im Hintern und den Möpsen herumlaufen.

Die Bedeutung der Redewendung *Wissen ist Macht* wird hier ganz deutlich, denn seitdem ich *wissend* bin, ist meine Karriere in der Kanzlei steil nach oben gegangen. Ich bin der Einzige von sechs Kollegen, den Mockenhaupt mit dem Vornamen anspricht. Und das geht mir runter wie Öl. Er nennt jeden beim Nachnamen, selbst seinen Schwiegersohn redet er selten mit Liam an.

Außerdem bin ich der Einzige, der ein eigenes Büro hat, und ich bin auch der Einzige, der nicht nur die C-Promis aus der Scheiße ziehen darf. Mittlerweile habe ich schon einige Male dafür gesorgt, dass berühmte Schauspieler und ein Spitzensportler nicht hinter Gitter mussten.

Für mich hat es sich also definitiv gelohnt, dass mein Big-Big-Boss sich außerehelich vergnügt.

Mit wackeligen Beinen steige ich in meine Anzughose und wähle ein Paar farblich passende Socken aus.

Marie kommt ins Schlafzimmer. Sie drückt unseren Wonneproppen an ihre Brust. Ihre langen blonden Haare sind auf dem Oberkopf zusammengebunden. Ihre niedlichen Segelohren, derentwegen ich sie zärtlich Prinzessin Charles nenne, sind gerötet. Sie trägt einen Jumpsuit, unter dem sich noch ein Bäuchlein abzeichnet. Sie schuckelt Hans-Werner leicht hin und her, der eine kleine Faust in den Mund steckt und daran saugt. »Sagst du später kurz Bescheid, ob du heute Abend pünktlich hier sein wirst? Ich versuche, etwas Leckeres zu kochen.«

Ich räuspere mich. Schon jetzt weiß ich, dass ich heute Abend nicht pünktlich hier sein werde, denn mein bester Kumpel Gregor und ich sind um 18 Uhr im *Aktenkeller* verabredet, in dem sich nach Büroschluss etliche Anzugträger aus den Bürogebäuden der Innenstadt zu einem Plausch bei einem starken Kaffee treffen. »Oh. Heute wird es auf keinen Fall pünktlich, Marie. Du musst aber nichts kochen. Ich bringe etwas mit, okay?«

Hans-Werner fängt an zu schreien. Marie nickt begeistert. »Prima. Wenn du an dem Sushi-Restaurant in der Kellermannstraße halten würdest …? Seit neun Monaten habe ich auf Sushi verzichtet, jetzt darf ich wieder rohen Fisch essen und bin richtig scharf darauf.«

Ich schnippe mit den Fingern und küsse sie. »Perfekt. Ich bin heute auch scharf auf Muschi … ähm, Sushi.«

Maries Gesichtsausdruck wechselt von jetzt auf gleich. Und zwar so, als hätte ich etwas richtig Schlimmes gesagt. Sie wirft mir einen Blick zu, der töten könnte, dreht sich auf dem Absatz um und verlässt das Schlafzimmer. An ihrem Gang sehe ich, dass sie beleidigt ist. Ihre nackten Füße stampfen auf den Fliesen.

Ich fahre mir durch die Haare. »Sagst du mir, was ich verbrochen habe?«, frage ich laut, damit ich Hans-Werners Organ übertöne. Ich warte einen Augenblick, und weil ich keine Antwort bekomme, greife ich nach meinem Aktenkoffer, schlüpfe in meine Anzugjacke und laufe in Richtung Wohnzimmer.

Marie hat es sich mit unserem Filius auf der Couch gemütlich gemacht. Er trinkt schon fleißig. Als ich meine Frage wiederholen will, hebt sie eine Hand. Sie lässt unseren Sohnemann nicht aus den Augen, als sie mit leiser Stimme antwortet: »Keine Diskussion vor Hans-Werner. Wenn er spürt, dass zwischen uns etwas nicht stimmt, ist er verunsichert und trinkt nicht.«

Immerhin hält sie mir die Wange zum Kuss hin. Nachdem ich sie geküsst und unserem Sohn mit einem Finger über die kleine Hand gestreichelt habe, verlasse ich auf Zehenspitzen das Haus.

Als ich vor unserem neuen Heim stehe, atme ich tief ein. Die frische Luft ist herrlich. Ich schaue in die Baumkronen der Birken, die rechts und links neben unserem Haus stehen. Die Blätter rauschen im Wind, und ich habe das Gefühl, dass sie mir zuwinken. *Hey, Alex. Sieht man dich auch mal wieder?*

Ich lasse meinen Blick über den Vorgarten schweifen, in dem es bunt und üppig blüht. Das Summen der Bienen und Fliegen ist Musik in meinen Ohren. Die Vögel zwitschern.

Ich war vierzehn Tage in einer anderen Welt und habe, mit vor Müdigkeit geröteten Augen, geputzt, gekocht, gewaschen und gebügelt. Und damit ich mit der Hausarbeit auch vorankam, habe ich Hans-Werner in den Kinderwagen gelegt und Marie mit unserem schreienden Bündel vor die Tür geschoben, damit der Kleine und Marie frische Luft in die Lungen bekommen.

Und wenn sie am Nachmittag für die Nachtschicht vorgeschlafen hat, habe ich das kleine Wunder betrachtet, das im Stubenwagen gelegen und im Idealfall geschlafen hat.

Ich gebe mir einen Ruck. Jetzt aber los. Ich liebe Marie und Hans-Werner über alles. Für beide würde ich sofort durchs Feuer gehen. Aber ob es mir jemand glaubt oder nicht: Ich freue mich auf einen Tag ohne Babygeschrei und Maries Blicke, die auf irgendeine Art und Weise ständig mit mir sprechen und mir sagen, dass ich als junger Paps noch viel lernen muss.

An der letzten Ampel vor der Kanzlei wird mir bewusst, dass ich vergessen habe, meine Schuhe anzuziehen, und auf Socken auf dem Weg in die Kanzlei bin. Ich schlage aufs Lenkrad. Ich bin vielleicht ein Trottel. Dass ich das nicht bemerkt habe, kann nur an meinem Schlafdefizit liegen. Ich beruhige mich jedoch schnell wieder, weil im Wandschrank meines Büros immer ein Paar blank geputzte Schuhe stehen. Es könnte ja mal sein, dass ich auf dem Weg zur Arbeit in einen Haufen Hundescheiße trete und das Schuhwerk wechseln muss.

Ich lenke mein Fahrzeug auf den Parkplatz vor dem Kanzleigebäude, dessen elegante Architektur an einen Palast aus Glas erinnert, der neben den nüchternen Nachbarn aus gemauerten Steinen in der Morgensonne glänzt.

Auf dem Parkplatz neben dem Eingang steht die Luxuskarre von Mockenhaupt. Der schwarze *Jaguar XJ* ist ein Geburtstagsgeschenk seiner Frau und hat über achtzigtausend Murmeln gekostet.

Wenige Tage, nachdem ich Mockenhaupt in dieser besagten eindeutigen Situation mit Iris ertappt habe, hat mein Boss angeordnet, dass der Parkplatz neben seinem Fahrzeug, auf dem bis dahin sein Schwiegersohn parken durfte, mir gehört.

Liam, Mockenhaupts aalglattem Eidam, bin ich seit dem Moment ein Dorn im Auge. Ich glaube, er hasst mich.

Ich krame unter dem Beifahrersitz nach Maries rosafarbenen Adiletten, die sie sich am Ende der Schwangerschaft drei Nummern zu groß gekauft hat, damit ihre geschwollenen Füße darin genügend Platz hatten. Ich schlüpfe hinein und verlasse mit unsicheren Schritten mein Auto.

Im Kanzleigebäude werde ich von einer Luft empfangen, die meine Lungenbläschen gierig aufsaugen. Ich atme den Duft von Kaffee, teuren Aftershaves und das würzige Aroma edler Zigarren, die Mockenhaupt qualmt.

Unser Pförtner, Herr Rübsahm, winkt mir zu und ruft: »Herzlichen Glückwunsch zum Stammhalter, Herr Beckfeld.«

Ich hebe die Hand. »Danke, Herr Rübsahm«, sage ich und laufe in Richtung des futuristischen Paternosters, in den ich nur steige, wenn ich absolut keine Lust habe, die Treppe zu benutzen. Das Ding ist mir nicht ganz geheuer, und ich muss mich regelrecht zwingen, den entscheidenden Schritt zu wagen. Mockenhaupt hat ein Faible für diese Art von Lift, und er ist stolz darauf, modernste Architektur und Nostalgie unter ein Dach gebracht zu haben.

Wie immer lasse ich einige Kabinen vorbeiziehen. Als ich die rechte Faust balle und mir vornehme, in die nächste zu steigen, fluche ich leise. Ich weiß, dass in den schwarzen Lackschuhen, die von oben kommen, Liams Füße stecken. Und dann taucht der komplette Schwiegersohn unseres Chefs auf.

Ich trete einen Schritt beiseite, um ihn aussteigen zu lassen. Er wird einen Gerichtstermin haben, denn über seinem rechten Arm liegt seine Robe.

In meinem Hals kitzelt es. Als ich Liam sehe, könnte ich loskreischen. Er ist während meiner Abwesenheit erblondet, und ich finde, dass man ihn jetzt fast mit dem Fotomodel Nico Schwanz verwechseln könnte.

Wir reden so gut wie nie miteinander. Auch jetzt nickt er mir nur knapp zu, ich nicke noch knapper zurück.

Ich nehme allen Mut zusammen und steige in die Kabine.

Mit einem Blick auf meine Füße grinst er so dämlich, dass ich ihn dafür in den Hintern treten könnte.

Während der Paternoster sich auf den Weg nach oben macht, krame ich ein Taschentuch aus meiner Hosentasche und halte es vor die Nase. Ich möchte wissen, womit dieser Trottel sich die Achselhöhlen und den Sack pudert. Das Zeug riecht wie das Eau de Cologne, das meine Großmutter früher benutzt hat.

Als ich beim Aussteigen in der zweiten Etage mit den Adiletten stolpere und mich fast langlege, ertönt lautes Gelächter. Etliche Kollegen und Mockenhaupt stehen am Ende des Flurs vor meiner Bürotür, die mit einer grünen Girlande geschmückt ist, an der unzählige kleine Babyspielzeuge und hübsch geschnürte Päckchen angebunden sind. Über der Tür hängt ein blaues Schild mit der Aufschrift: *Unser lieber Alex wurde zum Vater befördert,* und daneben schwebt ein großer, mit Gas befüllter Folien-Klapperstorch-Ballon.

Neben der Tür wartet ein Servierwagen, auf dem Teller mit belegten Kanapees, Kaffeetassen und Thermoskannen stehen.

Ich bin so gerührt, dass ich nicht weiß, was ich sagen soll, weil mich ein Kloß im Hals am Sprechen hindert. Und der Kloß verschwindet auch nicht, als ich mehrmals hintereinander schlucke.

Nachdem einige lustige Sprüche über meine Fußbekleidung gefallen sind und ich erklärt habe, warum ich darauf zurückgreifen musste, kommt Iris als Erste auf mich zugestöckelt. Wegen des sehr engen Rockes kann sie nur ganz kleine Schritte machen. Ihre schwarzen Haare fallen in großen Wellen auf ihre Schultern. Sie umarmt mich und drückt mir einen Kuss auf die Wange. »Ach, Alex. Wir freuen uns alle mit dir und deiner Frau, dass euer kleiner Hans-Werner da ist.« Sie macht Platz für die anderen Kollegen, die mir nach und nach die Hand reichen oder mich umarmen.

Mockenhaupt gratuliert als Letzter. »Alex, ich bin stolz auf Sie.« Er klopft mir auf die Schulter.

Ich bedanke mich bei allen für die gelungene Überraschung und schließe mein Büro auf. Als ich die champagnerfarbene Ledercouch sehe, die an der Wand neben dem großen Glasfenster steht, bin ich ein wenig irritiert. Mockenhaupt gibt mir ein Zeichen, indem seine Hand in der Luft wedelt. Diese Geste macht er immer, wenn er nicht sofort, sondern später über etwas reden möchte.

Iris und zwei weitere Kolleginnen kümmern sich ums Einschenken des Kaffees und lassen die Teller mit den Kanapees herumgehen. Ich beantworte kauend alle Fragen zum Stammhalter und halte jedem mein Handy unter die Nase, auf dem ich Hunderte von Bildern unseres Filius habe.

Nach einer halben Stunde holt Mockenhaupt ein Lederetui aus der Innentasche seines Jacketts und nimmt eine Zigarre heraus, die er in den Mund steckt, ohne sie anzuzünden. Dann gibt er der versammelten Mannschaft ein unmissverständliches Zeichen, dass das kleine Wir-lassen-den-frischgebackenen-Vater-hochleben-Meeting beendet ist.

Als meine Kollegen, samt Servierwagen, mein Büro verlassen haben, durchbohrt er mich förmlich mit seinen Blicken. Dann schlendert er langsam zu dem neuen Sofa, das saugemütlich ausschaut, und setzt sich. Er zieht an der Zigarre, als wäre sie angezündet, und bläst imaginären Qualm in Richtung Zimmerdecke. Dabei lässt er mich nicht aus den Augen. »Tja, Alex. Was soll ich sagen. In meiner Crew kann ich niemanden brauchen, der aus Übermüdung vergisst, die Schuhe anzuziehen. Ich sehe Ihnen an, dass Sie vollkommen neben der Spur sind.« Er schaut mir in die Augen. »Wir sind keine Blechbüchsenarmee, sondern die *besten* Anwälte für Marken-, Medien- und Strafrecht, die für alles und für jeden das Optimalste aus einem Prozess herausholen. Und das Optimalste ist, den Rechtsstreit für unsere Mandanten zu gewinnen. Und dafür reißen wir uns den Arsch nicht nur bis zu den Ohren, sondern bis zu den Haarwurzeln auf.«

Meine Kiefermuskeln mahlen. Ich bin ein Idiot. Warum habe ich die Wahrheit erzählt? Die Adiletten-Nummer war einen Tick zu viel. Er feuert mich. Kleine Schweißperlen bilden sich auf meiner Oberlippe.

»Tja, Alex. Für die nächsten vier Wochen behalten wir das Konzept bei, dass Sie den größten Teil Ihrer Arbeit von zu Hause aus erledigen können. Mit der Rufumleitung dürfte das kein Problem sein. Unsere Mandanten werden Sie erreichen. Sie arbeiten also offiziell in der Kanzlei, inoffiziell sitzen Sie aber zu Hause am Schreibtisch.«

Mein Mund ist trocken. Ich presse ein »Danke, Herr Dr. Mockenhaupt« hervor.

Er nickt langsam. »Ein wenig Vaterschaftsurlaub wird Ihnen guttun …«

Und wieder sage ich: »Danke, Herr Dr. Mockenhaupt.« Jetzt haben sich auch auf meiner Stirn Schweißperlen gebildet. Es ist Schweiß der Erleichterung.

»Und wenn Ihnen danach ist, das Kampfgebiet mal für den einen oder anderen Tag … oder die Nacht zu verlassen, sollte das hier ausreichen, um wieder Kraft zu tanken.« Er schlägt mit der flachen Hand auf die Ledercouch. »Iris hat dafür gesorgt, dass ein Kissen und eine Decke in Ihrem Wandschrank liegen.«

Ich bin so perplex, dass ich nicht weiß, was ich sagen soll, und möchte nicht wissen, wie bescheuert ich aus der Wäsche schaue.

Mockenhaupt steht mit Schwung auf. Er kommt auf mich zu und klopft mir wieder auf die Schulter. »Sie haben sich als sehr zuverlässig erwiesen, Alex. Das gefällt mir.« Er lacht mich breit an und tätschelt meine Wange. »So. Und jetzt leben Sie sich wieder langsam ein. Wenn Sie mögen, testen Sie, wie es sich auf der Couch liegt, und sagen mir Bescheid, ob sie bequem genug ist.«

Als ich den Mund öffne, um wieder für seine Großzügigkeit zu danken, hebt er die Hand. »Übrigens … ab morgen bin ich für den Rest der Woche auf einem Kongress.« Er räuspert sich. »Iris begleitet mich. Ähm, ich habe meiner werten Gattin gesagt, dass wir beide … also Sie und ich, mit Iris fahren.« Die Hand, in der er die Zigarre hält, wedelt in der Luft. »Es hört … es hört sich besser an, wenn Sie mich auch begleiten und ich nicht alleine mit Iris … Sie werden verstehen.«

Ich schlage leicht die Hacken zusammen und stehe kerzengerade da. »Selbstverständlich, Herr Dr. Mockenhaupt. Ähm, wohin darf ich Sie begleiten?«

»Offiziell fliegen wir nach London, inoffiziell jetten wir nach Paris.« Er grinst. »Paris, la ville de l'amour … Die Stadt der Liebe.«

Ich erlaube mir, auch zu grinsen, und dafür ernte ich einen Rippenknuffer.

Mockenhaupt greift in die Innentasche seines Jacketts und holt einen Umschlag heraus. »Das hier ist noch ein persönlicher Obolus von mir für den kleinen Franz-Werner.«

»Verzeihung, Hans-Werner.«

Mockenhaupt interessiert sich nicht wirklich für den richtigen Namen unseres Stammhalters, sondern sagt, dass ich mich in den nächsten Tagen bei ihm melden solle. Er sei auf seinem Handy immer zu erreichen.

Als ich allein bin, laufe ich langsam um den Schreibtisch und lasse mich auf den Lederstuhl fallen. Ich werfe den Umschlag auf den geschlossenen Deckel meines Laptops und reibe meine Augen.

Ich lehne mich zurück. Es ist verrückt. Ich sollte die Welt umarmen und jede Sekunde dankbar für das größte Glück auf Erden sein. Und das ist unser kleiner Sohn. Und was ist? Statt mich zu freuen, bin ich deprimiert und kann noch nicht einmal sagen, warum.

Ich öffne langsam den Umschlag und schaue hinein. Es liegt eine hübsche Karte zur Geburt darin. Mockenhaupt hat fünfhundert Euro hineingelegt und persönlich einige nette Worte geschrieben.

Mein Blick fällt auf die Couch. Normalerweise würde ich Mockenhaupts Angebot, ein Nickerchen auf dem edlen Sofa zu machen, niemals annehmen. Heute bin ich aber dermaßen im Arsch, dass es mich magisch anzieht.

Ich hieve mich hoch, öffne den Wandschrank und finde eine nach frischer Luft duftende Daunendecke und ein Kopfkissen. Das Bettzeug ist mit blauer Wäsche überzogen.

Bevor ich mich auf die Couch lege, sage ich in der Telefonzentrale Bescheid, dass ich zwar im Haus sei, aber keine Anrufe annehmen werde, weil ich zu beschäftigt bin. Dann krame ich in meiner Schreibtischschublade nach dem Schild, auf dem *Bitte nicht stören* steht, öffne die Tür und hänge es an den Metallhaken, den der Hausmeister vor einigen Wochen dort angebracht hat. Neben Mockenhaupt bin ich der Einzige, der das Recht hat, dieses Hinweisschild zu benutzen. Und wenn es draußen hängt, wagt sich niemand, auch nur den leisesten Pups vor der Tür zu lassen, damit ich nicht gestört werde.

Als ich es mir auf dem Lederteil gemütlich gemacht habe, rufe ich Marie an und erkundige mich, wie es ihr und Hans-Werner gehe.

Durch den Lautsprecher höre ich ihn wieder krähen. Marie redet lauter. »Ich wollte Hans-Werner gleich stillen und dich danach auch anrufen. Svenja und Enno haben gefragt, ob sie morgen Abend auf einen Sprung vorbeischauen könnten. Sie wollen Finnjo Jannis mitbringen. Emanuel kommt wahrscheinlich auch mit. Sie möchten Hans-Werner so gerne sehen. Wir haben sie schon einige Male abgewimmelt. Hast du etwas dagegen? Wir müssten uns dann nur um etwas Essbares kümmern. Es sieht doof aus, wenn wir nichts auf den Tisch stellen.«

Meine Marie ist Psychologin und hat wirklich Ahnung von den Dingen, die Menschen im Kopf herumgehen. Und wenn sie sagt, dass es ohne Essen doof ausschaut, dann ist es auch so.

Ich strecke meine Beine, wackele mit den Zehen und gähne verhalten. Scheiße, ist das gemütlich. Auf diesem Stück Leder könnte ich alt werden. »Dann sollen sie halt kommen. Das mit dem Essen kriegen wir schon hin. Wir werden so oder so müde sein. Dann könnte ich auch Gregor und Paula Bescheid sagen. Wenn sie mit Theo auch kämen, dann hätten wir zwei Fliegen mit einer Klappe geschlagen.«

»Das hört sich gut an. Rufst du Gregor oder Paula an und lädst sie ein?«

Ich räuspere mich. »Klar, ich übernehme das.« Fast wäre mir herausgerutscht, dass ich meinen besten Kumpel heute um 18 Uhr im *Aktenkeller* treffen werde.

Marie freut sich, als ich ihr von dem herzlichen Empfang erzähle, den mir meine Kollegen und Mockenhaupt bereitet haben, und ist auf die Geschenke für Hans-Werner gespannt, die ich heute Abend mitbringen werde.

Mein schlechtes Gewissen trommelt mit Fäusten gegen meine Schädeldecke, als Marie mit lieben Worten sagt, wie leid ich ihr tue, weil ich trotz der Müdigkeit nicht ab und an die Füße hochlegen könne und richtig schuften müsse.

Als ich die Neuigkeit herausposaune, dass ich in den nächsten Wochen überwiegend von zu Hause aus arbeiten könne, flippt Marie vor Freude regelrecht aus. »Mein Gott, wie großzügig Herr Dr. Mockenhaupt ist. Grüß ihn ganz lieb von mir.«

Ich sage, dass ich das machen werde, sobald ich ihn sehe, und schicke ihr und Hans-Werner viele kleine Küsschen.

Eigentlich bin ich zu faul, noch einmal aufzustehen, um meine Hose und mein Hemd auszuziehen. Ich gebe mir einen Ruck. Ordnung muss sein.

Während ich mich wieder hinfläze und auf die linke Seite drehe, schließe ich die Augen. Ich freue mich wahnsinnig auf morgen.

Gregor und ich kennen uns schon seit ewigen Zeiten. Wir haben zusammen studiert. Er arbeitet in einer anderen Gemeinschaftskanzlei, in der vier Rechtsanwälte tätig sind. Vor fast drei Jahren hat er die Kosmetikerin Paula geheiratet. Die beiden haben einen hübschen kleinen Sohn namens Theo, der mittlerweile zwei Jahre alt ist.

In ihrer Beziehung lief es nicht immer rund und es eiert auch heute noch ganz gewaltig. Nachdem Theo ihr Leben *bunter, schöner und reicher* gemacht hat, ist Paula wie ein Schattengespenst durch die Gegend gelaufen, weil sie das Wort Schlaf zwar kannte, aber nicht mehr schlafen konnte, weil Theo ein tag- und nachtaktives Kind war. Gregor kam ebenfalls nicht zur Ruhe. Außerdem hat er all das vermisst, was für ihn vor dem Vaterwerden wichtig und heilig war. Und das war: Sex. Nachdem Paula ihn monatelang von der Bettkante geschubst und sich nur noch für Theo und nicht mehr für Gregor interessiert hat, hat Gregor den Pfad der Tugend verlassen und sich anderweitig die Entspannung verschafft, die ihm Paula verwehrte.

Unser Freund Enno ist, wie Marie, ebenfalls Psychologe. Er hat eine eigene Praxis und leitet außerdem eine Männergruppe, in der meine Geschlechtsgenossen die Zuwendung und das Gehör bekommen, das ihnen in der Partnerschaft fehlt. Enno ist ein sehr interessanter Mensch, der ebenso interessant ausschaut. Seine schulterlangen Haare trägt er meist offen, und in Verbindung mit seinem Bart und dem gütigen Blick könnte man auf die Idee kommen, dass er Wasser in Wein verwandeln und über den *Dippendorfer See* laufen kann.

Seine Frau Svenja ist Klangschalen- und Trommeltherapeutin und kümmert sich um die Chakren anderer Menschen oder trommelt auch schon mal eine Verstopfung weg, wenn man sich länger als drei Tage kein Snickers aus dem Rücken gedrückt hat. Momentan allerdings im Off-mode. Sobald Finnjo Jannis zur Schule geht, möchte sie wieder halbtags arbeiten.

Enno und Svenja sind bekennende Vegetarier und nicht nur grün, sondern tiefgrün. In dem Öko-Haus, das sie im *Dippendorfer Wald* neben der *Forstgenossenschaft* gebaut haben, ist alles naturbelassen.

Svenja ist eine ganz aparte Frau, die ständig in langen wallenden Röcken oder Pumphosen barfuß herumläuft. Dazu trägt sie weite schlabbrige T-Shirts, auf denen Botschaften wie *Fliegen belastet die Umwelt* oder *Nur Schweine essen Schweine* steht.

Unser Freund Emanuel ist Steward bei *Come and Fly*. Er ist schwul, wir nennen ihn Emma.

Gregor und ich haben Emma beim Männertreff im *katholischen Stadthaus* kennengelernt, den Enno ins Leben gerufen hat.

Ich verwette meinen Hintern darauf, dass Gregor und Emma sich schon sehr oft sehr nahegekommen sind. Ich glaube, dass mein Freund Gregor Frauen *und* Männer mag.

Nach einem herzhaften Gähnen sind meine Atemzüge ruhig und gleichmäßig. Ich öffne eine Tür, über der ein großes Schild hängt, auf dem in bunten Buchstaben *Bubuland* steht, und betrete eine Wiese. Es fühlt sich an, als würde ich auf Watte laufen. Ich schaue mich um. Ach du Scheiße. Meine Ex-Verlobte Becky, die ich um ein Haar geheiratet hätte, ist auch hier. Sie kommt in einem durchsichtigen Negligé im Zeitlupentempo auf mich zugelaufen. Ihre braunen Haare wehen im Wind und unter dem hauchdünnen Stoff kann ich ihren erotischen Körper sehen. »Hallo, Alex!«, ruft sie mit einem liebenswerten Lächeln. »Mein Gott, wir haben uns so lange nicht gesehen.«

Als ich mit einem verknautschen Gesicht den *Aktenkeller* betrete, sehe ich über den Köpfen der meist weiblichen Gäste Gregor, der lässig an einem Bistrotisch lehnt und in einer Zeitung blättert. Vor ihm steht eine der hübschen roten Tassen, in denen der hervorragende brasilianische Kaffee immer serviert wird.

Ich bahne mir den Weg durch die gut duftenden Schönheiten, von denen einige Businesskostüme und große, schwarze Brillengestelle tragen. Sie kokettieren mit ihren Blicken, als ich »Tschuldigung, darf ich kurz …?« sage und in Richtung Gregor laufe, der mich jetzt entdeckt hat.

Er breitet die Arme aus und strahlt mich an. »Alex! Komm an meine Brust, Väterchen!«

Und noch bevor ich mich gegen seine Umarmung wehren kann, umklammert er mich und drückt mich feste an sich. »Endlich kann ich dir persönlich gratulieren. Mann …« Er lacht wieder und verpasst mir einen imaginären Kinnhaken. »Glückwunsch zum Sohnemann. Danke für die tollen Bilder. Das ist ja ein strammes Kerlchen, euer Hans-Werner.«

»Danke, Gregor. Er verändert sich jeden Tag. Schön, dich zu sehen.«

Gregor winkt der Bedienung zu und hält zwei Finger in die Luft. Dann faltet er die Zeitung zusammen. »Mensch, was habe ich dich vermisst. Alleine joggen macht keinen Spaß und jeden Abend mit Paula zu verbringen ist auch nicht so dolle.« Er gähnt demonstrativ. »Und? Wie läuft es?«

»Bis auf die wenigen Stunden Schlaf ist alles okay. Aber wem sage ich das. Du weißt am besten, wie turbulent es mit einem Baby ist. Das liegt ja alles hinter euch.«

Die Bedienung kommt und serviert uns den Kaffee. Wir bedanken uns.

Gregor stöhnt und reißt das kleine Päckchen mit Zucker auf und lässt ihn in den Kaffee rieseln. »Dein Wort in Gottes Ohr. Ich glaube, ihr habt Paula da auf eine Idee gebracht … Sie hat ihren Vergnügungspark nun wieder jeden Tag geöffnet. Aber der Papa ist nicht blöd. Ich weiß, dass es ihr nur darum geht, dass ein zweites Kind kommt.« Der Kaffeelöffel wandert in die Tasse und dreht seine Runden. »Aber ohne mich. Das ganze Theater noch mal … nee. Darauf habe ich echt keinen Bock mehr. Theo ist mittlerweile so groß. Ich bin regelmäßig zu kaputt, um auf der Matratze zu turnen. Und das ziehe ich durch, bis Paula im Klimakterium ist.« Dann schaut er mich an. »Du siehst müde aus, Kumpel. Ich kann nachempfinden, wie es dir und Marie geht. Es ist stressig, oder?«

Ich nicke langsam. Als ich ihm erzähle, was Mockenhaupt sich ausgedacht und dass ich heute fast fünf Stunden auf der neuen Couch gepennt habe, pfeift er anerkennend durch die Zähne. »Donnerlittchen. Du hast nicht nur einen Stein, sondern einen Findling bei deinem Big-Big-Boss im Brett.«

Und wieder nicke ich. Dass ich weiß, mit wem Mockenhaupt sich außerehelich vergnügt, habe ich Gregor nicht erzählt, obwohl er mein bester Freund ist. Das Eisen ist mir zu heiß. Er gehört zu den Menschen, die sich gerne über andere lustig machen. Ein falsches Wort im Suff und meine Karriere ist da, wo Luft rauskommt, die stinkt.

Ich lenke ab. »Im Moment ist alles durcheinander, Gregor. Es ist verrückt. Als ich noch mit Becky zusammen war, habe ich von Marie geträumt. Jetzt bin ich mit Marie zusammen ... Und kaum dass ich heute in Bubuland war, ist Becky aufgetaucht. Ich habe richtigen Schweinkram geträumt, den sie mit mir veranstaltet hat.«

»Du hast ein schlechtes Gewissen?«

»Ja.«

Gregor grinst. »Sei nicht albern. Es weiß doch niemand. Dein Gehirn hat nicht nur die negativen Dinge aus der Beziehung mit Becky gespeichert, sondern auch die schönen. Und davon hat es mit Sicherheit auch genügend gegeben, oder?«

Ich zucke mit den Schultern und nippe an dem starken Kaffee.

Gregor redet weiter. »Warte mal ab. Das wird schon ...« Statt den Satz zu vollenden, stupst er mich an. Sein Kopf zuckt in Richtung einer Sitzgruppe, auf der vier Mädels hocken, die in Gregors Beuteschema passen. Sie haben alle lange, blonde oder schwarze Mähnen und Titten so groß und rund wie Fußbälle. »Schau dir mal die Zuckerschnecken an. Halt mich fest ... Eine süßer als die andere.«

Ich schaue demonstrativ an die Zimmerdecke, unter der ein Deckenventilator hängt. Die Rotorblätter drehen leise ihre Runden. Der Traum von Becky hängt mir noch nach. Ich werde einen Teufel tun und meine Gehirnzellen mit noch mehr Dingen belasten, die sich für einen anständigen Lebensgefährten und Vater nicht gehören. Ich schaue auf die Uhr. »Ich muss los, Gregor. «

Gregor verzieht das Gesicht. »Du bist doch gerade erst gekommen. Ich dachte, wir essen noch eine Kleinigkeit zusammen.«

Ich schüttele den Kopf und trinke meinen Kaffee aus. »Ein anderes Mal. Marie wird froh sein, wenn ich ihr den kleinen Scheißer abnehme. Morgen Abend kommen Enno und Svenja. Ihr seid auch herzlich eingeladen. Emma ist ebenfalls dabei. Theo könnte mit Finnjo Jannis spielen …«

Gregor boxt mich leicht in die Rippen. »Das klingt super. Wir haben schon lange nichts mehr unternommen und sind auf jeden Fall dabei. Morgen liegt nichts an. Ab übermorgen habe ich Urlaub. Wenn du Lust hast, ruf mich an, wann immer du willst. Es wird dir guttun, mal was anderes als Babygeschrei zu hören.«

Marie isst nichts von der großen Portion Sushi, die auf dem Tisch steht.

Ich habe genau *die* Rollen ausgesucht, die sie nicht mag. Ganz ehrlich. Woher um alles in der Welt sollte ich wissen, dass sie den Geschmack von Thunfisch hasst. Gut. Mir ist vorhin eingefallen, dass sie das mal irgendwann erwähnt hat, aber solche Dinge kann ich mir einfach nicht merken.

Maries Herumgezicke kann ich eh nicht nachvollziehen. Roher Fisch ist roher Fisch. Ich finde, dass die Sorten alle gleich schmecken.

Während ich das ganze Zeug in mich hineinstopfe und mit Hagebuttentee nachspüle, packt Marie die Geschenkpäckchen aus, die ich von der Girlande im Büro abgeschnitten und mit nach Hause genommen habe. Ich bin froh, dass sie abgelenkt ist und sich freut, denn wer sich freut, der meckert nicht über Sushi-Rollen, die nicht schmecken.

Sie zeigt mir die Strampler, die Schnullerkette, die Krabbelschuhe und die kleinen Spielzeuge. Sie findet, dass Mockenhaupts zusätzliches Geldgeschenk mehr als großzügig ist. Wir beschließen, die Scheine auf Hans-Werners Sparbuch zu legen.

Als Marie die Bettwäsche auspackt, die mit vielen Teddys bedruckt ist, schießt sie die Frage ab, ob der erste Tag in der Kanzlei sehr anstrengend war.

Ich verschlucke mich fast, als ich »Geeht so« sage.

»Armer Alex. Und sofort hast du wieder eine Überstunde machen müssen. Na ja. Ab morgen ist es ja ein wenig einfacher. Du kannst dich zwischendurch hinlegen.« Sie steht langsam auf und wirft einen Blick in den Stubenwagen, in dem Hans-Werner friedlich schlummert.

Dann überlegen wir, was wir morgen zu essen auf den Tisch stellen sollen, wenn unsere Freunde kommen. Svenja, Enno, Finnjo Jannis und Paula essen nichts, was aus toten Tieren hergestellt wird, und Gregor, Emma, Marie und ich haben damit keinerlei Berührungsängste.

Wir einigen uns auf Kartoffelsalat mit Würstchen für die Fleischesser und die Fleischverweigerer sollen zu dem Kartoffelsalat mit Tofu-Würstchen beglückt werden.

2. Die Einladung

Ich sitze in meinem Arbeitszimmer und kann mich schlecht auf das Studium der Akte Enrico Gaspacho konzentrieren. Hans-Werner kräht mit zittrigem Stimmchen. Ich massiere meine Schläfen und starre auf das beschriebene Blatt.

Mockenhaupt hat die Verteidigung eines Falles übernommen, dessen Ausgang schon jetzt klar ist. Diesen Prozess werden wir nicht gewinnen. Der Profifußballer Enrico Gaspacho soll dem Schiedsrichter Roberto Piccolino vier Tage nach einem Länderspiel auf der Toilette des hiesigen Hotels *Granada* mit Karacho in die Eier getreten haben. Sie sind sich dort zufällig über den Weg gelaufen. Piccolino wohnt seit Jahrzehnten am Rande von Dippendorf und war mit seiner Frau im *Granada* essen. Gaspacho lebt in Hamburg und war privat hier unterwegs. Darum hatte er für eine Nacht ein Zimmer im Hotel gebucht. Während seines tätlichen Angriffs soll er auch verbal ausgerastet sein. Angeblich hat er den Schiri einen elendigen *Astlochbefruchter* genannt, weil der ihm bei dem letzten Länderspiel wegen eines Fouls die Rote Karte gezeigt hat.

Der Volltrottel Enrico hat einem Spieler aus der Gegenmannschaft ein Beinchen gestellt, als der mit zweihundertvierzig Sachen angerannt kam. Dadurch hat er sich einmal überschlagen, ist voll auf die Fresse geflogen und hatte noch so viel Geschwindigkeit drauf, dass er mit der Nase auf dem Spielfeld eine zwei Meter lange Furche gezogen hat. Nachdem er endlich schachmatt liegen geblieben ist und geblutet hat wie ein abgestochenes Schwein, hat der Schiri Enrico die Rote Karte vor die Nase gehalten.

Ich habe auch keine Idee, wie man den Ball so drehen kann, dass er Ecken hat, hinter die sich Gaspacho verstecken könnte.

Er behauptet, dass er Roberto Piccolino nicht getreten habe. Übel ist nur, dass zwei Gäste des Hotels Zeugen dieses Vorfalls wurden und für die Gegenpartei aussagen werden. Dumm ist auch, dass Gaspacho sich nicht an alle Einzelheiten erinnern kann, weil sein Gehirn in dem Moment ausgesetzt hat, als der Schiri aufgetaucht ist. Angeblich hat er ihn nur böse angestarrt und geschubst, mehr nicht.

Mein erfolgsverwöhnter Boss hat Enricos Verteidigung nur sehr ungerne übernommen, weil schon im Vorfeld klar war, dass wir in Unterhosen das Schlachtfeld verlassen werden.

Im Sportteil der hiesigen Tageszeitung wird über den Fall sehr oft berichtet.

Ich höre Maries Stimme, die immer einen liebevollen oder beruhigenden Tonfall hat, wenn sie mit Hans-Werner spricht. Obwohl sie richtig geschlaucht ist, hat sie eine Engelsgeduld, was mir sehr gefällt. Der kleine Drops muss sich ja erst an das Leben außerhalb von Mamas Bauch gewöhnen, was bestimmt nicht so einfach ist.

Mir gegenüber schlägt Marie seit gestern Abend einen anderen Ton an. Seit wir das Essen für unsere Gäste besprochen haben, ist sie sehr schlecht gelaunt und in einer gereizten Stimmung. Heute ist es besonders schlimm.

Ich gehe mal davon aus, dass sie noch immer sauer ist, weil ich den Sushikauf zu oberflächlich getätigt habe.

Es hat mir leidgetan und tut mir auch jetzt leid, aber ich finde es ein wenig übertrieben, dass sie deswegen so herumzickt.

Zumal ich heute Nacht um 2 Uhr aufgestanden bin und Marie Speckpfannkuchen gebacken habe, weil sie gestern Abend vergessen hat, noch etwas zu essen, und ganz hungrig war, während sie Hans-Werner gestillt hat.

Tief in Gedanken versunken erschrecke ich mich fast zu Tode, als die Tür meines Arbeitszimmers auffliegt. Marie kommt hereingeschossen und baut sich vor mir auf. Ihr Haarpuschel sitzt schief auf dem Kopf, einige Haarsträhnen hängen in ihrem Gesicht und ihre Segelöhrchen sind rot. Das sind sie immer, wenn Marie aufgeregt ist. »Sag mal, Alex … bist du taub oder was?«

Ich kneife die Augen zusammen. So aufgebracht habe ich Marie noch nie gesehen. »Wieso? Was ist denn?«

»Hast du nicht gehört, dass sich Hans-Werner die Lunge aus dem Hals geschrien hat?«

Mein Kugelschreiber fliegt auf die Akte Gaspacho. »Ja. Aber du hast ihn doch ruhig bekommen.« Mein Finger zeigt auf ihre Brüste, die nach der Geburt wunderschön prall geworden sind. »Du hast zwei wunderschöne Argumente, mit denen du es immer schaffst, Hans-Werner zum Schlafen zu bringen.«

Sie lacht hysterisch. »Na, du machst es dir einfach! Erst ein Kind zeugen und sich dann nicht darum kümmern. Ich habe heute Nacht nur vier Stunden geschlafen.«

Ich fühle mich mehr als ungerecht behandelt. »Was soll das, Marie? Ich habe auch nicht mehr Stunden geschlafen. Vergiss nicht, dass ich dir um 2 Uhr Speckpfannkuchen gebacken habe, weil du so hungrig warst.«

Sie stützt sich auf dem Schreibtisch auf. »Wenn du mir gestern das richtige Sushi mitgebracht hättest, hättest du um diese Uhrzeit nicht in der Küche stehen müssen. Du weißt doch, dass ich Kraft und Energie zum Stillen brauche.«

Hätte, hätte, Fahrradkette.

»Du hättest etwas anderes essen können. Der Kühlschrank ist voll mit Dingen, die du magst.«

»Du hättest fragen können, ob du noch einmal zum Restaurant fahren sollst, um das Sushi zu holen, das ich mag … So einfach ist das!«

Aha. Daher weht also der Wind. Marie hat erwartet, dass ich noch einmal zum Sushi-Restaurant fahre, hat mich aber nicht darum gebeten. »Warum hast du nicht gesagt, dass ich noch einmal fahren soll? Ich hätte es gemacht.«

Marie hat es heute Morgen nicht so mit Logik, denn sie antwortet nicht. Stattdessen rollt sie mit den Augen und wirft mir einen vorwurfsvollen Blick zu. »Muss ich immer alles sagen? Du hättest von alleine draufkommen können.«

Ich laufe um den Schreibtisch und möchte sie in den Arm nehmen.

Sie hebt abwehrend die Hände und macht einen Schritt zurück. »Meine Mutter kommt gleich. Sie geht mit Hans-Werner so lange spazieren, bis er sich wieder meldet. Ich muss mich echt ein wenig hinlegen,

Alex … Wenn du in der Zeit einkaufen gehen würdest? Ich kümmere mich dann später ums Essen und räume ein wenig auf.«

Ich schlucke hinunter, dass ich eigentlich arbeiten müsste. Aber die Stimmung ist schon angespannt genug. Darum nicke ich. »Hast du einen Einkaufszettel geschrieben?«

Marie seufzt. »Ach, Alex. Du weißt doch, was man braucht, um einen Kartoffelsalat zu machen. Und wie man Würstchen kauft, muss ich dir auch nicht erklären.«

Ich weiß nicht, wie Marie darauf kommt, dass ich weiß, wie ein Kartoffelsalat zubereitet wird. Ich esse ihn für mein Leben gern, habe ihn aber noch nie gemacht.

Bevor ich Marie mit meinen Fragen nerve, beschließe ich, meine Mutter zu interviewen. Die beherrscht das nämlich aus dem Effeff.

Als ich unser neues Heim verlasse, ist meine Schwiegermutter Irmi im Anmarsch. Sie ist ebenso zierlich wie Marie und trägt ein hübsches, geblümtes Sommerkleid. Sie hat lange blonde Haare, die sie aber nie offen trägt. Sie sind stets zu einem Knoten im Nacken zusammengebunden. Ich kann mir vorstellen, dass meinem Schwiegerpfarrer bewusst geworden ist, wo seine Glocken hängen, als er Irmi das erste Mal gesehen hat.

Sie stellt sich auf Zehenspitzen, umarmt mich und redet wie immer im fröhlichen Tonfall. »Hallo, Alex. Marie hat mir gestern erzählt, dass du für eine Weile von zu Hause aus arbeiten darfst. Dein Chef ist sehr familienfreundlich.«

Ich nicke. »Ja. Dafür bin ich ihm auch sehr dankbar.«

Irmi legt den Kopf schief. »Hoffentlich kannst du dich konzentrieren, wenn Hans-Werner schreit. Wenn du mal Ruhe brauchst, komm einfach zu uns rüber. Du kannst dich gerne in Werners Arbeitszimmer setzen.«

In meiner Nase kitzelt es. Schon allein der Gedanke an Werners Arbeitszimmer, in dem ein großer dunkler Holzschrank steht, an dem der Weihrauchkessel hängt, lässt mich niesen.

Irmi greift in die Tasche ihres Kleides und reicht mir ein Papiertaschentuch. »O Gott. Nicht, dass du dich erkältet hast.« Sie streichelt meinen Arm.

Ich tippe auf meine Armbanduhr. »Ich muss los, Irmi. Wir bekommen heute Abend Besuch. Ich habe den Auftrag, etwas Essbares zu besorgen.«

Meine Schwiegermutter schüttelt unmerklich den Kopf. »Es ist schade, dass ihr keine Hilfe annehmen möchtet. Ich hätte gerne etwas gekocht, damit ihr euch nur um Hans-Werner kümmern könnt.«

Ich drücke sie kurz. »Danke, das ist lieb. Du hilfst schon genug, wenn du Hans-Werner ab und an durch die Gegend fährst.«

Sie winkt lächelnd ab und wünscht mir für heute Abend schon einmal viel Spaß.

Mit großen Schritten laufe ich zur Garage, die an der linken Seite des Hauses angebaut ist, und hoffe, dass ich den auch haben werde und nicht auf der Couch einpenne, wenn unsere Freunde da sind.

Auf dem Weg zum Supermarkt gähne ich in einer Tour. Ich wähle die Rufnummer meiner Eltern. Meine Mutter nimmt das Gespräch an, noch bevor ich ein Freizeichen gehört habe.

»Alex! Das ist aber schön, dass du mal wieder anrufst.« Dann höre ich ihre Stimme gedämpft. Sie scheint den Lautsprecher ihres Apparates zuzuhalten. »Hans … Alex ist am Telefon. Komm schnell. Du kannst mithören.«

Mein Puls beschleunigt sich, und ich merke förmlich, wie mein Adrenalinspiegel steigt. Meine Mutter tut gerade so, als hätte ich mich vor einem Jahr das letzte Mal gemeldet. Ich setze den Blinker. »Mama …«

Sie unterbricht mich. »Eine Sekunde. Papa kommt … So, jetzt kannst du reden.«

»Mama, was soll das? Seit Hans-Werner auf der Welt ist, telefonieren wir mindestens dreimal täglich.«

»Warum sagst du das? Das weiß ich doch. Erzähle mal. Was gibt es Neues? Was macht der kleine Hans-Werner? Trinkt er gut?«

»Ja, was macht er?«, echot mein Vater.

»Ihm geht es gut. Ich schicke euch später neue Fotos. Jetzt wollte ich nur wissen, was ich alles brauche, um einen Kartoffelsalat zu machen. Wir bekommen heute Abend Besuch. Unsere Freunde haben Hans-Werner noch nicht gesehen. Und da dachten wir …«

Meine Mutter lacht. »Na, das ist ja ein Zufall. Ich habe heute früh eine große Schüssel Kartoffelsalat gemacht. Du weißt schon. Die große rote, die mir Tante Gretel aus der ehemaligen DDR kurz vor der Wende geschickt hat. Davon werden fünfzehn Personen satt. Wenn du willst …«

Ich muss nicht lange überlegen, ob und was ich will. Der Kartoffelsalat meiner Mutter schmeckt so hervorragend, dass ich bescheuert wäre, wenn ich dieses Angebot nicht annehmen würde. »Also wenn du nicht weißt, wohin damit. Wir nehmen ihn sehr gerne. Passt es euch, wenn ich ihn in einer Stunde abhole?«

»Natürlich. Ich stehe eh in der Küche und mache jetzt einen Nudelsalat.«

In dem riesengroßen Supermarkt, der sehr gut bestückt ist, gehe ich total gerne einkaufen.

Ich schlendere mit offenen Augen durch den Laden und lege die verschiedensten Salatsorten, Süßkartoffeln und Obst in den Einkaufswagen, von denen ich genau weiß, dass Marie sie gerne mag.

An der Fleischtheke kaufe ich marinierte Putensteaks, Lammkoteletts und Rinderfilets aus den USA. Auch darüber wird sie sich freuen. An der Wursttheke zeige ich mit dem Finger auf die verschiedenen Wurstsorten, von denen ich nicht weiß, wie sie heißen, aber weiß, dass sie Marie schmecken.

Und in dem Gang mit den vielen Süßigkeiten greife ich nach Tüten mit Gummibärchen und Schokoladenbonbons, die Marie ebenfalls für ihr Leben gerne schlickert.

Als ich an der Kasse die Waren auf das Band lege, fällt mir ein, dass ich vollkommen vergessen habe, die Brüh- und Tofu-Würstchen für heute Abend einzukaufen.

Ich werfe die Einkäufe zurück in den Wagen und stelle mich noch einmal an der Wursttheke an.

Auf dem Weg zu meinen Eltern denke ich an die Zeit, als ich noch ein kleiner Windelscheißer war. Es ist komisch. Bevor Hans-Werner geboren wurde, habe ich nicht eine Sekunde darüber nachgedacht, ob ich ein liebes oder ein unruhiges Baby war. Ich weiß noch nicht einmal, wie ich nach der Geburt oder mit einem oder vier Jahren ausgesehen habe, weil ich nie Lust dazu hatte, Dias oder die alten Super-8-Filme zu gucken, die mein Vater damals fleißig gedreht hat.

An mein Einschulungsbild erinnere ich mich nur vage. Ich hatte etwas längere Haare und war spindeldürr. Zu dieser Zeit konnte ich, *slecht sssprechen*, weil ich damals meine Frontzähne im Hauruckverfahren verloren habe. Hackfressen-Timo, der drei Häuser weiter wohnte, hat zwei Tage vor dem Schulanfang mit dem Federballschläger nicht den Federball, sondern meine Knabberleiste getroffen. Und zwar nicht mit dem elastischen Gitter des Schlägers, sondern mit dem Holzrahmen. Ich wurde also mit vollen Lippen und geschwollenem Oberkiefer eingeschult. Dafür bekam ich zwei prall gefüllte Schultüten. Eine von meinen Eltern und eine von Hackfressen-Timos Mama. Und zwar die, die für Timo gedacht war. Yeah. Die Schmerzen haben sich also gelohnt.

Jetzt würde es mich schon interessieren, wie das Zusammenleben mit mir war, nachdem meine Mutter das Krankenhaus verlassen durfte. War ich ein ruhiges oder eher unruhiges Baby?

Ich lenke den Wagen auf die Garagenauffahrt meiner Eltern. Mein Vater kniet im Vorgarten, er jätet Unkraut. Als er mich sieht, steht er langsam auf. »Du hast aber flott eingekauft. Dass du so schnell kommst, damit habe ich nicht gerechnet.« Er lacht. »Daran sollte sich deine Mutter mal ein Beispiel nehmen.« Mit einem großen Schritt auf den gepflasterten Weg verlässt er das Blumenbeet und hält sich den Rücken. Er zwinkert mir zu. »Als Opa darf ich ja jetzt schon mal über Rückenschmerzen klagen, oder?«

Ich sehe ihm an, dass er Spaß macht.

Meine Mutter öffnet die Tür, noch bevor mein Vater den Schlüssel drehen kann, der im Schlüsselloch steckt. »Hallo, Alex! Trinkst du noch einen Kaffee mit uns oder hast du es eilig?«

Ich küsse meine Mutter auf die Wange. »Auf einen gemütlichen Kaffee habe ich schon Zeit.«

»Prima. In der Küche steht alles parat. Ich bin noch mit dem Nudelsalat beschäftigt.«

Im Flur meines Elternhauses atme ich tief durch. Hier riecht es nicht nach Weihrauch, es duftet nach frisch gebackenem Kuchen.

Mein Vater entschuldigt sich. Er verschwindet ins Bad, um seine Hände zu schrubben.

Meine Mutter und ich laufen in die Küche. Auf dem Tisch steht ein großes Glas mit Gurken, Mayonnaise und daneben liegt ein Kringel Fleischwurst. Nachdem sie die Tassen mit Kaffee befüllt hat, fragt sie, ob ich etwas essen möchte. Und noch während ich dankend ablehne, kommt mein Vater. Er möchte wissen, wie es unserem kleinen Stammhalter geht.

Meine Mutter schneidet die Fleischwurst für den Nudelsalat in feine Streifen. Sie lächelt glücklich, als ich erzähle, welche Fortschritte unser Sohnemann seit zwei Tagen gemacht hat.

Beide wiegen den Kopf hin und her, als sie hören, dass Hans-Werner in der Nacht lieber Randale macht, als zu schlafen. Kurz darauf freuen sie sich, als ich berichte, dass Irmi mit Hans-Werner jetzt eine Runde dreht. Marie soll ein wenig schlafen, damit sie heute Abend fit ist.

Ich gähne und reibe meine Augen. »War ich eigentlich früher auch so ein Nachtschwärmer?« Ich entschließe mich, doch etwas zu essen, und stibitze eine Scheibe Fleischwurst.

»Ach was.« Meine Mutter setzt das Messer an. »Du hast ständig geschlafen. Tag und Nacht.«

»Das stimmt«, sagt mein Vater. »Wie narkotisiert. Du bist schon beim Trinken eingepennt.«

»Genau.« Meine Mutter lacht. »Du warst wirklich ein sehr pflegeleichtes Baby.«

»Hm.« Ich lehne mich auf dem Stuhl zurück. »Ich frage mich, von wem Hans-Werner das hat. Marie war auch so ein ruhiges Kind.«

Mein Vater hilft meiner Mutter, das Gurkenglas zu öffnen. Es macht *plopp*.

Sie fischt mit einem langen Löffel einige Gewürzgurken heraus und wieder klappert das Messer. »Das ist doch von Kind zu Kind verschieden. Überlege mal … Es gibt Milliarden von Menschen auf der Welt und jeder Mensch hat seinen eigenen Fingerabdruck, oder?« Sie hält mit dem Schneiden inne und schaut meinen Vater an.

Ich unterdrücke ein Lachen.

Mein Vater grinst und sagt schnell: »Ja, ja. Das stimmt.«

»Na … Und so hat auch jeder von diesen Menschen seinen eigenen Schlafrhythmus. Macht euch keine Gedanken. Es sind bestimmt eine Milliarde Kinder dabei, die ebenfalls keine Lust zum Schlafen haben.«

Ich sage: »Tja.«

Mit beruhigender Stimme fügt sie hinzu, dass man sich sofort besser fühle, wenn man wisse, dass man mit bestimmten Problemen nicht allein auf der Welt sei.

Ich gebe zu, dass mich das tatsächlich ein wenig glücklich stimmt.

Erst jetzt fällt mir auf, welche Masse Nudeln fertig gekocht in einem großen Abtropfsieb auf der Spüle stehen. »Ihr bekommt auch Besuch? Wer kommt denn alles? Von der Menge werden mit Sicherheit auch fünfzehn Personen satt.«

»Nein. Wir kriegen keine Gäste«, antwortet meine Mutter. »Die Marianne und der Hugo haben Besuch. Gestern Nachmittag haben sie den Opa Strüssmann abgeholt.« Sie lässt das Messer fallen, ihr Zeigefinger saust quer über ihre Kehle. »Der hat doch das Haus schon vor langer Zeit seinen Kindern überschrieben und ihnen die meisten Räumlichkeiten überlassen. Seit Jahren hat er im Souterrain des Hauses gelebt. Die Marianne und der Hugo haben sich rührend um ihn gekümmert.«

»Was? Der Opa Strüssmann ist tot?« Ich bekomme eine Gänsehaut. Den mochte ich immer gut leiden, weil der nie gemeckert hat, wenn wir mit dem Fußball gegen sein Garagentor geschossen haben und es wie verrückt gescheppert hat.

Sie schluckt schwer. »Ja.« Dann schüttelt sie den Kopf und beugt sich zu mir. »Bis die Marianne bemerkt hat, dass der hinüber war … Sie geht um 10 Uhr runter und will ihm den zweiten Kaffee bringen. Und der Opa sitzt in seinem Ohrensessel und schläft. Tja. Und weil er so kalte Hände hatte, hat sie ihm noch eine Decke über die Beine gelegt und ihm die Füße mit Pferdesalbe massiert. Das hatte er immer so gerne.

Und weil er einmal die Socken aushatte, hat sie ihm noch die Fußnägel geschnitten …«

Mein Vater prustet los. »Das muss man sich mal vorstellen …«

Ich schüttele mich leicht. »Ja, hat sie das denn nicht an seinen Augen gesehen, dass er … ich meine …«

»Na, wie denn? Der hat doch seit Jahren so eine dunkle Brille getragen. So eine wie der Heino. Der konnte immer rausgucken, aber man konnte nicht reingucken.« Jetzt schüttelt sich meine Mutter. »Sie hat es erst etwas später gemerkt. Nachdem sie ihm die Ohren sauber gemacht hat, hat sie ihm die Brille abgenommen, um sie zu putzen. Ihren Schrei haben wir bis zu uns im Vorgarten gehört. Wir waren dabei, Blumen zu pflanzen.«

Mein Vater schlägt sich vor Lachen auf den Schenkel. »Opa Strüssmann hatte immer den Schalk im Nacken. Er war, seit ich ihn kenne, stets für einen Scherz zu haben. Und so humorvoll hat er sich von seiner lieben Tochter verabschiedet.«

Jetzt muss ich auch lachen. »Das ist wahrhaftig ein filmreifer Abgang. Der ist ja oscarreif.«

»Tja«, sagt meine Mutter. »Die Marianne hat mich noch gestern gefragt, ob ich ihr einen Nudelsalat machen könne, weil die Verwandten heute zum Essen kämen … und ich Doofe war so durch den Wind, dass ich Kartoffel- statt Nudelsalat gemacht habe. Die essen alle nicht gerne Kartoffeln. Aber der verkommt ja jetzt nicht. Ich freue mich, dass ihr ihn brauchen könnt. Das sollte so sein.«

Bei der Verabschiedung sage ich meinen Eltern, dass sie jederzeit vorbeikommen könnten, um Hans-Werner zu sehen.

Als ich schon im Auto sitze und den Rückwärtsgang eingelegt habe, kommt meine Mutter angerannt. Sie stellt noch einen Teller mit einem trockenen Zitronenkuchen auf den Beifahrersitz, den Marie sehr gerne mag.

Nachdem ich das Haus betreten habe, stelle ich die Einkaufstaschen auf die Anrichte in die Küche. Um die Karre auszuladen, muss ich dreimal laufen.

Dann führt mich mein Weg zum Stubenwagen. Hans-Werner ist zwar wach, aber er schreit nicht. Ich bin stolz auf ihn und das sage ich ihm auch. Seine kleinen Arme bewegen sich hin und her, er schaut auf das Mobile aus Schmetterlingen, das vom Himmel des Stubenwagens baumelt. Seine Beinchen bewegen sich ebenfalls, und ich finde es toll, dass unser Sohn schon mit Händen und Füßen sprechen kann. »Na? War es schön, mit Oma Irmi durch den *Dippendorfer Wald* zu juckeln?« Ich schiebe den Korbwagen in die Küche.

Marie registriert zwar, was ich alles eingekauft habe, was sie gerne futtert, so richtig zu freuen scheint sie sich aber nicht darüber.

Sie zeigt auf das Fleisch und seufzt. »Ach, Alex. Warum hast du die halbe Fleischtheke eingekauft? Das muss doch alles eingefroren werden.« Sie schaut auf die Uhr. »Wir müssen uns auch noch ums Essen kümmern.«

Ich klatsche in die Hände. »Du brauchst Kraft zum Stillen. Mach dir keine Gedanken, Marie. Der Papa kümmert sich darum. Jeppaaa. Das geht ganz schnell.« Ich drehe mich einmal im Kreis, stolpere über meine Füße und ranze gegen den Kühlschrank. Ich freue mich, dass Marie darüber lachen kann.

Ich greife in die große Stofftasche, die meine Mutter mir in die Hände gedrückt hat, und hole die große Schüssel mit dem Kartoffelsalat hervor. »Et voilà! Unser Abendessen. Wir müssen nur noch die Tofudinger braten und die Brühwürstchen erhitzen.«

Marie klatscht in die Hände. Ihre Augen leuchten wie die berüchtigte Blaue Lagune. Sie strahlen mich an. »Die Überraschung ist dir gelungen. Du hast deine Mutter gebeten, einen Kartoffelsalat für uns zu machen?«

Ich nicke. »Jawoll. Das ist das Werk von Oma Elli.« Anschließend halte ich Marie den Teller mit dem Kuchen unter die Nase. »Für dich! Meine Mutter hat heute früh auch gebacken.«

Ich stelle die Kreationen **à la** Elli in den Kühlschrank und genieße es, dass Marie mich förmlich anspringt. Ihre Beine schlingen sich um meine Hüften. Sie schmiegt sich an mich.

»Das ist so lieb von dir und deiner Mutter. Sooo lieb. Ich hatte gar keine Lust, die Kartoffeln zu schnippeln. Ich rufe sie später an.«

Ich genieße es, dass Marie wie ein Klammeräffchen an mir hängt. Ich atme ihren Duft und drücke sie zärtlich an mich. Sie müffelt nach saurer Milch, und ich finde, dass das das schönste Parfüm ist, das eine Mama tragen kann.

Ich stehe vor dem Schlafzimmerspiegel und fühle mich so, als hätte ich Geburtstag. In wenigen Minuten kommen meine Spielkameraden mit ihren Muttis. Außer Emma. Die kommt ohne Mutti.

Ich pfeife leise Luis Fonsis Lied *Despacito* und muss an den Schweinkramtraum mit Becky denken. Dabei bewege ich meinen Unterleib langsam vor und zurück.

Ich schlüpfe in die Jeans, die ich früher immer sehr gerne getragen habe, wenn ich mit meinen Kumpels um die Häuser gezogen bin. In der nächsten Zeit werde ich mich nicht mehr so schick machen und ausgehen, denn seit Hans-Werner da ist, spielt die Musik zu Hause.

Während ich in mein Hemd schlüpfe und es zuknöpfe, betrachte ich die Fotos, die an der Pinnwand neben dem Spiegel hängen. Es sind etliche Bilder angeheftet, die meine Freunde und mich zeigen. Mal umarmen wir uns und posieren lachend, weil wir uns kurze Zeit später in ein erlebnisreiches Wochenende gestürzt haben, und mal sitzen wir am Strand von Mallorze.

Braun gebrannt, unbeschwert und jung, die Antennen ausgefahren, um überirdisch attraktive Mädels in knappen Bikinis in den Wellen zu orten. Dann sehe ich mich in der Studentenkneipe, in der Gregor und ich uns nach den Vorlesungen immer auf einen Kaffee getroffen und von unseren Kommilitoninnen, die uns zu Füßen lagen, eine Rückenmassage abgeholt haben. Ich übertreibe nicht. Sie lagen uns tatsächlich zu Füßen, denn Gregors und meine zweite Heimat war das Fitnessstudio am Bahnhof und dementsprechend haben wir auch ausgeschaut. Das waren noch Zeiten.

Mit Gregor, Mark und Oliver an dem mallorquinischen Strand *Cala Torta* … die Zeit würde ich gerne noch einmal erleben.

Und bei allem, was wir gemacht und unternommen haben, haben

wir das wichtige Ziel, den erfolgreichen Abschluss des Jura-Studiums, immer im Auge behalten.

Ich schlucke schwer. Erinnerungen sind schön, sie können aber auch schmerzlich sein. Ich bin froh, dass die Wissenschaft noch nicht so weit ist, dass man Gedanken lesen kann. Obwohl ich Marie und Hans-Werner über alles liebe, würde ich jetzt gerne mit meinen Freunden am Strand sitzen und nach einer Runde schwimmen im türkisfarbenen Wasser mit ihnen Beachball spielen.

Ich schiebe die Gedanken beiseite und freue mich auf eine oder vier Flaschen der zwanzig Biere, die ich im großen Kühlschrank im Keller kalt gestellt habe. Seitdem ich wusste, dass Marie und ich Eltern werden, habe ich so gut wie keinen Alkohol mehr getrunken. Mal ein Gläschen Sekt oder ein Glas Bier, wenn wir zu einem Geburtstag eingeladen waren, und das war's auch schon.

Maries Vater, unser Grüß-Gott-Herr-Pfarrer, hat das nie verstanden. Mit einem Grinsen hat er mir erklärt, dass der Teufel nur den Schnaps gemacht habe, den solle man meiden. Aber der wunderbare Wein oder ein schönes Bier, das wären göttliche Getränke, die man bedenkenlos, in Maßen, genießen könne. Wobei ich dazusagen muss, dass bei ihm dieses *in Maßen* jedes Mal in Massen ausartet.

Durch den Spiegel sehe ich Marie ins Schlafzimmer kommen. Sie ist hübsch zurechtgemacht. In dem weiten Trägerkleid fällt das kleine Bäuchlein überhaupt nicht auf. Ihr Haarpuschel sitzt gerade. Sie trägt den schlichten Ring, den ich ihr zum Zeichen unserer Liebe nach Hans-Werners Geburt an den Finger gesteckt habe.

Sie umarmt mich von hinten. »Ich hoffe, deine Freunde sind nicht böse, wenn du nichts Alkoholisches trinkst. Aber ich denke, sie werden es verstehen.«

Ich löse ihre Hände von meinem Bauch und drehe mich um. »Hee. Ich muss doch nicht stillen. Warum soll ich kein Bier trinken?«

Marie lacht. »Du warst auch nicht schwanger und hast trotzdem kein Bier getrunken.«

Das habe ich nun von meiner Solidarität. »Es hat mir nichts ausgemacht, auf Alkohol zu verzichten, Marie. Aber jetzt, wo unser Kind da ist, möchte ich schon mal ab und an mit einem Bierchen abschalten.«

Sie rollt mit den Augen. »Trink aber nicht so viel. Wenn Hans-Werner wieder so anstrengend ist, müssen wir uns mit dem Herumtragen abwechseln.«

Ich verpasse ihr einen Nasenstüber. »Kein Problem, Prinzessin. Ich werde nur ein Bierchen trinken, okay?«

Sie lacht. »Abgemacht!«

Es klingelt. Ich laufe im Sambaschritt zur Tür. Als Erste trudeln Svenja, Enno und Finnjo Jannis ein.

Svenja steht in »gepumpten« Hosen und einem T-Shirt im Batik-Look vor mir und lächelt mich an. Ihre rotblonden Haare fallen in kleinen Locken auf ihre Schultern. Um ihre Fußgelenke trägt sie Kettchen, an denen winzige Glöckchen hängen, die bei jeder Bewegung leise Töne von sich geben.

Ich sage ihnen, wie sehr ich mich freue, dass sie gekommen sind. Unsere Freunde kennen das Haus, sie haben uns beim Umzug geholfen. Danach wurde es von außen komplett neu gestrichen. Nach der Renovierung haben sie es noch nicht gesehen.

Svenja zieht ihre Sandalen aus, dann umarmt sie mich. »Du, wir sind total gerne hier. Wie schön ihr alles bepflanzt habt. Das Haus ist wirklich wunderschön. Der zartgelbe Anstrich ist toll geworden und die grünen Fensterläden … die erinnern mich *ürgendwie* an ein Försterhaus.« Sie legt eine Hand auf die Schulter ihres Sohnes. »Finnjo Jannis, magst du dem Alex die Hand geben und Guten Tag sagen?«

Das Ökokind, das dem damaligen kleinen Angelo der *Kelly Family* sehr ähnlich sieht, reicht mir die Hand.

Enno muss keine Schuhe ausziehen, denn er trägt keine. Seine Fußnägel sind heute mal nicht schwarz, sondern dunkelgrün lackiert, passend zu seiner grünen Hose und seinem grünen Hemd. Er zeigt keinerlei Berührungsängste und küsst mich auf den Mund.

Marie kommt. »Wie schön, dass ihr gekommen seid«, ruft sie im warmen Tonfall.

Gleichzeitig parkt Gregors SUV vor dem Haus. Paula und er haben Emanuel mitgebracht, der auf dem Beifahrersitz hockt.

Klein Theo ist gar nicht mehr so klein. Ich staune, wie groß er geworden ist, als Paula ihn aus dem Kindersitz befreit und auf den schmalen Gehweg stellt. Sie nimmt ihn an die Hand und animiert den blonden Knirps, gaaanz schnell zu Finnjo Jannis zu laufen, der vor dem Haus auf der Treppenstufe sitzt und mit dem Zeigefinger Ameisen plattmacht.

Ich könnte loskreischen, als Svenja »Wenn du magst, kannst du sie auch leben lassen, Finnjo Jannis« zu ihrem Filius sagt.

Er mag nicht und quetscht weiter.

Emma hakt Gregor unter. Die beiden kommen kichernd angelaufen.

Theo steht vor dem Kelly-Verschnitt und zeigt auf seine Füße und sagt: »Zuhe. Zuhe.«

Paula lacht. »Hallo, zusammen. Theo hat heute neue Schuhe bekommen. Ihr müsst jetzt alle sagen, dass ihr sie schön findet.«

Ein kollektives »Schöööön« ertönt.

Von Emanuel gibt es ein Bussi rechts und ein Bussi links. Anschließend reicht er mir ein rosafarbenes Päckchen, um das eine große, blaue Schleife gebunden ist. Er kichert. »Ein bisschen rosa muss sein. Man weiß ja nie, ob es ein Junge bleibt …«

Wir müssen lachen.

Marie beschließt, mit unseren Freunden noch einmal durchs Haus zu gehen, weil Hans-Werner noch schläft.

Sie kennen es nur so, wie sie es am Abend des Einzugstages verlassen haben, und da sah es hier noch recht chaotisch aus. Sie finden, dass wir es richtig gemacht haben und einige Jahre die geringe Miete für dieses Haus bezahlen, um dann etwas schönes Eigenes zu bauen.

Klein Theo ist ein unternehmungslustiges Kerlchen. Er findet in jedem Zimmer etwas, was ihn brennend interessiert. Im Schlafzimmer hat er die Wäschetruhe geöffnet, in der Schmutzwäsche gewühlt und in einer Tour »Bah« gesagt, während sein großer »grüner« Kollege sich auf mein Bett gefläzt und in der Nase gepopelt hat.

Im Badezimmer flitzt er schnell zur Klobürste und schwenkt sie in der

Luft, dass es nur so spritzt. Ich mache drei Schritte zurück. Während Paula versucht, ihm das Teil aus der Hand zu nehmen, drückt er die Bürste an seine Brust und schreit wie am Spieß.

Gregor spricht letztendlich ein Machtwort. »Schluss jetzt, Theo. Her damit.« Er schreit noch lauter.

Finnjo Jannis popelt noch immer und wischt den Finger an seiner Hose ab.

Und trotz des ganzen Radaus gibt Hans-Werner keinen Ton von sich.

Der letzte Raum, den wir unseren Gästen zeigen, ist das Wohnzimmer. Das wird nur oberflächlich betrachtet, weil in der Ecke neben der Stereoanlage Hans-Werner noch immer friedlich im Stubenwagen schlummert. Die Aufmerksamkeit gehört ihm.

Die Begeisterung der Mädels ist groß. Sie stehen um das Nestchen und sind hin und weg vom Anblick unseres kleinen Hans-Werners, der pausbackig und gleichmäßig atmend vor sich hin pennt. Die Männer halten etwas mehr Abstand, wobei Emanuel keine Ausnahme bildet.

Marie lacht. »Das ist ja eigenartig. Es ist selten, dass er mal eine Stunde am Stück schläft.«

Paula beugt sich über die Wiege. »Mein Gott, das ist wirklich ein süßes Baby.« Sie nimmt Theo auf den Arm. »Guck mal, Theo. Das ist Hans-Werner. Er ist noch ein Baby.«

Theo plappert nach. »Bäbib.«

»Ja, ein Baby.«

Svenja zieht Finnjo Jannis zurück, der schon halb auf der Wiege liegt. »Du, magst du den Alex mal fragen, ob er eine Möhre für Theo und dich im Kühlschrank liegen hat?«

Gregor grinst mich an. »Magst du auch mal nachsehen, ob du kaltes Bier hast?«

Für Enno ist dieses *magst du* so normal, dass er darüber nicht lachen kann. Gregor, Emanuel und ich prusten los.

Marie schlägt vor, dass die Kinder die Möhre zum Nachtisch essen sollten, weil es in zehn Minuten Kartoffelsalat und Würstchen gebe.

Wir Männer verziehen uns in die Küche. Ich sage Gregor, in welchem

Fach des Kühlschranks die Brühwürste liegen, die er schon mal in kaltes Wasser legen und erhitzen soll. Enno und Emanuel werden zum Tischdecken abkommandiert, und ich flitze in den Keller, um Bier und die Tofuwürstchen zu holen, die Marie schon heute Nachmittag gebraten hat. Sie müssen nur noch aufgewärmt werden.

Vollbepackt haste ich wieder die Treppe hinauf. Das Klappern der Bierflaschen in der großen Einkaufstasche ist Musik in meinen Ohren.

Eine Viertelstunde später sitzen wir alle an dem antiken, langen Holztisch im Esszimmer und genießen das einfache, aber leckere Essen. Während Marie isst, öffnet sie den Umschlag, den unsere Freunde uns als Geschenk zu Hans-Werners Geburt überreicht haben. Es liegt Geld darin, das wir Hans-Werner aufs Sparbuch legen sollen.

Paula lässt Theo von ihrer Wurst abbeißen. »Wir dachten, dass der Kleine mit Klamotten überhäuft wird. Wir kennen das, wenn die Omas, Opas, Onkel und Tanten mit vollen Tüten ankommen. Das Geld ist für später gedacht, wenn Hans-Werner mal einen größeren Wunsch hat.«

Svenja lächelt und greift in ihre Handtasche. »Es gibt aber nicht nur Geld. Für Hans-Werner haben wir noch etwas Hübsches zum Spielen.« Sie reicht mir ein kleines Päckchen, das ich sofort auspacke. Als ich ein Holzteil in den Händen halte, bin ich ein wenig irritiert. Bis jetzt gab es für Werner nur Flauschiges und Kuscheliges. Ich betrachte das Ding von allen Seiten und sage begeistert: »Wow. Das ist ja super. Danke«, obwohl ich gar nicht weiß, wofür ich mich bedankt habe, weil ich so ein Spielzeug nicht kenne.

Marie bedankt sich auch, sie wird jedoch konkreter. »Oh. Was für eine hübsche nostalgische Rassel. Vielen Dank, ihr Lieben. Damit wird Hans-Werner Spaß haben.«

Enno nickt. »Du, die ist aus Eschenholz und nur mit Leinöl behandelt.« Er schaufelt sich noch eine Portion Kartoffelsalat auf seinen Teller.

Emanuel hat eine kleine Kuschelpuppe aus Stoff gesponsert und von Gregor und Paula hat Hans-Werner ein Baby-Schmusetuch *Frosch* bekommen.

Ich hebe die Bierflasche und bedanke mich feierlich im Namen von Hans-Werner.

Gregor stopft sich den Rest der Brühwurst in den Mund, rülpst und spült mit Bier nach. Mit einem leidenden Gesichtsausdruck hält er sich den Magen.

Paula wirft ihm einen ärgerlichen Blick zu. »Warum trinkst du auch Alkohol und futterst so viel, wenn dein Magen rebelliert? Denk dran. Du hast Mark versprochen, morgen seinem Kumpel beim Renovieren zu helfen.«

Emma wedelt mit der Hand in der Luft. »Hach, du Deibel. Fatal, fatal. Hast du etwas Falsches gegessen?«

Mein bester Kumpel bläht leicht die Wangen. »Tja, ich war gestern im *Aktenkeller*. Der Kaffee war extrem stark …«

So ein Arsch. Nicht, dass er sich noch verplappert, dass ich auch da war.

»… dort gab es auch Zuckerschnecken, die haben so geduftet, dass ich nicht Nein sagen konnte und mir zwei gegönnt habe. Vielleicht war es zu viel des Guten. Die waren ziemlich süß.« Er grinst mich an und wackelt mit dem Daumen. »Die hatten so richtig dicke Rosinen.«

Ich werde feuerrot. So ein Ferkel. Ich will nicht glauben, dass Gregor zwei von den vier Mädels abgeschleppt hat, die er so attraktiv fand. Der hat vielleicht Nerven.

Ich setze die Bierpulle an und schiele zu Paula, Svenja und Marie, die absolut nicht checken, wovon Gregor tatsächlich gesprochen hat. Ganz im Gegenteil. Mein Kumpel erntet mitfühlende Blicke.

Gregor lehnt sich zurück. »Hoffentlich falle ich nicht aus. Im Grunde bräuchten wir noch einen vierten Mann für die Renovierung.«

Ich weiß, dass Gregor lügt. Wenn die morgen renovieren, fresse ich den berüchtigten Besen samt dem zusammengekehrten Dreck.

Enno legt eine Hand auf Gregors Oberschenkel und massiert ihn. »Du, ich würde euch liebend gerne helfen. Ich habe aber morgen Nachmittag und morgen Abend Männergruppe.«

Emmas Hand wandert auf den anderen Oberschenkel. »Schade,

schade.« Er schürzt die Lippen und schenkt Gregor einen gekonnten Augenaufschlag. »Du weißt ja, für dich bin ich immer da. Aber um 14 Uhr muss ich zum Dienst.« Seine Hand saust durch die Luft. »Morgen geht es ab nach Ibiza.«

Gregor nickt. Dann schnieft er und schaut mich an. »Dich brauche ich ja gar nicht erst zu fragen, oder?«

Mein Kopf wandert schnell von rechts nach links. »Nein. Auf keinen Fall. Ich muss Marie unterstützen. Ihr wisst ja, wie das mit einem Baby ist.« Dann lasse ich meinen Körper sprechen und verschränke die Arme vor der Brust.

Marie nippt an ihrem Mineralwasser. »Also wenn der Freund von Mark noch zwei Hände braucht?« Sie kuschelt sich an mich. »Ich kann morgen früh bestimmt noch etwas Schlaf nachholen, dann bin ich fit und du könntest helfen. Uns wurde ja auch beim Umzug geholfen.« Sie schaut lächelnd in die Runde. »Wir waren euch so dankbar.«

Finnjo Jannis leckt den Teller ab. Er rutscht vom Stuhl und rennt laut grölend in Richtung Flur. Klein Theo sitzt bei Paula auf dem Schoß und zappelt so, dass sie ihn runterlässt. Er folgt dem Ökokind.

Ich räuspere mich. »Wie heißt er denn, der Freund?«

Gregor würgt sich regelrecht einen Frosch aus dem Hals. Nach einem kräftigen Huster sagt er mit fester Stimme: »Willi heißt er. Willi Meier. Ich kenne ihn nur vom Hörensagen.«

Wie einfallsreich ist das denn? Willi Meier. Ich frage mich, wie lange Gregor den Satz vor dem Spiegel geübt hat.

Enno erhebt sich kurz. »Finnjo Jannis …? Du würdest dem Papa eine große Freude machen, wenn du Theo nicht schubsen würdest.« Er setzt sich wieder.

Jetzt erhebt sich Svenja. »Du, die Mama würde das auch freuen.«

Paula kneift kurz die Augen zusammen. Sie macht den Eindruck, dass sie das Gehörte erst einmal verdauen muss.

Es kommt selten vor, dass Gregor ins Stottern kommt. »We-wenn es spät wird, schlafen wir i-in Tötzingen. Ähm, im Grunde steht schon fest, dass wir dort übernachten, denn es wird spät.«

»Hach, der lebt in Tötzingen? Ich war schon oft am *Tötzinger See*«, schwärmt Emma und tupft sich mit der Serviette an den Mundwinkeln. »Da kann man ja vielleicht chillen. Vom Feinsten.«

Marie nickt. »Die Gegend dort kennen wir auch recht gut. Wir waren vor Monaten mal am See.« Sie beugt sich zu mir. »Du hilfst natürlich. Das ist doch Ehrensache.«

Gregor grinst. »Eben.«

Ich lehne mich zurück. Das werde ich später mit Marie besprechen, wenn wir allein sind.

Es kräht. Hans-Werner meldet sich.

Marie springt auf. »Na, endlich. Jetzt könnt ihr ihn richtig sehen.«

Sie ist mit wenigen Schritten am Stubenwagen und nimmt unseren Wonneproppen vorsichtig heraus und küsst ihn. »Hallo, kleiner Schatz. Du hast aber schön geschlafen. Na, komm mal mit.«

Als Marie mit Hans-Werner am Tisch sitzt, ist er der Star. Niemand interessiert sich mehr für Willi Meier und seine Renovierungshelfer.

»Mein Gott, ist der Kleine süß.« Paulas Gesichtszüge werden ganz weich. »Er ist noch hübscher als auf den Fotos, die ihr uns geschickt habt. Wie war denn die Geburt?«

Marie rollt mit den Augen. »Heftig. Sehr heftig. Ich dachte zeitweise …«

Ich gebe Gregor, Enno und Emma ein Zeichen, mit in die Küche zu kommen.

Gregor steht sofort auf, Enno und Emanuel sagen, dass sie gerne zuhören möchten, wie es Marie ergangen ist.

Mein Kumpel Gregor und ich räumen das Geschirr zusammen und verziehen uns in Richtung Küche. Im Flur stolpern wir über Finnjo Jannis und Theo, die meinen Schuhschrank ausgeräumt haben. Sie schieben meine Treter über den Boden. Das Kelly-Double macht Brummgeräusche und erklärt kurz, dass mein blauer Turnschuh die Polizei sei, die meine schwarze Sandale verhaften wolle, weil sie ein Ökoschwein ist.

Theo ruft mit hohem Stimmchen: »Tütüüüt, Tataaaa.«

Gregor lacht. »Na, dann spielt mal schön weiter.«

Ich öffne mit dem Fuß die Küchentür, lasse Gregor den Vortritt und kicke sie mit der Hüfte zu. Mit großen Schritten laufe ich zur Anrichte. Es scheppert, als ich die Teller abstelle. »Sag mal, spinnst du? Was soll das Gerede von der Renovierung? Ich gehe jede Wette ein, dass es diesen Willi Meier gar nicht gibt.«

Gregor stellt die Teller ins Spülbecken. »Natürlich gibt es diesen Willi nicht. Mark und ich wollen …«

»Es ist mir scheißegal, was ihr wollt. Lass mich einfach raus, okay? Marie und ich haben uns geschworen, dass wir uns immer die Wahrheit sagen werden. Und ich möchte diese heilige Regel nicht brechen, nur weil es euch im Schritt juckt und ihr zu doof seid, euch selbst zu kratzen.«

Gregor hebt die Augenbrauen. »Dann gehst du halt nicht mit zum Angeln und bleibst zu Hause. *Mir* soll es scheißegal sein. Ich dachte, es wird dir ein wenig guttun, wenn du mal rauskommst.«

»Was? Ihr wollt angeln gehen?«

Gregor bindet sich Maries Rüschenschürze um und fängt an, unter fließendem Wasser mit der Spülbürste die Teller vom gröbsten Schmutz zu reinigen. »Ja. Am *Tötzinger See.*« Während das Wasser volle Pulle läuft, hält er mit dem Spülen inne und starrt an die Zimmerdecke. »Hee. Stell dir vor … Der Vollmond, ein kuscheliges Zelt, ein Lagerfeuer, in dem die Holzscheite knistern … und wir sitzen drumherum … Vor uns im Wasser die Angeln, an denen kleine Glöckchen hängen, die klingeln, sobald ein Fisch am Haken zappelt. Und das Tollste … Keine Frauen, die in einer Tour labern, keine Kinder, die schreien … nur du, Mark und ich. Und neben uns steht ein Fässchen Bier und in einer Reuse im kühlen See liegen einige Flaschen Rotwein, den wir später zum gegrillten Fisch genießen werden.«

Mein Mund steht offen. »Ihr nehmt ein Fass mit?« Ich schlucke. Wie lange habe ich kein gezapftes Bier mehr getrunken? Das muss Jahrhunderte her sein.

Gregor nickt. »Jepp.«

Ich schüttele mich kurz und verscheuche die Bilder, die vor meinem geistigen Auge auftauchen. »Dann wünsche ich euch viel Spaß. Ich mag Marie mit Hans-Werner noch nicht alleine lassen. Aber ich gebe zu, dass ich gerne dabei gewesen wäre.« Ich klopfe Gregor auf die Schulter. »Danke, dass du an mich gedacht hast.«

Als ich die nächsten zwei Flaschen Bier köpfe und die leeren Pullen in die Abstellkammer bringe, entdecke ich auf dem Regal eine große Packung mit kleinen Fläschchen Pflaumenschnaps. »Willst du auch einen Pflaumen-Rachenputzer, Gregor?«

Gregor lacht. »Ich liebe alles, in dem das Wort Pflaume vorkommt. Ich nehme direkt zwei Pülleken.«

3. Die Renovierung

Ich stehe unter der Dusche, lege den Kopf in den Nacken und lasse warmes Wasser über meine Stirn laufen, hinter der es schrecklich wummert. Scheiße. Das Letzte, das ich vom gestrigen Abend in Erinnerung habe, ist, dass Gregor, Enno und ich in der Küche gesessen haben. Enno hat mir erklärt, dass ich mich dem Weihrauchgeruch stellen müsse, der jeden Tag Auslöser etlicher Hustenattacken ist.

»Du, nur so gewöhnst du dich daran. Mit der Vermeidungshaltung machst du es immer schlimmer«, hat er gesagt und mir dann geraten, jeden Tag in die Kirche zu gehen und, statt die Luft anzuhalten, tief durchzuatmen. Dabei solle ich mich *erden*. Er hat mir den Rat gegeben, mich barfuß und breitbeinig vor den Altar zu stellen, und nachdem ich in die Knie gegangen sei, müsse ich im großen Bogen die Arme kreisen lassen und laut und deutlich: »Ahhhhhhhhhhhhhhhhhh … Mattatuhaaataaaaa«, sagen.

Diesen Spruch kenne ich. So habe ich mich schon mal in Ennos Männergruppe geerdet.

Danach haben wir noch einmal das Flaschendrehspiel gemacht, und weil der Flaschenhals der Rotweinpulle, die Gregor und ich vorher leer gemacht haben, erneut auf mich gezeigt hat, musste ich mir den nächsten Pflaumenschnaps hinter die Binde gießen. Ich konnte mich nicht mehr artikulieren und *Prost* sagen, ich konnte den Trinkspruch nur noch denken.

Danach … Schluss, aus, Ende, Finito. Filmriss. Ich erinnere mich an nichts mehr.

Als ich heute früh die Augen geöffnet habe, war ich zu Tode erschrocken. Es war stockdunkel im Zimmer. Hans-Werners Schlummerlicht war nicht eingeschaltet, und als ich meine Nachttischlampe anknipsen wollte, ist meine Hand gegen etwas Hartes gekracht, und ich habe bemerkt, dass ich nicht liege, sondern sitze.

Von jetzt auf gleich hat mich eine Panik überfallen, die so unangenehm war, dass ich meinen Herzschlag bis zum Hals gespürt habe. Innerhalb von drei Sekunden war mir klar, dass ich mich in einer hochgestellten Holzkiste befinde, und ich habe gedacht: *Tot. Ich habe mich totgesoffen.* In dem Moment hatte ich Opa Strüssmann vor Augen und habe mir gewünscht, dass Marie jetzt zu meinen Füßen säße und mir noch einmal die Fußnägel schneiden würde.

Nach einem Schrei, der mehr als herzzerreißend war, wurde es ad hoc so hell, dass ich die Augen zusammenkneifen musste, weil mich die Sonne geblendet hat … Und erst nach einem Blinzeln habe ich erkannt, dass mein Schwiegerpfarrer Werner vor mir stand. Und ganz ehrlich. Seit ich Werner kenne, habe ich mich noch nie so gefreut, ihn zu sehen, wie zu diesem Zeitpunkt, und mir wurde klar, dass ich unmöglich tot sein konnte, denn wer schreit und gehört wird, kann nicht verstorben sein.

Werners Finger richteten den dunkelroten Samtvorhang, den er gerade beiseitegeschoben hat. »Jetzt sag nicht, dass Marie dich rausgeschmissen hat und du darum im Beichtstuhl übernachtet hast.« Dann hat er so gelacht, dass ich mitlachen musste und unendlich erleichtert und glücklich war, dass ich lebe.

Nachdem ich aus dem Beichtstuhl getorkelt war, habe ich ihm erklärt, dass der gestrige Abend sehr feucht war und ich absolut nicht weiß, warum ich die Nacht nicht in meinem Bett verbracht habe. Dann überfiel mich ein Hustenanfall, nach dessen Abebben ich auf das kirchliche Räucherwerk geschimpft habe.

Mit Daumen und Zeigefinger hat Werner sich die Nase zugehalten und genäselt: »Ich bin mir noch nicht sicher, welcher Duft unangenehmer ist. Der des Weihrauchs oder die Fahne, die du gehisst hast.«

Mir war so schwindelig, dass ich im Zickzack-Kurs aus dem Gotteshaus gelaufen bin.

Auf dem Weg zu unserem Haus ist mir dann tröpfchenweise eingefallen, dass ich unbedingt noch in die Kirche gehen wollte, nachdem sich unsere Freunde verabschiedet hatten. Es hat mich regelrecht gedrängt, so schnell wie möglich mit der Selbsttherapie zu beginnen.

Jetzt erinnere ich mich auch daran, dass Marie mich gebeten hat, es nicht zu tun, ich aber auf ihre Bitte gepfiffen und den Schlüssel für das Gotteshaus vom Brett genommen habe. Anschließend bin ich laut singend in Richtung Kirche gelaufen.

Als ich mich vorhin leise ins Haus schleichen wollte, ist mir Marie mit Hans-Werner auf dem Arm im Flur entgegengekommen. Es war ihr anzusehen, dass sie sauer auf mich ist. Es hat mir wehgetan, dass sie einen Schritt zurückgemacht hat, als ich meinem Sohnemann mit einem Finger über die Wange streicheln wollte. Ihre Stimme klang ruhig, als sie mich gebeten hat, erst einmal duschen zu gehen, was ich jetzt ausreichend getan habe.

Ich schiebe den Wasserhahn mit einem Ruck nach rechts, weil ich eine Abkühlung brauche, und habe sofort das Gefühl, dass es winzige Eiswürfel regnet. Ich kneife die Augen zusammen, mein Atem geht stoßweise. Nur so schaffe ich es, diese Scheißkälte für einige Sekunden auszuhalten.

Ich trockne mich notdürftig mit dem flauschigen Badehandtuch ab. Als ich zum Waschbecken laufe, wird mir schwindelig. Ich muss kurz stehen bleiben. Dann hangele ich mich an der Wand entlang.

Meine Zahnbürste, ein langer Strang Zahnpasta und die Eieruhr sorgen dafür, dass mein Atem nach fünf Minuten so frisch riecht, dass Marie sich über einen dicken Entschuldigungskuss freuen wird. Dass ich im Beichtstuhl übernachtet habe, finde ich mittlerweile witzig.

Ich gähne ausgiebig. Mann, bin ich müde.

Auf dem Weg in die Küche trete ich einige Schuhe beiseite, mit denen die Kinder gestern Abend gespielt haben.

Hans-Werner liegt in der Küche im Stubenwagen, er schläft friedlich und sieht zuckersüß aus. Ich beobachte ihn eine Weile. Marie steht mit dem Rücken zu mir an der Spüle, sie wirft mit spitzen Fingern die leeren, kleinen Schnapsfläschchen in eine Plastiktüte. Dann wischt sie auf der Arbeitsplatte die Ränder weg, die die Rotweingläser hinterlassen haben.

Ich schiebe ihre Haare beiseite und küsse sanft ihren Nacken. Dabei taumele ich leicht, weil mir wieder schwindelig wird. »Guten Morgen, Prinzessin. Es tut mir leid, dass ich mich so unmöglich benommen habe … Lass alles liegen, ich kümmere mich gleich darum.«

Sie wirft den Lappen in die Spüle und dreht sich langsam um. Erst jetzt sehe ich, wie müde sie ausschaut. Unter ihren Augen liegen dunkle Schatten, sie ist ganz blass.

»Alex, ich finde es schade, dass ich mich nicht auf dich verlassen kann. Du wolltest *ein* Bier trinken …« Dann zeigt sie auf die Armada von Flaschen, die auf dem Boden, der Fensterbank und der Arbeitsplatte stehen.

Obwohl ich total im Arsch bin, sorgt mein Restalkoholspiegel dafür, dass mir ein Witz über die Lippen kommt. Ich sage, dass ich *ein* beziehungsweise einen Kasten Bier meinte.

Marie findet das nicht lustig, denn sie verzieht keine Miene. »Du hattest gut getankt. Gregor und Enno hingen auch in den Seilen. Ich habe es nicht geschafft, dich ins Bett zu packen. Du bist aus dem Haus getaumelt, weil du unbedingt in der Kirche schlafen wolltest, damit du dich endlich an den Geruch gewöhnst, der im Gotteshaus ist. Und vorher hast du vorm Stubenwagen gestanden und unseren *Zwillingen* Hans und Werner eine gute Nacht gewünscht.«

Daran erinnere ich mich absolut nicht. Es ist ewig her, dass ich das letzte Mal im Suff doppelt gesehen habe. Ich reibe mein Kinn und unterdrücke ein Gähnen. »O Mann, das tut mir leid, Marie. Ich …«

Sie lässt mich nicht ausreden, hebt eine Hand, atmet tief ein und schließt die Augen. »Ich war so wütend, dass es mir scheißegal war, ob du in deinem Bett oder in der Kirche auf dem Boden schläfst. Und ich bin noch immer wütend auf dich. Heute Nacht hat sich Hans-Werner vier Mal gemeldet.«

Und wieder sage ich, dass es mir unendlich leidtut, dass ich mich nicht im Griff hatte. Ich will Marie in die Arme nehmen, sie drückt mich jedoch zurück und sofort gerate ich aus dem Gleichgewicht. Ich lehne mich mit verschränkten Armen gegen den Kühlschrank und versuche, einen fitten und lässigen Eindruck zu machen.

»Lass mich einfach ein wenig in Ruhe, Alex. Ich bin hundemüde und darum doppelt aggressiv.«

Ich reiße mich zusammen. Mein Unterkiefer zittert, weil ich mich gegen den Gähnanfall wehre. »Lass hier alles stehen und liegen und leg dich hin. Ich passe auf Hans-Werner auf und sorge dafür, dass die Küche auf Vordermann gebracht wird.«

Marie nickt. »Danke. Ich lege mich im Wohnzimmer auf die Couch. Deine Eltern kommen gegen 14 Uhr. Sie möchten Hans-Werner sehen.«

Obwohl es mir lieber gewesen wäre, nach dem sehr feuchten Abend heute mal eine ganz ruhige Kugel zu schieben, lächele ich. »Super. Ich freue mich. Also hau dich weg. Wenn Hans-Werner Hunger hat, wecke ich dich.«

Marie schaut auf die Uhr. »Er hat vor einer halben Stunde getrunken. Wenn ich Glück habe, meldet er sich erst in zwei Stunden.«

Ich schaue Marie hinterher. Als ich mir sicher bin, dass sie mich nicht mehr sehen kann, reibe ich meine Augen. Dann lasse ich mich auf einen Stuhl fallen. So beschissen habe ich mich schon lange nicht mehr gefühlt.

Während ich einen Kaffee trinke und ein trockenes Brot esse, beobachte ich Hans-Werner, der sich in Bubuland wohlzufühlen scheint. Er nuckelt an seinem Schnuller und die Finger der geballten kleinen Fäuste bewegen sich keinen Millimeter. Der pennt mit Sicherheit drei Stunden.

Ich schaue mich in der Küche um. Die Spuren des Saufgelages und des Besuches sind sehr markant, aber im Grunde ist das alles flott zusammengeräumt. Über den Daumen gepeilt würde ich sagen, dass ich das Chaos hier in weniger als einer halben Stunde beseitigen kann, wenn ich mich nur schnell genug bewege. Und das heißt im Klartext: Wecker stellen und ab ins Heiabett.

Vorsichtig schleiche ich ins Wohnzimmer. Marie hat sich unter einer Decke eingeigelt, sie schnarcht leise. Ich tapse vorsichtig zurück in die Küche und schiebe den Stubenwagen mit unserem Hans-Werner behutsam ins Schlafzimmer neben mein Bett, auf das ich mich bedächtig setze, damit es keine Geräusche macht.

Ich schaue auf die Uhr. 8:30 Uhr. Ich stelle die Weckfunktion meines Smartphones auf 9:20 Uhr. Fast eine Stunde Schlaf kann Wunder wirken. Ich kuschele mich ein.

Jemand könnte mir jetzt eine besonders süße Zuckerschnecke mit daumendicken Rosinen auf den Bauch binden. Null Chance. Ich möchte nur noch schlafen.

Ich könnte fluchen. Kaum dass ich die Augen zugemacht habe und eingeduselt bin, klingelt es. Verdammt. Marie muss doch schlafen. Ich wette, Maries Mutter und Werner wollen uns wieder belagern, weil sie Sehnsucht nach ihrem Enkel haben. Tür an Tür mit der Familie zu wohnen hat Vorteile, aber auch Nachteile. Man ist viel zu flott um die Ecke gelaufen.

Ich schwinge die Beine aus dem Bett und flitze in einem Affenzahn in den Flur, am Wohnzimmer vorbei zur Haustür, die ich etwas ungehalten aufreiße.

Statt der Schwiegereltern stehen meine Erzeuger auf der Matte. Meine Mutter trägt ein Backblech in den Händen. Sie kichert, als sie mich von oben bis unten betrachtet. »Haben wir dich etwa aus dem Bett geklingelt?«

Mein Vater schaut auf die Uhr. »Entschuldige. Es ist erst 13:55 Uhr. Marie hat 14 Uhr gesagt. Wir sind fünf Minuten zu früh.«

Ich reiße die Augen weit auf und fluche. »So eine Scheiße! Mann!«

Meine Mutter macht ein pikiertes Gesicht. »Na, hör mal. Du bist aber unhöflich. Die fünf Minuten. Besser etwas zu früh als …«

Ich höre nicht mehr zu, drehe mich um und renne los. Ich Idiot muss die Weckzeit auf meinem Handy nicht richtig programmiert haben.

Im Schlafzimmer sehe ich, dass der Stubenwagen nicht mehr neben meinem Bett steht. Marie muss Hans-Werner hinausgeschoben haben. Klar. Er kann ja noch nicht allein aus seinem Nest herauskrabbeln und den Wagen selbst hinausgeschoben haben. Bei so einem unzuverlässigen Vater, wie ich es bin, würde ein Kind ja regelrecht verhungern.

Ich steige in meine Hose und ziehe mein Hemd an. Gleichzeitig tasten meine Füße nach meinen Puschen, ich schlüpfe hinein. Statt mich zu kämmen, streiche ich meine Haare mit den Händen nach hinten und flitze los.

Im Wohnzimmer wird gelacht. »Mein Gott«, sagt meine Mutter. »Das ist ein richtig niedliches Kerlchen …«

»Ich finde, dass er mir ähnlich sieht«, erwidert mein Vater gut gelaunt.

Marie steht in der Küche und stellt die Warmhaltekanne mit Kaffee auf das Tablett. Sie schaut mich kurz an, und ich weiß sofort, wo der Frosch die Locken hat. Ihr Blick sagt alles. Er drückt Wut und Enttäuschung aus.

Ich erfasse, dass die Küche perfekt aufgeräumt ist und die Bodenfliesen so glänzen, als hätte der glatzköpfige Typ aus der TV-Werbung selbst Hand angelegt. »O Mann. Heute ist nicht mein Tag, Marie. Es tut mir leid. Ich habe den Weckton wohl falsch programmiert.« Dann reiße ich den Küchenschrank auf und hole Kaffeepötte heraus, die ich aufs Tablett stellen will.

»Was soll das, Alex? Der Tisch im Esszimmer ist längst gedeckt.« Sie verschränkt die Arme vor der Brust. »Du hast den Weckton deines Handys schon richtig programmiert, du hast ihn nur nicht gehört. Dafür hat Hans-Werner ihn gehört und wie am Spieß geschrien. Und das wiederum habe ich gehört.« Sie macht einen Schritt auf mich zu und faucht: »Danke, dass du uns geweckt hast!« Ihre Augen funkeln mich böse an.

Ich sage: »Oh. Warum hast du mich nicht wach gemacht, dann hätte ich …«

Ihre rechte Hand saust so schnell durch die Luft, dass ich den Luftzug spüre. »Ich habe versucht, dich zu wecken. Du hast dich aber in deinem beschissenen Bubuland eingemauert. Ich habe es nicht geschafft, dich aufzuwecken.« Sie massiert ihre Schläfen. »Alex, wenn du mal alleine auf Hans-Werner aufpasst, dann muss ich mich doch auf dich verlassen können. Ich habe keine ruhige Minute, wenn ich mir nicht sicher bin, dass du dich fürsorglich um unser Kind kümmerst. Ich verstehe nicht, dass du deinen schreienden Sohn nicht hörst, wenn du direkt daneben liegst und …« Sie schweigt, weil meine Mutter mit dem Backblech in die Küche kommt.

Sie zwinkert mir zu. »Papa unterhält sich mit seinem Enkelsohn.«

Dann lächelt sie Marie an. »Schau mal, Marie. Ich habe zweierlei mitgebracht. Einmal einen Hackfleischkuchen … Den isst du doch so gerne. Und Schokoladenkuchen mit Kirschen.«

Marie lässt sich nicht anmerken, wie sauer sie ist. Sie nimmt meiner Mutter das Backblech ab. »Danke, Elli. Das ist total lieb. Auf den Hackfleischkuchen freue ich mich wahnsinnig, ich mache ihn warm.« Sie entfernt die Folie. »Mhm. Er duftet köstlich.«

Den Kirschkuchen drapiert sie auf einen Teller, der aufs Tablett wandert. Den deftigen Kuchen stellt Marie in den Backofen.

Im Esszimmer bekommt Hans-Werner seinen Platz neben dem Tisch. Meine Eltern verrenken sich immer wieder die Hälse nach dem Kleinen.

Als Marie Kaffee eingießen möchte, nimmt meine Mutter ihr die Warmhaltekanne aus der Hand.

»Lass mich das machen. Du siehst müde aus.« Während sie die Tassen befüllt, wandert ihr Blick immer wieder zu Marie.

Die räuspert sich. »Im Moment ist es noch ein wenig stressig. Dennoch funktioniert es schon ganz prima.«

»Wir wollen uns ja nicht aufdrängen … Aber wenn ihr mal Hilfe braucht, sagt einfach Bescheid. Ich koche gerne was für euch oder übernehme die Bügelwäsche.«

Mein Vater mischt sich ein. »Und während Mama eure Wäsche bügelt, gehe ich mit meinem kleinen Enkelsohn spazieren.«

Und prompt fängt sich der frischgebackene Opa eine. »Von wegen. Ich gehe mit spazieren. Bügeln und kochen kann ich auch am Abend.«

Es freut mich sehr, dass meine Eltern wieder ihre Hilfe angeboten haben, und es würde mich noch mehr freuen, wenn Marie sie auch mal annehmen würde.

»Danke. Sollten wir Hilfe brauchen, dann melden wir uns auf jeden Fall.« Sie steht auf. »Ich hole flott den Hackfleischkuchen.«

Wenige Minuten später essen Marie und ich mit großem Appetit das Backwerk meiner Mutter, die sich jetzt erkundigt, ob ich denn auch gut mit Hans-Werner klarkäme.

Für einen Moment bleibt mir der Bissen im Hals stecken und ich würge etwas Unverständliches hervor.

Marie bläht leicht die Nasenflügel. »Alex ist ein so wunderbarer Vater, dass er später Ausgang bekommt. Er kümmert sich so rührend um Hans-Werner, dass er dringend eine Pause von allem braucht. Er darf einem Freund von Gregors Freund beim Renovieren helfen. Der zieht bald um.«

Meine Mutter strahlt. »Das ist aber nett. Man darf ja die Freunde nach der Familiengründung nicht vergessen, nicht wahr, Hans?« Sie stupst meinen Vater an.

»Ja, ja. Die Kontakte muss man auch pflegen.«

Ich hebe einen Finger. »Ich will aber gar nicht beim Renovieren helfen ...«

Marie quält mich weiter. Die Genugtuung steht ihr ins Gesicht geschrieben. »Natürlich hilfst du. Du bist für Hans-Werner und mich im Dauereinsatz, Alex. Du hast so lange nicht mehr gefeiert. Ich glaube, ein Bierchen mit deinen Freunden zu trinken und mal ganz abzuschalten, wird dir guttun.«

Sie beugt sich zu meiner Mutter. »Alex ist ein Vater, den sich jeder Hans-Werner wünschen würde. Er kann noch so tief schlafen, sobald der Kleine einen Pups lässt, ist Alex hellwach.«

Mein Vater greift nach einem zweiten Stück Kirschkuchen. »Ha! Das hat er von mir. So war ich damals auch. Meine Antennen waren Tag und Nacht ausgefahren.« Er hustet kurz. »Wie war es denn gestern Abend mit euren Freunden? Hattet ihr Spaß?«

Marie lächelt. »O ja. Danke. Es war ein toller Abend.« Sie wedelt mit der Kuchengabel in der Luft. »Ach, Elli. Tausend Dank für den Kartoffelsalat, den du extra für uns gezaubert hast. Ich wollte mich schon gestern bedanken, aber irgendwie war es weg bei mir. Er war so lecker, unsere Freunde und wir haben ihn gerne gegessen. Die Schüssel war so voll, den Rest essen wir heute und morgen Abend.«

Meine Mutter lacht. »Das freut mich. Aber du musst dich nicht bedanken. Den habe ich doch nicht extra für euch gemacht. Eigentlich war der für Opa Strüssmann.«

Ich bombardiere meine Mutter mit bösen Blicken. Warum kann sie nicht einfach mal die Klappe halten?

Marie kneift die Augen zusammen. »Opa Strüssmann? Wer ist Opa Strüssmann?«

»Na. *Der* Opa Strüssmann, der in unserer unmittelbaren Nachbarschaft vorgestern verstorben ist. Hat Alex das nicht erzählt? Das war quasi das Essen für die Verwandtschaft von Opa Strüssmann, die sich am Abend bei der Tochter … also bei Marianne Strüssmann, getroffen haben. Die Marianne wollte Nudelsalat, und ich Doofe war so durch den Wind, dass ich Kartoffelsalat gemacht habe.«

Marie pustet sich eine Haarsträhne aus dem Gesicht. Sie räuspert sich und fragt mit zitternder Stimme: »Habe ich das jetzt richtig verstanden? Unsere Freunde haben gestern Abend Hans-Werner auf der Erde willkommen geheißen … und ich habe zu diesem wunderbaren Anlass einen Kartoffelsalat serviert, der für einen Leichenschmaus gedacht war?«

Das Gesicht meiner Mutter drückt Empörung aus. »Quatsch. Der Leichenschmaus wird doch immer nach der Beerdigung serviert. Opa Strüssmann liegt noch ein paar Tage über der Erde. Als Leichenschmaus gibt es Streuselkuchen und belegte Brötchen. Die Marianne hat alles schon bestellt. Aber wie gesagt. Erst *nach* der Beisetzung.«

»Das stimmt, Marie«, sagt mein Vater schnell. Er hat ein gutes Gespür, wenn die Stimmung kippt. »Die Verknüpfung ›Salat gleich Leichenschmaus‹ findet nur in deinem Kopf statt. Es hat doch niemand bemerkt, für wen der Salat ursprünglich gedacht war.«

Jetzt nickt meine Mutter wieder. »Eben. Zumal ich die schwarzen Oliven heruntergenommen und durch geviertelte Eier ersetzt habe. Und Eier stehen ja bekanntlich für die Entstehung von Leben.«

Hans-Werner unterbricht mit lautem Geschrei die Diskussion um den leidigen Kartoffelsalat.

Meine Mutter macht einen langen Hals und schaut in den Stubenwagen. »Darf ich ihn herausnehmen?«

Marie nickt. »Natürlich. Wenn du möchtest, kannst du ihm nach dem Stillen auch die Windel wechseln.«

Die Begeisterung steht meiner Mutter ins Gesicht geschrieben.

Marie sagt, dass sie schon mal ins Wohnzimmer gehe, um das Stillkissen bereitzulegen. Meine Mutter läuft zur Wiege und nimmt behutsam ihren Enkelsohn auf den Arm.

Als sie ebenfalls das Wohnzimmer verlassen hat, legt mein Vater noch ein Stück des Hackfleischkuchens auf seinen Teller. »Und? Wie sieht's aus, Alex? Wie geht es dir in dem ganzen Neugeborenentrubel?«

Ich zerrupfe die Serviette. »Och … Ja.«

Er nippt an seinem Kaffee. Dabei lässt er mich nicht aus den Augen. »Du kommst mir bedrückt vor.«

Ich lehne mich zurück und strecke die Beine aus. »Bedrückt bin ich eigentlich nicht. Es ist nur … Ich mache viel verkehrt. Marie kommt mir so viel erwachsener vor, als ich es bin. In den letzten Tagen läuft es nicht so gut zwischen uns. Und das liegt daran, dass ich in bestimmten Dingen nicht richtig reagiere.«

»Hör auf, dich in die Mangel zu nehmen. Ein Kind verändert die Beziehung. Ich weiß noch, wie es war, nachdem du geboren worden bist.« Mein Vater zieht die Augenbrauen hoch. »Wir hatten damals die komplette Nachbarschaft zur Pinkelparty eingeladen. Was habe ich mich volllaufen lassen. Deine Mutter war unglaublich sauer. In dieser Nacht hat sie mich ausquartiert. Ich habe in der Badewanne geschlafen.« Er zupft an seinem Ohrläppchen. »Anschließend hat sie drei Tage nur das Notwendigste mit mir gesprochen. Mir war das damals ziemlich egal, denn an dem lustigen Abend mit den Nachbarn habe ich Spannungen abgebaut. Mama ging es in den Wochen vorher nicht so gut. Sie war mit den Nerven am Ende. Mach dir keine Gedanken oder Vorwürfe, wenn es mal nicht so läuft, wie Marie es sich denkt. Das spielt sich alles ein.«

Die Worte meines Vaters tun mir gut. »Danke, dass du es mir erzählt hast, Papa.«

Nachdem meine Eltern sich verabschiedet haben, attackiert Marie mich im Flüsterton, weil sie Hans-Werner auf dem Arm trägt. »Weißt du was? Die Kartoffelsalataktion … Sie war total geschmacklos von dir. Du solltest dich schämen.«

Ich muss an die Worte meines Vaters denken. Marie scheint es selbstverständlich zu finden, dass alles nach ihren Vorstellungen laufen soll. Ich schaue auf die Uhr und rede ebenfalls sehr leise. »Okay. Mittlerweile hat es sich so entwickelt, dass ich nur nach deiner Pfeife tanze. Es ist jetzt 15:33 Uhr. Wie lange soll ich mich schämen? Passt es dir, wenn ich das bis 16 Uhr durchziehe? Oder wie hättest du es gerne?«

Sie zischt mich an. »Sei nicht albern.«

Ich zische zurück. »*Du* bist albern. Der Kartoffelsalat meiner Mutter schmeckt immer gleich. Egal, zu welchem Anlass sie ihn macht. Und dass er dir geschmeckt hat, hat man gestern Abend deutlich sehen können. Du hast ordentlich reingehauen.«

Marie holt tief Luft. Sie will etwas erwidern, hält jedoch inne, weil das Telefon klingelt. Noch bevor ich zum Schnurlosen laufen kann, drückt Marie mir Hans-Werner auf den Arm.

»Das ist für mich. Paula wollte gegen 15:30 Uhr anrufen.« Sie läuft mit schnellen Schritten zum Sideboard, auf dem es in der Ladestation steht. Ich setze mich mit Hans-Werner auf den großen Ohrensessel, den meine Eltern uns zum Einzug geschenkt haben, und fühle mich in dem Moment wie ein König auf seinem Thron, weil ich unseren kleinen Prinzen im Arm halte.

Ich wiege ihn leicht hin und her. Marie schlendert mit dem Telefon vom Sideboard zum großen Fenster und wieder zurück.

Als sie Paula von den Entwicklungsfortschritten berichtet, die Hans-Werner seit gestern Abend gemacht hat, pruste ich los, fange mich jedoch sofort wieder, weil Marie mir einen giftigen Blick zuwirft.

Mir ist nicht aufgefallen, dass er die Fäuste fester zusammenballt, wenn er schreit, und mir ist auch nicht aufgefallen, dass er die Lippen spitzt, wenn er einen Haufen A-A in die Windel drückt. Und wieder muss ich lachen.

Und während Marie mich beim Lachen beobachtet, lächelt auch sie plötzlich. Ihre Stimme klingt weich. »Natürlich hilft Alex auch beim Renovieren. Das hatten wir ja gestern Abend schon besprochen.«

Ich möchte aufspringen und lautstark protestieren, kann es aber nicht, weil ich durch diese Aktion Hans-Werner wecken würde. Ich belasse es bei einem schnellen Kopfschütteln, das Marie jedoch ignoriert. »Alex freut sich schon, er packt gleich ein paar Klamotten zusammen … Ja. Ich sag es ihm. Prima … Nein, mir macht es nichts aus. Wenn ich Hilfe brauche, kommt meine Mutter. Sie wohnt ja nebenan … Danke. Sagst du Gregor, dass er nur ein Mal kurz klingeln soll?«

Als Marie das Gespräch beendet hat, stehe ich vorsichtig auf. »Was soll das? Ich habe keine Lust auf diese Renoviererei. Warum entscheidest du, was ich möchte?«

Marie nimmt mir Hans-Werner ab. »Es wird uns beiden guttun, wenn wir einige Stunden getrennt voneinander verbringen.« Dann dreht sie sich um und verlässt das Wohnzimmer.

Zwei Minuten später trifft eine SMS von Gregor ein.

Ich freue mich, dass du dabei bist.
Sieh zu, dass du deine Angel nach draußen
schmuggelst. Leg sie neben die Mülltonnenbox.
Bevor ich bei euch klingele, packe ich sie
in den Kofferraum.
Gruß Gregor

Mein Finger wischt über das Display. Ich schiele zu Marie, die sich mit Hans-Werner aufs Sofa gesetzt hat. Wenn mir vor ein paar Tagen jemand gesagt hätte, dass Prinzessin Charles mich mit netten Worten für eine Nacht ausquartieren wird, den hätte ich ausgelacht. Der Himmel hängt im Moment nicht voller Geigen, es brauen sich dunkle Gewitterwolken zusammen.

Mit einem Seufzer lehne ich mich auf dem Stuhl zurück und schließe die Augen.

Marie lacht leise. »Jetzt sag nicht, dass du müde bist. Du hast den halben Tag verschlafen.«

Es wäre jetzt ganz schön blöd von mir, wenn ich sagen würde, dass ich die Augen nur geschlossen habe, weil ich angestrengt darüber nachdenke, wo ich nach dem Umzug meine Angel verstaut habe. Wie soll ich Marie erklären, wozu Mann beim Renovieren eine Angel benötigt? Ich blinzele, gähne gekünstelt und äußere mich nicht dazu. Mir schwebt vor, dass ich die Angelrute im großen Kellerraum auf das oberste Regal gelegt habe. Ich stehe langsam auf. »Ich schaue mal unten nach, ob ich die alten Arbeitssachen finde.«

Marie nickt. »Mach das. Ich glaube, ich habe sie in den Schrank gelegt, der neben der Waschmaschine steht.«

Ich laufe los. Der Keller des Hauses ist nicht mein Freund. Die alten Treppenstufen knarzen laut, und die Decke ist so niedrig, dass ich in leicht gebückter Haltung herumlaufen muss. Und wenn ich nicht höllisch aufpasse, knalle ich jedes Mal mit dem Kopf gegen den Türrahmen, wenn ich einen der Räume betrete.

Im großen Keller stehe ich vor dem Regal und kratze an meinem Dreitagebart. Jetzt weiß ich ganz sicher, dass ich die Angel aufs oberste Regal gelegt habe. Allerdings hatte ich Blödi die Idee, tausend Kisten und Kartons sowie jede Menge Kleinkram davor zu stapeln. Ich flüstere: »Und jetzt kann der Papa die komplette Scheiße wieder wegräumen.«

Und weil ich keine Lust habe, die vielen Kisten vom Regal zu räumen, ziehe ich den mittleren Karton vorsichtig heraus. Jepp. Das hat funktioniert, ohne dass das ganze Gerüst in sich zusammengefallen ist. Jetzt müsste ich auch so an die Angel kommen.

Die Neonröhre flackert. Ich strecke meinen Arm in die Lücke und taste mich langsam voran. Bingo. Meine Finger spüren das Objekt meiner Begierde und langsam freue ich mich auf den kleinen Ausflug und den *Tötzinger See*.

Ich kann die Teleskopangel greifen und schiebe sie so weit in Schrägstellung, bis die Spitze der Rute hinter den Kartons hervorschaut. Jetzt ganz langsam mit der anderen Hand danach greifen und …

Als Marie im Türrahmen auftaucht und entnervt »Alex! Die Klamotten sind im kleinen Keller und nicht hier« sagt, schnellt mein Arm zurück, allerdings ohne die Angel loszulassen. Ich kneife die Augen zusammen, als sämtliche Kartons und Tüten auf den Boden fallen, die davorgestanden haben. Aus einer fliegt die alte Kuckucksuhr meiner

Großmutter heraus. Ein kleiner bunter Holzvogel saust aus der kleinen Tür. *Kuckuck.*

Marie stemmt die Hände in die Hüften. »Warum wühlst du hier herum?« Ihr Finger zeigt auf die Angel. »Was willst du damit?«

Ich räuspere mich. »Ich brauche etwas zum Umrühren der Farbe.«

Es wundert mich nicht, dass sie mir den Kuckuck ... ähm, Vogel zeigt. Eine dümmere Antwort hätte mir nicht einfallen können.

Marie schüttelt den Kopf. »Du kommst auf Ideen. Mir soll's egal sein. Es ist ja deine Angel.« Sie dreht sich um. Sekunden später höre ich, dass sie die Treppe hinaufläuft.

Ich schiebe die Kartons und die Schwarzwälder Uhr mit dem Fuß beiseite. Die Aufräumarbeiten müssen warten. Erst wird geangelt.

Dann haste ich in den Nebenraum und greife nach meinen alten Sachen, die Marie ordentlich gebügelt in den Schrank gelegt hat.

Im Schlafzimmer packe ich Unterwäsche, meine blauen Adiletten und die blaue Jogginghose, mit der ich mich gerne auf die Couch lümmele, in eine Reisetasche. Mit flinken Fingern suche ich nach meinen Badehosen, die ich aber nicht finden kann. Ich bin schon im Begriff, Marie laut zu fragen, wo die Sachen liegen, schlucke die Frage jedoch schnell hinunter. Wer renoviert, braucht so eine Klamotte nicht. Darum suche ich Boxershorts aus meinem Unterhosenfundus, die für Badeshorts durchgehen. Anschließend steige ich in meine rote Joggingpeitsche, die vollkommen abgewrackt aussieht, dafür aber richtig bequem sitzt. Nichts schnürt ab, Freiheit für die Glocken. Das ist genau das richtige Outfit für einen gemütlichen Männerabend am Lagerfeuer. Meine Füße steigen in rote Adiletten. Dann hole ich meine alten Turnschuhe aus dem Flur, die ich in eine Plastiktüte stopfe, die ebenfalls in die Tasche wandert.

Auf Gregor ist Verlass. Er klingelt pünktlich um 17 Uhr. Ich bin traurig, weil Marie ihren Kopf zur Seite dreht, als ich sie zum Abschied küssen möchte. Herrje. Was ein paar Flaschen Bier, eine Flasche Wein, einige Pflaumenschnäpschen und ein Kartoffelsalat alles anrichten können.

Hans-Werner liegt auf Maries Arm und schläft noch immer. Ich hauche ihm einen Kuss auf die Wange. Er verzieht das Gesicht, rekelt sich kurz, dann fängt er an zu quäken.

Es klingelt noch einmal.

Marie schiebt mich mit einer Hand ein wenig zurück und schuckelt unseren Wonneproppen leicht. Ich ernte einen vorwurfsvollen Blick. »Jetzt hast du ihn wach gemacht. Dein Bart sticht doch auf der zarten Babyhaut.« Sie drückt Hans-Werner an sich. »Geh jetzt. Gregor wartet …«

Sobald ich einen Schritt rückwärts gemacht habe, ist Hans-Werner wieder ruhig und studiert die Gesichtszüge seiner Mama.

Ich greife nach meiner Reisetasche und fühle mich plötzlich wie ein Außenseiter, der sich zwischen die engen Bande von Mutter und Kind gedrängelt hat. Ich spüre wieder, wie meine Kiefermuskeln mahlen. »Passt auf euch auf. Du kannst mich immer auf dem Handy erreichen.« Meine rechte Hand umkrampft die Angel. Als ich die Tür öffne und einen breit lachenden Gregor vor mir stehen sehe, fällt mir das Lied *Gute Freunde kann niemand trennen* ein, das Franz Beckenbauer gesungen hat, als ich noch nicht auf der Welt war.

Ich unterdrücke den Impuls, mich Gregor an den Hals zu werfen und ihn vor Freude abzuschlecken, weil er mein Freund ist. Stattdessen sage ich nur »Hallo« und »Na?«.

Marie steht neben mir und spricht in ganzen Sätzen. »Hallo, Gregor. Obwohl ihr schuften müsst, wünsche ich euch einen schönen Abend.«

Gregor streichelt Marie über den Arm und berührt Hans-Werners Fuß. »Danke. Wir reißen Tapeten ab. Das wird bestimmt lustig.« Er klatscht in die Hände. »Und anschließend wird tapeziert.«

Mit einem verunsicherten Lächeln nimmt er mich und die Angel ins Visier. »Du hast aber schon verstanden, dass wir Willi beim Tapezieren helfen, oder?«

Ich räuspere mich. »Natürlich. Die habe ich zum Umrühren der Farbe dabei.«

Gregor schlägt sich mit der flachen Hand vor die Stirn. »Klar. Darauf hätte ich auch von selbst kommen können.«

Dann juckeln wir los. Am Gartenzaun drehe ich mich noch einmal um. Marie winkt mir normalerweise hinterher, wenn ich für längere Zeit unterwegs bin. Heute nicht. Sie ist mit unserem Sohnemann im Haus verschwunden.

Als wir im Auto sitzen, rümpft Gregor die Nase. »Sag mal, warum hast du keine anständigen Klamotten angezogen?«

Ich zucke mit den Schultern. »Weil die Sachen bequem sind? Ich habe aber noch ein schöneres Outfit dabei.«

»Das wollte ich hören«, erwidert mein Freund lachend.

Auf dem Weg zu unserem Freund Mark dreht Gregor die Musik laut auf und fährt die Seitenscheibe herunter. Der frische Fahrtwind ist angenehm. Seine Daumen klopfen im Takt auf das Lenkrad. Er stoppt an einer Ampel, die auf Rot umgesprungen ist, und erzählt mir, dass Marks Frau Maja für einige Tage unterwegs sei. »Sie turnt auf der *Spanischen Treppe* in Rom herum.«

Marks Frau ist Journalistin und für das Mode-Hochglanzmagazin *Maggy* für den Bereich Haute Couture zuständig. Ich grunze. »Verrückt. Warum nennt man eine Treppe, die in Rom steht, *Spanische Treppe*? Das würde mich schon interessieren.«

Zwei hübsche, langbeinige Mädels überqueren die Straße. Sie winken uns zu. Gregor winkt zurück. Ich sehe, dass er ihnen sein schönstes Lächeln schenkt, und verschränke die Arme vor der Brust.

Gregor klopft mir auf den Oberschenkel. »Beschäftige dich nicht mit den tiefsinnigen Fragen des Lebens, Alex.« Er hebt noch einmal die Hand, als die Mädels sich umdrehen. »Ich interessiere mich eher für die Beine der Models, die diese Treppe hinunterlaufen.« Er niest laut und spricht mit näselnder Stimme: »Du scheinst im Moment nicht fit im Schritt zu sein, was?«

Der Blick, den er mir zuwirft, ist nach meinem Geschmack ein wenig zu mitleidig. Gregor gibt Gas. Ich lehne mich zurück und beobachte, wie die Bäume an mir vorbeirauschen. Dabei wird mir bewusst, dass die Tage der vergangenen Monate genauso an mir vorbeigerauscht sind. Und das macht mir im Moment ein wenig Angst.

Als Gregor in die Straße einbiegt, in der Mark wohnt, kommt er uns schon entgegengejoggt, und ich finde, dass er verdammt gut ausschaut. Auch er hat seine Angel dabei, die in einer Hülle verpackt ist, die über seiner Schulter baumelt.

Auf der Fahrt zum *Tötzinger See* haben wir uns so angeregt über alte Zeiten unterhalten, dass mir die Stunde Autofahrt wie zwanzig Minuten vorgekommen ist. Mark findet, dass wir unbedingt noch einmal gemeinsam nach Mallorca müssten. Als ich sage, dass ich wohl nicht mehr mitziehen könne, klopft er mir auf die Schulter. »Quatsch. Das Leben ist doch nicht vorbei, wenn man Vater geworden ist. Im Gegenteil. Dann fängt es erst richtig an.«

Gregor lacht. »Das sagt der Richtige. Kein Kind und eine Frau, die mehr Zeit im Flieger als auf dem heimischen Sofa verbringt und … der vier Tage in der Woche orkanfreie Bude hat.«

Darüber kann ich auch nur lachen.

Unser Freund fährt auf das Gelände des Campingplatzes und parkt vor dem Gebäude, über dessen Tür in Großbuchstaben *Anmeldung* steht. Nach dem Aussteigen mache ich einige Kniebeugen.

Während Gregor mit der fülligen Angestellten redet und ihr etwas von zwei Caravans de Luxe erzählt, die er gebucht habe, stöbern Mark und ich in den Prospekten und Flyern, die auf den Regalen an der Wand auf Camper warten, die sich über die Ausflugsmöglichkeiten der näheren Umgebung informieren möchten.

Im Hintergrund höre ich Gregor labern, während er ein Formular ausfüllen muss.

»Die Damen sind schon angereist. Piet wird gleich mit dem Rad vorfahren und Sie zu Ihrem Caravan de Luxe leiten.«

Mein Ellenbogen saust in Marks Rippen. »Damen? Welche Damen?«

Die Angestellte, an deren Brust ein Schild baumelt, auf dem der Name Eva steht, muss meine Frage mitbekommen haben, denn sie grinst. Gregor hüstelt leise. Dann füllt er weiter das Formular aus.

Mark verzieht das Gesicht. Er flüstert: »Pst. Nicht so laut. Gregor hat zwei Zuckerschnecken eingeladen. Er hat sie vor zwei Tagen im *Aktenkeller* kennengelernt. Die arbeiten bei *Maschinenbau Prötter* und wollten noch eine Arbeitskollegin mitbringen, der es im Moment nicht so gut geht … Sie braucht ein wenig Abwechslung, weißt du? Sie ist wieder Single und kommt damit schlecht klar.«

Ich werfe den Prospekt auf einen kleinen Tisch, der neben dem Regal steht. Jetzt brauche ich dringend frische Luft.

Mark folgt mir auf dem Fuße. »Ey, was soll das? Warum drehst du so am Rad?«

Gregor kommt. »So, Jungs. Hinter der Schranke fängt ein schöner Abend an. Wir müssen noch drei Minuten auf diesen Piet warten, der ist …«

Ich zische Gregor an. »Was soll das, du Arsch? Ich dachte, wir wollen einen auf gemütlich machen und angeln. Du hättest mir sagen müssen, dass du die Zuckerschnecken eingeladen hast. Dann wäre ich niemals mitgekommen.« Ich mache einen Schritt zurück. »Da … da mache ich nicht mit. Ich werde Marie nicht hintergehen.«

Gregor lacht. »Komm runter, Kollege. Es ist nur ein Akt der Menschlichkeit. Die Mädels mussten einfach mal raus, okay? Unsere Caravans stehen lediglich nebeneinander. Mehr nicht.«

Ein rothaariger, hagerer Typ kommt auf einem Fahrrad angeeiert. »Moin. Ich bin der Piet. Ich soll euch zu eurem Platz leiten. Folgt mir einfach.«

Ich setze mich nur widerwillig auf den Beifahrersitz.

Gregor fährt Piet im Schritttempo hinterher. Dabei grinst er dämlich. Ich verpasse ihm eine Kopfnuss. »Wenn Marie dahinterkommt, trete ich dir in die Eier.«

Die Drohung beeindruckt Gregor nicht. Ganz im Gegenteil. Er lacht sich schlapp.

Mark, der hinter mir sitzt, kichert albern. »Sag vorher Bescheid. Das muss ich sehen.«

Piet lenkt sein Fahrrad kreuz und quer über den Platz. Er muss hier bekannt wie ein bunter Hund sein, denn die Camperinnen und Camper, die uns entgegenkommen, winken ihm freundlich zu.

Wenn Gregor die Mädels nicht eingeladen hätte, wäre meine Laune richtig gut, denn der Platz ist sehr gepflegt. Die Parzellen sind von mittelhohen Hecken eingezäunt, die alle ordentlich geschnitten sind.

Piet fährt auf zwei lange Caravans zu, die sich in einer sehr großen Parzelle gegenüberstehen.

Vor dem linken Wohnwagen der Luxusklasse sitzen zwei der jungen Frauen, die ich im *Aktenkeller* gesehen habe, auf gut gepolsterten Stühlen an einem Tisch. Ihre knappen, roten Bikinioberteile lassen erahnen, dass auch untenrum an Stoff gespart wurde. Beide haben ihre langen Haare zu einem dicken Zopf geflochten. Die Schwarzhaarige trägt ihn über der rechten, die Blonde über der linken Brust.

Gregor schnallt sich ab und wirft einen Schulterblick in Richtung Mark. »Na? Was sagst du? Hab ich zu viel versprochen?«

Marks muskulöser Oberkörper drängt sich durch die Lücke der Vordersitze. Er starrt auf die Mädels und pfeift leise durch die Zähne. »Leck mich am Arsch. Rapunzel und Schneewittchen. So scharfe Geschosse habe ich schon lange nicht mehr in natura gesehen.«

Gregor boxt mich auf den Oberarm. »Und was sagt unser frischgebackener Paps dazu?«

Ich öffne die Tür und zeige Gregor den Mittelfinger. »Lasst mich da raus, ihr Idioten.«

Gregor und Mark grinsen sich verschwörerisch an. Sie klatschen ab und steigen beschwingt aus dem Auto.

Ich schaue ihnen hinterher und fühle mich schon wieder ausgegrenzt. Aber dieses Mal macht es mir nichts aus. Im Zeitlupentempo krabbele ich aus dem SUV, auf dessen Kühlergrill ein Mercedes-Stern glänzt.

Sekunden später hängen die beiden Sexbomben an Gregors Hals und bedecken seine Wangen mit kleinen Küssen. Ich frage mich, wieso die drei schon so vertraut miteinander sind.

Gregor lächelt charmant. »Mark … Alex … das hier ist Janina.« Er zeigt auf die blonde Frau, die rechts von ihm steht, dann auf die Frau mit den schwarzen Haaren, die an seinem linken Arm hängt, »… und das hier ist Monica.«

Janina entschuldigt ihre Freundin, die noch unsichtbar ist. Dabei sieht sie komischerweise nur mich an. »Es tut mir echt leid. Felli hat im Moment ziemlich viele Probleme. Sie ist seit Kurzem wieder Single. Ich hoffe, dass sie sich einen Ruck gibt und sich doch noch zu uns setzt.«

Und weil mir das schnuppiger als schnuppe ist, ob sich diese Felli zu uns setzt oder nicht, zucke ich lediglich mit den Schultern.

Obwohl die Temperaturen noch sehr warm sind, scheinen Janina und Monica zu frieren, denn unter dem dünnen Stoff der Bikinioberteile herrscht Nippelalarm.

Dem schmalen Piet ist das auch nicht entgangen. Er glotzt mit halb geöffnetem Mund auf die dicken Möpse der beiden und kommt ins Stottern, als er uns bittet, ihm in den Luxus-Wohnwagen zu folgen, damit er uns alles zeigen kann.

Holla! Als ich das Teil von außen betrachte, bin ich schon fasziniert. Sämtliche Fenster sind getönt. Piet erklärt, dass unsere Unterkunft zwei Meter fünfzig breit und über neun Meter lang ist.

Im Wohnwagen bleibt mir regelrecht die Spucke weg. Im Heck und im Bug sind zwei große Liegeflächen, auf denen man mit Sicherheit herrlich schlafen kann. Ich schüttele den Kopf, um die Bilder zu verscheuchen, die wie aus dem Nichts vor meinem geistigen Auge auftauchen. *Ich liege mittig auf der Koje und rechts und links neben mir hocken Rapunzel und Schneewittchen, die …* Nein, ich will das nicht sehen und schlage mir einmal feste auf den Hinterkopf.

»Sieht saugemütlich aus«, ruft Mark, der gerade die Dusche und das WC inspiziert.

Gregor lugt in den Kühlschrank. »Wunderbar! Hier passt ja ordentlich was rein.«

Ich setze mich auf die halbrunde Ledercouch. Und die ist so bequem, dass ich keine Lust mehr habe, aufzustehen.

Piet knipst das Licht über dem dreiflammigen Gasherd an. »Heute Morgen habe ich eine neue Gasflasche angeschlossen. Ihr könnt nach Herzenslust kochen oder draußen grillen. Rechts neben dem kleinen Blumenbeet steht der gemauerte Grill. Wenn ihr Lebensmittel benötigt, im kleinen Supermarkt neben der Anmeldung könnt ihr noch bis 19 Uhr einkaufen. Und wenn ihr morgen früh frische Brötchen wollt, der Laden hat ab 6:30 Uhr wieder geöffnet.«

Bevor er sich verabschiedet, erklärt er uns noch, dass in dem Holzschuppen ein kleiner Bollerwagen steht, in dem wir unsere Einkäufe transportieren können.

Gregor knöpft sein Hemd auf. »Lasst uns unsere Klamotten reintragen. Und danach losen wir aus, wer von uns einkaufen gehen muss.« Er springt regelrecht aus dem Wohnwagen.

Mark sprintet hinter ihm her, ich laufe eher in gemäßigtem Tempo.

Janina und Monica haben es sich auf Liegen gemütlich gemacht. Sie genießen die Abendsonne. Es ist noch so warm, dass ich große Lust hätte, eine Runde im See schwimmen zu gehen.

Wir haben die wenigen Gepäckstücke ruckzuck in den Caravan getragen und die Sachen in die Schränke geräumt. Anschließend fläze ich mich auf die Couch und lege die Füße auf den Tisch. Mark und Gregor ziehen sich um. Ich registriere, dass meine Freunde überall rasiert sind, und lache laut los, weil Gregor zwei Pflaster am Sack kleben hat.

Mark hat es ebenfalls entdeckt und prustet los.

»Hört auf, so blöd zu lachen. Im Rasierer war eine neue Klinge. Ich wollte die Pflaster schon entfernen, es ist aber zu schmerzhaft. Das Zeug klebt wie Hölle. Irgendwann gehen sie von alleine ab.«

Die Herren schlüpfen in Badehosen aus feinstem Zwirn. Dass die beiden Gewichte stemmen, ist nicht zu übersehen. Brust- und Oberarmmuskeln sind wohlgeformt und bei Mark ist der Ansatz eines Sixpacks zu erkennen.

Die ursprüngliche Idee, Boxershorts als Badehose zu tragen, verwerfe ich ganz schnell. Ich sehe in meinen roten Klamotten schon lächerlich genug aus. Mir ist es aber scheißegal, weil … *Ich* bin nur zum Angeln hier.

Gregor wühlt in seinem Kulturbeutel herum und parfümiert sich ein. »Was ist, Paps? Willst du dich nicht umziehen?«

»Nee. Ich bleibe, wie ich bin.«

Mark schüttelt langsam den Kopf. »Ich genieße gerade das Gefühl, dass Maja und ich keine Kinder wollen. Was bist du für eine Spaßbremse geworden.«

Gregor kramt im Seitenfach seiner Reisetasche herum und holt ein Päckchen Streichhölzer heraus. »Wir losen aus, wer einkaufen geht. Wer das Kurze zieht, geht und bezahlt auch.«

Er dreht sich um, dann hält er mir zuerst die Hand hin. Ich fixiere die kleinen, roten Schwefelköpfe, greife nach der goldenen Mitte, fluche leise und springe auf. »Okay. Was wollt ihr essen?« Das Zündholz fliegt im hohen Bogen durch die Luft. Gregor fängt es auf.

Zehn Minuten später trotte ich mit dem kleinen Bollerwagen los. Während ich laufe, studiere ich noch mal den Einkaufszettel. *Bier, Wein, Grillwurst, Nacken- und Putensteaks, Kartoffeln, Krautsalat, Aufschnitt, Käse …* Ich bleibe stehen, weil mein Handy klingelt. Ich fummele es aus der Hosentasche. Es ist Mockenhaupt. Mit einem unguten Gefühl nehme ich das Gespräch an, denn statt für die Gerechtigkeit zu kämpfen, gammele ich seit zwei Tagen vor mich hin.

Mockenhaupts Stimme klingt etwas ungehalten. »Alex. Ich bin zwar noch in Paris, aber ich brauche einige Informationen aus der Akte Sissy Anröchte. Auf dem PC existiert der Ordner Anröchte, er ist aber leer. Sie haben sie nicht einscannen lassen?«

»Ähm, nein. Dazu bin ich in den letzten Tagen nicht gekommen.«

Das gefällt meinem Big-Big-Boss gar nicht, und ich könnte mich in den Hintern treten, weil ich vergessen habe, die Damen aus dem Schreibbüro darum zu bitten.

Mockenhaupt redet weiter. »Sorgen Sie dafür, dass das schnellstens nachgeholt wird. Am besten gestern.«

Mein Chef muss den Lautsprecher eingeschaltet haben, denn im Hintergrund höre ich Iris kichern.

Als das Gespräch beendet ist, starre ich für einen Moment auf mein Handy. Seitdem wir den Fall Gaspacho angenommen haben, ist Mockenhaupt unerträglich geworden. Er verliert nicht gerne. Und schon gar nicht, wenn das die halbe Nation mitbekommt.

Es sind nur noch wenige Schritte bis zum Lebensmittelmarkt.

Während ich einkaufe, ruft Iris an. Sie sagt, dass ich morgen dafür sorgen solle, dass Mockenhaupt die kompletten Unterlagen per E-Mail-Anhang bekommt.

Obwohl ich noch nichts gegessen habe, könnte ich kotzen.

Nach zwei Flaschen Bier, zwei Grillwürsten, einem Nackensteak und einer großen Folienkartoffel mit Knoblauchbutter sieht die Welt ganz anders aus. Ich bin entspannt und rülpse leise. Wenn Mockenhaupt und Donald jetzt hier wären, könnten sie mich am Hintern lecken.

Ich lümmele mich auf den gemütlichen Stuhl und begreife langsam, wie man sich fühlt, wenn man auf Diät ist und zuckersüße Sachen vor sich stehen hat, die man nicht anpacken darf. Ich gebe zu, dass ich nicht abgeneigt wäre, von den Zuckerschnecken zu naschen. Und noch während ich die sündigen Gedanken denke, taucht Maries Bild vor mir auf und das von unserem kleinen, süßen Hans-Werner, der mich mit seinen grünen Augen anschaut, die mir sagen: He, Paps, lass die Scheiße.

Janina und Monica entpuppen sich als sehr sympathische Mädels, die nicht nur lachen, sondern auch perfekt grillen können. Das Fleisch war butterweich und die Würstchen waren genau so, wie ich sie liebe. Gleichmäßig gebräunt und leicht knusprig.

Die Arbeitskollegin und Freundin von Schneewittchen und Rapunzel hat sich noch immer nicht blicken lassen. Am Magen scheint Felli auf jeden Fall nichts zu haben, denn Janina hat einen vollbepackten Teller mit Grillgut und Kräuterbutter sowie eine Flasche Rotwein in den Caravan gebracht.

Ich lehne mich zurück und denke nach, was sie außer Magenbeschwerden haben könnte. Vielleicht das prämenstruelle Syndrom? Viele Mädels leiden darunter und die Tage vor den Tagen sind Tage, in denen *Mann* Frauen besser aus dem Weg gehen sollte.

Gregor, Mark und die Mädels räumen den Tisch ab und verschwinden damit in unserem Wohnwagen. Mir wird auf die Schulter geklopft und gesagt, dass ich schön sitzen bleiben solle. Ich bin nicht böse drum, gähne, streife die Adiletten von den Füßen, wackele mit den Zehen und schließe die Augen. Im Wohnwagen hinter mir wird gekichert. Ich weiß genau, dass Mark und Gregor baggern werden, was das Zeug hält. Die Uhr tickt, und wenn die Schwerenöter statt angeln vögeln wollen, müssen sie sich ranhalten. Im Caravan, der vor mir steht, höre ich ab und an einen Schluchzer und Schnäuzgeräusche. Derartige Töne gehen mir ans Herz. Ich kann es nicht ertragen, wenn Menschen so am Arsch sind, dass sie weinen müssen und ihr Elend dem Kopfkissen und den Papiertaschentüchern anvertrauen.

Ich schaue in den Himmel und beobachte die Wolken, die sich rötlich verfärbt haben. Die Sonne verschwindet allmählich hinter den Bäumen. Mir geht allerhand durch den Kopf. Ich sollte mir für morgen einen Plan machen, sonst kriege ich wieder nichts gebacken. Am besten wäre es, wenn ich einige Stunden im Büro bliebe. Ich werde Mockenhaupt von dort aus die E-Mail mit den Informationen schicken.

Ich hoffe, dass Mockenhaupt wieder etwas erträglicher wird, wenn wir die Geschichte Gaspacho hinter uns gebracht haben. Wir stehen enorm unter Zugzwang, denn im Falle einer Verurteilung wird er für eine Weile gesperrt. Und das wäre eine Katastrophe, weil die Europameisterschaft vor der Tür steht.

Plötzlich überfällt mich eine unbändige Sehnsucht, Maries Stimme zu hören. Ich setze mich auf eine Pobacke und fummele mein Handy aus der Tasche meiner Jogginghose.

Als ich das Kontaktbild von Marie betrachte, die Hans-Werner im Arm hält und in die Kamera lächelt, wird mir ganz warm ums Herz. Marie ist nach der Geburt unseres Stammhalters noch schöner geworden. Ihre Haare werden im Frühling und Sommer durch die Sonnenstrahlen sehr viel blonder und ohne die winzigen Sommersprossen, die auf ihrer Nase tanzen, kann ich mir Marie gar nicht vorstellen.

Mein Zeigefinger sorgt dafür, dass die Verbindung hergestellt wird.

Statt »Hallo, mein geliebter Alex« oder »Wie schön, dass du anrufst«, sagt Marie mit vorwurfsvoller Stimme: »Menno. Jetzt ist Hans-Werner durch den Klingelton wach geworden, Alex.«

Ich höre, wie sie »Schschsch … ist ja gut« sagt. »Das ist doch nur der Papa. Komm mal her, mein kleiner Schatz.«

Aha. Ich bin *nur* der Papa.

Nachdem Marie Hans-Werner aufgeklärt hat, wer der Anrufer ist, fängt er wie auf Knopfdruck an zu schreien. Maries Stimme klingt jetzt richtig genervt. »Ist etwas passiert, Alex? Warum rufst du an?«

Ich räuspere mich, dann gebe ich mir alle Mühe, meine Stimme fröhlich klingen zu lassen. »Nein. Es ist alles okay. Ich hatte einfach Sehnsucht nach dir … nach euch und wollte nur hören, ob alles in Ordnung ist.«

Marie gähnt. »Danke. Bis du angerufen hast, war alles in Ordnung. Wir haben ein Nickerchen gehalten. Nun ist es wieder aus mit der Ruhe. Ich muss mich jetzt um den Kleinen kümmern, Alex. Wenn noch was ist, ruf bitte nicht mehr an, sondern schick eine SMS, okay?«

Bevor ich antworten kann, hat Marie das Gespräch beendet. Ich bin ein Idiot. Marie hat genug um die Ohren. Da kam mein Anruf gerade recht.

Hinter mir wird wieder gelacht und das Lachen kommt näher. Gregor, Mark und die Mädels sind im Anmarsch. Janina und Monica laufen an mir vorbei und verschwinden in ihrem Wohnwagen.

Meine Freunde haben Handtücher über die Schultern geworfen. Gregor geht neben mir in die Hocke. Er raunt: »Alex, wir gehen jetzt mit den beiden in die Sauna und anschließend schwimmen. Kommst du mit?«

Ich hebe eine Hand. »Nein. Geht nur. Ich mach es mir hier gemütlich. Noch ein Bierchen, dann schaue ich mal, wonach mir ist. Vielleicht geh ich noch an die Seite des Sees, an der geangelt werden darf.« Ich kann mir nicht verkneifen zu sagen, dass ich deswegen auch hergekommen bin.

Mark grinst. »Warum willst du bis zum Angelufer laufen? Du kannst deine Rute auch hier bis zum Anschlag ausfahren, Alex. Ich gehe jede Wette ein, dass du bald einen Fisch an der Angel haben wirst.«

Gregor gluckst vor Lachen und kommt wieder auf die Beine.

Ich verschränke die Arme vor der Brust. »Ihr seid echt so dämlich …« Weil Janina und Monica kommen, schlucke ich die bösen Worte hinunter, die mir auf der Zunge herumtanzen.

Die Mädels haben sich ebenfalls mit Saunatüchern bewaffnet, außerdem tragen sie große Badetaschen. Aus einer ragen die Hälse von zwei Flaschen Rotwein heraus.

»Von mir aus können wir …«, sagt Monica mit einem gekonnten Augenaufschlag in Richtung Mark.

Der wirft sich mächtig in die Brust und nimmt sie an die Hand.

Gregor legt einen Arm um die Schultern von Janina, die sich an ihn schmiegt. »Bis später, Alex.« Er hebt lässig den Zeigefinger.

Monica löst sich von Marks Hand und beugt sich zu mir. Sie flüstert: »Es tut mir so leid, Alex, dass Felli uns die Party versaut. Ich habe nicht damit gerechnet, dass sie eine so große Spielverderberin ist. Ich hätte meine Schwester fragen sollen, ob sie mitkommt. Dann müsstest du jetzt nicht alleine hier abhängen.«

Ich weiß echt nicht, was ich zu dem abgekarteten Spiel sagen soll. Darum zucke ich nur mit den Schultern. »Macht euch keinen Kopf. Die Ruhe wird mir guttun. Außerdem bin ich eh nur zum Angeln hergekommen.« Anschließend lehne ich mich demonstrativ auf dem bequemen Stuhl zurück und wünsche den saunahungrigen einen schönen Abend.

Nachdem die vier aus der Parzelle getänzelt sind, wird mir sehr schnell klar, dass das mit der Ruhe nichts wird. Diese Felli denkt wahrscheinlich, dass sie vollkommen allein auf dem kleinen eingezäunten Grundstück ist, denn sie lässt jetzt ihren Gefühlen freien Lauf.

Mit näselnder Stimme schimpft sie laut. »Du elendige Kanalratte … du, du Miststück …« Nach kräftigen Schnäuzgeräuschen höre ich ein jämmerliches Quieken, das mir durch Mark und Bein geht.

Ich reibe mir das Kinn. Holla, die Waldfee. Eins steht fest. Diese Felli ist ein sehr temperamentvolles Wesen.

Wieder dieses Quieken. »Du … Du verdammter Schweinehund. Man sollte dich …« Dann folgt ein lang gezogenes »Wäääh«.

O Mann. Auf den wenigen Quadratmetern trifft sich ja geradezu das ganze Leid der Welt. Eine Welle des Mitleids überflutet mich. Ich stehe auf, schleiche bis zum Wohnwagen, laufe langsam die zwei Stufen hinauf und spähe in den Luxus-Caravan. Felli liegt auf dem großen Bett im Heck.

Trotz der Wärme hat sie sich vollkommen unter einer Decke vergraben. Es schauen lediglich ihre Füße heraus. Ihre rot lackierten Zehen wackeln in einer Tour.

Ich räuspere mich. Und obwohl ich mich geräuspert habe, klingt meine Stimme ganz fremd. »Ähm … Hallo. Nicht erschrecken. Ich bin ein Freund von Gregor und Mark … Bitte, hören Sie auf zu weinen. Es ist … Also jeder Abschied bedeutet doch, dass etwas Neues beginnt.« Ich beuge mich ein wenig vor und klopfe sacht auf die Stelle, wo ich Fellis Kopf erahne. »Hee. Pfeifen Sie auf den Mistkerl. Er ist es nicht wert … Nicht eine einzige Träne. Irgendwo in einem Teich … ähm auf dieser Welt wartet ein Prinz auf Sie. Und dann fängt Ihr Leben erst richtig an.« Ich tätschele etwas fester.

Das Weinen ebbt langsam ab. Nasenrotz wird hochgezogen. »Meinen Sie?«

Ich spüre regelrecht, dass ich es geschafft habe, Zugang zu dieser leidenden Seele zu finden, und setze mich auf den Rand des Bettes. Etwas erleichtert sage ich in beschwingtem Tonfall: »Aber ja. Dieser Mistkerl hat doch eine Frau wie Sie gar nicht verdient. Zeigens Sie's ihm. Arschlecken drei fuffzig.« Meine Hand schiebt langsam die Decke hinunter. »Wenn Sie wollen, können wir draußen weiterreden. Hee, ich bin sehr gut im Trösten. Echt.« Ich schiebe die Decke weiter hinunter und springe in dem Moment, in dem Felli ihren Kopf hebt und mich aus verschwollenen Augen anschaut, in die Höhe.

Ich reiße die Augen weit auf. Meine Stimme überschlägt sich. »Beckyyyy?«

Die Retourkutsche folgt auf dem Fuße. »Aaaalex?«

Ganz ehrlich. Ich hätte eher gedacht, aus einem fahrenden Zug mit Pfeil und Bogen eine Mücke zu treffen, die irgendwo zwischen Paris und Moskau auf einem Hochspannungsmast sitzt, statt meiner Ex-Verlobten Becky *hier* zu begegnen. Dass Schneewittchen und Rapunzel hier aufgetaucht sind, lasse ich mir ja noch gefallen. Aber dass sie die böse Stiefschwester von Aschenbrödel im Schlepptau haben, das gefällt mir überhaupt nicht.

Und noch bevor ich aufstehen und flüchten kann, hängt mir die Frau am Hals, mit der ich einige Jahre liiert war und die ich heiraten wollte. Das Schicksal hatte jedoch andere Pläne. Am Tag nach meinem Junggesellenabschied habe ich Marie kennengelernt und mich Hals über Kopf in sie verliebt. Und das so sehr, dass es unmöglich für mich war, mit Becky vor den Traualtar zu treten. Am Tage unserer Hochzeit habe ich die Bombe platzen lassen. Und dann stellte sich heraus, dass ich für Becky nur Mittel zum Zweck gewesen war. Sie wollte mich zwar heiraten, jedoch nur für eine kurze Zeit als Ehefrau an meiner Seite leben. Sie war scharf auf die Hälfte meines Ersparten, das sie nach der Scheidung bekommen hätte. Tatsächlich war sie in ihren Chef Engelbert Spengemann verliebt, der ihr schon lange auf den Fersen war und sie umgarnt hat.

Während Beckys Lippen sich wie ein Scheißhauspömpel an meinem Hals festsaugen und ich ihre langen Krallen durch den Stoff meines T-Shirts auf der Haut spüre, versuche ich, mich aus ihrem Klammergriff zu befreien.

»Becky, lass das … Hör auf damit. Bitte …«

Ihre Lippen lösen sich. »Alex, dich schickt der Himmel. Wenn du wüsstest, wie oft ich in den letzten Monaten an dich gedacht habe … Ich kann nicht mehr verstehen, wie dumm ich war und auf das Gesülze von Engelbert hereingefallen bin.«

Dann wirft sie sich wieder an meinen Hals und saugt wie bescheuert weiter.

Meine Hände umfassen ihre Oberarme wie Schraubstöcke. Ich schiebe sie mit aller Kraft von mir. »Verdammt. Lass das!« Gleichzeitig springe ich auf und reibe die Stelle an meinem Hals, an der sie vor ein paar Sekunden noch herumgenuckelt hat. Ich mache einige Schritte zurück und stelle mich in unmittelbarer Nähe der geöffneten Wohnwagentür. Falls Becky weiter in Saugstimmung ist, könnte ich einen Hechtsprung nach draußen machen und laut um Hilfe rufen.

Beckys Hand verschwindet unter der Decke und tastet sich langsam voran. Nach wenigen Sekunden hält sie ein Papiertaschentuch in der

Hand, in das sie kräftig schnäuzt. Dabei lässt sie mich nicht aus den Augen. »Das hätte ich jetzt nicht gedacht. Janina und Monica haben mir lediglich gesagt, dass sie von einem Gregor, einem Mark und noch einem Typen eingeladen worden sind, und mich gefragt, ob ich nicht Lust hätte, sie zu begleiten. Ich habe mich hier verschanzt und sie noch nicht zu Gesicht bekommen. Dann seid ihr also die Jungs? Du und deine Kumpel?«

Unbehagen macht sich in meiner Magengegend breit. Becky kennt meine Freunde natürlich aus der Zeit, als ich noch mit ihr zusammen war. Ich nicke. »Ja. Genau *der* Gregor und *der* Mark sind die Jungs, die euch eingeladen haben.«

Becky grunzt. »Hoppla. Sind sie denn geschieden, deine Freunde? Oder haben Paula und Maja den beiden grünes Licht zu diesem Treffen gegeben?«

Ich räuspere mich und umgehe die Antwort. »Ähm ... Wir sind zum Angeln hier. Im See. Ich wollte schon längst am Angelufer sein. Da habe ich dich weinen gehört. Also nicht dich, sondern eine Frau. Diese Felli. Und da dachte ich ... *He, Alex. Du kannst doch jetzt nicht abhauen.* Wie gesagt, wir ... ich wollte nur angeln.«

Becky greift nach der Flasche Rotwein, die vor dem Bett steht, und nimmt einen kräftigen Schluck. Ihre Stimmung scheint sich von jetzt auf gleich gebessert zu haben, denn sie kichert. »Vom Angeln haben Janina und Monica aber nicht gesprochen.« Sie steigt langsam aus dem Bett und kommt so geschmeidig wie eine Raubkatze mit wiegenden Schritten auf mich zu. Ich starre auf ihre Beine und frage mich, ob sie früher auch schon so lang waren, und kann meinen Blick nicht von ihrem tief ausgeschnittenen, bauchfreien T-Shirt lösen, unter dessen dünnem Stoff sich ihre prallen Brüste abzeichnen. Sie trägt ein knappes Unterhöschen aus roter Spitze. In ihrem Bauchnabel steckt ein Piercing mit einem grünen Glitzerstein. Ihre dunklen Haare fallen in großen Locken auf ihre Schultern. Ich mache noch einen Schritt zurück.

Beckys Zeigefinger spielt mit ihrer Unterlippe. »Und weißt du, was meine Arbeitskolleginnen noch gesagt haben? Dass der Freund, den

Gregor und Mark mitbringen, ein frischgebackener Vater ist und der …« Sie vollendet den Satz nicht, sie belässt es bei einem Grinsen.

Ich kneife die Augen zusammen. »Warum redest du nicht weiter? Was haben deine Freundinnen noch gesagt?«

Sie lässt meine Frage im Wohnwagen stehen. »*Du* bist also derjenige, der Papa geworden ist?«

»Ja. Unser Sohn … ähm, Hans-Werner ist zwei Wochen alt.« Ich verschränke die Arme vor der Brust.

»Aha. Ist diese Psychologin von damals, diese Marie, die Glückliche?«

Becky macht noch einen Schritt auf mich zu. Sie steht jetzt so dicht vor mir, dass ich den Duft ihrer Haut atmen kann, der in meinem Gehirn Erinnerungen auslöst. Es ist, wie das erste frisch gemähte Gras im Frühjahr zu riechen, dessen Duft mich immer wieder an meine unbeschwerte Kindheit erinnert, in der ich mich nach Herzenslust bis zum Müdewerden austoben konnte. Eine wunderbare Zeit, in der ich noch keinerlei Verpflichtungen hatte, außer meine Spielsachen am Abend in die bunte Holzkiste zu räumen.

Meine frühere Verlobte kaut auf ihrer Unterlippe. »Wahnsinn. So schnell hast du dich für ein Kind entschieden? Wie lange seid ihr verheiratet?«

Beckys Hände wandern auf meinen rechten Unterarm. Ihre Daumen kreisen sanft über die Stelle meines Handgelenks, unter der mein Blut mit Hochdruck durch die Pulsadern schießt. Mein Blick fällt auf ihre Brüste, die mich aus dem T-Shirt anlachen. Ich schlucke schwer. Die Erinnerungen, die jetzt hochkommen, haben nichts mit Gras zu tun. Ich sehe Becky und mich auf der Matratze turnen. Ich schüttele kurz den Kopf, um diese bewegten Bilder zu verscheuchen. »Wir sind nicht verheiratet. Wir sind auch ohne Trauschein glücklich.«

Ich habe keine Lust, weiter mit Becky über Maries und meine Familienplanung zu reden, und trete die Flucht nach vorn an. Mit einem gekonnten Sprung flüchte ich vor meiner Ex und ihren langen Krallen aus dem Caravan. Etwas unsanft lande ich auf der Wiese neben einer Liege, auf der jede Menge Schminkutensilien der Mädels liegen. Ich laufe um den Campingtisch und stelle mich hinter einen Stuhl, den ich hektisch hin und her schiebe. Dabei lächele ich gekünstelt. »Ähm, wieso nennen deine Freundinnen dich Felli und nicht Becky?«

»Ganz einfach. Weil es im Kolleginnenkreis schon eine Becky gibt. Und damit es nicht zu Verwechslungen kommt, sagen sie Felli zu mir. Sie haben meinen Familiennamen ein wenig verfremdet.« Sie fügt sarkastisch hinzu: »Ich hoffe, du kannst dich noch daran erinnern, dass ich mit Nachnamen Feller heiße.«

Ich nicke. Wie könnte ich das vergessen. »Na, dann will ich mal die Rute klarmachen … ähm, angeln gehen.« Ich drehe mich auf dem Absatz um und laufe in Richtung unseres Wohnwagens.

»Alex, warte! Kann ich nicht mitkommen?«

Ich drehe mich kurz um. »Nein. Auf keinen Fall. Ich werde erst spät zurück sein. Wir sehen uns morgen früh, bevor wir wieder heimfahren.«

Obwohl mir Beckys promptes Schluchzen durch Mark und Bein geht, laufe ich mit großen Schritten in den Wohnwagen, um die Angelklamotten zusammenzusuchen.

Ich fühle mich nicht mehr in der Verantwortung, Beckys Tränen zu trocknen. Unsere Beziehung ist Vergangenheit.

Gregor hatte eine Box mit Angelhaken im Gepäck, die er im Schrank verstaut hat. Ich krame sie hervor und verfrachte sie in meine Umhängetasche. Neben seinem Kulturbeutel steht eine Dose mit Tauwürmern, die ich ebenfalls in die Ledertasche lege.

Im *Tötzinger See* ist Baden nur am Süd- und Ostufer erlaubt. Das West- und Nordufer gehört den Anglern. Neben den üblichen Weißfischen wie Brassen und Rotaugen tummeln sich dort auch Aale.

Im Kühlschrank finde ich eine Flasche Rotwein, zusätzlich packe ich zwei Dosen Bier ein. Das große Stück Käse, das ich fürs Abendessen mitgebracht habe, hat niemand angerührt. Für den kleinen Hunger zwischendurch sollte es reichen, darum werde ich es ebenfalls mitnehmen.

Als ich meine Reisetasche öffne und meine blauen Joggingschuhe aus der Plastiktüte nehme, müffelt es dermaßen, dass ich die Luft anhalte.

Sobald ich wieder daheim bin, müssen die Teile dringend einige Runden in der Waschmaschine drehen.

Ich setze mich auf die halbrunde Ledercouch. Meine Adiletten fliegen von den Füßen, und ich versuche, in die Turnschuhe zu schlüpfen, was mir jedoch nicht gelingt. Ich wackele mit den Zehen. Es steckt etwas darin, was sich komisch anfühlt. So, als würde es leben, obwohl es riecht, als wäre es schon seit Monaten tot.

Statt mit den Fingern dieses übel riechende Etwas ans Licht zu befördern, hole ich einen Esslöffel aus der Schublade, mit dem ich danach fische.

Ich verziehe angewidert das Gesicht, als ich einen Klumpen Fleischmasse ans Licht befördere, der verdammt nach Bratwurstbrät ausschaut, das schon bessere Zeiten gesehen hat. Ich muss nicht lange nachdenken, wie der da hineingekommen ist. Finnjo Jannis hat gestern mit den Turnschuhen Polizei gespielt. Er wird in unserem Kühlschrank gewühlt und die Bratwürste gefunden haben, die nicht bio sind und darum verhaftet werden mussten.

Nachdem ich die Sauerei im Chemieklo entsorgt habe, binde ich die Schuhe an die Tasche. Im Fach unter der Spüle suche ich nach einer Spülbürste und werde tatsächlich fündig. Ich betrachte sie von allen Seiten. Den Weg zum Angelufer werde ich barfuß laufen und damit im See die restliche Sauerei aus meinen Tretern bürsten.

Bevor ich den Wohnwagen verlasse, spähe ich vorsichtig hinaus. Becky ist nicht in Sichtweite. Sie scheint sich wieder in ihr Bett verkrochen zu haben, um ihre Wunden zu lecken.

Wenn Becky geleckt hat, dann nicht lange, denn als ich die Parzelle verlassen habe, höre ich ihre Stimme hinter mir. »Ich kann jetzt nicht alleine sein, Alex. Ich stör dich auch nicht. Hauptsache, ich habe jemanden um mich.« Mit einer verlegenen Geste schwenkt sie ihre große Handtasche hin und her. Sie trägt jetzt knappe Shorts zu dem bauchfreien Top. Die Haare hat sie zu einem Pferdeschwanz zusammengebunden.

Ich bleibe stehen und atme tief durch. »Okay. Du kannst mitkommen.« Ich schnelle herum. »Aber nur, wenn du die Klappe hältst und so tust, als wärst du nicht da.«

Sie nickt schnell.

Ich laufe los. Wer eine gute Fußpflege betreibt und regelmäßig die Hornhaut von den Fußsohlen entfernt, läuft nicht schmerzunempfindlich über Stock und Stein. Und ich betreibe eine sehr gute Fußpflege.

Die Campingplatzbesucher, die mir begegnen grinsen, unverhohlen darüber, wie ich mit hochgekrempelten Hosen und lauten Autsch-Rufen über den steinigen Weg in Richtung Westufer eiere. Dabei verziehe ich bei jedem Schritt gequält das Gesicht.

Hinter mir kichert es leise. Becky scheint sich ebenfalls köstlich über mich zu amüsieren. »Alex, das sieht voll lustig aus, wie du läufst.« Dann lacht sie laut los.

Ich drehe mich kurz um und schicke ihr einen warnenden Blick. Sie pariert sofort und hält wieder die Klappe. Dafür erkläre ich ihr in einem Satz, dass meine Schuhe von innen ganz versaut seien und ich sie deshalb an der Tasche angebunden habe, statt sie anzuziehen.

Becky nickt nur. Ihr Schweigen hält jedoch nicht lange an. Sie holt auf, läuft jetzt neben mir und fängt an zu plappern. Dabei öffnet sie ihre Tasche und zaubert eine Dose Bier hervor, öffnet sie und reicht sie mir. Ich darf zuerst trinken, dann setzt Becky die Bierdose an. Ich muss lachen. Den guten Zug hat sie nicht verlernt.

Becky lacht ebenfalls und wischt sich mit dem Handrücken über den Mund.

Dann erfahre ich das, was mir längst klar war. Sie arbeitet nicht mehr im *Elektrokonzern Spengemann*. Nachdem sie ihren Engelbert im Büro in flagranti mit einer anderen Frau erwischt hat, hat sie die Plörren prompt geschmissen und dank eines eifrigen Mitarbeiters der Agentur für Arbeit sofort einen Job als Außendienstlerin bei *Maschinenbau Prötter* bekommen, wo sie Janina und Monica kennengelernt hat.

Sie hält mir wieder die Bierdose hin. »Weißt du. Ich habe vieles bereut, Alex. Wir waren seinerzeit ein so gutes Team …« Ihr rechter Arm legt sich um meine Hüfte. »Stütz dich ein wenig auf mich, dann kannst du besser laufen.«

Ich mache gerne Gebrauch davon und stelle erschrocken fest, dass

Becky mir noch wahnsinnig vertraut ist. Es kommt mir vor, als hätten wir uns erst vor wenigen Wochen getrennt. Ich kenne jeden Quadratmillimeter ihres Körpers und jede Stimmlage, die ihre Gemütsverfassung ausdrückt. So höre ich auch jetzt die Wehmut, die sich in ihrem Herzen breitgemacht hat.

Wir haben das Angelufer erreicht, das nicht sehr gut besucht ist. Lediglich ganz hinten hält sich eine Gruppe Männer auf. Ihren Stimmen nach zu urteilen, haben sie schon ordentlich getankt. Ich kämpfe mich ein Stück durch das Schilf und reiche Becky die Hand. »Komm. Hier sind wir direkt in der Nähe der Aale, die hoffentlich beißen werden.« Und wieder darf ich einen Schluck trinken.

Becky wird nicht müde, mich weiter zuzulabern. Sie berichtet von ihren Eltern Franky und Christa, erzählt die Neuigkeiten von ihrer Schwester Katharina und deren Mann Hannes und den vier Kindern, von denen ich die Namen nie behalten konnte und die ich darum auch heute nicht zuordnen kann.

Ich muss zugeben, dass es fast ein Glücksfall war, Becky hier getroffen zu haben, denn ich komme aus dem Lachen nicht mehr heraus. Sie kramt in Anekdoten herum, über die wir beide schmunzeln können, und lässt derbe Sprüche vom Stapel. Ich habe das Gefühl, einen Kumpel aus alten Tagen wiedergetroffen zu haben, mit dem ich früher eine ganze Herde Pferde gestohlen habe.

Ich beobachte sie, wie sie sich an den Rand des Sees setzt, die Beine im Wasser baumeln lässt und den Ringverschluss der nächsten Dose Bier öffnet. Es zischt. Und wieder darf ich den ersten Schluck nehmen.

Becky gehört zu den Frauen, die sehr wandlungsfähig sind. Früher habe ich sie nach einer Stunde Schminken vor dem Spiegel manchmal nicht wiedererkannt. Mit einer dicken Schicht Make-up, Tuschkram und Wangenrot, oder wie man das nennt, und gestylten Haaren war sie anschließend das glamouröse Top-Model. Am nächsten Tag war sie wieder das blasse Mädchen von nebenan, das ihre Rubensfigur nicht in enge Miederwaren gepresst hat, um fünf Kilo schlanker zu wirken.

In der Zeit, in der ich mit Becky zusammen war, war ich ständig gestresst. Im Büro habe ich wie ein Irrer geschuftet, um meinem Job gerecht zu werden, und wenn ich nach Hause kam, habe ich fast den kompletten Haushalt allein gewuppt und zusätzlich gekocht, während sich Becky, ihre Mutter und ihre Schwester zum Kaffeeklatsch getroffen haben. Hausarbeiten verrichten war nie ihr Ding. Und vom Kochen hat sie gar nichts gehalten, obwohl sie sehr gerne gegessen hat.

Ich fahre die Teleskopangel aus.

Marie ist genau das Gegenteil von Becky. Sie ist sehr zierlich und in ihrer ganzen Art wesentlich ruhiger. Wenn sie sich schminkt, fällt das Make-up sehr dezent aus und verändert kaum ihr Äußeres. Derbe Fluchsprüche würden ihr nie über die Lippen kommen. Die Hausarbeit erledigen wir gemeinsam, wobei ich sagen muss, dass Marie schon den Löwenanteil übernimmt. Das Fensterputzen und die Bügelwäsche lässt sie sich nicht aus der Hand nehmen, obwohl ich diese Arbeiten auch aus dem Effeff beherrsche.

Als ich einen Haken an der Angelschnur befestige, zieht Becky die Füße aus dem Wasser und kommt neugierig angerobbt. »O Mann. Und auf dem spitzen Teil pikst du gleich den Wurm?«

»Jepp.«

»Cool. Darf ich deine Rute auch mal halten?« Sie grinst mich mit einem gekonnten Augenaufschlag an. »Ich habe seit Monaten nicht mehr so ein langes Teil in den Händen gehalten.«

Ich verkneife mir ein Lachen. Das war eindeutig zweideutig. Nachdem ich die Angel startklar gemacht und in Ufernähe ausgeworfen habe, hocke ich mich neben Becky, die längst die Flasche Rotwein in der Tasche entdeckt hat. Sie pult mit einem kleinen Taschenmesser den Korken aus dem Flaschenhals, weil ich keinen Korkenzieher dabeihabe.

Ich tauche derweil meine versifften Turnschuhe unter Wasser und bearbeite sie von innen mit der Spülbürste.

Brav beantworte ich Beckys Fragen, wie das Leben mit Marie und dem kleinen Hans-Werner ist. Und weil das alles so schön klingt, beschließt sie, auf mein neues Leben anzustoßen. Ihr Finger drückt den Rest des Korkens in die Flasche, dann prostet sie mir zu.

Anschließend proste ich ihr zu.

Die Sonne hat sich längst verabschiedet und das schwache Licht der Solarleuchten, die hinter uns am Weg stehen, tauchen die Umgebung in ein sanftes Licht. Die Schatten des Schilfs fallen auf die kleine Landzunge.

Am Südufer ist ein Gartenlokal, das man von hier aus gut sehen kann. Der Wind trägt die leise Musik zu uns rüber.

Ich kontrolliere die Angel. Den Aalen scheint der Tauwurm-Köder zu gewöhnlich zu sein. Sie haben keine Lust darauf.

Becky lehnt ihren Kopf an meine Schulter und legt eine Hand auf meinen Oberschenkel. Ich lasse es zu, weil es albern wäre, sich übertrieben sittsam anzustellen. Solange sie ihre Finger still hält und sie nicht in Richtung Scheune wandern, in dem mein Dreschflegel seit Monaten arbeitslos herumliegt, muss ich keine Bedenken haben.

Sie seufzt leise. »Sollen wir eine Runde schwimmen gehen?«

Ich reiße einen Grashalm ab und kaue darauf. »Ich habe keine Badehose dabei.«

Becky schubst mich. Ich kippe zur Seite. »Ich habe auch keinen Bikini drunter.« Sie greift in ihre Tasche und holt eine kleine Flasche Mineralwasser heraus. »Hier. Nimm einen Schluck, du Hasenfuß. Außer uns beiden weiß doch niemand, dass wir so baden gehen, wie der liebe Gott uns geschaffen hat.« Dann legt sie sich hin, hebt den Hintern und streift ihre Shorts und das rote Spitzenhöschen erst über die Knie, dann über die Fußgelenke. Anschließend verrenkt sie sich die Arme und öffnet den roten Spitzen-BH, den sie eine Sekunde später vor meiner Nase baumeln lässt. »Na? Was ist?«

Boah. Hammer. Beim Anblick ihrer prallen Brüste kommt Leben in meine angestaubte Scheune.

Mit zittrigen Fingern schraube ich die Wasserflasche auf, genehmige mir einen großen Schluck und bekomme ad hoc einen Hustenanfall, weil meine Kehle höllisch brennt. Ich schaue auf die Flasche. »Verdammt, was ist das?«

Becky springt auf. Sie kreischt vor Lachen. »Tequila … Und jetzt komm, du Weichei.« Sie läuft in Richtung See.

Madonna! Ich sehe ihren nackten Hintern mit seinen prallen Backen. Sie setzt sich an den Rand der Landzunge und gleitet langsam ins Wasser. Dabei schreit sie spitz auf. »Huch, ist das kalt.« Nachdem sie ein Stück hineingelaufen ist, schwimmt sie los. Mit einem Schulterblick ruft sie: »Wer zuletzt an der Badeinsel ist, muss den anderen zum Essen einlaaaden!«

Ich weiß nicht, wie ich es nennen soll, was mich dazu treibt, mir die Klamotten vom Leib zu reißen. Männliche Eitelkeit … sportlicher Ehrgeiz oder einfach nur die Gier, Beckys Titten und ihre wohlgeformten Backen zu sehen.

Innerhalb weniger Sekunden bin ich ebenfalls im Wasser und schwimme gemächlich hinter Becky her. Ich gönne ihr das Gefühl, zu gewinnen und zuerst auf der Insel zu sein.

Die letzten Meter vor der schwimmenden Holzkonstruktion lasse ich mich treiben und beobachte lächelnd, wie sie die Leiter hinaufklettert und sich freut, dass sie gewonnen hat.

Erst dann folge ich ihr. Becky ist vollkommen außer Atem, sie streicht ihre nassen Haare hinter die Ohren. Ihre Brust hebt und senkt sich schnell. »Ich habe gewonnen …«

»Glückwunsch!«, rufe ich lachend.

Beckys Blick bleibt an meinem kleinen Alex hängen. Sie räuspert sich.

Ich spüre, dass mein Körper anfängt, eine Sprache zu sprechen, mit der mein Verstand nicht einer Meinung ist. In meiner Lendengegend regt sich etwas.

Becky streckt die Hand nach mir aus, der ich ausweiche, und ich springe zurück ins Wasser. Als ich wieder auftauche, ist sie bereits neben mir.

»Weißt du was? Du bist ein Spielverderber.« Sie sorgt dafür, dass ich eine Ladung Wasser abbekomme.

Ich schwimme meiner Körpersprache davon.

»Ich hoffe, es sind große Hechte im See«, kreischt Becky lachend, »die Appetit auf eine kleine Nudel haben!«

Die Vorstellung, dass im See große Hechte scharf auf kleine Nudeln sind, lässt mich so schnell schwimmen, als wäre der Teufel hinter mir her. Nach kurzer Zeit habe ich die Landzunge erreicht und hieve mich hoch.

Becky war mir erstaunlicherweise sehr dicht auf den Fersen, denn sie hangelt sich jetzt ebenfalls an Land. Sie hustet und reibt sich die Augen. »Reichst du mir meine Handtasche? Da ist ein Geschirrtuch drin …«

Ich schaue mich um. Und je genauer ich mich umsehe, umso genauer sehe ich, dass unsere Taschen und Sachen nicht mehr da liegen, wo wir sie hingelegt haben. »Scheiße! Die Klamotten sind verschwunden. Jemand muss sie geklaut haben.«

»Was?« Beckys Stimme klingt mehr als verzweifelt. Sie geht in die Hocke und flucht laut. »Verdammte Kacke! Unsere Handys …« Ihre Hände tasten auf dem Boden unter dem Busch, neben dem sie gesessen hat. »Boah, gut, dass ich sie darunter geschoben habe. Sie liegen noch dort. Ey, als hätte ich es geahnt, dass wir beklaut werden.« Sie reicht mir mein Smartphone.

Ich starre fassungslos auf die Stelle, an der vor Kurzem noch die Rute gestanden hat. »Tz. Das gibt es doch nicht. Sie haben sogar die alte Angel mitgenommen.« Dafür registriere ich ein wenig erleichtert, dass sie wenigstens meine Treter und Beckys Flipflops liegen gelassen haben.

»Und jetzt?« Becky hockt noch immer am Boden. Ihre Zähne klappern. »Mir ist kalt.«

»Hattest du wichtige Papiere in deiner Tasche? Scheckkarten? Ausweis … Führerschein? Oder Schlüssel?«

Beckys Zähne klappern lauter. »N-n-n-nein. Da war nur Alkoholisches und unnützer Kram drin.«

Und weil ich ebenfalls keine wichtigen Dinge mit mir herumgeschleppt habe, schlage ich vor, einen unserer Freunde anzurufen, damit er uns neue Klamotten bringt. »Mach ein paar Kniebeugen. Dann wird dir wärmer.«

Ich versuche mein Glück zuerst bei Gregor. Fehlanzeige. Sein Handy ist ausgeschaltet. Mark ist ebenfalls nicht erreichbar.

Becky versucht es bei Janina. Auch vergeblich, denn mit dem Mobilteil am Ohr schüttelt sie den Kopf. Als auch Monica das Gespräch nicht annimmt, stampft sie mit dem Fuß auf. »Mist. Das können wir vergessen. Wer weiß, wann die ihre Handys wieder einschalten. Am besten, wir schlagen uns durch die Büsche, die neben dem Weg stehen, zurück zum Wohnwagen.«

Die Situation hat etwas Groteskes. Wir lachen wie bescheuert, als wir splitterfasernackt in die Schuhe steigen.

Sekunden später prustet Becky wieder los, weil ich ihr meinen Allerwertesten entgegenstrecke und auf allen vieren durch das Schilf krabbele, um zu sehen, ob die Luft rein ist.

Als ich aufstehe, verpasst sie mir einen Klaps auf den Hintern. Und wieder gackern wir los.

Ich halte das Smartphone in der rechten Hand und schirme damit mein Gemächt ab. Die linke tastet nach Becky, die in leicht gebückter Haltung x-beinig neben mir steht. Sie kann sich wohl nicht entscheiden, wo sie ihr Mobiltelefon hinhalten soll. Mal hält sie es vor einer ihrer Hupen und mal vor das Dreieck unter ihrem Bauchnabel.

Ich fackele nicht mehr lange herum, greife nach ihrem Handgelenk und ziehe sie hinter mir her. Wir überqueren den Weg, schlagen uns in die Büsche und pirschen uns langsam durch das Gestrüpp in Richtung Südufer.

Mir ist ein wenig mulmig zumute. Ab und an raschelt es im Gebüsch, und ich möchte nicht wissen, welche Viecher sich hier herumtreiben. Im Idealfall könnten es Fuchs und Hase sein, die sich Gute Nacht sagen. Bei dem Gedanken, dass es aber auch beheimatete Schlangen sein könnten, die hier auf Nahrungssuche gehen, bricht mir der Schweiß aus. Soviel ich weiß, ist der Biss einer Kreuzotter giftig.

Kurz bevor wir das Ende des Pfades erreicht haben und gleich auf den gepflasterten Weg kommen, der zum Campingplatz gehört, bleiben wir stehen. Ich reiße von einem dichtblätterigen Busch große Zweige ab, die wir uns vor den Körper halten können.

Becky findet die Idee großartig und nimmt das Grünzeug. Ganz plötzlich sagt sie: »Pst … sei mal still«, und stupst mich in die Rippen. »Da ist jemand …«

Wir laufen auf Zehenspitzen ein Stück weiter und sehen eine Frau, die mit dem Rücken zu uns auf dem Boden hockt und pullert. Ich lache leise. Nicht leise genug, denn die Frau dreht den Kopf ein wenig in unsere Richtung.

»Gonzo?«

Es antwortet jemand, der ganz offensichtlich auf dem Weg steht. »Ja, mein Engel?«

»Stehst *du* hinter mir?«

»Nein, mein Engel.«

Ich könnte mich vor Lachen auf den Boden schmeißen. Aber dazu komme ich nicht, denn *Engel* dreht jetzt so schnell den Kopf in unsere Richtung, dass wir keine Zeit mehr zum Rückzug haben.

Ein gellender Schrei lässt mich zusammenfahren. »Gonzo! Hilfe! Ein Exhibitionist.« Die Frau bricht sich fast die Beine, als sie aufspringt und versucht, mit heruntergezogenen Hosen zu flüchten.

Dann geht alles ganz schnell. Becky hält sich die dicken Blätterzweige vor ihren Körper und rennt geradeaus in Richtung Weg. Von schräg rechts kommt ein Mann durch die Büsche, der genauso aussieht, wie ich mir einen Gonzo vorstelle. Ein Kerl wie ein Gorilla, mit Oberarmen so dick wie Elefantenbeine.

Ich schaffe es nicht mehr, Becky zu folgen. Der Typ baut sich breitbeinig vor mir auf, hält mich am Arm fest und zischt mich an. »Hör zu, du Stinkstiefel. Wenn du bei drei nicht in deine Klamottis geschlüpft bist und dich bei der Lady mit einem Diener entschuldigst, reiß ich dir deinen Schwanz samt Wurzel heraus, damit er nicht nachwachsen kann.«

Ich schlucke hörbar. Meine Augenlider flattern, und mir wird bewusst, dass ich mir am liebsten vor Angst in die Hosen scheißen würde, wenn ich denn welche anhätte.

Und in dem Moment, in dem Gonzo mir seine Hand vor die Nase hält, sie zur Faust ballt und imaginär etwas darin zerquetscht, weiß ich, dass ich wie ein Mann kämpfen muss, um ein Mann zu bleiben.

Mein Vater hat mich früher immer davor gewarnt, bei einer Keilerei die Beine weit zu spreizen. Und Gonzo hatte wohl keinen Paps, der ihn davor gewarnt hat, denn er steht sehr breitbeinig vor mir.

Gonzo schnalzt mit der Zunge. »Okay, du Ratte. Du willst es nicht anders und …«

Der Hüne kommt nicht weiter, denn mein Knie schnellt mit voller Wucht nach oben, und den Geräuschen nach zu urteilen, die aus seiner Kehle kommen, habe ich seine Nüsse geknackt.

Ich halte mich nicht mehr lange auf, sondern gebe Gas. Raus aus dem Gebüsch, an einem hilfeschreienden Engel vorbei, in Richtung gepflasterten Weg.

Mir begegnet niemand, und als ich an den Müllcontainern vorbeirenne, höre ich Becky hinter mir. »Mensch, wo bleibst du denn? Ich warte und warte …«

Ich bremse ab, reiße ihr einen der Zweige aus der Hand, halte ihn vor meinen Bimbam, gebe weiter Gummi und renne in Richtung unserer Parzelle.

Im großen Spiegel, der in der Dusche des Wohnwagens angebracht ist, sehe ich das Malheur, das der nächtliche Streifzug durch das Gebüsch mit meinem Körper angerichtet hat. Auf meiner Haut befinden sich unzählige Kratzer. Es wird nicht einfach sein, Marie zu erklären, wie man sich beim Renovieren derartig verletzen kann.

Noch schwieriger wird es sein, Marie zu verticken, welche Frau ich so nah an mich herangelassen habe, die mir diese großen Knutschflecke verpasst hat.

4. Die Akte

Gregor steht vor mir und fummelt am obersten Knopf des Hemdes, das er mir geliehen hat. »Die Klamotte ist genial. Der Kragen verdeckt komplett die Knutschflecke …«

Ich schlage unsanft seine Hand weg. Mein Zeigefinger wandert zwischen Hemdkragen und Adamsapfel. »Mensch, Marie hält mich für bescheuert, wenn ich bei dem warmen Wetter so zugeknöpft herumlaufe.«

Mark zieht den Reißverschluss seiner Reisetasche zu. »Sag ihr einfach, dass du ein wenig Halsweh hast und deine Gurgel warm halten musst, damit es nicht schlimmer wird.«

Ich drehe mich angepisst um. »Blödmann!«

Gregor geiert los. »Ganz ehrlich. Wenn ich so geschunden nach Hause käme … Paula würde sofort die Scheidung einreichen.« Er schüttelt den Kopf. »Dein Body sieht aber auch aus.«

Mark mischt sich ein. »Mach Alex keine Angst. Wenn er die Hemdsärmel unten lässt, und wenn er die Jogginghose nicht auszieht, dann sieht Marie es nicht. In drei bis zehn Tagen ist das alles verheilt und unser Exhibitionist sieht aus wie neu.«

Beide prusten los.

Wir sehen uns noch einmal im Wohnwagen um, ob wir nichts liegen gelassen haben, und ziehen die Tür hinter uns zu.

Bevor wir in Gregors Auto steigen, schaut er auf sein Handy, das einen kurzen Ton von sich gegeben hat. »Schöne Grüße von den Mädels. Die Bahn ist frei. In einer halben Stunde sind sie schon in Dippendorf.«

Auf der Rückfahrt löchern mich meine Freunde und interessieren sich für die Neuigkeiten, die es von Becky gibt. Und ich gebe bereitwillig Auskunft.

Gregor schaut mich durch den Rückspiegel an. »Dass diese Felli deine Ex-Verlobte Becky ist, damit habe ich absolut nicht gerechnet. Und dass sie die neue Arbeitskollegin von Janina und Monica ist, die unter einem Trennungsschmerz leidet, konnte ich ebenfalls nicht wissen. Als ich Becky heute Morgen gesehen habe, hat es mich fast aus den Schuhen gehauen.«

Mark gähnt laut. »Mir ging es ebenso. Was es doch für verrückte Zufälle im Leben gibt.«

Als Gregor sein Auto vor unserem Haus parkt, steige ich mit gemischten Gefühlen aus. Meine Freunde grinsen breit, als wir uns voneinander verabschieden, und wünschen mir viel Glück.

Langsam trotte ich durch den Vorgarten. Ich hoffe, dass ich Glück habe und es Marie scheißegal ist, warum ich bei dem herrlich warmen Wetter bis zum Hals zugeknöpft herumlaufe und sie nicht nach dem Warum popelt.

Kaum dass ich die Tür aufgeschlossen habe, höre ich Marie lachen. Sie scheint entspannt und fröhlich zu sein, denn genau so klingt es.

»Na, Hans-Werner … hörst du, der Papa kommt heim. Sollen wir ihm mal erzählen, wie prima wir beide geschlafen haben?«

Und noch bevor ich antworten kann, dass mich das freut, steht Marie mit unserem Sohnemann auf dem Arm vor mir. Obwohl ich mich zu ihr beuge, muss sie sich auf Zehenspitzen stellen, um mich zu küssen. Als ich ihr in die Augen schaue, durchströmt mich ein Glücksgefühl. Scherzhaft sage ich: »Was? Ihr habt ohne mich gut geschlafen?« Ich verpasse Marie einen Nasenstüber, dann streichele ich Hans-Werners kleine Faust, die sich abmüht, Löcher in die Luft zu boxen. »Sollte es nicht umgekehrt sein?«

Marie läuft in Richtung Küche. »Ich bin gerade dabei, einen gemischten Salat für heute Abend zuzubereiten.«

»Prima. Das hört sich gut an.«

Marie legt Werner in den Stubenwagen. »Habt ihr all das geschafft, was ihr euch vorgenommen habt?«

Ich reibe meine Nasenspitze. »Ja, ja, ja. Alles. Also fast alles.« Mit gesenktem Kopf laufe ich zur Spüle, um mir die Hände zu waschen.

Hinter mir wird der Kühlschrank geöffnet. »Du wirst es nicht glauben. Ich habe Hans-Werner gegen 24 Uhr gestillt und er hat bis um kurz nach 6 Uhr durchgeschlafen. Das war eine Wohltat.«

»Vielleicht hat Hans-Werner sich schon etwas daran gewöhnt, auf der Welt zu sein.«

Marie lacht. »Quatsch. Ich glaube eher, dass es ihm gutgetan hat, dass ich alleine mit ihm geschlafen habe. Du drehst dich immer so oft. Und außerdem schnarchst du ständig. Das wird ihn stören. Gestern Nacht, als du im Gotteshaus übernachtet hast, war ich auch sehr unruhig und das hat Hans-Werner genau gespürt. Er war ständig am Krähen.«

Ich trockne im Zeitlupentempo meine Hände ab. »Willst du damit sagen, dass ich störe?«

»Nein. So meine ich das nicht. Du störst nicht im Sinne von *wirklich* stören. Du weißt doch, wie ich das meine. Wir probieren es mal aus und schlafen getrennt. Ich bleibe mit ihm im Schlafzimmer und du kannst auf der Couch oder irgendwo anders schlafen.«

Irgendwo anders. Die Worte schmerzen in meinen Ohren.

»Sag mal, was hast du für ein Hemd an? Das kenne ich gar nicht.«

Meine Gedanken sind noch immer *irgendwo anders.* Geistesabwesend sage ich: »Das hat mir Gregor geliehen. Es ist so schön warm an der Gurgel. Ich habe ein wenig Halsschmerzen.«

Marie verzieht das Gesicht. »Und dann küsst du mich und streichelst Hans-Werner? Halt dich besser fern von ihm … und komm mir am besten auch nicht zu nahe. Eine Erkältung ist das Letzte, was ich brauchen kann.« Mich trifft ein vorwurfsvoller Blick. »Wir sind jetzt Eltern und müssen ein wenig verantwortungsbewusster sein.«

Dann hobelt sie im Eiltempo eine Schlangengurke und streift mich mit einem Seitenblick. »Zum Mittagessen wollte ich Spiegeleier und Schinkenbrote machen. Ist das okay für dich?«

Ich schaue auf die Uhr. »Oh. Für mich bitte nicht. Ich muss ins Büro. Mockenhaupt hat mich gestern angerufen, als ich auf dem … ähm, beim

Anstreichen war. Er braucht dringend Unterlagen, ich muss sie ihm vom Büro aus mailen. Wahrscheinlich werde ich wohl bis zum Nachmittag fort sein.«

Man merkt Marie an, dass sie ausgeruht ist. Sie strahlt mich an. »Das passt mir ganz gut. Die Isabella hat angerufen. Du weißt schon. Meine frühere Studienkollegin. Sie hat vor drei Monaten entbunden. Am frühen Nachmittag will sie mit ihrer kleinen Annemie zum Kaffeetrinken kommen. Dann können wir ungestört quatschen.«

Ich überlege kurz, ob ich beleidigt sein soll oder nicht, und laufe in Richtung Schlafzimmer. Als wenn ich Marie je bei einem Kaffeeklatsch gestört hätte. Und wenn Isabella hier aufkreuzt, wäre ich ohnehin der Letzte, der sich blicken lassen würde, denn ich kann sie auf den Tod nicht ausstehen. Sie gehört zu den Frauen, die einen Mann nicht nur unter den Tisch, sondern zwei Meter unter die Erde quasseln. Sie kann schneller reden, als ich denken kann, und damit komme ich überhaupt nicht klar.

Mit flinken Fingern krame ich nach einem weißen Hemd, nehme den anthrazitfarbenen Anzug vom Bügel, suche Unterhosen und Socken aus der Schublade und begebe mich ins Bad, um eine flotte Dusche zu nehmen.

Entgegen meiner Gewohnheit drehe ich langsam den Schlüssel im Schloss, weil ich mich einschließen will. Ich agiere ganz vorsichtig, damit Marie es nicht hört.

Geschafft! Ich reibe mir die Hände, ziehe mich in Windeseile aus und schaue in den Spiegel. Leck mich fett. Becky hat mir zwei richtige Flatschen verpasst. Die hat aber auch einen Zug am Leib. Mit hochgezogenen Augenbrauen starre ich mich im Spiegel an und erinnere mich noch sehr gut daran, an welchen Stellen meines Körpers die gute, alte Becky schon gesaugt hat. Ich kratze an meinen Pobacken.

Mit einem Grinsen steige ich in die Dusche und fahre erschrocken herum, weil zuerst die Türklinke heruntergedrückt wird und es dann an der Badezimmertür klopft. Dabei knalle ich mit voller Wucht mit dem Ellenbogen gegen den Hebel der Mischbatterie, der nach oben schnellt. Das Wasser schießt aus dem Duschkopf.

»Alex?«

Die Kabine der Dusche ist halb geöffnet. Für einen Moment verschwimmt die Welt vor meinen Augen. Ich reibe den Musikknochen und tänzele auf der Stelle, weil ich den nächsten Schmerz verkraften muss, denn das Wasser strömt mit einer Temperatur über meinen Körper, mit der man normalerweise Kaffee aufbrüht. »Huahhh … H-h-heisch.« Mit fahrigen Händen schiebe ich den beschissenen Hebel der Armatur mit einem Ruck nach rechts. Prompt prasselt es eiskalt aus dem Duschkopf. »Wuahhh …«

»Alex? Wieso hast du die Tür abgeschlossen?«

Mein Lachen ist kein echtes Lachen, eher ein Anflug von Hysterie. Obwohl ich Maries Worte sehr gut verstehen kann, spiele ich den Schwerhörigen. »Gleich. Ich höre im Moment nichts, das Wasser …«

Auf den Fliesen hat sich schon eine kleine Pfütze gebildet. Ich schiebe die Tür der Duschkabine zu und seife mich ein.

Die kleinen Kratzer auf meiner Haut brennen leicht, als ich meinen Körper mit der Rückenbürste bearbeite. Eine schmerzhafte Erinnerung an den gestrigen Abend, den ich so schnell nicht vergessen werde.

Ich stehe vor dem Badezimmerspiegel und fluche leise. Der Kragen des weißen Oberhemdes verdeckt nicht das, was er verdecken soll. Es macht keinen Sinn, weiter an dem Stoff zu ziehen und zu zuppeln, ein Halstuch muss her.

Mein rechtes Ohr wandert an die Tür. Ich höre Marie gedämpft reden, kann aber nicht ausmachen, ob sie mit Hans-Werner quasselt oder telefoniert.

Ich raffe meine Sachen zusammen und schleiche auf Zehenspitzen aus dem Bad in unser Schlafzimmer.

Etwas ratlos stehe ich vor dem großen Kleiderschrank. Ich habe vier Schals, allerdings sind die circa drei Meter lang und aus dicker Wolle. So einen kann ich mir unmöglich um diese Jahreszeit umbinden. Ich gehe Maries dünne Tücher durch. Von denen kann ich auch keines um den Hals legen, denn es sind typische Mädchenstoffe.

Ich krame weiter, und während ich krame, durchzuckt mich ein Blitzgedanke. Irgendwo muss dieser alte schwarze Seidenschal mit den weißen Tupfen von meinem Opa August herumfliegen. Meine Mutter hat ihn mir vor circa zwanzig Jahren als sogenanntes *Erbstück* aufgeschwatzt, das ich als junger Mann vehement nicht annehmen wollte, aber musste.

Ganz vage erinnere ich mich daran, dass ich ihn mit Onkel Ignatz' antiker Fliegerkappe aus Leder in eine Plastiktüte gepfeffert habe, die in einer Fotokiste liegt, in der ausschließlich Bilder meiner Urgroß- und Großeltern väterlicherseits liegen. Sie warten schon lange darauf, noch einmal angeschaut zu werden. Ich krieche in die hinterste Ecke des Kleiderschranks und atme erleichtert auf, als ich die Schachtel mit den Bildern in den Händen halte.

Wenige Minuten später stehe ich vor dem Spiegel, öffne den Hemdkragen und lege den weichen Seidenstoff um meinen Hals, der sich wunderbar kühl und edel auf der Haut anfühlt, dafür aber wie ein nasses Kojotenfell im Hochsommer stinkt.

Ich muss husten und greife nach dem Eau de Toilette, das Marie mir zu Weihnachten geschenkt hat, und besprühe den Schal meines Opas großzügig damit.

Anschließend wedele ich mit der Hand vor meiner Nase. Mein Gott. Wenn Becky wüsste, was sie mit ihrer beschissenen Saugerei angestellt hat.

Marie rümpft die Nase, als ich die Küche betrete. Sie kann nicht glauben, dass ich *den* Duft aufgetragen habe, den sie mir geschenkt hat. Mit einem Blick auf das Halstuch hebt sie die Augenbrauen. »Jetzt sind wir schon so viele Monate zusammen und ich kenne noch immer nicht alle Klamotten von dir.« Dann räuspert sie sich. »Hast du kein passendes Einstecktuch? Das sähe harmonischer aus.« Sie wartet meine Antwort nicht ab. »Ich bin mit Hans-Werner kurz bei meiner Mutter. Wir sehen uns dann später …«

Sie ist so schnell weg, dass ich nicht mehr dazu komme, mich mit einem Wangenkuss zu verabschieden.

Wenn man den Glaspalast von *Mockenhaupt & Partner* betritt und Herr Rübsahm ohne Mütze an der Anmeldung sitzt, weiß jeder Mitarbeiter, dass der Big-Big-Boss außer Haus ist. Und wenn Klärchen, die Reinemachefrau, hinter ihm steht, um ihm eine Rückenmassage zu verpassen, ist das ein Zeichen dafür, dass Mockenhaupt weit weg ist und nicht plötzlich um die Ecke kommen wird. Und Klärchen steht hinter ihm.

Zwei Mädels aus der Buchhaltung sitzen in der Besucherecke, rauchen und unterhalten sich leise. Sie nicken mir zu und winken. Ich winke zurück und nehme die Treppe. Den verhassten Paternoster lasse ich links liegen.

Im oberen Stockwerk laufe ich schnurstracks ins Großraumbüro, in dem meine Kollegen sitzen. Auch hier wird deutlich, dass der Chef nicht im Hause ist, denn zwei unserer Mitarbeiterinnen, die sich ausschließlich um Recherchearbeiten kümmern, hocken auf dem Schreibtisch von Donald Richter.

Und der genießt es ganz offensichtlich, dass er wieder mal der Hahn im Korb ist. Seine Finger spielen mit einem Kugelschreiber, er grinst mich breit an. »So blöd wie du möchte ich auch mal sein. Du hast grünes Licht, von zu Hause aus zu arbeiten, und was machst du? Hast nichts Besseres zu tun, als hier aufzutauchen.«

Die Mädels kichern und schlagen synchron ihre Beine übereinander. Seidenstrümpfe knistern.

Ich überhöre sein dummes Gesabbel und sage Anne und Hannah, dass ich heute im Büro bleibe.

Donald stänkert weiter. Er zeigt auf Opa Augusts Schal und gackert los. »Du siehst wie ein alternder Playboy aus. Jetzt fehlt nur noch die dicke Zigarre und …«

Ich klopfe so feste auf den Schreibtisch, dass Donald zusammenzuckt. »So, dann wollen wir mal …« Ich grinse das Großmaul an, drehe mich auf dem Absatz um und laufe, so forsch wie Mockenhaupt es immer macht, aus dem Großraumbüro.

Kurz bevor ich mein Arbeitszimmer erreicht habe, höre ich Donalds Stimme hinter mir. »Warte mal. Iris hat mich gestern Abend angerufen. Sie hat gesagt, dass ich dich an die Akte Anröchte erinnern soll, wenn ich dich sehe, damit du keinen Ärger bekommst.« Er lacht. »Stimmt es, dass du sie nicht einscannen lassen hast?«

Ich krame in meiner Hosentasche nach dem Schlüsselbund. Es ärgert mich, dass Iris meine Vergesslichkeit an die große Glocke gehängt hat. So gelassen wie möglich sage ich: »Ich wette, dass du längst im PC nachgeschaut hast, ob es stimmt. Richtig?«

In meinem Büro fliegt mein Aktenkoffer auf die neue Ledercouch. Bevor ich den rechten der beiden Schränke aufschließe und öffne, werfe ich Donald einen spöttischen Blick zu, der es sich auf meinem Schreibtischstuhl gemütlich gemacht hat. Er bleibt mir die Antwort schuldig.

Meine Hand kreist vor dem oberen Regal in der Luft. Die Akten der neuen Fälle stelle ich immer oben links ins Schrankregal. Ich räuspere mich, weil ich den Ordner nicht finden kann.

Donald lehnt sich zurück und verschränkt die Hände hinter dem Kopf. »Kann es sein, dass du keine Ordnung im Schrank hast?«

»Mooooment. Sie wird nach hinten gerutscht sein.« Ich ziehe die grünen dicken Mappen heraus.

Donald steht abrupt auf. »Arme Sau. In deiner Haut möchte ich nicht stecken. Der Boss wird toben. Solange ich hier arbeite, ist es noch nie vorgekommen, dass jemand eine Akte verschlampt hat. Au ha. Zieh dich warm an.« Er tippt sich mit zwei Fingern gegen die Stirn. »Ich bin dann mal wieder drüben.«

Donalds Worte haben ihre Wirkung nicht verfehlt. Bei dem Gedanken an Mockenhaupt werde ich nervös. Im Keller des Hauses ist ein Wertschutz- beziehungsweise ein Tresorschutzraum, in dem sämtliche wichtigen Originalpapiere unserer Mandanten aufbewahrt werden. Die Unterlagen, mit denen wir arbeiten, sind Kopien. Normalerweise sorge ich gewissenhaft dafür, dass sie sofort eingescannt werden, damit, falls notwendig, sie jeder Mitarbeiter der Kanzlei auf dem PC aufrufen kann. Es ist ein ungeschriebenes Gesetz, dass vor dem Einscannen kein Blatt verloren gehen darf, und der jeweilige Mitarbeiter trägt die volle Verantwortung dafür.

Wenn ich Zugang zum Schutzraum hätte, wäre es kein Problem, neue Kopien zu fertigen. Ich habe aber keinen Zugang zu diesem Raum. Außer Mockenhaupt hat niemand Zutritt. Nur er kann das elektronische Zahlenkombinationsschloss, das in Verbindung mit einem Zeitschloss ausgestattet ist, öffnen.

Ich massiere meine Schläfen. Dann gehe ich meinen Terminkalender durch, um nachzuschauen, wann ich die Akte Anröchte das letzte Mal in den Händen hatte. Es war vor drei Wochen, also noch vor Hans-Werners Geburt.

Frau Anröchte ist Erbin eines Industriekonzerns und ist mit einer *nicht geringen Menge* Kokain erwischt worden. Mockenhaupt hat mich mit den Vorarbeiten zum Prozess beauftragt, und ich bin mir sehr sicher, dass ich die Akte wieder zurück in den Schrank gestellt habe. Was hätte ich auch sonst damit anstellen sollen? Allerdings war ich, kurz bevor Marie entbunden hat, sehr angespannt, weil ich jede Minute damit gerechnet habe, dass die Wehen losgehen. Hm. Ist die Akte eventuell in der Hauspost gelandet? Oder habe ich sie gar auf die Unterlagen gelegt, die durch den Schredder gejagt wurden? Ich kann denken, soviel und was ich will. Das bringt mich auch nicht weiter.

Ich könnte mich ohrfeigen, dass ich so geschludert habe. Und mir ist schon jetzt klar, dass das Konsequenzen nach sich ziehen wird. Mockenhaupt ist knallhart. So etwas lässt er nicht durchgehen.

Meine Hand wandert drei Mal in Richtung Telefonhörer, um Mockenhaupt anzurufen, ich ziehe sie jedoch immer wieder zurück. Beim vierten Mal wähle ich seine Handynummer und presse den Hörer fest gegen mein Ohr.

Mockenhaupt unterbricht mich nicht, als ich ihm mit fester Stimme erkläre, dass die Akte Sissy Anröchte nicht mehr dort steht, wo ich sie vor drei Wochen hingestellt habe.

Er äußert sich auch nicht, nachdem ich alles gesagt habe, was zu sagen ist. Stattdessen höre ich nach einem kurzen Rascheln und seinen leisen Anweisungen Iris' Stimme, die mir in mitleidigem Tonfall von Mockenhaupt ausrichtet, dass er morgen früh wieder im Büro sei und ich um Punkt 8 Uhr bei ihm anklopfen solle.

Puh. Ich lege den Telefonhörer langsam zurück. Der wird mir das Fell über die Ohren ziehen und die großzügige Sonderregelung, dass ich für eine Weile vom heimischen Schreibtisch aus arbeiten kann, mit Sicherheit kippen.

Um mich abzulenken, nehme ich mir einige Akten vor, die auf meinem Schreibtisch liegen. Ich vertiefe mich in die Materie und tauche regelrecht ab. Als ich damit durch bin, erledige ich Telefonate und beantworte die Fragen unserer prominenten Klienten.

Als es an meiner Bürotür klopft und unsere rassige Reinemachefrau Svetlana, die gebürtige Russin ist, den Kopf zur Tür hereinstreckt und fragt, ob sie *kann saugen der Boden und polieren der Schreibtisch*, schaue ich auf die Uhr. »Was? Es ist schon nach 17 Uhr?«

Sie lacht. »Ja. Der Zeit läuft weg, wenn man viel arbeitet. Mir geht auch so.«

Ich richte mein Halstuch und sage der jungen Frau, dass sie gerne anfangen kann zu saugen, wo immer sie saugen will, und beobachte sie, während ich die Papiere zusammenraffe. So gestylt und schmuckbehangen, wie die den Putzlappen schwingt, geht so manche Frau am Abend nicht auf die Rolle. Ihre wasserstoffblonden gelockten Haare sind immer top frisiert und ihre rot geschminkten Lippen sehen zu jeder Stunde so aus, als habe sie den Lippenstift gerade frisch aufgetragen.

Svetlana und ihre drei Kolleginnen wuseln den ganzen Tag hier herum. Da im Haus sehr viel Glas verarbeitet wurde und Mockenhaupt es gerne lupenrein hat, wird ständig irgendwo etwas poliert und gewienert.

Wenige Minuten später verstaue ich die Unterlagen in meinem Aktenkoffer und schließe die Schränke ordnungsgemäß ab. Svetlana und ich wünschen uns gegenseitig einen schönen Feierabend, dann verlasse ich das Büro.

Auf dem Flur kommt mir Donald entgegen. Während er mehr rennt als läuft, studiert er ein vollbeschriebenes Blatt. Seine vollen Haare sind verwuselt, sein Hemdkragen ist geöffnet und der Krawattenknoten hängt gelockert über seiner Brust.

Als er an mir vorbeirauscht, klopft er mir auf die Schulter, dreht sich um und läuft rückwärts weiter. »Hee. Du hast es gut, mein Freund. Ich würde jetzt auch gerne Feierabend machen. Der Big-Big-Boss will morgen früh um Punkt 8:15 Uhr sehen, ob ich gute Arbeit geleistet habe. Du kennst ihn ja. Er ist nur mit hundert Prozent zufrieden. Vor Mitternacht komme ich hier nicht weg.« Er dreht mir den Rücken zu.

Ich hebe einen Finger. »Oh, ja … ich …« Ich rede nicht weiter, denn Donald hört und sieht mich eh nicht mehr. Er ist im Vorzimmer von Mockenhaupt verschwunden.

Ich lenke mein Auto langsam an der Kirche vorbei auf die Garagenauffahrt. Vor dem Haus parkt kein Auto. Ich atme erleichtert auf. Isabella ist, Gott sei Dank, nicht mehr da. Ich überprüfe noch einmal den Sitz des Seidenschals im Rückspiegel und stelle fest, dass ich unter familiären Entzugserscheinungen leide. Ich freue mich auf Marie und Hans-Werner. Nach dem Aussteigen schüttele ich mich einmal kräftig. Diese Übung hat mir Enno in der Männergruppe beigebracht. Bevor *Mann* nach getaner Arbeit in die eigenen vier Wände geht, sollte er Probleme und Sorgen draußen abschütteln.

Die letzten Meter bis zur Tür jogge ich. Als ich im Haus bin, stelle ich meinen Aktenkoffer ab und stürme durch den langen Flur in Richtung Wohnzimmer. »Marie? Lebst du noch oder hat diese alte Schabracke dich unter den Tisch gelabert.«

Im Wohnzimmer bleibe ich wie angewurzelt stehen, weil die alte Schabracke neben Marie auf der Couch sitzt. Beide stillen in stiller Eintracht, denn sie reden kein Wort.

Ich sehe, dass Marie tief Luft holt und für einen Moment die Augen schließt. Isabella sitzt mit einem verkniffenen Gesichtsausdruck da, und das sieht so komisch aus, dass ich nicht anders kann und lachen muss. Ich lege eine Hand vor den Mund. »Ähm … Tja, dann will ich mal nicht weiter stören.«

Marie ruft mir hinterher, dass Werner im Gotteshaus auf mich wartet, weil ich ihm bei irgendetwas helfen solle.

Die Schüttelübung hat gewirkt. Die Begebenheiten aus dem Büro habe ich tatsächlich vor der Tür gelassen. Es ist erstaunlich, wie man sich selbst aufbauen kann, man muss nur wissen wie.

Ich tausche meine Bürokluft gegen den Jogginganzug, den Marie frisch gewaschen und gebügelt für mich bereitgelegt hat.

Ich nehme mir vor, ihr morgen einen großen Strauß Blumen zu kaufen, weil sie mich so verwöhnt.

Dann binde ich mir wieder das Halstuch um und laufe los. Ich lasse mich nicht im Wohnzimmer blicken, sondern rufe schon im Flur, dass ich drüben bin.

Als ich das Haus verlasse, sehe ich meine Schwiegermutter nebenan im Vorgarten knien. Sie ist dabei, eine Blume einzupflanzen. »Hallo, Irmi. Na? Du ackerst noch um diese Uhrzeit?«

Sie wischt sich mit dem Handrücken über die Stirn und lacht. »Es ist noch keine 18 Uhr. Du nimmst mich auf den Arm, was?«

Ich grinse. »Marie hat gesagt, dass Werner mich braucht.«

Sie nickt. »Ja. Er will ein großes Kreuz an die Wand nageln und schafft es nicht alleine.« Sie schaut mich an. »Einen schicken Schal hast du um. So einen hatte mein Vater früher auch. Mit einem passenden Einstecktuch. Wenn den Modemachern nichts Neues einfällt, kramen sie wieder das alte hervor.«

»Stimmt. Na, dann wollen wir mal.« Ich klatsche in die Hände.

Die große schwere Holztür des Gotteshauses beschwert sich quietschend, als ich sie öffne. Schon im Vorraum riecht es so nach Weihrauch, dass ich mich zusammenreißen muss, nicht wieder einen Schritt zurückzumachen. Ich denke an Ennos Ratschlag, trete die Flucht nach vorn an und atme tief ein. Meine Augen tränen. Ich schniefe und ein leises »Hossa« verlässt meine Lippen.

Die nächste Tür, die in die Kirche führt, ist nicht meine Freundin. Man muss einen großen schmiedeeisernen Riegel heben und gleichzeitig an einem Knauf ziehen, um sie zu öffnen, und dabei klemme ich mir regelmäßig die Finger. Darum gehe ich mit äußerster Vorsicht vor und betrete den alten steinernen Boden des Kirchenraumes.

Mein Schwiegerpfarrer kniet in der ersten Reihe und scheint in ein Gebet vertieft zu sein, denn er rührt sich keinen Millimeter. Seine Ellenbogen sind auf der Kirchenbank gestützt, während seine Hände den Kopf halten.

Als ich Werner so unbeweglich knien sehe, kommt mir unwillkürlich Opa Strüssmann in den Sinn, und ich hoffe nicht, dass … Aber nein. Nicht jeder hat das Zeitliche gesegnet, der sich nicht bewegt.

Um Werner nicht zu erschrecken, laufe ich auf leisen Sohlen in Richtung Altar, und kurz bevor ich mich neben ihn auf die Bank setzen will, kribbelt es so in meinem Hals, dass ich wieder losbölke.

Werner schnellt herum und fasst sich ans Herz. Ein Buch fliegt vor meine Füße. »Sag mal, bist du bescheuert oder was? Wieso erschreckst du mich so? Willst du mich umbringen?«

Ich bücke mich nach dem Buch, dessen Titel ich sehr ansprechend finde. *Die Nonne und der Regenmacher*. Ich pfeife leise durch die Zähne, denn das Titelbild gefällt mir außerordentlich gut. Eine kurvenreiche Frau, die die Kopfbedeckung einer Nonne trägt, ist lediglich mit schwarzen Strapsen bekleidet. »Heiland im Himmel … Und ich dachte, du betest.«

Werners Segelohren sind gerötet. »Quatsch. Wieso glauben die meisten Menschen, dass die Geistlichen permanent beten?« Er reißt mir das Buch aus der Hand und hebt die Augenbrauen. »Kein Wort zu Irmi oder Marie. Sonst kommst du in die Hölle, verstanden?«

Ich nicke schnell, denn wenn ich Respekt vor etwas habe, dann ist es die Hölle.

Er klemmt das Buch unter den Arm, schiebt mich in den Mittelgang und läuft in Richtung Beichtstuhl, in den er verschwindet und in dem er den samtenen Vorhang hinter sich zuzieht. Ich verrenke mir den Hals und schaue auf das schrankartige, hölzerne Möbelstück, das mit kunstvollen Schnitzereien versehen ist. Ich verwette meinen Hintern, dass Werner hinter dem schweren Vorhang ein Geheimfach haben wird. So ein Schwerenöter.

Als er wieder herauskommt, klopft er seine Hosen ab. »Der Antiquitätenladen an der Blumenstraße hat uns ein Kreuz gesponsert.« Er zeigt auf die Wand neben der alten Holztreppe, die zur großen Orgel hinaufführt. »Ich möchte es dort aufhängen.«

Ich balanciere über eine Holzbank ins rechte Kirchenschiff und sehe das gute Stück auf dem Boden liegen, das schätzungsweise zwei Meter lang ist. Am Kruzifix hängt ein Jesus aus Porzellan, an dessen goldener

Dornenkrone schon etwas Farbe abgeblättert ist. »Wahnsinn. Das Teil ist ja wirklich riesig.«

»Ja. Wenn du aus dem Kerzenzimmer die Leiter holen würdest?«

Ich hole.

Fünf Minuten später stehe ich mit dem schweren Kreuz in den Händen auf der obersten Sprosse der hohen Stehleiter und folge Werners Anweisungen.

»Halt das gute Stück etwas weiter rechts, Alex ... Neeein. Nicht so weit ... Jetzt wieder ein Stück nach links. Ja. Jetzt nach oben ... Stopp ... Oder vielleicht doch wieder fünf Millimeter nach unten?«

Ich stöhne. Gregor oder Mark hätten mit ihren kräftigen Oberarmen wahrscheinlich keine Schwierigkeiten, den riesigen Trümmer zu halten, ich komme ins Schwitzen.

Der Grüß-Gott-Herr-Pfarrer hat einen sonnigen Humor, denn er sagt: »Ja. Prima. Nicht bewegen. Bleib so. Ich laufe kurz nach draußen, komme rein und schaue mal, ob Jesus in dieser Höhe gut zur Geltung kommt. Vielleicht sollte er doch etwas tiefer hängen.«

Ich presse ein »Beeil dich« hervor, weil meine Oberarme schon bedenklich zittern.

»Ja, ja. Nur drei Sekunden.«

Ich höre das Geräusch, das der eiserne Riegel macht, die Tür knallt mit Karacho zu. Dann wird es still. Zu still. Mein Atem geht stoßweise. »Wer-ner?«

Keine Antwort. Das Kreuz rutscht ein Stück tiefer. Auf meiner Stirn bilden sich kleine Schweißperlen. Ich flüstere: »Blöder Pfaffe. Wo bleibst du?« Das Kreuz dreht sich wie von Geisterhand nach links und bekommt Übergewicht. Ich komme ins Straucheln und versuche das Gleichgewicht zu halten. Und dann muss ich innerhalb von einer Sekunde die Entscheidung treffen, ob ich aus geschätzten drei Metern Höhe mit Jesus auf die Fresse falle oder Jesus allein krachen lasse. Und weil ich keine Lust habe, mir die Rippen zu brechen, lasse ich los, kneife gleichzeitig die Augen zusammen und ziehe die Schultern hoch. Es knallt.

Ich steige langsam von der Leiter und setze mich auf die Kirchenbank und betrachte das Malheur. Das Holzkreuz ist heil geblieben, dafür hat Jesus einen Arm und ein Bein verloren und da, wo vorher sein Bart war, ist jetzt ein großes Loch.

Und wieder knallt eine Tür. Werner kommt angehastet. Er entschuldigt sich und erklärt, dass eines seiner Schafe vor der Kirche stand und er einen kurzen Plausch gehalten hat. Dann sieht er, was passiert ist, und jammert mit erhobenen Händen: »Als wenn der Arme nicht schon genug mitgemacht hätte.«

Ich habe mich selten so schuldig gefühlt. »Es tut mir leid, Werner. Ich … ich klebe ihn wieder.«

Werner hält mir die Kirchentür auf, als ich das Kreuz aus dem Gotteshaus trage und wir über den schmalen Weg laufen, der zu unseren Häusern führt. Er schwenkt die Plastiktüte in der Hand, in der die Bruchstücke aus Porzellan liegen.

Irmi springt auf, als sie uns kommen sieht, und starrt auf den kaputten Jesus. »Ach je, was ist passiert?«

Mein Schwiegerpfarrer grunzt. »Der Blödmann hat Jesus fallen lassen, und das aus reinem Egoismus. Nur, damit *er* nicht fällt. So etwas sieht der Herrgott gar nicht gerne.«

Mir platzt der Kragen. »Ey, schalt mal einen Gang runter, Euer Merkwürden. Meinst du, der Herrgott sieht gerne, dass du statt zu beten in der Kirche abhängst und …«

Irmi zieht die Augenbrauen hoch. »Und was?«

Werner boxt mich in die Rippen. Er hält einen Zeigefinger neben seiner Stirn, der ganz offensichtlich ein Horn darstellen soll. Mir ist schon klar, dass es mich an die Hölle erinnern soll. Darum winke ich ab. »Ach, nichts Besonderes.«

Werner lächelt zufrieden und tätschelt Irmis Wange. Mir verpasst er einen Schubs. »Träum nicht. Mach voran.«

Den heutigen Abend habe ich mir irgendwie anders vorgestellt. Statt auf der Couch zu sitzen und zuzuschauen, was Hans-Werner so macht, stehe ich vor dem Esszimmertisch, auf dem der Heilige aus Porzellan liegt, und hantiere mit einer Pinzette und Sekundenkleber. Der Bart des Porzellan-Jesus ist vollkommen wiederhergestellt.

Und während ich weiter klebe, unterhält mich Marie. Sie macht mir in einer Tour Vorhaltungen, weil ich mich Isabella gegenüber so unhöflich verhalten habe. »Mann, war mir das peinlich. Du hättest dir doch denken können, dass sie bei dem Wetter den Kinderwagen geschoben hat, statt mit dem Auto zu kommen.«

Ich erkläre immer wieder, dass es mir leidtut, so dumm geschwätzt zu haben, aber Marie hört nicht auf, mich zu kritisieren.

Und das hat zur Folge, dass ich um 22 Uhr drei Kreuzzeichen mache, als sie sich mit Hans-Werner ins Schlafzimmer zurückzieht.

Sie wünscht mir keine gute Nacht, sondern sagt, dass sie mein Bettzeug und einen Schlafanzug auf die Couch im Wohnzimmer legen wird. »Du kannst ja schauen, ob du dort oder oben auf dem neuen Sofa schlafen möchtest.«

Eine Stunde später hat Jesus auch sein Bein wieder und ich mache mich auf den Weg nach oben. Hier halte ich mich so gut wie nie auf, das Zimmer ist mir fremd. Ich fühle mich wie in einem spartanisch eingerichteten Hotelzimmer und öffne beide Fensterflügel. Anschließend ziehe ich mich aus und fläze mich auf das neue Möbelstück, das wir uns eigens für Besucher angeschafft haben, die bei uns mal übernachten möchten.

Ich würde jetzt lieber neben Marie liegen, ihre Hand halten und ihren Duft atmen. Es ist erschreckend, wie sehr man einen Menschen vermissen kann, den man liebt. Ihr scheint es nicht so zu ergehen. Na ja. Sie hat ja auch Hans-Werner neben sich liegen.

Ich ziehe die Bettdecke bis zum Hals und höre dem Rauschen der Birken zu. Der Himmel ist sternenklar, der Vollmond scheint zum Greifen nah. Wenn ich als Kind nicht schlafen konnte, weil mich der Schuh irgendwo drückte, habe ich angefangen, die Sterne zu zählen. Ich verschränke die Arme hinter dem Kopf. *Eins, zwei, drei, vier …* Die winzigen hellen Himmelskörper verschwimmen vor meinen Augen. Ich frage mich, was mit mir los ist. Ich liebe unseren Sohn abgöttisch und würde für ihn durchs Feuer gehen. Warum bin ich nur so sentimental? Ich werfe mich auf die linke Seite und schnäuze in ein Taschentuch.

5. Ein rabenschwarzer Tag

Marie ist ein wenig sauer, weil ich ihr erst vorhin gesagt habe, dass ich heute ins Büro müsse.

»So was Doofes. Hättest du es gestern Abend erzählt, hätte ich meine Mutter gefragt, ob sie gleich mit Hans-Werner eine Runde läuft, damit ich noch mal schlafen kann. Sie hat mir schon um 6 Uhr eine SMS geschrieben, dass sie heute mit Werner eine Radtour machen wird. Die sind längst unterwegs.«

Mir tut es leid, dass ich wieder so schusselig war. Marie sieht müde aus. »Ich kann meine Eltern anrufen. Du weißt doch, dass sie sich auch gerne um den Kleinen kümmern.«

Marie nickt. »Stimmt. Aber ich rufe deine Mutter selbst an und frage, ob sie und dein Papa eine Stunde Zeit haben.« Sie steht flott auf. »Ich muss den Kleinen stillen und anschließend wickeln.«

Mit einem unguten Gefühl schaue ich auf die Uhr. Schon sehr bald wird Mockenhaupt an mir herumschrauben und mich um einen Kopf kürzer machen.

Ich sollte so perfekt wie möglich gestylt sein, denn darauf legt unser Boss großen Wert. Ein ansprechendes Äußeres hat schon so manchen Kanzleimitarbeiter davor bewahrt, den Kopf zu verlieren.

Marie wird sich jetzt länger mit unserem Sohnemann beschäftigen. Sie wird mir im Bad nicht in die Quere kommen.

Wenig später drehe ich mich vor dem großen Spiegel im Schlafzimmer. Mein dunkler Anzug sitzt perfekt, mein Hemd ist weißer als weiß, und meine Schuhe glänzen so, dass man sich darin spiegeln kann. Den Schal habe ich einmal durchs Wasser gezogen, trockengeföhnt und mit einem leicht temperierten Bügeleisen geglättet. Nachdem ich es wieder um den Hals gelegt habe, muss ich Marie recht geben. Ein passendes Einstecktuch würde mein Outfit abrunden.

Ich nehme den Schal wieder ab und krame nach einer Schere in meiner Nachttischschublade, mit der ich die rechte Seite des Schals abschneide. Mit wenigen Handgriffen drapiere ich das Stück Stoff in die Brusttasche meines Anzuges, dann kommt der Schal wieder zum Einsatz. Perfekter geht es nicht.

Nach einem letzten Blick in den Spiegel greife ich nach meinem Aktenkoffer und verabschiede mich nur mit einem Winker von Marie und Hans-Werner, weil ich schließlich noch immer Halsschmerzen habe.

Um 7:55 Uhr klopfe ich im Vorzimmer von Mockenhaupt an. Hier sitzen die beiden etwas reiferen Schönheiten Frau Tanner und Frau Kalisch, deren Vornamen niemand kennt. Sie sind im übertragenen Sinne die Chinesische Mauer, die unseren Boss vor unnötigen Besuchern abschirmen.

Frau Tanner schaut kurz auf, als ich das Büro betrete. »Sie können durchgehen, Herr Beckfeld. Allerdings sollten Sie nicht vor 8 Uhr beim Chef anklopfen. Er telefoniert noch.«

Ich bedanke mich und gehe eine Tür weiter. Hier bin ich noch immer nicht beim Boss, sondern bei meiner Kollegin Iris, die aus bekannten Gründen dem Chef immer zur Verfügung stehen muss.

Als ich ihr Büro betrete, seufzt sie und flüstert: »Mensch, was machst du für Sachen, Alex? Du weißt doch, dass Mockenhaupt Schlampereien nicht mag. Wir wollten erst morgen zurückfliegen. Er hat nur wegen dieser Scheiß-Anröchte-Akte eher die Zelte in Paris abgebrochen.«

Ich räuspere mich. »Das finde ich jetzt mal leicht übertrieben. Ich habe doch niemanden umgebracht. Manchmal passieren halt Dinge …«

Sie schaut auf ihre Armbanduhr und unterbricht mich. »Stopp. Du musst in fünfzehn Sekunden rein.«

Iris greift nach einem Kugelschreiber, mit dem sie leicht auf den Tisch klopft. Dann zählt sie von zehn runter.

Mich überfällt von jetzt auf gleich ein Stuhldrang. Zu spät. Arsch zusammenkneifen und ab in die Höhle des Löwen.

Bei null klopfe ich an Mockenhaupts Tür und betrete zackig sein Büro. »Guten Morgen, Herr Dr. Mockenhaupt.«

Der Chef nickt mir unmerklich zu und schaut mich über den Rand seiner Brille an, ohne den Kopf zu heben. Gleichzeitig zieht er an der dicken Zigarre, die er in seiner linken Hand hält, an dessen Ringfinger ein großer goldener Siegelring sitzt. Iris hat mir einmal verraten, dass er dieses imposante Schmuckstück als Macht- und Autoritätssymbol trägt.

»Setzen Sie sich, Beckfeld.«

Ich zucke zusammen. Dass Mockenhaupt mich nicht mit meinem Vornamen anspricht, ist ein schlechtes Zeichen. Ein sehr schlechtes Zeichen. Das Privileg, das ich als Einziger genießen durfte, scheint Schnee von gestern zu sein.

Er lehnt sich zurück und schaut mich aus seinen grauen Augen an. »Tja. Was soll ich sagen, Beckfeld …« Er schnieft. »Unsere Kanzlei ist dafür bekannt, dass wir auf jede Frage eine Antwort haben. Diesen Ruf habe ich mir bereits nach fünf Jahren meiner Selbstständigkeit erarbeitet und daran hat sich in den letzten zwanzig Jahren nichts geändert.« Er hebt die Stimme. »Ich erinnere mich nicht daran, einem Mandanten respektive einer Mandantin je eine Antwort schuldig geblieben zu sein.«

Ich weiß, dass es klüger ist, ihn nicht zu unterbrechen.

»Nun. Gestern ruft mich Sissy Anröchte noch einmal an und wollte wissen, wie viel Gramm Kokain bei der Hausdurchsuchung in ihrer Villa am *Starnberger See* gefunden wurde …«

Ich spitze ein wenig die Lippen und versuche, cool auszusehen.

»Und jetzt raten Sie mal, was ich ihr antworten musste.«

»Ähm … ich weiß es nicht.«

Er lacht. »Rrrrichtig. Sie sind ein kluges Kerlchen.«

Jetzt schaut er mich regelrecht freundlich an, dass ich mich wage, in sein Lachen mit einzustimmen. Von einer Sekunde zur anderen verfinstert sich seine Miene jedoch wieder, seine Hand knallt auf den Schreibtisch und seine Stimme nimmt deutlich an Lautstärke zu. »Verdammt!

Frau Anröchte war not amused, als ich ihr erklärte, dass ich ihr die Antwort erst morgen, also heute geben könne. So etwas *darf* nicht passieren, Beckfeld.« Er beugt sich vor. »Bis spätestens 15 Uhr erwarte ich einen Bericht von Ihnen samt Erklärung, wo die Akte abgeblieben ist. Denken Sie gut nach. Wenn Sie Trottel die Unterlagen irgendwo liegen gelassen haben und sie jemand in die Finger bekommen hat …« Er erhebt sich kurz und schreit: »… dann können wir den Laden hier dichtmachen! Die Presse wird demjenigen ein kleines Vermögen zahlen, der sie mit den vertraulichen Informationen füttert. Und das *die* sehr spannend sind, muss ich Ihnen nicht erklären.«

Scheiße, scheiße, scheiße. So weit habe ich noch gar nicht gedacht, und ich schaue nicht gerne auf die Schlagzeilen der Zeitungen, die vor meinem inneren Auge auftauchen. Denn in Sissy Anröchtes Villa wurde nicht nur Kokain gefunden. Neben ihr lag ein Politiker hackenduse im Bett, der in den Medien als braver Familienvater dargestellt wird, der keinen Tropfen Alkohol anrührt.

Er legt die Zigarre in den Aschenbecher und drückt eine Taste der Sprechanlage. »Iris, wenn Donald kommt, schick ihn sofort rein. Mit Beckfeld bin ich fertig.«

In meinem Kopf glühen Drähte. *Donald*? Mockenhaupt nennt Donald Richter beim Vornamen?

Mit einem Schlag wird mir die Doppeldeutigkeit seiner Worte bewusst. *Mit Beckfeld bin ich fertig.* Mein Kopf rollt.

Als es forsch an der Tür klopft, hellt sich Mockenhaupts Miene auf. Und als er regelrecht aufspringt und den Menschen breit anlächelt, der hinter meinem Rücken das Büro betreten hat, weiß ich, dass es Donald ist.

»Ah. Schön, dass Sie da sind Donald. Beckfeld will gerade gehen.«

Ich drehe mich um. Donald reißt die Augen weit auf. Er hat sofort gecheckt, dass er jetzt der erste Hirsch am Platz ist.

Der Schleimscheißer wirft sich in die Brust, läuft an mir vorbei, reicht unserem Boss die Hand und verbeugt sich so tief vor ihm, dass ich, wenn er keine Hose anhätte, durch seinen Anus die Popel in seiner Nase zählen könnte. »Guten Morgen, Herr Dr. Mockenhaupt. In meinem Aktenkoffer liegt alles, was wir für die Besprechung brauchen. Ich habe eine kleine Nachtschicht eingelegt.«

»Das höre ich gern. Setzen Sie sich, Donald.«

Ich stehe auf, damit er seinen Hintern auf den Stuhl setzen kann, den ich bestens vorgewärmt habe.

Dass mein Kollege sich mit einem dicken Quast gebauchpinselt fühlt, steht ihm ins Gesicht geschrieben. Als er mich anschaut, lese ich etwas anderes. Häme, Schadenfreude und Spott.

Ich wünschte, der Erdboden wäre so gnädig und würde sich vor mir auftun, um mich zu verschlucken. Ich will weg. Nur weg.

Mit einer leichten Verbeugung nicke ich Mockenhaupt zu und drehe mich um.

Als ich an der Tür bin, hält er mich zurück. »Ach, Beckfeld. Haben Sie die Akte Gaspacho noch einmal durchgearbeitet?«

Ich schlucke. »Durchgearbeitet nicht. Ich habe …«

Er lässt mich nicht ausreden, und sein Gesichtsausdruck verrät mir, dass er nachstechen wird. »Das ist nicht gut. Sehen Sie zu, dass Sie vorankommen. Es ist schade, Beckfeld. Ich hatte Sie engagierter in Erinnerung. Um Sissy Anröchte brauchen Sie sich nicht mehr zu kümmern. Das Ding werde ich mit Donald durchziehen. Ähm … lassen Sie Ihren Büroschlüssel direkt hier. Tauschen Sie einfach den Arbeitsplatz mit dem von Donald im Großraumbüro. Wegen Ihres kleinen Franz-Werners sind Sie in der nächsten Zeit eh nicht so oft im Haus, dass Sie das Büro benötigen.« Seine Hände wedeln in der Luft. »In Kürze wird es ohnehin einige personelle Änderungen geben, die Sie … na ja.«

Änderungen? Ich sehe meine Felle davonschwimmen und räuspere mich. »Er heißt Hans-Werner. Nicht Franz-Werner.«

Donald betrachtet seine polierten Fingernägel und schleimt sich ein. »Echt? Ich dachte auch, dass er Franz-Werner heißt.«

Meine rechte Hand zittert ein wenig, als ich sie in meiner Hosentasche verschwinden lasse, um meinen Schlüsselbund hervorzuholen. Nach wenigen Sekunden habe ich den kleinen goldenen Schlüssel von dem

Metallring gefummelt. Ich halte ihn Donald hin, der gierig nach dem Teil greift, auf das ich so stolz war. Dabei grinst er süffisant.

Ich zwinge mich, Haltung zu bewahren, und verlasse mit geradem Rücken Mockenhaupts Büro.

Iris empfängt mich mit einem mitfühlenden Blick. »War es schlimm?«

»Ab heute erreichst du *Beckfeld* wieder im Großraumbüro.«

»Ach, nee aber auch. Mensch, ich habe alles versucht, um ihn von deiner Spur abzulenken. Er hat sich festgebissen. Es war nichts zu machen.«

Ich nicke langsam und verlasse das Vorzimmer. Als ich mich von Iris verabschiede, krächze ich. Mir hat es regelrecht die Sprache verschlagen.

Ich räume die Schubladen meines Schreibtischs aus und lege die Utensilien auf den kleinen Rollwagen, den ich mir vom Hausmeister besorgt habe. Ich betrachte zärtlich das Foto in dem silbernen Rahmen, auf dem Marie drei Tage nach der Entbindung zu sehen ist. Sie sitzt im großen Sessel in unserem Wohnzimmer, so zart und schön wie eine Elfe aus dem Märchenland. Sie hält Hans-Werner in den Armen, den sie mit einem zärtlichen Lächeln anschaut. Ich lege das Bild ebenfalls auf den Rollwagen.

Vorläufig werde ich Marie nicht mit den negativen Neuigkeiten zutexten. Ich möchte nicht, dass sie sich Gedanken macht. Sie ist schon erschöpft genug. Und meinen Eltern werde ich auch nichts von der »Versetzung« berichten. Wer erzählt schon gerne, dass er innerhalb von einer Viertelstunde die Karriereleiter heruntergesaust ist.

Ich schaue aus dem Fenster und betrachte eine einsame dunkle Wolke, die langsam vorüberzieht. Dann starre ich auf den blauen Himmel. Es ist verrückt. Gestern Abend bin ich fast von der Leiter gefallen und habe absichtlich den Jesus klatschen lassen. Wie drückte sich Werner noch aus? Er sagte irgendwas von eigennützigem Verhalten und: »So etwas sieht der Herrgott gar nicht gerne.« Nee, ne. Jetzt soll mir keiner kommen und sagen, dass ich mich tatsächlich versündigt habe und dass das hier die gerechte Strafe für mein gestriges Verhalten ist.

Die wenigen Utensilien, die im Schreibtischschrank liegen, gehören der Firma und bleiben dort, wo sie sind.

Den Schlüssel für die Aktenschränke lege ich neben den Behälter, in dem sich etliche Schreibstifte befinden.

Mit einem Blick in die Runde verabschiede ich mich aus dem Büro, in dem ich mich schon fast wie ein kleiner Boss gefühlt habe.

Donald kommt pfeifend ins Zimmer. Seine Hände stecken in den Hosentaschen. Er schiebt keinen Rollwagen, er lässt seine Klamotten tragen. Hinter ihm tauchen drei jüngere Kollegen und die Recherchemädels Anne und Hannah auf, die Donalds Plörren auf den Schreibtisch und auf die Couch pfeffern.

Hannah und Anne fragen mich, ob sie etwas mitnehmen können.

Ich bedanke mich, zeige auf den Wagen und erkläre, dass ich alles zusammen habe und es selbst rüberfahren werde. Sie stöckeln davon.

Donald klopft mir auf die Schulter. »Wer liebt, der schiebt.« Er hält mir seine Hand hin. »Mach's gut, Kollege. Tja. So ändern sich die Umstände, was? Sieh zu, dass du meine duftenden Blumen Anne und Hannah immer schön feucht hältst.«

Nach dem blöden Spruch lacht er so bescheuert, dass ich ihm eine schallern könnte.

Alte Sprichwörter haben etwas Tröstliches. Wenn man deren Bedeutung am eigenen Leib erfährt, weiß man genau, dass es Millionen von Menschen gibt, denen Ähnliches widerfahren ist. Es stimmt. Wer den Schaden hat, braucht für den Spott nicht zu sorgen.

Als ich es mir an meinem neuen Arbeitsplatz gemütlich mache, höre ich Sprüche wie: »Na? Wieder auf dem Boden der Tatsachen gelandet?« Oder »Willkommen in der Realität«, und der drahtige Sammy Hütter spöttelt, dass es ganz schön doof sein muss, nicht mehr am gedeckten Tisch zu sitzen, sondern nur noch die Krümel vom Boden picken darf.

Ich glaube, ich brauche eine starke Schulter zum Ausheulen. Mir ist nach Reden mit einem Freund. Ich schaue auf die Uhr. Vielleicht hat Gregor heute nach Feierabend Zeit auf einen Kaffee, den wir im *Aktenkeller* trinken könnten.

Nach einem kurzen Anruf steht die Verabredung.

Kurz darauf kommt Iris. Sie legt mir eine Mappe auf den Tisch. »Der Boss hat gesagt, dass du dich hier einlesen sollst.«

Ich schlage die Akte auf und überfliege den Schriftverkehr. »Tz. Das kann doch nicht sein Ernst sein. Ich soll mich um die verunglückte Dauerwelle eines Schlagersternchens kümmern, das am Ballermann Fuß fassen will?«

Iris streichelt meinen Arm. »Nimm es nicht so tragisch. Er wird sich wieder beruhigen. Heute ist erst einmal Wochenende. Am Montag sieht die Welt schon ganz anders aus.«

Ich presse die Lippen aufeinander. »Die Akte nehme ich mir später vor. Mockenhaupt erwartet erst einen Bericht von mir.«

Freitags ist im *Aktenkeller* um diese Zeit nie viel los. Die Leute schießen sich aufs Wochenende ein und tauchen hier viel später auf.

Gregor sitzt an einem kleinen Tisch in der Ecke des Lokals. Er winkt mit einer Serviette, als er mich kommen sieht, und lässt mich nicht aus den Augen, als ich mich setze. Er hebt eine Hand und ruft der Bedienung zu, dass sie uns zwei Kaffee bringen soll. »Du siehst nicht gut aus, was ist passiert?«

Ich seufze. »Ich sitze wieder im Großraumbüro.«

Gregor schluckt. »Was? Das gibt's doch nicht.«

»Doch.«

Nachdem der Kaffee vor uns steht, erzähle ich Gregor bis ins kleinste Detail, was heute vorgefallen ist. Normalerweise sind seine Augen immer auf der Suche nach hübschen Mädels. Er lässt sich sehr schnell von Themen ablenken, die nichts mit dicken Titten und langen Beinen zu tun haben, aber jetzt ist er ganz bei mir. Er hört aufmerksam zu und presst die Lippen aufeinander. »Das ist hart, mein Freund.« Er nimmt meine Hand zwischen seine und streichelt sie.

Trotz meiner schlechten Gemütsverfassung muss ich derartig mitfühlende Gesten nicht haben und ziehe meine Hand mit einem Ruck zurück. »Also, sooo schlimm ist es nun auch wieder nicht, dass du mich betatschen musst.«

»Du hast gesagt, dass du dir ziemlich sicher bist, dass du diese Akte zurück in den Schrank gestellt hast. Ist dir schon mal die Idee gekommen, dass sie jemand weggenommen haben könnte?«

Ich blähe die Wangen und lasse langsam Luft ab. »Nein, das kann nicht sein. Die Schränke sind immer verschlossen, wenn ich das Büro verlasse. Und das schließe ich ebenfalls ab. Donald ist ein Spinner. Aber, dass er so etwas machen würde, kann ich mir nicht vorstellen.«

»Keine Ahnung. Es könnte ja sein, dass ihm die Idee gekommen ist, an deinem Stuhl zu sägen. Es wäre denkbar, dass er neidisch auf dich war.« Er zupft an seinem Ohrläppchen. »Wenn du dich heute Abend loseisen kannst, sollten wir in die Männergruppe gehen. Wir waren schon ewig nicht mehr dort. Enno wird sich freuen. Du solltest das Thema dort unbedingt anschneiden. Es ist nicht einfach, mit so einer Situation alleine klarzukommen.«

Ich druckse ein wenig herum. »Hm. Ich weiß noch nicht, ob ich das überhaupt will. Außerdem muss ich erst einmal checken, wie fit Marie ist.« Ich war zwar schon öfter mit Gregor in Ennos Männergruppe, im Grunde bin ich aber nur meinem Freund zuliebe mitgegangen. Er fühlt sich sehr wohl dort, und ich glaube, dass unser schwuler Emanuel der Grund ist, warum Gregor so gerne dort hingeht. Im Anschluss des Gruppentreffens unternehmen die beiden meist etwas allein, während ich mich dezent verabschiede.

Mein Kumpel schaut auf die Uhr. »Ich muss jetzt leider los. Theo ist bei meinen Eltern, ich habe versprochen, ihn pünktlich abzuholen. Ruf mich einfach an, wenn du Zeit und Lust auf die Gruppe hast.«

Ich verspreche Gregor, dass ich mich melden werde.

Als ich nach Hause komme, steht der Wagen meiner Eltern vor der Tür.

Die Stimmung im Hause Beckfeld scheint prima zu sein, denn als ich die Haustür aufschließe, höre ich herzhaftes Gelächter. Im Wohnzimmer sitzen meine Eltern auf dem Sofa, zwischen ihnen liegt Hans-Werner und studiert die Gesichter seiner Großeltern.

Marie sitzt gegenüber auf dem Sessel. Sie hat rote Wangen. Sie streckt den Arm nach mir aus und streichelt mich. Ich drücke zärtlich ihre Hand.

Meine Mutter kichert. »Wir hatten Spaß, Alex. Wir waren heute Morgen für eine Stunde mit Hans-Werner spazieren und heute Nachmittag auch. Und dann hat er zweimal die Windeln voll gekackt und ich habe ihn sauber gemacht. Papa war dabei. Das war ein tolles Erlebnis, nicht wahr, Hans?«

Der Kopf meines Vaters wandert hin und her. »Na ja. So toll fand ich es jetzt nicht.«

Ich kann auch nicht nachvollziehen, was an einer vollgeschissenen Windel so super sein soll. Mein Vater und ich winken uns zu. Ich weiß, dass meine Mutter nicht mit einem Winker zufrieden ist. Darum beuge ich mich zu ihr, um sie auf die Wange zu küssen.

Marie meldet sich zu Wort. »Nicht, Alex. Du hast doch Halsschmerzen.«

Und in dem Moment, in dem ich wieder hochschnellen will, greifen die kleinen Hände meiner Mama nach Opa Augusts Halstuch. Sie will mich zu sich hinunterziehen.

Burschikos sagt sie: »Ach was, so empfindlich bin ich nicht.«

Ich spüre, wie sich der Seidenschal von meinem Hals löst und es plötzlich kühl an meiner Gurgel wird. Meine Lippen landen auf der Wange meiner Mutter.

Mein Vater beugt sich vor. »Ach Gott. Was hast du denn gemacht? Du hast dich verletzt?« Sein ausgestreckter Zeigefinger zeigt auf die beiden fetten Knutschflecke an meinem Hals. Ich hätte große Lust, ihm den Finger abzubeißen.

Marie sagt: »Was?«

Und jetzt wird es richtig unangenehm. Meine Mutter grunzt leise, dann kichert sie und schlägt nach meinem Vater. »Halsweh! Dass ich nicht lache. Das hat Alex mir schon früher vorgaukeln wollen, wenn sich ein nettes Mädchen an ihm festgesaugt hat. Es gab ja Monate, da hatte er jeden Tag Halsschmerzen und ist mit dicken Schals oder vollkommen verpflastert herumgelaufen.« Sie schaut Marie an. »Ihr müsst euch doch nicht dafür schämen, dass ihr euch so lieb habt. Wenn man jung ist, kommt man schon mal auf diese Idee.« Sie schaut meinen Vater an. »Nicht wahr, Werner?«

Scheiße! Dass die nicht einfach mal die Gosche halten kann.

Mein Vater bläst ins selbe Horn. »Stimmt.«

Marie springt auf. Sie will sich vor mich stellen, ich drehe mich in die entgegengesetzte Richtung. Sie hüpft leichtfüßig andersherum. Es gibt kein Ausweichen mehr. Sie steht jetzt etwas atemlos vor mir, will etwas sagen, sie sagt es aber nicht.

Stattdessen verhärten sich ihre Gesichtszüge und ihr Kinn wandert nach vorn.

Das Gähnen meines Vaters sagt mir, dass er meine Mutter gleich zum Gehen auffordern wird.

Und weil ich jetzt absolut keine Lust habe, mit Marie allein zu sein, klatsche ich in die Hände und schaue meine Eltern abwechselnd an. Meine Stimme überschlägt sich. »Na? Wollt ihr mit uns zu Abend essen? Pommes? Majo? Currywurst oder Gyros? Ich könnte flott zum Imbiss fahren.«

Meine Mutter lächelt. »Nein, danke. Marie hat uns mit Kuchen verwöhnt. Und wenn es am Nachmittag Gebackenes gab, essen wir immer nur ein Käse- oder Schinkenschnittchen zu Abend.«

Die Hand meines Vaters schlägt auf ihren Oberschenkel. »Na, komm, mein Engel. Wir lassen die Liebenden alleine.«

Ich unternehme noch einen Versuch. »Super. Dann mach ich uns flott ein paar Käseschnittchen.«

Mein Vater steht langsam auf und reibt sich das Kreuz. »Nein. Wir essen immer später zu Abend. Aber … danke für das Angebot.«

Hans-Werner wird zum Abschied von seiner Oma auf den Arm genommen und sanft gedrückt. Mit einem Finger streichelt sie die Wange ihres Enkels. »Und wenn du Sehnsucht nach Oma und Opa hast, rufst du uns an, ja? Dann kommen wir sofort.«

Marie hat sich im Griff. Sie lacht und sagt, dass Hans-Werner das bestimmt machen wird, und legt ihn in den Stubenwagen.

Wir begleiten meine Eltern zur Haustür und winken ihnen nach.

Als sie im Auto sitzen, winken wir immer noch. Marie räuspert sich. »Ich erinnere mich gar nicht daran, dir die Knutschflecke gemacht zu haben.«

Auf die Schnelle fällt mir nichts ein, was ich darauf erwidern könnte. Ich rufe laut: »Tschüss, Mama. Tschüss, Papa.«

Marie dreht sich auf dem Absatz um und lässt mich stehen. Als mein Vater das Auto um die Ecke gelenkt hat und ich sie nicht mehr sehen kann, winke ich immer noch.

Erst als Marie von drinnen ruft, ob ich draußen übernachten wolle, laufe ich langsam zurück ins Haus.

In der Küche beobachte ich, wie sie die Spülmaschine einräumt. Etwas angespannt warte ich auf ihre Frage, welche Frau mir am Hals gehangen hat. Aber sie fragt nicht.

Das ist Maries Taktik. Sie lässt ihr Gegenüber gerne in einem angespannten Gemütszustand schmoren, ohne eine Brücke zu bauen. Ich empfinde die Situation als sehr unangenehm. Wenn sie jetzt keifen würde, könnte ich konkret auf ihr Gekeife antworten. Hm. Vielleicht mache ich mir auch zu viele Gedanken und sie hat den Spruch meiner Mutter längst vergessen. Ich sollte einfach aufstehen, ins Bad gehen und so tun, als wären die schon verblassenden Flecke gar nicht da.

Als ich im Begriff bin, meinen Plan in die Tat umzusetzen, hält sie mit dem Räumen inne und schaut mich an. Erst auf meinen Hals, dann in meine Augen und dann wieder auf den Hals.

Von wegen vergessen. Die Psychologin Marie Schneider vergisst nichts.

Scheiß-Psychologie! Ich räuspere mich. »Ich habe mich gestoßen. Beim Umrühren der Farbe. An der Angel. Kopf runter und bums …«

Marie hebt die Augenbrauen und grinst spöttisch.

Ich werde nervös. »Du glaubst doch nicht allen Ernstes, dass das da Knutschflecke sind, oder?« Mein Zeigefinger kommt zum Einsatz. Er tippt auf das Korpus Delikti.

Marie verschränkt die Arme vor der Brust. »Du stellst Suggestivfragen.«

»Du glaubst mir nicht, oder?«

Sie rollt mit den Augen. »Schon wieder eine Suggestivfrage. Sag einfach die Wahrheit. Gib zu, dass auch Mädels beim Renovieren dabei waren.«

Mir muss jetzt ganz schnell etwas einfallen, um den Kopf aus der Schlinge zu ziehen. Ich springe auf. Übertrieben sage ich: »Natüüürlich waren auch Mädels dabei. Du kennst mich ja. Ohne Mädels geht es nicht.« Ich reibe mein Kinn und starre an die Zimmerdecke. »Ähm, da waren Rapunzel und Schneewittchen … und die hatten sooo dicke Hupen.« Meine Hände formen imaginäre Brüste in der Luft. »Tja, und die haben richtig knappe Bikinis getragen. Man konnte fast die ganzen Backen sehen.« Ich drehe ihr den Rücken zu und wackele mit dem Popo, und mit einem Schulterblick sehe ich, dass sie grinst.

Ich fahre herum und hebe eine Hand. »Und jetzt hör gut zu, meine liebe Marie. Dann tauchte wie aus dem Nichts die böse Stiefschwester von Aschenbrödel auf, und die hat sooo geweint, weil sie nicht den reichen Prinzen bekommen hat … wähhh … und die habe ich dann getröstet. Und dabei hat sie sich wie ein Scheißhauspömpel an meinem Hals festgesaugt.« Ich lege eine Hand an meine Kehle und würge mich imaginär. Dabei verdrehe ich die Augen.

Jetzt lacht Marie aus vollem Herzen. »Hör schon auf, solche verrückten Märchen zu erzählen. Ich glaube dir ja.«

Mir fällt der berühmte Stein vom Herzen. Und jetzt, wo ich mich auf der sicheren Seite befinde, lege ich noch eine Schüppe drauf. »Tja. Und die winzigen Krusten auf meiner Haut stammen nicht von aufgekratzten Mückenstichen … Neeein. Die rühren daher, weil ich nackig mit Aschenbrödels dicker Schwester durch einen dornigen Zauberwald gelaufen bin, in dem sich ein gefährlicher Gorilla herumgetrieben hat. Und weißt du was? Der wollte mich entmannen, weil ich seine Conchita beim Pinkeln gestört habe.«

Marie hält sich den Bauch vor Lachen. Sie legt die Arme um meinen Hals. »Sorry. Ich habe mich dumm benommen.«

Ich streichele ihre Wange. »Ach was, alles gut.«

Hans-Werner findet das gar nicht, denn er fängt an zu schreien.

Marie streicht meine Haare aus der Stirn. »Ich geh ihn dann mal stillen.«

»Hast du etwas dagegen, wenn ich heute Abend auf zwei Stündchen zu Enno ins katholische Stadthaus gehe?«

»Natürlich nicht. Geh ruhig. Du bist ja in den nächsten Wochen täglich zu Hause. Nachher fällt dir noch die Decke auf den Kopf.«

»Mensch«, ich schlage mir gegen die Stirn. »Jetzt hätte ich fast vergessen dir zu sagen, dass ich nicht jeden Tag zu Hause sein werde. Ich muss Mockenhaupt zuarbeiten und bin sporadisch im Büro.«

Marie zeigt Verständnis. »Natürlich. Das kann ich verstehen. Du wirst also ab und an im Büro sein?«

Ich nicke schnell.

Als Marie auch hier nicht weiter nachhakt, sich umdreht und zum Stubenwagen läuft, schließe ich erleichtert die Augen.

Gregor und ich laufen langsam vom Parkplatz in Richtung Gebäude, in dem fast jeden Abend irgendwelche Kurse angeboten werden. Ich erzähle ihm, dass Marie die Knutschflecke entdeckt hat und wie geschmeidig ich den Kopf aus der Schlinge gezogen habe.

Er lacht. »Das muss man sich mal vorstellen. Du sagst die Wahrheit und Marie lacht darüber. Das muss ich auch mal probieren.«

Wir klatschen ab.

Als wir das Stadthaus betreten, steht eine Gruppe Frauen vor der Pinnwand. Sie studieren die Aushänge und reden durcheinander. Eine pummelige Blonde, die ein bauchfreies Top trägt, behauptet sich. Sie ruft laut, dass alle mal die Klappe halten sollen. »Ruhe jetzt! Hier steht klipp und klar, dass die Bauchtanzanfängerinnen sich in Raum 316 treffen. Und ...«

Gregor wäre nicht Gregor, wenn er an einer Gruppe knackiger Mädels vorbeilaufen würde, ohne ein Wort zu verlieren. Er bleibt kurz stehen. »He, ihr süßen Mäuse. Ich bin der Rattenfänger von Hameln. Lauft einfach hinter Daddy her. Mein Kollege und ich sind auf den Weg in Raum 314.«

Die Mädels kichern und schnattern um die Wette. Die Gruppe setzt sich in Bewegung. Die Mädchen folgen uns.

Am Ende des Ganges trennen sich unsere Wege.

Wir betreten den Raum, in dem schon etliche unserer Gruppenfreunde sitzen.

Emanuel ist auch dabei. Er springt von der Fensterbank und kommt auf uns zugelaufen. »Hach, das ist ja mal eine Bombenüberraschung.« Er küsst Gregor auf den Mund und wirft ihm einen schmachtenden Blick zu. »Hase, du glaubst gar nicht, wie ich dich vermisst habe.« Dann knufft er mich in die Rippen. »Na, Schnuffel? Geht's dem Nachwuchs gut?«

Ich komme nicht zum Antworten, denn Enno klatscht in die Hände und schaut Gregor an. »Du, magst du vielleicht die Tür schließen, oder soll ich jemand anderen fragen?«

Gregor hebt eine Hand. »Kein Problem. Ich mache das gerne.«

Wir stellen die Stühle so hin, dass sie einen Kreis bilden.

Anschließend ziehen wir alle die Schuhe und Socken aus und dann … yeah, geht es durch die Terrassentür ab nach draußen. Auf der großen Wiese erden wir uns erst einmal. Das Erden wird immer zur Einstimmung auf den Gesprächskreis zelebriert.

Dabei stellen wir uns im Kreis breitbeinig auf, gehen in die Knie und bilden uns ein, dass wir unsere Fußnägel ins Erdreich graben. Dabei strecken wir die Arme weit vom Körper, bewegen sie zuerst nach unten, dann nach oben und sagen gleichzeitig »Ahhhhhhhhhhhhhhhhh … Mattatuhaaataaaaa.«

Und während des Erdens können wir durch die großen Fenster des Raumes 316 sehen, wie die Mädels in Schlüpper und BH sich gegenseitig große, dünne Stofftücher, um die Hüften binden.

Den Freunden, die sich mit dem Rücken zum Fenster bewegen, flüstern wir zu, was hinter ihnen vor sich geht. Der Kreis löst sich ganz schnell auf. Innerhalb kürzester Zeit stehen wir wie die Funkenmariechen im Kölner Karneval alle in Reih und Glied nebeneinander und hüpfen auf der Stelle.

Ich schiele zu Gregor. Er ist total abgelenkt. Mein Kumpel hebt und senkt die Arme nur noch im Zeitlupentempo. Als eine dunkelhaarige, wohlproportionierte Schönheit in Bauchtanzrock und Fransen-BH mit dicken Klunkern gekonnt ihre Arme, Beine und Hüften im Gleichklang bewegt, bewegt sich in unserer Gruppe nur noch Emanuel.

Enno ist der Erste, der sich von diesen zauberhaften Anblicken löst. Nach einer Rumpfbeuge, mit der er sich nach jeder Erdung respektvoll von der saftig grünen Wiese verabschiedet, läuft er in Richtung unseres Gruppenraumes.

Wir folgen etwas widerwillig.

Als wir es uns auf den Stühlen gemütlich gemacht haben, fragt Enno in die Runde, ob es allen gut gehe oder ob jemand die mentale Unterstützung der Gruppe benötige.

Da sich niemand zu Wort meldet, stupst mich Gregor permanent an. Ich kann mich nicht überwinden, meine Probleme hier vor allen breitzutreten, darum sende ich ihm unmissverständliche Zeichen mit den Augen, mit dem Geschubse aufzuhören.

Er beugt sich zu mir und flüstert: »Blödmann. Ich bin nur wegen dir hergekommen, weil ich dachte, dass du dich ausquatschen willst.«

Ich antworte nicht, sondern rolle nur mit den Augen.

Und weil niemand ein Problem hat, bilden sich Grüppchen. Die einen reden über dies, die anderen über das.

Gregor, Emma und ich reden nach einem Small Talk darüber, dass wir langsam aufbrechen sollten.

Mit Küsschen hier und Küsschen da werden wir von unseren Gruppenfreunden verabschiedet und müssen versprechen, bald wiederzukommen.

Kaum dass wir den Gruppenraum hinter uns gelassen haben, motzt Gregor mich an. »Mann, du bist vielleicht ein Idiot.«

Emanuel läuft mit kleinen Schritten neben uns her. »Was ist denn los, Hase? Was hat der Schnuffel denn verbrochen?«

Ich bleibe abrupt stehen. »Jetzt hör auf. Nur, weil ich meine privaten Dinge nicht in die Welt hinausschreie, bin ich noch lange kein Idiot!«

Gregor hört nicht auf. »Neein. Du bist kein Idi. Du bist ein richtig verklemmtes Arschloch. Ich kenne dich. Du frisst alles in dich hinein. Wunder dich nicht, wenn du wieder dicke Eiterbeulen am Hintern und am Sack kriegst. Irgendwo muss dein Körper nämlich den ganzen Dreck loswerden, den du nicht freiwillig rauslässt.«

Jetzt bin ich richtig angepisst. Mein Zeigefinger wedelt vor Gregors Nase. »Ey, du bist total gemein. Dass ich früher unter dieser beschissenen Akne gelitten habe, das habe ich dir mal im Vertrauen erzählt, du Mistbock. Musst du das breittreten?«

Emanuel massiert seine Schläfen. »Ach Gottchen, jetzt hört schon auf, euch zu zanken.« Er stellt sich zwischen Gregor und mich.

Mein Kumpel und ich laufen gleichzeitig in Richtung Ausgang, Emanuel folgt uns.

In dem Moment, als ich das katholische Stadthaus verlasse, traue ich meinen Augen nicht. Becky kommt mit kleinen, schnellen Schritten angelaufen. Als sie mich entdeckt, bleibt sie stehen. »Boah, dass ich dich hier treffe. Dich schickt der Himmel.«

Die fehlt mir auch noch. So eine Scheiße kommt nur in Filmen oder Büchern vor, dass einem permanent Leute über den Weg laufen, die das Leben komplizierter machen. Ich motze sie ungehalten an. »Was willst du? Verfolgst du mich etwa?«

Sie zeigt mir den Vogel. Dann keift sie zurück. »Spinnst du, oder was? Warum schreist du mich so an? Ich habe vor einer Stunde an der Ecke geparkt und war in der *Kaufhalle Kläsener* einkaufen. Und jetzt springt mein Auto nicht an. Ich suche jemanden, der mich abschleppt.«

Emma kichert. »Die hat ja einen sonnigen Humor. Wie kann man nur ans Vögeln denken, wenn einem gerade die Karre verreckt ist.«

Gregor lacht breit.

Ich brauche einen Moment, um den Sinn seiner Äußerung zu verstehen, dann lache ich ebenfalls.

Becky schaut mich böse an. »Was ist? Hilfst du mir?«

Mit einem Seufzer nicke ich.

Ich schaue auf die Uhr. »Abschleppen wird nicht nötig sein. Du hast im Auto wahrscheinlich einen Verbraucher angelassen und die Batterie ist leer. Ich habe ein Überspielkabel.« Mit großen Schritten laufe ich vor.

Becky stöckelt hinter mir her. »Warte. Renn doch nicht so.«

Emma ruft »Tschüssi«, und Gregor fragt laut, ob ich Hilfe bräuchte.

Ich drehe mich um. »Nein. Macht euch noch einen schönen Abend. Das ist ein Klacks.«

»Ich melde mich morgen. Halt die Ohren steif, Alex.«

Das ist Gregors Art, Entschuldigung zu sagen. Ich nicke und winke ihm zu. Das ist meine Art, zu zeigen, dass wir wieder die besten Kumpel sind.

Es ist häufig so. Wenn man denkt, dass es ein Klacks sei, ein Problem zu beheben, dauert es meist länger als gedacht.

Als ich ratlos vor der geöffneten Motorhaube von Beckys altem Golf stehe, muss ich an meinen Vater denken. Er war früher auch immer so ein Das-ist-ein-Klacks-Kandidat. Und aus dem *Klacks* wurden dann Tage, die wir im Winter ohne Heizlüfter oder eine Woche im Sommer ohne Ventilator verbringen mussten, weil es doch komplizierter als gedacht war, die Geräte zu reparieren.

Ich habe das Gefühl, in den Fußstapfen meines Vaters zu stehen. In dem Sommer, in dem ich zwölf Jahre alt wurde, wollten wir um 3 Uhr morgens in Richtung italienische Riviera starten. Als unsere Karre nicht ansprang, gab sich mein Vater gelassen und meinte, dass es ein Klacks sei, den Motor wieder zum Laufen zu bringen.

Letztendlich dauerte es dreiundzwanzig Stunden, bis der alte VW-Bus wieder lief.

Der Versuch, Beckys Auto mit dem Überspielkabel flott zu kriegen, ist gescheitert. Ihm scheint etwas anderes zu fehlen. Ich schlage die Motorhaube zu. »Tut mir leid, Becky. Ich krieg ihn nicht zum Laufen.«

»Ach, Mensch. So eine Kacke. Und jetzt?«

Ich wische meine Hände in einem Papiertaschentuch ab, das Becky mir reicht. »Sprich mit deinem Vater oder mit Hannes. Sie sollen ein Abschleppseil mitbringen, sonst kommst du hier nicht weg. Du kannst auch den ADAC rufen.«

Meine Ex klimpert mit den Wimpern. In weinerlichem Tonfall sagt sie: »Mensch, kannst du mich nicht bis zu meinen Eltern schleppen? Dann kann mein Vater gleich morgen früh nachschauen, was mit dem Motor los ist. Meine Leute kommen heute Abend erst später heim. Sie sind nach Holland gefahren, Klamotten einkaufen. Du musst doch eh in die Richtung.«

Ich behalte für mich, dass Marie und ich in ein Haus neben der St.-Ludgerus-Kirche gezogen sind und nicht mehr in der Fliedergasse wohnen. Ich seufze. »Also gut. Pass aber auf, dass du nicht auffährst.«

Sie nickt und lächelt mich dankbar an.

Ich muss pinkeln und überlege kurz, mich an den großen Busch zu stellen, der am Rande des Bürgersteiges steht, verwerfe den Gedanken jedoch wieder. Gegenüber steht ein Haus. Jemand könnte mich beim Wasserlassen beobachten. Gregor hat recht. Ich bin ein richtig verklemmtes Arschloch.

Ich mache in Gedanken drei Kreuzzeichen, als ich mit Becky im Schlepptau das Haus ihrer Eltern erreicht habe. Sie wäre mir fast zweimal auf die Stoßstange gefahren. Außerdem hat sie wohl an den Schaltern herumgedrückt, denn mal war ihre Warnblinkanlage ein- und mal ausgeschaltet.

Eine der Abschleppösen lässt sich nicht entfernen. Ich gehe auf die Knie.

Becky lehnt am Kotflügel meines Autos. »Kommst du noch auf einen Kaffee mit rein?«

Ich habe eher das Bedürfnis, Flüssigkeit loszuwerden, statt sie aufzunehmen. Mittlerweile muss ich stramm pinkeln. »Danke. Für mich brauchst du die Maschine nicht anzustellen. Könnte ich kurz die Gästetoilette benutzen?«

»Natürlich. Kaffee kann ich aber trotzdem kochen.«

Das Abschleppseil wandert zurück in meinen Kofferraum. »Wirklich nicht, mach dir keine Umstände.«

Becky kramt in ihrer Handtasche herum und holt einen Schlüsselbund heraus. Ich lasse ihr den Vortritt, bleibe stehen und werfe einen

Blick auf die beiden Doppelhaushälften. In der linken wohnt Beckys Schwester Katharina mit ihrem Mann Hannes und den vier Kindern, in der rechten leben Beckys Eltern Christa und Franky. Es ist ein komisches Gefühl, den gepflasterten Weg entlangzulaufen, den ich jahrelang fast jeden Tag gegangen bin. Wir waren ständig bei Beckys Eltern, obwohl wir ein Haus mit einem wunderschönen Garten gemietet hatten.

Auch Beckys Schwester und ihr Schwager haben täglich mit am Tisch gesessen. Ihr Haus nebenan nutzten sie quasi nur zum Schlafen. Gemeinsam wurde jeden Abend gegrillt und dabei ordentlich gebechert. Und zwar so, dass Franky und ich schon mal total abgefüllt auf der Wiese übernachtet haben, weil wir nicht mehr in die Schlafzimmer der oberen Etage laufen konnten.

Auch die Mädels der Familie waren trinkfest. Egal ob Becky, Katharina oder Christa, die haben mich alle unter den Tisch gesoffen.

Nach einem gemeinsamen Campingurlaub an der Nordsee habe ich die Sauforgien nicht mehr mitgemacht. Durch die ungesunde Lebensweise bekam ich den Dünnschiss meines Lebens und derartige Magen-Darm-Krämpfe, dass ich zeitweise dachte, ich müsse sterben.

Becky öffnet die Haustür. »Komm rein. Du kennst dich ja aus.«

Nach einem »Danke« stolpere ich über wahllos herumliegende Schuhe und trete fast einen Eimer mit Wischwasser um, als ich in Richtung Gäste-WC laufe. Ich kann mich noch gut daran erinnern, dass hier immer sämtliche Plörren kreuz und quer auf dem Boden herumflogen.

Auch in dem kleinen Klo werden Erinnerungen wach. Das Plissee hängt schief am Fenster, auf dem gemauerten Absatz darunter wartet neben Schminke und Parfümfläschchen eine Klobürste auf ihren Einsatz.

Franky hat mir früher mal erklärt, dass die dahingehöre, damit er sich nicht bücken müsse, wenn das Teil gebraucht wird.

Als ich mir nach dem Pullern die Hände waschen will, wandern meine Augenbrauen in die Höhe. Neben dem Waschbecken steht eine mit Wasser gefüllte Plastikwanne, auf dessen Rand ein Fön liegt, dessen Stecker in der Steckdose steckt. Wie kann man nur so leichtsinnig sein.

Das könnte ins Auge gehen. Ich ziehe ihn heraus und öffne den Wasserhahn. Nach einem Blick auf das helle Handtuch, das total verschmutzt ist, trockne ich meine Hände an meiner Hose ab.

Im Flur höre ich das Puckern der Kaffeemaschine. »Willst du nicht doch einen Kaffee?!«, fragt Becky laut.

Ich gebe mir einen Ruck und laufe in die Küche. »Na gut. Einen trinke ich mit.«

»Super. Mach's dir auf der Eckbank gemütlich. Es dauert noch einen Moment.«

Mit einem amüsierten Blick sehe ich, dass ich erst dafür sorgen muss, dass ich auf dem Möbelstück sitzen kann. Ich schiebe den Stapel Zeitungen, sichtlich getragene weiße Socken und einige Boxershorts beiseite und setze mich.

Das Frühstücksgeschirr steht noch auf dem Tisch. Fliegen erfreuen sich an Speiseresten, die auf den Tellern liegen.

Becky stapelt das Geschirr und pfeffert es in die Spüle. Anschließend holt sie saubere Tassen aus dem Schrank und eine Schüssel aus dem Kühli, in der gegrilltes Fleisch liegt.

»Möchtest du ein kaltes Kotelett oder eine Wurst? Wir haben gestern Abend gegrillt.«

Ich beiße mir auf die Unterlippe und grinse. »Echt? Ihr habt gegrillt? Nein, danke. Ähm, lass es dir schmecken.«

Becky beißt in eine Krakauer. »Du siehst nicht gut aus, Alex. Ist alles okay bei euch?«

»Natürlich. Es ist alles bestens bei uns.«

»Hm. Du schaust aber nicht so aus.«

Es sollte mir egal sein, was Becky denkt oder nicht denkt, mir ist es aber nicht egal. Ich will einfach nicht, dass sie glaubt, dass es mir schlecht geht, weil zu Hause etwas nicht in Ordnung ist. »Nein, nein. Es ist alles wunderbar.«

Sie lutscht ihren Zeigefinger ab. »Ist es nicht stressig mit eurem Familienzuwachs? Kein Schlaf, nur noch zu Hause abhängen …«, sie grinst breit, »… kein Sex. Ich weiß noch, wie das bei meiner Schwester und

Hannes war. Die waren nach jeder Geburt eines Kindes total mit den Nerven fertig. Die haben immer gejammert, was sie sich da angetan haben.«

Ich stehe auf, um den Kaffee zu holen, der jetzt durchgelaufen ist. »So schlimm kann es ja nicht gewesen sein. Schließlich haben sie sich vier Kinder *angetan*. Babys schreien halt, wenn sie Hunger haben. Wir sind froh, dass wir die Abende auf der Couch verbringen können.«

Meine Ex greift nach einem Kotelett. »Klar. Was sollst du auch anderes sagen. Ihr *könnt* ja nicht mehr weg. Puh. Kein Essengehen, keine Ü-30-Disco, kein Tanz in den Mai, und bis die Hosenscheißer aus dem Gröbsten draußen sind, das dauert.«

Ich schlürfe am Kaffee. Beckys Geschwätz rauscht an mir vorbei. »Du wohnst wieder bei deinen Eltern?«

»Nein. Ich habe eine Wohnung am Wendehammer in der Waldstraße. Im Obergeschoss, mit einem schönen Balkon. Aber ich bin fast jeden Abend hier.«

»Wahrscheinlich zum Grillen, oder?«

»Ja. Ähm, man hört, dass es dir beruflich nicht so gut geht.«

Ich stutze. »Tatsächlich? Und wo hört man so etwas?« Ich nippe an meinem Kaffee, dabei lasse ich sie nicht aus den Augen.

Becky druckst ein wenig herum. »Neben dem Haus, in dem ich wohne, steht eine imposante Villa. Die wurde vor Kurzem verkauft. Heute Nachmittag bin ich daran vorbeigelaufen. Ein Typ war im Vorgarten. Als ich erkannt habe, dass es dein Kollege Donald ist, habe ich ihn angequatscht. Tja. Und nach einem kleinen Plausch weiß ich, dass er die Hütte gekauft hat und du bei Mockenhaupt wieder von ganz unten anfangen musst.« Sie kichert.

So ein Arsch. Tritt er doch tatsächlich Dinge breit, die niemanden etwas angehen. »Blödsinn. Es hat lediglich eine kleine Änderung stattgefunden. Donald übertreibt wie immer.«

Becky nagt an einem Kotelettknochen. »Na ja. Vom eigenen Büro neben Mockenhaupt wieder im Großraumbüro mit den ganzen Lollos zu sitzen, ist ja schon eine krasse berufliche Veränderung. Ich habe deinem Kollegen aber gesagt, dass mich das ein Dreck interessiert, weil wir keinerlei Kontakt mehr haben.«

Ich fahre meine Schiene weiter. »Donald ist ein Schwätzer. Davon kann keine Rede sein. Aus kanzleiinternen Gründen mussten wir einige Strukturen ändern, über die ich nicht reden kann.« Ich trinke meinen Kaffee aus. »Danke für das Käffchen. Ich muss los.«

Sie greift nach einem Geschirrhandtuch und wischt ihre Hände darin ab. »Es war nett, ein wenig mit dir geredet zu haben. Wenn du Lust hast, komm mich doch einfach mal besuchen. Wir könnten mit einem Gläschen Wein auf vergangene Zeiten anstoßen und uns einige alte Fotos anschauen.«

Ich stehe auf, strecke mich und gähne verhalten. »Ich bin beruflich und privat so ausgefüllt, dass daraus nichts wird.«

Becky hakt mich unter und begleitet mich bis vor die Haustür. »Sag niemals nie. Meine Handynummer hat sich nicht geändert. Wenn du also mal Lust hast zu quatschen …«

Auf dem Heimweg ärgere ich mich über die Plaudertasche Donald. Mockenhaupt mag mir im Moment nicht sehr wohlgesonnen sein, aber dass ein Kanzleiangestellter aus dem Firmennähkästchen plaudert, wird unserem Boss nicht gefallen. Wer weiß, was er Becky außerdem auf die Nase gebunden hat.

Dass Donald ein Haus gekauft hat, ist mir noch nicht zu Ohren gekommen. Okay. Der private Austausch mit den Kollegen ist in letzter Zeit etwas zu kurz gekommen, weil ich immer allein im Büro gesessen habe. Aber solche Neuigkeiten sprechen sich ziemlich flott herum.

Er protzt wahnsinnig gerne mit dem, was er hat. Ich schätze mal, dass es nicht lange dauern wird, bis Donald die gesamte Mockenhaupt-Mannschaft samt Boss zu sich nach Hause einladen und ordentlich auf die Kacke hauen wird.

Als ich nach Hause komme, ist Marie gereizt. Hans-Werner hat oft geschrien, und sie wusste zeitweise nicht, wie sie ihn beruhigen sollte.

Sie stößt mich von sich, als ich sie in den Arm nehmen möchte. »Ach, Alex. Lass das. Danach steht mir jetzt bestimmt nicht der Sinn.«

Ich verstehe die Welt nicht mehr. »Hee. Was willst du mir damit sagen? Ich wollte dich einfach nur in den Arm nehmen. Mehr nicht.«

Zur Ruhe komme ich heute erst später.

Als Marie längst im Bett liegt und schläft, kümmere ich mich darum, Jesus' Arm zu reparieren. Ich sitze bei einem Glas Rotwein am Esszimmertisch und klebe Stück um Stück der Porzellanteile zusammen, die letztendlich wieder einen intakten Arm bilden. Ich frage mich, ob es am konzentrierten Arbeiten liegt, dass ich mich so gut fühle, oder ob die offenen Gespräche mit Jesus dazu beigetragen haben, denn seit zwei Stunden rede ich mit ihm. Christus kann man nämlich alles erzählen. Alles. Und wenn man den ganzen Seelenmüll, im übertragenen Sinne, ausgespuckt hat, dann fühlt man sich wieder leichter.

Ich glaube, dass nichts Verwerfliches daran war, dass ich meiner Ex heute aus der Klemme geholfen habe. Jesus war ein sehr guter Mensch. Ich bin mir sicher, dass er Becky auch abgeschleppt hätte. Zumal, wenn er mit ihr verlobt gewesen wäre.

Ich merke, dass ich Blödsinn denke. Der hatte nie im Leben einen Ring an der linken Hand. Soviel ich weiß, gehörte der Retter nicht zu den Jungs, die mit Mädels herumgemacht haben. Der war immer nur für die Kirche und für seinen Vater da. Aber wer weiß das schon so genau.

Vor einer halben Stunde habe ich ihm erzählt, dass ich mit Becky nackig schwimmen war und dass sie die Hand nach meinem Schnulli ausgestreckt hat. Ich glaube, er sieht das genauso wie ich, dass das von meiner Seite aus kein bisschen Sünde war.

Und dass ich in der vergangenen Nacht in dem einsamen Zimmerchen in der ersten Etage davon geträumt habe, dass Becky ihn angefasst hat, und ich das toll fand, ist auch keine Sünde. Man hat ja keinen Einfluss darauf, was und von wem man träumt. Ich hätte auch genauso gut von Jennifer Lopez oder Lieschen Müller von nebenan träumen können. Oder von Beckys Schwester Katharina. Wobei ich sofort denke: *Wuah, bitte nicht.* Ich schüttele mich und spüle diesen Gedanken mit einem großen Schluck Wein herunter.

Na ja. Und wenn man mal was verbrochen hat, ist es auch nicht so tragisch. Soweit ich mich recht erinnern kann, musste ich für ein Mal Arschloch-Chris auf die Fresse hauen ein Gebet sprechen. Ein anderes Mal hat der Pfarrer mir gesagt, dass ich etwas Gutes tun solle, nachdem ich wieder eine Keilerei mit ihm gebeichtet habe.

Die Idee fand ich gut und ich habe es dann immer so geregelt. Zuerst wurde Chris verkloppt, anschließend habe ich ihm ein paar Bonbons in die Hand gedrückt und Amen gesagt.

Ich glaube, dass ich mit gutem Gewissen sagen kann, dass ich nicht zu den Menschen gehöre, die permanent gesündigt haben oder sündigen.

Wenn ich darüber nachdenke, was mein Schwiegerpfarrer alles auf dem Kerbholz hat … Jetzt mal Butter bei die Fische. Dass der sich überhaupt noch traut, mit Gott zu sprechen, das wundert mich schon.

Nachdem die Dornenkrone auch wieder intakt ist, lege ich die Pinzette zur Seite. »So, mein Freund. Morgen passe ich besser auf dich auf, damit du nicht wieder von der Leiter purzelst.«

6. Der letzte Weg

Vor Hans-Werners Geburt haben wir an den Samstagen bis in die Puppen geschlafen. Es ist sehr oft vorgekommen, dass wir erst zum Mittagessen aufgestanden sind.

Seit fast drei Wochen weht ein anderer Wind.

Um Punkt 6:30 Uhr stehe ich in der Holzofenbäckerei am Marktplatz in der Schlange und warte gähnend darauf, dass ich an der Reihe bin.

Um mich herum sehe ich nur verknautschte Gesichter. Ich schaue über die Verkaufstheke in den Spiegel, der unter den Brotregalen hängt. Nach einem zehnminütigen Ritt auf meinem Drahtesel sehe ich auch nicht frischer aus als direkt nach dem Aufstehen.

Im Pulk neben mir steht ein Mann, den ich hier schon einige Male beim Brötchenholen getroffen habe. Wir nicken uns zu.

Hinter mir tippt mir jemand auf die Schulter. Ich drehe mich langsam um. Den drahtigen Typen mit den gelockten, dunklen Haaren habe ich auch schon öfter hier gesehen.

Er lächelt mich an. »Na, auch wieder hier?«

Ich nicke. »Sieht so aus.«

Er lacht. »Siggi. Ich bin der Siggi. Meine Tochter ist acht Wochen alt. Sie heißt Leni.«

Mein Finger wandert ebenfalls in die Höhe. »Alex. Ich bin der Alex. Hans-Werner ist fast drei Wochen alt.«

Siggi strahlt mich an. »Das ist ja toll. Vielleicht sehen wir uns bald beim Babyschwimmen.«

Der rothaarige, kleine Dicke neben mir wird aufmerksam. »Wir rechnen jeden Tag mit Heiko. Wir sind dann auch dabei.« Er lässt die

Schultern kreisen. »Ich heiße Lukas, aber man nennt mich Tschaikowski. Ich bin Musiklehrer.«

Dann bin ich an der Reihe und kaufe für Pfarrers nebenan und für Marie und mich knusprige Brötchen.

Als ich bezahlt habe, nicken Siggi und Tschaikowski mir wieder zu. Nacheinander sagen sie: »Tschüss.« Siggi murmelt außerdem: »Bis morgen früh.« Und Tschaikowski ruft mir hinterher, dass ich den Tag mit Hans-Werner genießen solle.

Die Tüten mit den Brötchen wandern in den Fahrradkorb. Ich strampele los.

Mein Vater hat mir immer prophezeit, dass mit der Geburt eines jeden Kindes auch die Anzahl der Freunde wächst.

»Alex«, hat er immer gesagt, »zuerst triffst du beim Bäcker immer dieselben Männer, dann siehst du sie am Wochenende auf dem Spielplatz, später in der Werkgruppe im Kindergarten und letztendlich bei diversen Festen in der Schule.«

Ans Babyschwimmen habe ich noch gar nicht gedacht. Ich freue mich drauf.

Als ich bei Irmi und Werner anklingele, um die Tüte abzuliefern, wird die Tür nur einen Spalt geöffnet. Werner streckt seine Hand heraus und brummelt etwas.

Ich drücke ihm die Tüte in die Hand. »Guten Morgen. Genieße das Mahl, das mal nicht nur aus Hostien besteht.« Ich kichere.

Jetzt lugt Werner mit einem Auge durch den Türspalt. »Nerv nicht. Ich muss heute Vormittag arbeiten. Ich habe eine Beerdigung. Den Jesus hängen wir heute Mittag auf. Oder morgen.«

Mein Mitleid hält sich in Grenzen. »Es geschieht dir ganz recht, dass du auch mal am Wochenende was tun musst. So wie ich es mitbekommen habe, wurde in der letzten Zeit wenig geheiratet und gestorben.«

Werner schickt mir ein gütiges Lächeln. »Spotte nur, mein Sohn. Aber bedenke … Spott ist wie ein Bumerang.« Nach den geistreichen Worten knallt er mir die Tür vor der Nase zu.

Nach einem leckeren Frühstück stellt sich Marie im Wohnzimmer ans Bügelbrett und sorgt dafür, dass die winzigen Sachen unseres Sohnemanns ordentlich geglättet und gefaltet werden. Innerhalb kürzester Zeit liegen kleine Stapel Bodys und Strampler nebeneinander. Ich kümmere mich derweil um Hans-Werner. Ich lümmele mich auf dem großen Ohrensessel und genieße es, dass der Kleine auf meiner Brust ein Nickerchen macht.

Er duftet herrlich nach Baby-Creme. Mit einem Finger streichele ich ihm über die Haare. Dabei erzähle ich Marie, dass ich zwei neue Fast-Freunde habe und Tschaikowski und seine Frau mit Spannung auf die Geburt von Heiko warten. Sie nickt eifrig, als ich ihr erzähle, was mein Vater mir vor vielen Jahren prophezeit hat.

»Das stimmt. Es ist bei den jungen Müttern ja nicht anders. Apropos Freunde … Paula hat angeboten, uns Theos Wiege zu leihen. Wir können sie oben hinstellen. Wenn ich die Zimmer putze, müssen wir den Stubenwagen nicht hochtragen.«

Ich schließe die Augen. »Gute Idee …«

»Ja. Ich habe schon zugesagt. Gregor bringt das Teil in den nächsten Tagen.«

»Super.«

Marie legt winzige Strümpfchen zusammen. »Ich wollte deine alten Sachen waschen, die du beim Renovieren tragen wolltest. Sie lagen noch unbenutzt in der Reisetasche. Jetzt sag nicht, dass du deine geliebten ollen Joggingklamotten beim Anstreichen angelassen hast. Das würde ich dir nicht glauben.«

Ich denke kurz nach und öffne ein Auge. Ich bin ein Idiot. Die alten Klamotten aus dem Keller wollte ich auf dem Rückweg in einen Altkleidercontainer werfen. Ich habe es vollkommen vergessen. Not macht erfinderisch. Meine Antwort lässt nicht lange auf sich warten. »Ach, so dolle war der Jogger auch nicht mehr, darum habe ich ihn angelassen. Und nach der Pinselei war er so voller gelber und roter Farbkleckse, dass ich ihn bei diesem Willi Meier entsorgt habe.«

Marie will noch etwas sagen, das Klingeln des Telefons hält sie jedoch davon ab. Sie läuft zum Sideboard, auf dem das Schnurlose liegt. »Hallo, Elli. Guten Morgen. Schön, dass du anrufst … Ja, Hans-Werner geht es gut. Und dem großen Jungen auch.« Marie lacht. »Moment, ich geb ihn dir.« Während sie mir das Telefon reicht, nimmt sie Hans-Werner auf den Arm.

Dass meiner Mutter etwas auf der Seele brennt, höre ich an ihrer Stimme. »Alex, kannst du Papa helfen? Heute ist doch die Beerdigung von Opa Strüssmann. Die Trauerfeier findet in der Friedhofskapelle statt. Dein Schwiegerpfarrer begleitet ihn unter die Erde. Also nicht Papa, sondern Opa Strüssmann.«

Das ist meine Mutter. Wenn sie durcheinander ist, redet sie auch so.

»Er hat sich nach dem Duschen gebückt, da hat es in seinem Rücken Knack gemacht. Ich kann ihn ja nicht tragen, aber wenn du ihn geleiten würdest? Du bist doch kräftig.« Sie schnieft leise. »Du weißt ja, dass Papa sich nicht anstellt. Und es ist ihm doch immer unangenehm, wenn jeder sieht, wie er humpelt …«

Ich unterbreche sie. »Mama. Bleib ruhig. Wann ist denn die Beerdigung?«

»Wir wollten jetzt gleich losfahren.«

»Gut. Ich ziehe mir flott einen dunklen Anzug an. In zwanzig Minuten bin ich an der Kapelle.«

Marie macht ein betroffenes Gesicht, als ich ihr erkläre, dass ich meinen Vater auf Opa Strüssmanns Beerdigung stützen müsse. »Ach Gott. Der Arme. Hoffentlich wird es schnell besser. Ich wusste gar nicht, dass dieser Opa Strüssmann heute beerdigt wird.«

»Ich auch nicht.« Ich laufe im Eiltempo in unser Schlafzimmer. Wenige Minuten später bin ich startklar.

Es ist immer traurig, wenn jemand von dieser Welt geht. Viele Menschen sind der Ansicht, dass ein Mensch, der ein hohes Alter erreicht hat, ruhig sterben kann. Ich höre dann immer Sprüche wie: »Der hat doch sein Leben gelebt.«

Opa Strüssmann war zwar gebrechlich, aber nicht krank. Der hätte noch locker zehn Jahre in seinem Stuhl sitzen und TV schauen und sich dabei die Füße und Ohren pflegen lassen können.

Meine Eltern stehen vor der Kapelle und unterhalten sich mit einigen Nachbarn. Es wird gequatscht.

Ich lege einen Zahn zu und registriere, dass Opa Strüssmanns Familien-, Freundes- und Bekanntenkreis verdammt groß ist. Es wimmelt nur so von schwarz gekleideten Menschen.

Als ich meine Eltern erreicht habe, sehe ich Werner. Er steht am Eingang der Kapelle neben Marianne und Hugo Strüssmann und nickt mir unmerklich zu. Er ist jetzt ganz der Kirchenmann.

Meine Eltern umarmen mich. Mein Vater knöpft den dünnen, schwarzen Mantel auf. »Danke, Alex, dass du gekommen bist. Aber das würde ich tatsächlich nicht schaffen.«

Er reicht mir das Stoffteil, ich klemme es unter den Arm. Anschließend holt er aus der Tasche weiße Handschuhe. »Hier. Die müssten dir etwas zu klein sein, aber das wird schon gehen.«

Und während ich ihn anschaue, nimmt meine Mutter den Zylinder von seinem Kopf und setzt ihn mir auf. Er rutscht mir bis über die Augenbrauen, denn mein Vater hat einen wesentlich dickeren Kopf als ich.

Ich weiß noch nicht so recht, was das soll, und als ich fragen will, sagt meine Mutter: »Zieh den Mantel an, Alex. Die Sargträger gehen immer gleich angezogen.«

Meine Stimme kiekst. »Was? Ich? Sargträger?«

»Schrei nicht so«, zischt mein Vater. »Mama hat dir doch gesagt, dass ich nicht mithelfen kann, den Sarg zum Grab zu tragen, weil ich es im Rücken habe.«

Aus der Kapelle ertönt Orgelmusik.

Werner kommt. Mit einem betont freundlichen Klang in der Stimme sagt er: »Na, mein Sohn? Dann kommst du ja am Wochenende auch noch zum Einsatz, was?«

Ich reiße mir förmlich den Zylinder vom Kopf. »Ich mache das nicht. Wenn … wenn ich stolpere oder der Henkel rutscht mir aus der Hand und ich lasse Opa Strüssmann klatschen …« Ich schaue Werner flehentlich an. »Denk an Jesus. Du weißt ja, wie der hinterher ausgesehen hat.«

Meine Mutter kneift die Augen zusammen. »Jesus? Welcher Jesus?«

Ich winke nervös ab.

Die Hand meines Vaters saust durch die Luft. »Alex. Ich habe Opa Strüssmann schon vor zwanzig Jahren das Versprechen gegeben, dass ihn ein Beckfeld auf dem letzten Weg begleiten wird. Als Freund und Nachbar bin ich ihm das schuldig. Und weil ich es nicht kann, musst du es machen, denn du bist auch ein Beckfeld.«

Als ich den Mund aufmache, um zu antworten, zischt mich der Grüß-Gott-Herr-Pfarrer an. »Opa Strüssmann kann nicht zum Grab laufen! Du trägst ihn mit! Basta! Sei froh, dass du nicht mit an die Schüppe musstest …« Er bläht die Nasenflügel, dreht sich um, strafft die Schultern und läuft mit großen Schritten in die Kapelle.

Jemand verpasst mir einen Schubs von hinten und dieser Jemand ist mein Vater. »Setz dich zu den anderen Trägern in die letzte Reihe. Es sind alles Nachbarn.«

Anschließend reicht meine Mutter ihm den Arm, an dem er so unauffällig wie möglich in die Kapelle humpelt.

Ich ergebe mich meinem Schicksal und laufe der Orgelmusik entgegen.

Meine »Kollegen« grüßen mich freundlich. Klar. Die kenne ich alle. Drei von ihnen waren schon uralt, als ich noch in der Blüte meiner Jugend stand. Ich dachte, dass die längst unter der Erde sind, und frage mich, woher die betagten Herrschaften die Kraft zum Sargschleppen nehmen wollen.

Da wir in der letzten Bank sitzen, rutsche ich ganz nach links, damit ich gut gucken und Werner bei der Arbeit zuschauen kann.

Er beherrscht das Reden wie kein anderer. Wenn er es darauf anlegt, labert er jedem die Klinke an den Sack. Jetzt spricht er von der Zeit, in der Opa Strüssmann als Trainer die erste Mannschaft des *1. RC Dippendorf* geschliffen hat. Mit gekonnter Betonung schildert er, dass er im Verein und von der Presse liebevoll *Strüssi* genannt wurde.

Werners Blick wandert zu einem Mann, der in der ersten Bank ziemlich weit links sitzt. Er lächelt und hebt die Stimme. »Und in dieser Zeit hat Strüssi auch Roberto Piccolino unterstützt, der damals eine Karriere als Schiedsrichter angestrebt hat und …«

Ich fasse es nicht. In der ersten Reihe der Kapelle sitzt *der* Mann, gegen den unsere Kanzlei den Prozess Enrico Gaspacho gewinnen will. Wenn Mockenhaupt hier säße, würde sein Blutdruck in die Höhe schießen.

Die Worte, die Werner jetzt wählt, gehen ans Herz.

Opa Strüssmann wird als liebevoller Ehemann, Vater und Großvater geschildert, der sich rührend um seine Lieben gekümmert hat. Als Werner mit inbrünstiger Stimme zum Besten gibt, dass ohne den dahingeschiedenen Opa das kommende Weihnachtsfest nicht so schön werden wird, wie das vergangene war, ertönt ein lauter Schluchzer. Dann noch einer und noch einer. Und als er erwähnt, dass der liebe Verstorbene eine riesengroße Lücke hinterlässt, über die man noch sehr, sehr lange stolpern wird, heulen alle, die in der ersten Reihe sitzen.

Ich könnte mich aufregen. Er provoziert ja geradezu, dass alle im seelischen Leid ersticken. Und soweit ich das sehen kann, heult der hartgesottene Schiri im Augenblick so, als hätte Enrico Gaspacho ihm noch einmal in die Eier getreten.

Ich schniefe und versuche mich abzulenken. Ein übergroßes Bild von Opa Strüssmann steht auf einer Staffelei neben dem Rednerpult, um das ein schwarzes Band gebunden ist. Der Sarg sieht stabil aus und das große Gesteck darauf ist wirklich sehr geschmackvoll. Weiße Rosen, weiße Blumen und so ein weißes Kraut, das ich nicht kenne. Mir fällt ein, dass ich Marie mit einem Strauß Blumen überraschen wollte. Ein Gebinde mit weißen Rosen würde Marie bestimmt auch gefallen. Ich hole mein Handy heraus, zoome den Sarg heran und schieße ein Foto des floralen Prachtstücks.

Und während ich mich weiter ablenke, hat mein Schwiegerpfarrer Sendepause, weil der Organist uns mit traurig klingenden Musikstücken beschallt.

Anschließend redet Werner. Seine warmen Worte drücken auf die Tränendrüsen, und das nicht zu knapp.

Nach einer gefühlten Ewigkeit wird wieder georgelt, dann erheben sich meine Kollegen, setzen die Zylinder auf und schlüpfen in ihre weißen Handschuhe. Ich mache es nach. Den Zylinder schiebe ich alle fünf Sekunden ein wenig nach hinten, er bleibt jedoch nicht dort und rutscht immer wieder über die Augenbrauen.

Ich lasse den fünf Männern den Vortritt und stelle fest, dass ich sie um Haupteslänge überrage. Ich passe mich ihrem Schritt an. Als wir an den vorderen Bänken vorbeilaufen, schiele ich zu meinem Vater, der den Daumen in Richtung Himmel hält und mir zuzwinkert. Ich schiebe den Zylinder wieder nach hinten. Zack. Er rutscht prompt zurück.

Als ich den stolzen Blick meiner Mutter sehe, weiß ich, dass ich dennoch eine gute Figur mache.

Nachdem sich jeder meiner Kollegen einen schmiedeeisernen Henkel des Sargs geschnappt hat, nehme ich den, der übrig geblieben ist. Ich bin der letzte Mann auf der linken Sargseite.

Der kleine Mann neben mir flüstert: »Auf drei geht's los ... Eins, zwei, drei.«

Jepp. Gleichzeitig heben wir Opa Strüssmann von der Bühne und laufen los. Und als der Nummer-eins-Beerdigungshit *My way* von Frank Sinatra aus Lautsprecherboxen ertönt und Franky-Boy vom letzten Weg singt, muss ich mich verdammt zusammenreißen, nicht in das kollektive Weinen mit einzustimmen.

Auf dem Weg zum Grab habe ich nicht mehr das Bedürfnis zu heulen, denn ich habe alle Hände voll zu tun. Erstens bin ich ständig damit beschäftigt, den Zylinder nach hinten zu schieben, damit ich sehen kann und nicht stolpere. Zweitens muss ich beim Laufen in die Knie gehen, damit der Sarg nicht in Schieflage gerät, weil ich viel größer als meine Kollegen bin. Es wäre nicht schön, wenn durch meine Schuld die Bettwäsche in Opa Strüssmanns Sarg verrutschen würde.

Ich wusste gar nicht, dass der Friedhof so groß ist. Als wir nach einer geschätzten Viertelstunde endlich das Grab erreicht haben, bin ich froh, den Sarg abstellen zu dürfen. Meine Knie schmerzen.

Auch hier spricht Werner noch einige Worte und gibt letztendlich seinen Segen. Anschließend erklärt er, dass es Opa Strüssmanns letzter Wunsch war, mit einem Autogramm von Roberto Piccolino auf dem Sargdeckel beigesetzt zu werden. Außerdem wollte er, dass Roberto ihm seine Fußballklamotten von damals mit ins Erdreich wirft.

Als Roberto mit gefalteten Händen zum Grab läuft, sich bückt, einen dicken Textmarker aus der Innentasche seines Jacketts holt und schwungvoll seinen Piccolino auf den Sargdeckel schreibt, klickt es in einer Tour. Erst jetzt sehe ich, dass ein Fotograf anwesend ist und aus respektvoller Entfernung Fotos schießt. Der ist wahrscheinlich von der regionalen Zeitung.

Nachdem der Sarg ins Erdreich gelassen wurde, ziehen meine Kollegen die Handschuhe aus und werfen sie hinterher. Ich mache es nach. Dann ist Roberto am Zug. Ein rot-weißes Trikot und eine rote Hose fliegen ebenfalls hinein.

Ich bin froh, diese Angelegenheit hinter mich gebracht zu haben.

Hugo kommt und klopft mir auf die Schulter. »Danke, dass du für deinen Papa eingesprungen bist. Mensch, wir sind froh, dass wir Opas letzte Wünsche alle erfüllen konnten.« Er beugt sich zu mir und flüstert: »Wir sind auch sehr dankbar, dass Roberto gekommen ist.«

Marianne bedankt sich ebenfalls und bittet mich, zum Kaffeetrinken mit in die Gaststätte um die Ecke zu kommen, ich lehne dankend ab.

Die Nachbarn meiner Eltern zeigen Verständnis. Als junger Vater, der noch mit der Umstellung auf einen Familienbetrieb beschäftigt ist, bin ich entschuldigt.

7. Mein Freund

Als ich die Bäckerei betrete und mich unter die Wartenden mische, sehe ich Tschaikowski im Pulk neben mir stehen. Ich schnippe mit zwei Fingern. »He, Tschaikowski. Moin.«

Seine Gesichtszüge hellen sich auf. »Ah. Hallo, Alex. Ich habe dich schon vermisst. Hat Hans-Werner gut geschlafen?«

Ich schüttele den Kopf. »Nee, du. Ich glaube, das ist ein Hamster. Der dreht nachts immer am Rad.«

Tschaikowski grinst schief. »Ich bin mal gespannt, wie es mit Heiko wird.« Er schaut sich um. »Ich habe Siggi noch nicht gesehen. Er ist bestimmt schon wieder weg …«

Ich denke mit. »Vielleicht hat Leni gut geschlafen und die frühstücken erst später.«

»Stimmt.«

Dann ist mein neuer Fast-Freund an der Reihe. Er kauft lauter gesundes Zeug ein, an dem ich mir immer die Zähne ausbeiße.

Bevor er mit vier Vollkornbrötchen und zweihundert Gramm hausgemachten Haferflocken-Pinien-Keksen den Laden verlässt, reden wir noch drei Worte. Er erzählt, dass er Urlaub habe, sobald Heiko das Licht der Welt erblickt hat. Er wuselt sich durch die Haare. »Ich hoffe, dass er sich nicht mehr so lange Zeit lässt. Ich bin nämlich urlaubsreif und freue mich auf ein wenig Ruhe.«

Bei dem Begriff *Ruhe* könnte ich loskreischen, ich mache es aber nicht, sondern räuspere mich dezent und krame in der Brusttasche meines Hemdes nach einer privaten Visitenkarte. »Hier steht meine Handynummer drauf. Ich würde mich freuen, wenn du mich anrufst, wenn euer Stammhalter da ist.«

Tschaikowski reicht mir im Gegenzug seine Karte. »Klar. Siggi und ich haben auch schon die Rufnummern ausgetauscht.«

Ich wünsche ihm alles Gute und taumele ein wenig, als er mir einen freundschaftlichen Boxhieb auf den Brustkorb verpasst.

Mein Einkauf ist schnell erledigt. Für Marie nehme ich das obligatorische Maisbrötchen und eine kleine Kümmelstange. Irmi und Werner haben wieder vier Mohnbrötchen bestellt und für mich lasse ich zwei Croissants in die Tüte legen.

Ich jogge aus dem Laden und nehme mir vor, zügig nach Hause zu strampeln, denn mein Magen hängt im Keller.

Nachdem ich das Fahrradschloss von dem alten Mountainbike entfernt habe, das ich schon seit gefühlten zwanzig Jahren besitze, staune ich nicht schlecht. Gregor lenkt sein Auto auf den Parkplatz der Bäckerei und bleibt direkt neben mir stehen. Dass er hier einkauft, ist schon komisch, denn er wohnt in der Nähe des Erholungsgebietes. Paula und er haben drei Bäcker in unmittelbarer Nähe.

Er scheint richtig gestresst zu sein, denn er nimmt mich gar nicht wahr.

Ich schiebe mein Rad um sein Auto und sage laut: »Moin!«, als er den Kofferraum öffnet.

Er fasst sich ans Herz. »Musst du mich so erschrecken?«

Ich lache. »Was machst du hier? Sind die Brötchen in eurem Viertel ausverkauft?«

Gregor verdreht die Augen und winkt ab. »Mann, habe ich einen Stress mit Paula. Theo mag nur Rosinenbrötchen. Der isst nichts anderes zum Frühstück. Und weil die bei uns keine Rosinenbrötchen hatten, habe ich ein normales genommen und wollte zu Hause ein paar Rosinen aus dem Stuten pulen und sie ins Brötchen stecken.«

Ich lache. »Das hört sich perfekt an.«

»*Das* musst du Paula mal verklickern. Sie meint, dass das Kinderverarsche sei, und glaubt, Theo könnte irgendwie das Vertrauen in seinen Vater verlieren, wenn er dahinterkäme, und ein Trauma mit ins Leben nehmen oder so ähnlich. Sie hat mich noch mal losgeschickt und gesagt, dass ich zusehen soll, wo ich so ein Teil herbekomme.« Er greift nach einer Stofftasche und leert sie aus. »Wenn die Rosinenbrötchen haben, kaufe ich die alle auf und friere sie ein. So einen Affentanz mache ich nicht noch mal …«

Mein Blick fällt auf die Unordnung in Gregors Kofferraum. Und in dem Moment, als er den Deckel wieder zuschlagen will, entdecke ich sie. Meine geliebte alte Jogginghose, mein T-Shirt und meine Angel. Dazwischen erkenne ich den roten BH aus Spitze, der ganz eindeutig Becky gehört.

Gregor ist meinem Blick gefolgt. Und noch bevor er etwas sagen kann, verpasse ich ihm einen so derben Schubs, dass er nach hinten taumelt und sich fast langlegt.

Ich schlage mir vor den Kopf. »Ey, du bist doch nicht ganz dicht, oder? *Du* hast am See unsere Klamotten weggenommen?«

Gregor macht einen Schritt zurück und hebt die Hände. »Nicht hauen. Hör auf. Beruhige dich. Wir … wir …« Dann fängt er so an zu lachen, dass er nicht mehr sprechen kann.

Ich schubse noch einmal. »Du blödes Arschloch. Das ist nicht lustig. Wenn ich diesem Gonzo nicht in die Nüsse getreten hätte, könnte ich jetzt nicht mehr im Stehen pinkeln. Vielleicht wäre ich längst tot, du Mistbock.« Voller Brass werfe ich die Tüte mit den Brötchen in den Korb meines Fahrrads und schwinge mein Bein über die Stange.

Gregor wischt sich Lachtränen aus den Augenwinkeln. »Maaann, Mark und ich fanden das lustig.«

Mein Finger wedelt vor seiner Nase. »Du findest alles lustig, was? Denk mal an das Rosinenbrötchen für Theo … Das ist unterste Schublade. Ich wollte es vorhin nicht sagen. Aber, ey, ganz ehrlich. *Ich* würde eher von einer Brücke springen, als Hans-Werner ein gefälschtes Rosinenbrötchen auf den Teller zu legen.«

Ich genieße das dumme Gesicht, das Gregor jetzt macht. »Ach, was rege ich mich auf. Mir soll es ja scheißegal sein. Ist ja nicht mein Sohn. Eines Tages stehst du vor dem Tor da oben … Dann kommen alle gefakten Rosinen auf den Tisch.« Ich werfe einen theatralischen Blick in Richtung Himmel. Danach hebe ich einen Finger, sage mit einem

Lächeln: »Grüß Paula und Theo.« Bevor ich losradele, sage ich Gregor, dass er Beckys und meine Klamotten entsorgen solle.

Mit einem zufriedenen Gefühl strampele ich in Richtung Kirche, dessen Turm imposant sämtliche Dächer und Hochhäuser Dippendorfs überragt.

Ich kenne Gregor. Das schlechte Gewissen wird wie ein gieriger Hund an seinen Knochen nagen. Und das geschieht ihm ganz recht.

Er weiß, dass Maries Mutter für den Herrn Pfarrer den Haushalt schmeißt und ich einen guten Draht zu ihm habe. Dass Irma und Werner sich auch seit über dreißig Jahren das Bett teilen und Marie ein Zeugnis ihrer Liebe ist, davon ahnt er nichts.

Als ich nach Hause komme, ist Marie gerade dabei, den Frühstückstisch zu decken. Sie stellt den Teller mit Aufschnitt und Käse neben die kleine Blumenvase, in der einige Blümchen stehen, die sie aus dem Vorgarten gemopst hat. Dass Hans-Werner heute drei Wochen alt ist, wird mir bewusst, weil Marie drei blaue Teelichter angezündet hat. Das hat sie nach seiner Geburt jeden Sonntag gemacht. Mir fällt der Spruch ein, den ich als Kind in der Adventszeit immer gesagt habe. *Erst eins, dann zwei, dann drei, dann vier* … Ich grinse und hoffe, dass sie das nicht durchzieht, bis er ein Jahr alt wird.

Hans-Werner liegt im Stubenwagen, der unter dem geöffneten Fenster steht, und beobachtet das Mobile mit den kleinen Tieren, das sich langsam dreht.

Ich wasche meine Hände, dabei rede ich mit ihm. »Na? Bald, wenn du ein paar Zähnchen hast, dann bringt der Papa ein Rosinenbrötchen für dich mit, nicht wahr? Und wenn du satt bist, dann gehen wir beide in den Garten und spielen Fußball. Darauf freut der Papa sich schon.«

Marie legt die Brötchen in den kleinen Weidenkorb. »Wieso willst du, dass Hans-Werner so schnell groß wird? Warum genießt du die Zeit nicht, in der er noch so klein ist?«

Ich trockne meine Hände an einem Geschirrtuch ab und setze mich an den Tisch. »Wenn er größer ist, kann ich viel mehr mit ihm unternehmen. Im Moment hängt er doch nur an deiner Brust oder im Stubenwagen ab. Irgendwie finde ich das nicht so spannend.« Ich greife nach einem Croissant und schnuppere daran. »Mhm. Köstlich.« Voller Elan schneide ich das Hörnchen auf und bestreiche es dick mit Butter.

Marie gießt Kaffee ein. Dann greift sie nach der Kümmelstange und leckt daran.

Alter Schwede. Ich bin nicht sexbesessen. Aber nach monatelanger Abstinenz Maries flinke Zunge und ihre Lippen zu beobachten, die geschickt die winzigen Gewürzkörner abknabbern, lässt das Blut in meine Lenden schießen.

Ich muss mich schwer zusammenreißen, nicht einen der albernen Französisch-Sprüche loszulassen, die so abgewetzt wie ein alter Teppich sind. Dann wäre der Sonntag definitiv im Arsch, weil Marie im Moment nicht der Sinn nach Erotik steht.

Marie schluckt.

Ich schlucke.

Sie taucht die Stange in den heißen Kaffee. »Weißt du, ich finde die Zeit sehr, sehr schön. Sie vergeht leider viel zu schnell und die Kleinen werden flügge. Früher habe ich stundenlang am Fenster in Werners Arbeitszimmer gesessen und die Rotkehlchen und Amseln beobachtet, wie sie unermüdlich hin und her geflogen sind.« Sie lacht. »Mit kleinen Würmern und Insekten im Schnabel … um ihre Jungen zu füttern. Ich liebe Vögel. Du glaubst gar nicht, wie sehr ich Vögel liebe.« Sie führt die Stange zum Mund und lutscht daran.

Dieser Anblick! Meine Kinnlade fällt runter, ich starre Marie an. Mit trockenem Mund sage ich: »Ich vögel auch so gerne … Du glaubst gar nicht, wie gerne ich vögel.«

Ich Idiot. Ich könnte mich ohrfeigen. Genau in dem Moment, als das letzte Wort, das schon ordentlich versaut war, meine Lippen verlassen hat, versteinern sich Maries Gesichtszüge.

Und das, was ich verhindern wollte, ist nun passiert. Der Sonntag ist im Eimer.

Es hat nichts gebracht, mich bei Marie für den dummen Spruch zu entschuldigen. Sie verkriecht sich wie eine Schnecke in ihr Haus und redet nur noch das Notwendigste.

Der Tag plätschert so dahin. Marie und ich kümmern uns abwechselnd um Hans-Werner und erledigen gemeinsam den Haushalt. Dabei geht Marie mir aus dem Weg. Sie sorgt dafür, dass wir nicht gleichzeitig in einem Raum arbeiten.

Als ich ihr helfen möchte, das Abendessen vorzubereiten, lehnt sie es so bestimmt ab, dass ich mich nicht weiter aufdränge. Ich habe keine Lust, wegen des blöden, aber im Grunde lustigen Spruches auf Knien hinter ihr herzurutschen und ständig um Verzeihung zu bitten.

Von Gregor und Paula weiß ich, dass ihre Beziehung nach der Entbindung von Theo ordentlich den Bach runtergegangen ist. Die sind sich gegenseitig nur noch auf die Nerven gegangen. Gregor hat damals angefangen, sich außerehelich zu vergnügen, weil Paula auch Monate nach Theos Geburt keine Nähe zugelassen hat oder zulassen konnte. Mittlerweile haben sich die beiden wieder berappelt, aber was das Sexleben anbelangt, gehen die Vorstellungen der zwei noch immer weit auseinander.

Ich lasse den Gedanken nicht zu, dass Marie auch in einem Jahr keinen Spaß am Sex haben könnte. Oder ob sie nur mit mir schlafen möchte, um wieder schwanger zu werden.

Jeder verständnisvolle Mann weiß und akzeptiert, dass sich das Leben nach der Geburt eines Kindes verändert. Es darf sich aber nicht so ändern, dass Zärtlichkeiten keine Rolle mehr spielen. Und dass das vielleicht so sein könnte, macht mir ein wenig Angst.

Um mich von den trüben Gedanken abzulenken, setze ich mich ins Arbeitszimmer an den PC und erledige Schriftkram für die Kanzlei. Dabei kommt mir die Akte Sissy Anröchte wieder in den Sinn. Die letzten Tage vor Hans-Werners Geburt war ich wirklich nicht immer ganz bei der Sache. Sollte ich die Unterlagen tatsächlich im Aktenkoffer mitgeschleppt und leichtsinnigerweise irgendwo liegen gelassen haben? Zum Beispiel im *Aktenkeller*?

Mein Handy klingelt. Ich hoffe nicht, dass irgendjemand seinen Besuch anmelden möchte, denn … Weiter muss ich nicht denken, der Anrufer ist mein Schwiegerpfarrer, der mir erklärt, dass er gestern keine Zeit mehr hatte, sich um das Anbringen des Kreuzes zu kümmern.

Und schon wieder bin ich durch den Wind, denn an das Kreuz habe ich gar nicht mehr gedacht.

»Bist du zu Hause? Kannst du rüberkommen?«

Ich sage ihm, dass ich kann, und freue mich darauf, etwas werkeln zu dürfen.

Als ich das Haus verlasse, kommt Irmi angelaufen. Sie lacht. »Partnertausch. Du gehst zu Werner, ich zu Marie.«

Nach zwei Messen am Vormittag müffelt es in Gottes Haus noch immer wie in den Straßen von Amsterdam, in denen sich unzählige Coffeeshops befinden.

Ich laufe in den kleinen Raum, in dem Werner allerhand Zeug für die Kirche liegen hat, und öffne das Buntglasfenster. Die Tür lasse ich sperrangelweit geöffnet, damit ein wenig frischer Wind durch die Hütte weht.

Werner rückt die Leiter zurecht. »Ist dir die Luft wieder zu dick?«

Ich nicke.

Werner schüttelt den Kopf. »Du stellst dich vielleicht an.« Seine Finger trommeln auf dem Gestell aus Metall. »Los, mach voran. Ich will noch ins *Vierstädter Eck*. Ich bin mit zwei schwarzen Schafen verabredet. Wir wollen eine Runde Skat dreschen.«

Ich stecke mir einen Bleistift hinters Ohr und steige die Leiter hinauf. »Dass du von schwarzen Schafen redest … Du bist auch nicht gerade mit weißer Wolle gesegnet.«

Werner lacht. »Die Summe der Sünden bestimmt die Farbe des Pelzes, mein Sohn. Ein bis drei schwarze Haare im Fell fallen nicht auf.« Er wuchtet das Kreuz hoch und reicht es mir an. »Halte es noch einmal so wie vorgestern.«

Ich nehme das schwere Holzteil und stöhne leise, als ich es mit ausgestreckten Armen gegen die Wand presse. »Ich glaube, so … habe ich … es gehalten.«

Werner macht einige Schritte zurück. »Ja. So ist es gut.« Dann steigt er auf die unterste Sprosse der Leiter und stützt das Kreuz unten, damit ich mit dem Bleistift markieren kann, wo die Löcher für die Dübel gebohrt werden muss.

Ich greife den roten Faden wieder auf. »Na ja. Unterm Strich steht ja schon einiges bei dir. Da kommt ein stattliches Sümmchen zusammen.« Ich grinse, dabei schlage ich mit der rechten flachen Hand mehrmals auf die geballte linke Faust.

Mein Schwiegerpfarrer winkt ab. »Du sprichst den Zölibat an, mein Sohn? … Dazu solltest du eins wissen. In der Bibel ist nicht eine Stelle zu finden, in der Jesus von seinen Jüngern die Ehelosigkeit verlangt hat. Er hat gesagt, dass sie demütig und sanft sein sollen. Aber er hat nie geäußert, dass sie nicht heiraten dürfen. Erst im 12. Jahrhundert wurde der Zölibat Kirchengesetz. Bis dahin waren auch Priester verheiratet und haben auch Kinder gezeugt.«

Ich bin erstaunt. »Das wusste ich nicht. Woher kam der Sinneswandel?«

Und wieder lacht mein Schwiegerpfarrer. »Man kann weltliche Gründe vermuten, die dafürsprechen, dass christliche Priester nicht mehr heiraten durften. Nur so blieben und bleiben die Kirchengüter im Besitz der Kirche und können nicht weitervererbt werden.«

»Du meinst, es ging auch den ganz frommen Menschen nur ums Geld?«

Werner wirkt jetzt sehr ernst. »Ja. Es geht fast immer nur ums Geld.« Er nimmt die Bohrmaschine aus der Werkzeugkiste und reicht sie mir. »Ich habe Kontakt zu ganz vielen katholischen Geistlichen in der ganzen Welt, die derselben Meinung sind wie ich. Wir sind Menschen. Und die Liebe zwischen zwei Menschen ist etwas Wunderbares und das kann keine Sünde sein.« Er zwinkert mir zu. Dann greift er nach dem Stecker der Bohrmaschine und sorgt dafür, dass ich ans Arbeiten komme.

Es dauert zwanzig Minuten und das Kreuz hängt da, wo es hängen soll, und es sieht wirklich gut aus.

Nachdem wir unser Werk begutachtet haben, tippt Werner auf seine Armbanduhr. »Verflixt, ich muss mich sputen. Danke für deine Hilfe. Lass alles liegen, ich fege den Dreck vom Bohren später weg.«

Ich klopfe ihm auf die Schulter. »Nein. Ich mache das flott sauber. Geh ruhig zu deinen Schafen.«

Nach einem »Vergelt's Gott« verabschiedet sich Werner mit einem Schulterklopfer von mir und mit einem Kreuzzeichen von Jesus. Dann gibt er Schlappengas vom Feinsten.

Ich schaue ihm lachend hinterher. So schnell ist unser Grüß-Gott-Herr-Pfarrer nur, wenn er weiß, dass es bald ein frisch Gezapftes gibt.

Allein im Gotteshaus bilde ich mir ein, dass die Geräusche, die ich beim Auffegen des Drecks mache, heute sehr laut sind. Ich summe eine Melodie und finde, dass meine Stimme gar nicht so schlecht klingt. Während ich den Bohrstaub in den Mülleimer gefegt habe, der im kleinen Zimmer steht, räume ich die Leiter und das Werkzeug weg.

Anschließend schließe ich das Buntglasfenster und verlasse mit federnden Schritten das kleine Zimmer. Zurück im Kirchenraum fällt mein Blick auf den Beichtstuhl, dessen Schnitzereien wirklich wunderschön sind. Ich kratze an meinem Dreitagebart. Hm. Ich könnte ja mal nachschauen, welch schriftstellerische Meisterwerke unser Merkwürden hinter dem Vorhang versteckt hat. Denn dass er dort einen Teil seiner Lektüre aufbewahrt, ist sicher.

Ich schaue in Richtung Altar. Auch dort hängt ein Jesuskreuz. Das ist allerdings so riesig, dass wahrscheinlich mehrere Handwerker ackern mussten, um es aufzuhängen. Rechts und links von Christus stehen zwei große, geschnitzte und schön bemalte Heiligenfiguren. Ich weiß nicht, um welche Schutzpatronen es sich handelt. Es hat ja jeder von ihnen eine besondere Aufgabe. Der heilige Christophorus zum Beispiel beschützt die Autofahrer und um das Wohl der Bergsteiger kümmert sich St. Bernhard. Einer von ihnen schaut jedenfalls streng in meine Richtung, und ich hoffe, dass ich nicht jemanden verärgere, den man besser nicht verärgern sollte.

Meine Hände wandern in die Hosentaschen. Ich schlendere leise pfeifend dreimal vor dem Beichtstuhl hin und her, dann reiße ich mit Schwung den Samtvorhang beiseite und hüpfe in Werners winziges Arbeitszimmer. Es ratscht leise, als ich den Vorhang hinter mir zuziehe.

Es ist sehr dunkel hier drin und ich schüttele mich. Es riecht extrem antik. Wie konnte ich hier vor einigen Tagen bei dem Geruch nur so tief und fest schlafen? Wenn ich nicht so sturzbetrunken gewesen wäre, hätte ich mit Sicherheit kein Auge zugemacht. In meiner Nase kribbelt es. Ich schiebe die kleine Gardine zur Seite, die vor dem Gitter hängt, durch das der Gläubige seine Sünden beichtet. So fällt ein wenig Licht herein.

Ich krame meinen Schlüsselbund hervor, an dem eine kleine LED-Leuchte hängt, und schalte sie ein. Jepp. So kann der Papa gut sehen. Ich gehe in die Hocke, meine Hand tastet unter der Bank nach Werners vermutlicher Bibliothek. Fehlanzeige. Ich leuchte den Innenraum ab. Wo um alles in der Welt kann man hier drin etwas verstecken?

Vielleicht hat Werner das Buch aber auch nur kurzzeitig hier deponiert, denn es könnte sein, dass die Reinemachefrau der Kirche beim Staubfeudeln darüber stolpern würde.

Ich schrecke zusammen. Das Scheppern des schmiedeeisernen Riegels der Kirchentür ist zu hören. Dann knarzt es. Jemand öffnet langsam die Kirchentür.

Ich setze mich auf die Bank und spähe durch das Gitter. Ich habe den Eingangsbereich im Auge. Ein kräftiger Mann betritt die Kirche. Er trägt einen Pullover, dessen Kapuze bis weit über seine Stirn gezogen ist. Er schleicht so langsam in gebückter Haltung voran, dass mich ein ungutes Gefühl beschleicht.

Es wäre nicht das erste Mal, dass jemand in einer Kirche etwas stehlen möchte, und ich hoffe, dass die Schutzpatronen jetzt einen guten Job machen.

Ich weiche ein wenig zurück, als der Typ auf den Beichtstuhl zugelaufen kommt. In meiner Nase kribbelt es wieder, und verdammt, ich schaffe es nicht, den Nieser zu unterdrücken. Ich presse beide Hände vor mein Gesicht. »Huschaaa.«

Dann werden die Schritte schneller und lauter, und bevor ich die Situation richtig erfassen kann, rumst es und es kniet jemand vor dem Beichtstuhl. Reaktionsschnell schiebe ich die dünne Gardine vor das Gitter.

»Hallo? Ich habe keinen Termin. Haben Sie Zeit ... kann ich mit Ihnen reden?« Die Stimme, die so hektisch klingt, kommt mir sehr bekannt vor. Ich linse vorsichtig durch den Spalt der Gardine. Scheiß die Wand an. Vor mir kniet Gregor.

Ich grinse breit. Na, dann wollen wir mal. Ich räuspere mich, lege eine Hand vor den Mund und flüstere: »Für dich habe ich immer Zeit, mein Freund. Was führt dich zu mir?« Ich halte kurz inne und hoffe, dass er meine Stimme nicht erkennt.

Er räuspert sich. »Ähm ... ich habe heute etwas falsch gemacht. Es handelte sich zwar nur um acht bis zehn Rosinen, aber ... sie lasten auf meinen Schultern wie eine Tonne Stahl.«

Ich muss ihn nicht auffordern, weiterzureden, denn er leiert die gesamte Rosinenbrötchen-Story herunter und beichtet allen Ernstes, dass er klein Theo hintergehen wollte und von seiner Frau dabei ertappt worden ist.

Ich rede wieder hinter vorgehaltener Hand. »Das ist übel.« Mir fällt es total schwer, nicht zu lachen, denn an Gregors Stimme höre ich, dass es ihm richtig beschissen geht.

»Was soll ich denn jetzt machen? Hilft es, wenn ich bete, damit der Herr mir diese Sünde vergibt?«

Ich wispere: »Sei nicht so hektisch, mein Freund. Darüber reden wir später. Lass erst einmal alles raus, was du auf dem Gewissen hast.«

Gregor druckst herum. »Ich ... ich habe meine Frau betrogen. Mehrmals, also fast jede Woche.«

Meine Stimme ist nur ein Hauch. »Oh, das ist übel.«

»Ja. Und dann habe ich meinen Freund vor ein paar Tagen beim Streichholzziehen beschissen. Ich habe ihm drei kurze Hölzer hingehalten. Er konnte also nur das kürzere ziehen. Wir haben ausgelost, wer einkaufen gehen und die gesamte Summe bezahlen muss. Ich habe ihm quasi die Arschkarte zugespielt.«

Ich kneife die Augen zusammen. So eine Sau. Ich habe über achtzig Euro bezahlt. Ich räuspere mich und mein Flüsterton klingt etwas angepisster. »Weiter. Was hast du noch verbrochen?«

»Ich habe einem Pärchen, das nackig schwimmen war, die Klamotten geklaut.«

Ich krächze. »Du bist ja ein komischer Vogel. Warum hast du das gemacht?«

»Weil ich die Frau nackig filmen wollte. Ich finde sie gei… ähm, sehr hübsch. Sie hat tolle Brüste. Ich habe hinter einem Busch gewartet und sie dann gefilmt.«

Dass Gregor Becky anziehend findet, hätte ich nie im Leben gedacht. »Was gibt's noch?«

»Nichts mehr. Das war alles.«

Ich glaube Gregor zwar kein Wort, nehme das aber mal so hin. »Okay. Du hast deinen Sohn enttäuscht. Kauf ihm irgendein Auto. Am besten ein großes Polizeiauto. Und denk dran. Nur noch richtige Rosinenbrötchen … Deiner Frau schenkst du einen Klunker. Irgendwas Nettes mit Stein für den Ringfinger und … du massierst ihr jeden Abend die Füße und die Schultern. Deinem Freund zahlst du die doppelte Summe des Geldes zurück. Und wenn du ihn zum nächsten Fußball-Länderspiel einlädst, das in Hamburg stattfindet, darfst du den Film von dieser nackten Frau behalten. Nur dann musst du ihn nicht löschen.«

Gregors Atem geht schneller. »Kann ich nicht einfach beten? Für die paar Scheißsünden soll ich so viel berappen?«

Ich grinse. »Hör auf, zu fluchen, mein Freund. Beten musst du außerdem. Sprich fünfzigmal das Vaterunser. Aber schööön langsam. Dann sind die Sünden vergeben.«

Gregor lässt die Schultern sinken. »Okay. Wenn es sein muss. Kann ich dann gehen?«

»Ja. Geh jetzt. Aber geh mit Gott.« Die letzten Worte kamen so zittrig über meine Lippen, dass ich Bedenken hatte, dass Gregor merkt, dass »Hochwürden« vor Lachen fast platzt.

Wenige Sekunden nachdem mein sündiger Freund die Kirche verlassen hat, klingelt mein Handy. Es ist Gregor. Er fragt, ob wir uns morgen nach Büroschluss im *Aktenkeller* sehen könnten, denn er habe eine Überraschung für mich. Seine Stimme klingt glücklicher, als ich ihm sage, dass ich kommen werde.

Den Rest des Tages verbringe ich gut gelaunt, obwohl Marie mit einem langen Gesicht herumläuft. Manchmal muss ich auch herzhaft lachen.

8. Klunker & Co

Hinter uns liegt eine stressige Nacht. Ich weiß nicht, woher der kleine Hans-Werner die Energie genommen hat. Er hat sich jede Stunde gemeldet und davon mindestens zehn Minuten wie am Spieß geschrien. Um 23 Uhr bin ich nach unten ins Schlafzimmer getorkelt, um Marie zu entlasten. Irgendwann wollte Hans-Werner gar nichts mehr. Nicht trinken, nicht schlafen und vom Schuckeln hatte er auch die Nase voll. Ihm war nach Schreien, und das hat er ausgiebig getan.

Um 5:30 Uhr war seine Windel so vollgeschissen, dass wir die große Waschschüssel auf den Wickeltisch stellen mussten.

Nachdem er eine frische Pampers am Popo hatte, ist er mit einem glücklichen Gesichtsausdruck eingeschlafen. Wahrscheinlich hatte Hans-Werner Bauchweh und konnte deshalb keine Ruhe finden.

Ich habe noch für eine Dreiviertelstunde die Augen zumachen können. Allerdings wieder oben im kleinen Zimmer, weil Marie meinte, dass mein eventuelles Schnarchen Hans-Werner wecken könnte.

Als ich aufstehen musste, war es ganz still im Haus. Ein Blick ins Schlafzimmer hat mich zufrieden lächeln lassen. Marie und Hans-Werner haben tief und fest geschlafen.

Um sie nicht zu wecken, habe ich den Hahn der Dusche nur ein wenig geöffnet, damit das Wasser nicht so laut prasselt, und der Föhn kam auch nicht zum Einsatz. Die Kaffeemaschine wurde nicht eingeschaltet, weil sie so laut puckert. Nach dem Biss in ein trockenes Stück Brot und einem Schluck Mineralwasser bin ich auf Zehenspitzen aus dem Haus geschlichen.

Auf dem Weg ins Büro gähne ich unentwegt. Im Rückspiegel betrachte ich mein verknautschtes Gesicht und finde, dass ich wie ein Zombie aussehe.

Meine Augen sind so rot, als hätte ich die ganze Nacht durchgesoffen, die dunklen Schatten unter meinen Augen verstärken den Eindruck noch.

Ich freue mich schon auf die dummen Sprüche meiner Kollegen, denn meine Haare liegen so, als hätte ich mich eine Woche nicht gekämmt. Sie stehen in alle Himmelsrichtungen. Ich hoffe, dass Mockenhaupt mir nicht über den Weg läuft, bevor ich einen Liter Kaffee getrunken und meine Frise mit etwas Gel gebändigt habe, das ich mir von jemandem leihen muss.

Bis auf die bleierne Müdigkeit ist meine Stimmung gar nicht so übel. Iris war der Meinung, dass die Welt nach dem Wochenende wieder anders aussehen wird. Und das Wochenende ist Vergangenheit. Heute ist Wochenanfang. *Neuer Montag, neues Glück. Am Montag sind die Sorgen von letzter Woche Schnee von gestern.*

Ich gebe Gas, damit ich noch bei Gelb über die Ampel komme.

Wer weiß, vielleicht hat Mockenhaupt den ganzen Aktenmist längst vergessen, und er wundert sich, dass nicht ich, sondern Donald neben ihm im Büro sitzt.

Dass mein positives Denken für den Arsch war, zeigt sich, als ich langsam auf den Firmenparkplatz fahre und wie gewohnt neben Mockenhaupts *Jaguar XJ* einparken will. Die Parkbucht ist besetzt. Donald Richters Karre steht breitschlappig darauf und der schwarze, glänzende Lack seines Audis blitzt mich spöttisch in der Morgensonne an.

Okay. Mockenhaupt hat gar nichts vergessen. Ich lege den Rückwärtsgang ein und muss wie ein Irrer kurbeln, damit ich die Kurve kriege, um in der hinteren Reihe zu parken.

Manchmal muss man einige Schritte zurückmachen.

Als ich in Richtung unseres Firmengebäudes laufe, sehe ich, dass am Parkplatz mein Nummernschild entfernt und Donalds Kennzeichen dort angebracht wurde. Die Mühlen mahlen verdammt schnell im Hause Mockenhaupt.

Ich bin ein wenig aus der Form, darum benutze ich nicht die Treppe in die obere Etage, sondern nehme den Paternosta.

Im Großraumbüro werde ich nicht mit dummen Bemerkungen, sondern mit einem fröhlichen »Hallo« begrüßt.

Meine Kolleginnen und Kollegen tauschen sich über das Wochenende aus.

Sammy läuft im Sambaschritt zum Kopierer. »Den *Club Brentano* kann ich wärmstens empfehlen. Ein tolles Publikum, eine brillante Atmosphäre.«

Anne und Hannah, die am Schreibtisch neben mir sitzen, hören aufmerksam zu. Beide blättern in Papieren.

Die blonde Anne, deren Haare ganz kurz geschnitten sind, schaut auf. »Und die Preise?«

Sammy krempelt seine Hemdsärmel hoch. »Na ja. Die sind schon ein wenig gesalzener. Aber wie gesagt, ein tolles Publikum.«

Hannah seufzt. »Dann kann ich das vergessen. Im Moment hab ich es nicht so dicke.« Sie schaut mich an. »Wie dein Wochenende war, sieht man, ohne danach zu fragen.« Sie lacht. »Hat euer Sohn die Nächte durchgemacht und euch gezwungen, mitzumachen?«

Ich nicke. »Ja. In der vergangenen Nacht war es ganz schlimm. Wir haben kaum Schlaf bekommen.« Ich zeige auf meine Haare. »Hat jemand zufälligerweise etwas Haargel dabei?«

Hannah legt die Papiere beiseite. »Klar. Warte …« Sie kramt in ihrer Handtasche und reicht mir ein kleines Töpfchen. »Bitte schön. Das bändigt jedes widerspenstige Haar.«

Ich laufe zu den Toilettenräumen, die sich im Flur befinden. Dank dem Gel habe ich innerhalb weniger Minuten die Haare wieder so gestylt, dass ich mich überall sehen lassen kann. Mit einem Blick in den Spiegel stelle ich zufrieden fest, dass die Knutschflecke langsam verblassen.

Anschließend liefere ich das Töpfchen wieder ab und bedanke mich bei Hannah, deren Daumen mit einem Blick auf meine Frise nach oben wandert.

Und weil mein Magen knurrt, laufe ich einmal quer durch das Großraumbüro, denn Mockenhaupt hat bei der Planung der Räumlichkeiten mitgedacht. Hinter einer verglasten Wand befindet sich eine moderne

Einbauküche mit allem Schnickschnack. Hier fließt jeden Tag so viel Wasser durch die Kaffeemaschine, dass sie, trotz des weichen Wassers, einmal im Monat entkalkt werden muss.

Svetlana sorgt dafür, dass sich in Kühl- und Brotschrank immer all das befindet, was man für ein leckeres Frühstück braucht. Es gehört zum guten Ton des Hauses, dass unsere prominenten Mandanten auch etwas zu schnabulieren bekommen. Und wenn sie von einem Chauffeur kutschiert werden, gibt es immer ein Gläschen guten Sekt zum Roastbeef auf gebuttertem Toast.

Die fesche Svetlana sorgt ebenfalls dafür, dass die Häppchen zubereitet und serviert werden.

Ich nehme ein großes Tablett und stelle mehrere Tassen darauf. Anschließend genehmige ich mir ein Croissant aus dem Brötchenbeutel, danach schneide ich ein großes Stück Fleischwurst ab, das ich dazuessen werde.

Aus der Zeit, bevor ich das eigene Büro hatte, weiß ich, dass Hannah und Anne Käsegebäck lieben. Ich lege eine Packung mit aufs Tablett.

Mit einer Ladung heißem Kaffee und Knabbereien laufe ich vorsichtig durchs Büro und stoppe immer kurz, wenn jemand nach einem Kaffee greift und »Danke« sagt.

Hannah klatscht in die Hände. »Oh, das ist lieb, Alex. Donald hat immer nur für sich gesorgt.«

»Stimmt«, ruft Anne. »Der hat sich stets bedienen lassen.«

Sammy kommt und hockt sich auf eine Ecke meines Schreibtischs. Er klopft mir auf die Schulter. »Ich habe gesehen, dass dir auch der Parkplatz weggenommen worden ist. Das muss hart für dich sein. Donald hat erzählt, dass du schlampig mit Akten umgegangen bist.«

Unser Kollege Jacob Gresch, der schon ein etwas älteres Semester ist, kommt ebenfalls. Seine Hände verschwinden in den Hosentaschen. »Ach, Donald redet viel, solange der Tag hell ist.«

Ich breite die Arme aus. »Wenn man es neutral sieht, habe ich auch geschlampt. Ich weiß nicht, wo ich die Akte Sissy Anröchte hingelegt habe. Sie ist verschwunden. Und einscannen lassen habe ich sie auch nicht. Den Vorwurf der Schlamperei muss ich mir wohl gefallen lassen.«

Ich ernte aufmunternde Blicke. Sammy räuspert sich. »Tut mir leid, dass ich am Freitag so dumme Sprüche losgelassen habe. Es war nicht so gemeint. Ich glaube, ein wenig neidisch waren wir alle auf dich und dein eigenes Büro.« Er zieht eine Grimasse. »Tja. Jetzt sind wir halt auf Donald neidisch.«

Mein Blick fällt auf das Foto von Marie und Hans-Werner, das neben meinem PC steht. Das, was mir passiert ist, ist zwar sehr unschön, ich sehe jedoch, dass es Wichtigeres im Leben als ein eigenes Büro gibt. Ich fahre meinen PC hoch. »Macht euch keinen Kopf. Alles ist gut.«

Sammy hüpft von meinem Schreibtisch, Anne nimmt seinen Platz ein. Sie beugt sich zu mir und redet mit gedämpfter Stimme. »Alex, Hannah und mir ist da am Wochenende etwas zu Ohren gekommen … Angeblich will der Boss in München eine zweite Kanzlei eröffnen und dort arbeiten. Die Iris soll ihn begleiten.«

»Was? Mockenhaupt will nach München?«

Sie verpasst mir einen Schubs und zischt: »Pst. Schrei doch nicht so. Es muss ja nicht jeder mitbekommen. Das Gebäude, das er ins Auge gefasst hat, muss gigantisch sein. Und jetzt halt dich fest. Die Leitung für unsere Kanzlei … die solltest du übernehmen.«

Mir wird schwindelig und gleichzeitig flau im Magen. Wenn ich jetzt nichts esse, kippe ich aus den Latschen. Ich greife nach dem Stück Fleischwurst und lasse es komplett in meinem Mund verschwinden. »Goher geiß gu gack?« Ich kaue schneller, und mein Kopf saust herum, weil Mockenhaupts Stimme mich wie aus dem Nichts zusammenfahren lässt.

»Guten Morgen, allerseits!«

Donald steht an seiner rechten Seite. Mit einem breiten Grinsen wünscht er ebenfalls einen guten Morgen.

Anne springt von meinem Schreibtisch und reißt den großen Locher mit, dessen Klappe sich öffnet. Konfetti verteilt sich auf dem Boden.

Donald wippt auf Zehenspitzen auf und ab. »Gut gemacht, Beckfeld. Wenn der Prinz kommt, muss es Konfetti regnen. Das will ich jetzt immer sehen.« Er gackert albern.

Mockenhaupt wirft ihm einen strafenden Blick zu. »Zum Prinzen habe ich Sie nicht ernannt, Donald. So weit sind wir noch nicht.« Dann schaut er mich an. »Na? Haben Sie sich hier wieder eingelebt, Beckfeld?«

Ich nicke und jage den kompletten Fleischwurstbrei mit einem kräftigen Schlucker durch meine Speiseröhre. Er quält sich in Richtung Magen.

Mockenhaupt hebt den Kopf. Ich weiß, dass er mit einem Nicker nicht zufrieden ist und auf meine Antwort wartet. Mit einer fahrigen Bewegung greife ich nach der Kaffeetasse, spüle nach und spüre, wie der Klumpen langsam nach unten rutscht.

Als ich »Ja, danke, Herr Mockenhaupt« sagen will, entweicht meiner Kehle ein Rülpser, der sich gewaschen hat.

Das Gefühl, vor Scham tot umzufallen, hatte ich das letzte Mal bei meinem Junggesellenabschied. In dem Hinterzimmer einer Bar habe ich nach dem Verzehr eines Zwiebelschnitzels ungeniert ein paar Fürze gelassen und den strengen Duft mit einem Kissen aus dem Fenster gewedelt, weil ich mich unbeobachtet fühlte. Als ich entdeckt habe, dass ich zur Belustigung aller Gäste heimlich dabei gefilmt worden bin, wäre ich am liebsten gestorben.

Meine Kolleginnen und Kollegen lachen.

Unser Big-Big-Boss scheint gute Laune zu haben, denn er lacht mit.

Dann klatscht er in die Hände. »Beckfeld, Sie müssen nichts mehr sagen. Ich sehe, dass Sie sich hier wieder wie zu Hause fühlen. Machen Sie weiter so.«

Alle finden das lustig, ich werde so rot wie ein Pavianarsch.

Unser Boss schnippt mit den Fingern. »In einer Stunde kommt Enrico Gaspacho. Der Prozess steht vor der Tür. Beckfeld, Sie tanzen um 10 Uhr im Konferenzzimmer an. Ich will, dass Sie dabei sind. Donald, Sie leisten uns Gesellschaft.« Er schnauft zufrieden und dreht sich auf dem Absatz um. »Also, wir sehen uns gleich.«

Donald stolziert hinter ihm her. An der Tür dreht er sich noch einmal um. Er winkt, und dabei grinst er so breit, dass man aus der Entfernung seine Weisheitszähne erkennen kann.

Jacob fährt sich über die Halbglatze. »Puh. Ich wünsche dir viel Glück,

Alex. Mit der Geschichte habe ich Gott sei Dank nichts zu tun.« Er läuft mit schnellen Schritten zu seinem Schreibtisch. Sobald er sitzt, hämmern seine Finger auf der Tastatur.

Sammys Hände verschwinden in seinen Hosentaschen. »Ich habe mal in die Akte geschaut. Enrico hat schlechte Karten. Erst das Foul, das er mit Absicht herbeigeführt hat, und einige Tage später zeigt der Schiri ihn wegen Körperverletzung an und … hat zwei Zeugen, die mit ansehen mussten, wie er Piccolino in die Weichteile getreten hat.« Er schaut mich an. »Das Ding geht in die Hose.«

»Stimmt. Wenn Gaspacho wegen Körperverletzung schuldig gesprochen wird, droht ihm die Sperrung. Die Kommission der FIFA ist da knallhart. In drei Wochen fängt die Europameisterschaft an. Das wäre eine Katastrophe für ihn und die Mannschaft, denn Enrico ist das beste Pferd im Stall.«

Sammy nickt. »Die Karre ist festgefahren.« Er setzt sich an seinen Schreibtisch.

Mit einem Seufzer schaue ich mich nach Anne um. Sie ist momentan nicht im Raum. Ich öffne den Ordner, der auf meinem Desktop ganz oben links seinen Platz hat. Dann wird es ruhig im Büro. So ruhig, dass man einschlafen könnte. Meine Augenlider werden immer schwerer. Ich stütze die Ellenbogen auf den Tisch und lege den Kopf in die Hände. Es folgt ein Gähnanfall nach dem anderen. Die Buchstaben verschwimmen vor meinen Augen.

Im ersten Moment weiß ich nicht, wo ich bin, als mir jemand auf die Schulter tippt. Ich muss tatsächlich weggeschlafen sein. So unauffällig wie es geht, reibe ich mir die Augen. Dann hat mich die Realität wieder.

»Beeil dich, Alex. In fünf Minuten musst du drüben sein.« Anne lächelt mich an. »Du hast leise geschnarcht.«

Ich bedanke mich, dass sie auf die Uhrzeit geachtet hat. Anschließend atme ich tief durch, schalte auf Autopilot und streiche über meine Haare, die sich, dank des Gels, noch immer gut frisiert anfühlen. Anschließend schlüpfe ich in mein Jackett und eile im Laufschritt in den Flur.

Kurz vor dem Konferenzzimmer bleibe ich stehen und warte, bis sich meine Atmung wieder normalisiert hat. Erst dann betrete ich den Raum in souveräner Haltung.

Enrico sitzt schon an dem großen, polierten Holztisch. Mockenhaupt und Donald haben ihm gegenüber Platz genommen.

Es ist ein ungeschriebenes Gesetz, dass unsere prominenten Mandanten in einer Art behandelt werden, die weder Bewunderung noch Ehrfurcht ausdrücken. Mockenhaupts Devise lautet, dass er der Kapitän an Bord sei, und wir sind alle angehalten, unsere Begeisterung für die Größen dieser Welt nicht zu zeigen. Ebenso wurde uns eingetrichtert, keinen Buckel zu machen.

Es wird gemunkelt, dass vor etlichen Jahren ein junger Anwalt schon am ersten Tag im hohen Bogen geflogen ist, weil er ein Autogramm von einer Rockröhre haben wollte, die schon auf den Bühnen der ganzen Welt gestanden hat. Und während er geflogen ist, soll Mockenhaupt ihm hinterhergeschrien haben, dass hier nur einer Autogramme gebe, und das sei er.

Darum schenke ich dem etwas blassen Enrico Gaspacho lediglich einen kräftigen Händedruck und nicke ihm knapp, aber freundlich zu.

Die Finger unseres Bosses spielen mit seiner Unterlippe. »Setzen Sie sich, Beckfeld. Wir haben schon mal angefangen.«

Der schwere Stuhl gibt keinen Ton von sich, als ich ihn zurechtrücke. Unter den Stuhlbeinen aus Massivholz kleben dicke Gleiter aus hochwertigem Filz.

Enrico Gaspacho macht einen nervösen Eindruck. »Ey, ich war echt nur da drinne, um zu pissen. Ich schwöre bei meiner Mutter auf ihren Tod … Ey …« Er legt den rechten Fuß auf den linken Oberschenkel und spielt mit dem Bund seiner Socke. »… freiwillig würde ich dieses Stück Scheiße nie treten.«

Mockenhaupts Finger trommeln auf der Tischplatte. »Versuchen Sie, sich zu erinnern, Enrico. Sie sagen, dass Sie nicht mehr wissen, wann genau die beiden Zeugen der Gegenpartei aufgetaucht sind. Gehen wir das Ganze noch einmal durch. Sie haben im *Hotel Granada* an der Bar gesessen, etwas getrunken und spürten ein dringendes Bedürfnis. Daraufhin sind Sie zum Toilettenraum gelaufen … und haben sich an eines der Pissoirs gestellt. Richtig?«

Gaspachos Beine wippen in einer Tour. »Konkret richtig.«

»Okay. Nachdem Sie sich erleichtert haben, haben Sie sich die Hände gewaschen …«

Enrico schnellt nach vorn. »Wer hat das behauptet? Das ist eine Lüge, das habe ich nicht gemacht.« Er ballt die Fäuste.

Mockenhaupt hebt die Hand, um den Hitzkopf zu beruhigen. »Gut, gut, gut. Sie haben sich nach dem Pinkeln also *nicht* die Hände gewaschen und dann …«

»Dann habe ich alles eingepackt und meinen Hosenstall geschlossen. Eine Sekunde später ging die Tür von ein Klosett auf und der Arsch, der mir die Rote Karte repräsentiert hat, kam da raus.«

Donald hält ein Blatt Papier vor sein Gesicht, ich lege eine Hand vor den Mund, weil ich lachen muss. Fußball spielen beherrscht er eindeutig besser als die deutsche Sprache. Mockenhaupt zeigt keinerlei Emotionen.

Gaspacho redet weiter. »Als ich den gesehen habe, habe ich rotgesehen und ich glaube, ich habe ihn geschubst. Daraufhin hat er sich sofort auf den Boden fallen lassen und sich den Sack gehalten. Dabei hat er geheult wie ein Wolf, der den Mond anjault, und laut gejammert, dass ich ihm in die Eier getreten habe. Kurz darauf ist die Tür aufgeflogen, und zwei Security-Leute kamen, die mich festgehalten haben. Dann habe ich die beiden Zeugen gesehen. Und die haben den Sicherheitsbeamten sofort gesagt, dass ich dem Schiri in die Nüsse getreten habe. Das hätten sie gesehen. Minuten später kam die Polizei.« Gaspacho wirft sich regelrecht auf dem Stuhl nach hinten. »Was die sagen, stimmt nicht. Ich habe ihn nur leicht geschubst und nicht getreten. Daran erinnere ich mich genau.«

Mockenhaupt zieht scharf Luft ein und kratzt sich am Kopf. »In Ihrer Schilderung liegt ein Widerspruch. Einerseits glauben Sie, ihn geschubst zu haben, andererseits wissen Sie, dass Sie ihn lediglich einen Schubs verpasst haben. Es wird auf Aussage gegen Aussage hinauslaufen. Wenn Sie mehr Einzelheiten schildern könnten … Sie wiederholen ständig, dass Sie rotgesehen haben und sich nicht erinnern können. Die Gegenseite wird versuchen, Ihnen einen Blackout unterzujubeln … Ihnen unterstellen, dass Sie außer sich vor Wut waren und nicht mehr wissen, was Sie getan haben.«

Gaspacho springt auf. »Hee, wenn ich rotsehe, sehe ich rot und keine anderen Typen, okay?«

Mockenhaupt schüttelt langsam den Kopf. »Ich sage Ihnen ganz offen und ehrlich, dass es nicht gut aussieht.«

Er gibt Donald ein Zeichen, dass er die Papiere zusammenräumen soll, die verteilt auf dem Tisch liegen.

»Enrico, wir sehen uns dann am Freitag zum Prozess.« Er hält ihm die Hand hin. »Ich kann Ihnen jedoch nicht versprechen, dass wir Sie aus dem Beton schlagen können. Ich sage es ungern, aber dieses Mal muss ich zugeben, dass uns das richtige Werkzeug fehlt.«

Als Mockenhaupt Gaspacho verabschiedet hat, schaut er mich an. »Verdammt … dieser Kerl ist aber auch ein Trottel. Der kapiert nicht, worum es geht. Am Freitag sind Sie dabei, Beckfeld.«

Ich nicke.

Donald drückt mir die Mappe in die Hand, in die er die zusammengerafften Blätter gelegt hat. Und wieder grinst er. »Die Papiere müssen noch geordnet werden, Beckfeld.«

Als ich aus der Besprechung zurückkomme, sitzt Liam an seinem Schreibtisch, der in der hinteren linken Ecke des Raumes steht.

Er grüßt verhalten, ich mache es ebenso. Wir lassen uns gegenseitig nicht aus den Augen. Sein leicht ironisches Grinsen zeigt mir, dass er längst informiert ist, dass ich wieder in diesem Raum arbeiten darf.

Ich krempele die Hemdsärmel hoch.

Auf Annes Schreibtisch liegen Fotos von Sissy Anröchte, die sie in Afrika zeigen. Sie engagiert sich für die Kindernothilfe und hat schon einiges erreicht, was die medizinische Versorgung angeht. Hier scheint Mockenhaupt eine glasklare Vorstellung beziehungsweise Taktik zu haben, wie er den Prozess angehen wird. Und weil er die Katze nicht aus dem Sack lässt, scheint er sich sicher zu sein, den richtigen Weg gefunden zu haben. In solchen Fällen genießt er es, als Einziger den Lorbeerkranz zu tragen.

Ich nehme eines der Bilder und betrachte es. Leise sage ich: »Wir sind vorhin unterbrochen worden, Anne. Woher hast du die Informationen, dass Mockenhaupt auch in München eine Kanzlei eröffnen will?«

Meine Kollegin presst die Lippen aufeinander und flüstert mit einem Blick auf Hannah, die Papiere in einen Aktenschrank sortiert. »Hannah hat es erzählt. Sie ist mit einem Assistenzarzt zusammen, der bei Frau Dr. Mockenhaupt in der Klinik arbeitet. Dort wird auch gemunkelt, dass es in der Ehe von Mockenhaupt und seiner Frau kräftig kriselt. Eine Scheidung soll angeblich nicht ausgeschlossen sein.«

Als ich gehen will, hält sie mich am Arm fest. »Das bleibt aber unter uns, verstanden?«

Der Tag schleppt sich so dahin, ich bin unendlich müde. Wie gerne läge ich jetzt in meinem ehemaligen Büro auf der Couch. Bei dem Gedanken daran, dass Donald diesen Luxus genießen darf, muss ich aufpassen, dass ich nicht anfange zu heulen.

Nach Heulen ist mir auch, wenn ich daran denke, dass Donald jetzt als Leiter dieser Kanzlei bestimmt wird, wenn Mockenhaupt tatsächlich in München ein zweites Büro eröffnen sollte. Es wird ja immer viel geredet und getratscht. Ich glaube, dass es stimmt, was Anne mir erzählt hat. An der Geschichte wird schon was dran sein. Dass Mockenhaupt mit Iris gut kann, und das in jeder Beziehung, das ist so sicher wie das Amen in der Kirche. Allein aus diesem Grund ist es vorstellbar, dass er auf das Vermögen seiner Gattin pfeift und sich von ihr trennen will. Deswegen wird er mit Sicherheit nicht am Hungertuch nagen.

Es hätte mir einen wahnsinnigen Spaß gemacht, mich hier als Leiter zu beweisen. Der finanzielle Aspekt wäre ein zusätzlicher Reiz gewesen.

Ich ärgere mich über meine Schlampigkeit, denn ich weiß schon lange, wie Mockenhaupt tickt. Ich hab's versemmelt. So einfach ist das.

Lustlos blättere ich durch den Terminkalender, der neben der PC-Tastatur liegt. Für die nächsten vier Wochen ist er nur spärlich beschrieben, denn Mockenhaupt hat sich sehr entgegenkommend gezeigt. Er hat mir regelrecht den Rücken freigehalten, damit ich mich um meine kleine Familie kümmern kann.

Nur widerwillig gehe ich die versaute Dauerwelle von Melanie Buschler alias Uschi Öse an, die auf Mallorca am Ballermann Karriere machen will. Sie hat den Hamburger Coiffeur-Salon verlassen, ohne die Summe von fast dreihundert Euro zu bezahlen, weil sie mit dem Ergebnis nicht zufrieden war. Die Mahnung eines Kollegen aus Lübeck hatte sie nur drei Tage später im Briefkasten.

Kurz vor Büroschluss kommt Iris. Sie verteilt Unterlagen an Sammy und Jacob. Anschließend kommt sie zu mir.

»Mocki hat deinen Bericht gelesen und zu den Akten gelegt. Jetzt muss nur noch ein wenig Gras über die Sache wachsen, dann hast du es geschafft.«

Ich nicke.

Als sie weiterstöckeln will, halte ich sie zurück. »Warte. Gibt es eigentlich etwas Neues? Am Freitag habe ich total vergessen, dich danach zu fragen.«

Sie macht große Augen, spitzt die Lippen, gleichzeitig wandern ihre Finger an ihr rechtes Ohrläppchen, das sie knetet. »Nee, du. Nicht, dass ich wüsste. Wieso fragst du?«

»Nur so. Einfach so. Es hätte ja sein können.«

»Nein, nein. Es gibt nichts.« Sie dreht sich schnell um und verlässt hastig unser Büro.

Ich schaue ihr nachdenklich hinterher. Wenn *Mocki* ihr einen Maulkorb verpasst hat, wird sie einen Teufel tun und reden.

Nachdem ich meinen PC runtergefahren habe, schicke ich Gregor eine SMS, dass ich in zehn Minuten auf einen Kaffee im *Aktenkeller* sein werde.

Dann schreibe ich Marie eine SMS, in der ich frage, ob sie Appetit auf etwas habe, was ich auf dem Heimweg besorgen könne. Als sie zurückschreibt, dass ich im Supermarkt grünen Wackelpudding einkaufen solle, weiß ich, dass sie übelst gelaunt ist. Vor Hans-Werners Geburt habe ich es nicht oft erlebt, dass sie das Zeug brauchte. Aber wenn sie Appetit auf dieses grüne Wabbelzeug hatte, dann lag es daran, dass sie richtig schlecht drauf war, und hat es becherweise verschlungen.

Ich könnte mir vor Lachen in die Hosen pinkeln. Gregor steht betont breitbeinig an einem Bistrotisch im *Aktenkeller.* Sein Outfit hebt sich vom Bild der Anzugträger ab. Er trägt eine dunkle Sonnenbrille und weiße, edle Freizeitklamotten, die mich an Don Johnson erinnern, der in der TV-Serie *Miami Vice* geglänzt hat.

Als er mich sieht, freut er sich wie ein kleiner Junge, denn er hüpft auf und ab.

»Alex, grüß dich. Was willst du trinken? Ich lade dich ein.«

Wir klatschen ab.

»Das hört der Papa gerne«, sage ich im amüsierten Tonfall. »Ich nehme eine Tasse Schwarzen.«

Gregor schnippt mit den Fingern in Richtung Theke, hinter der die Bedienung werkelt. »Hee. Bea … Bringst du einen Kaffee für meinen Freund? Wie immer so schwarz wie die Nacht.«

»Kommt!«, ruft sie laut.

Ich ziehe mein Jackett aus. »Na? Wie fühlt es sich an, Urlaub zu haben?«

Gregor lässt die Hüften kreisen. »Super. Paula ist heute Mittag zur Kosmetikfortbildung gefahren. Sie kommt erst am Freitagabend wieder.«

»Du bist mit Theo alleine?«

»Nein. Den hat sie mitgenommen. Die Mädels haben alle ihre Kids dabei. Die Fortbildung dauert jeden Tag fünf Stunden. In der Zeit werden die Kleinen von Fachpersonal bespaßt.«

Ich bedanke mich bei Bea, die mit einem Lächeln den Kaffee auf den Tisch stellt.

Gregor greift in seine Jackentasche und holt eine kleine Schmuckschatulle hervor. »Schirm die Augen ab, mein Freund. Jetzt wird es hell …« Er öffnet das kleine Schmuckkästchen, in dem ein Weißgoldring in einem kleinen Samtkissen steckt. Der dicke Klunker hat einen so fantastischen Schliff, dass er richtig funkelt.

Ich stoße einen Pfiff aus. »Ist das die Überraschung, die du für mich hast? Oder ist der für Emma?«

Gregor verpasst mir einen Schlag auf den Hinterkopf. »Idiot! ... Was meinst du? Ob er Paula gefallen wird?«

»Aber ja. Da würde ich mir keine Gedanken machen. Ähm ... was ist los bei euch? Habt ihr Hochzeitstag?«

Als ich Gregors Gesicht sehe, beiße ich mir auf die Zunge. Mit erhobenen Augenbrauen schürzt er die Lippen. Das sieht voll albern aus.

»Nee ... Es ist nichts. Muss denn immer was sein? Ich habe mir gedacht, dass ich Paula einfach mal so eine Freude mache, weißt du?«

Mein Daumen wandert nach oben. »Hee. Super Idee. Du bist ein richtig feiner Kerl. So eine gute Tat.«

Gregor schließt die Schatulle. »Du, die Überraschung, die ich für dich habe ... Mir ist gestern Nachmittag eingefallen, dass ich dir das Geld noch schuldig bin, das du mir damals für die Möbel geliehen hast. Du weißt schon. Für meine Studentenbude. Und korrekt wie ich bin, habe ich dich sofort angerufen, nachdem es mir wieder in den Kopf gekommen ist.«

Ich muss lachen. »Was? Ich soll dir damals Geld geliehen haben? Das kann nicht sein. Ich hatte selbst nichts.«

»Doch, doch. Das hast du. Du hattest mir hundertsechzig Euro in die Hand gedrückt.« Er holt seine Geldbörse aus der Tasche und schiebt mir einige Scheinchen zu.

Gregor muss lange darüber nachgedacht haben, wie er mir das Geld unterjubeln soll. Ich räuspere mich. »Mensch, das weiß ich echt nicht mehr. Danke.«

Gregor atmet tief ein und aus. »Na, siehst du. Gut, dass mir das noch in den Sinn kam. Man will sich ja nicht versündigen.«

Ich hebe eine Hand. »Warte. Irgendwie kommt mir das schon albern vor. Nach so vielen Jahren. Vielleicht solltest du es zurücknehmen und für Theo etwas davon kaufen. Der spielt doch so gerne Polizist und geht auf Verbrecherjagd.«

Gregor lacht. »Nee. Das Geld musst du behalten. Theo kann sich auch freuen. Als wenn ich meinen Theo vergessen würde. Ich habe ihm ein elektrisches Polizeiauto gekauft. Eins, in das er sich reinsetzen kann, weißt du? Das macht auch laut Tatüüütataaaa.«

Ich schlage meinem Freund anerkennend auf die Schulter. »Was bist du doch für ein guter Mensch. Wenn alle so wären wie du, würde der Teufel alleine am Feuer sitzen und grillen.«

Mein Kumpel holt ein Taschentuch aus seiner Hosentasche und wischt sich über die Stirn. »Meinst du?«

»Was für eine Frage. Natürlich! Für dich geht's mal im Turboaufzug direkt an den gedeckten Tisch ins Himmelreich. Pfüüüüit.« Mein Finger saust nach oben.

Jetzt lässt er das letzte Kätzchen aus dem Sack. »Ach, übrigens. Für das nächste Länderspiel im Volksparkstadion kann ich für umme an Karten kommen. Im Business-Bereich. Was ist? Hast du Lust? Ich wollte erst meinen Daddy fragen, ob er mitkommt. Aber ganz ehrlich. Neben dir zu sitzen macht mehr Spaß.«

Ich umarme Gregor. »O Mann. Danke. Du bist der beste … beste, beste Freund, den ich je im Leben hatte.«

Es ist selten, dass ich Gregor so glücklich erlebe. Er strahlt über das ganze Gesicht.

Ich schütte den Kaffee regelrecht in mich hinein, denn es wird Zeit, dass ich zum Lachen ins Auto komme.

Bedächtig lenke ich meinen Wagen in die Garage, damit ich nicht an Schubkarre & Co anecke. Hier muss noch richtig was getan werden, bis die Gartengeräte und Werkzeuge alle ordentlich untergebracht sind.

Da ich die Autotür nicht ganz öffnen kann, weil diverse nicht ausgepackte Umzugskartons es nicht zulassen, mache ich mich dünn und quäle mich mit eingezogenem Bauch aus dem Fahrzeug.

Erst als ich das Garagentor schließen will, fällt mir ein, dass auf dem Rücksitz die Plastiktüte mit den Einkäufen liegt.

Ich ziehe also noch einmal den Bauch ein.

Das kurze Treffen mit Gregor fand ich so lustig, dass ich richtig gute Laune habe. Der Schlawiner. Paula wird sich über den Ring freuen. Man sieht dem Klunker an, dass er nicht aus dem Kaugummiautomaten ist. Irgendwie muss ich noch herausfinden, ob mein Freund sich auch brav an die Massagen hält, mit denen er Paula den Abend versüßen soll. Ach, was bin ich doch für ein guter Mensch.

Ich laufe beschwingt den gepflasterten Weg hinauf und springe über das kleine, weiße Tor des Vorgartens, statt es zu öffnen.

Im Flur stolpere ich über mehrere weiß lackierte Holzteile, auf denen dünner Stoff liegt, der nach einer hübschen Gardine ausschaut. An der Wand lehnt eine kleine Matratze. Das könnte die Wiege sein, die Gregor und Paula uns leihen wollten.

»Hallo«, rufe ich mit gedämpfter Stimme. »Der Papa ist da.« Ich ziehe meine Schuhe aus.

Marie kommt und hält mir die Wange hin. »Hast du an den Pudding gedacht?«

Was für eine Begrüßung. Ich halte ihr die Plastiktüte hin. »Natürlich. Ich habe vorsichtshalber auch rot und gelb eingepackt. Nur grün ist bestimmt langweilig.«

Marie rollt mit den Augen. »Nein. Du solltest nur Waldmeister mitbringen. Die anderen Sorten mag ich nicht.« Sie zeigt auf den dünnen Stoff. »Paula hat heute früh die Wiege gebracht. Baust du sie gleich auf?« Sie wartet meine Antwort nicht ab und läuft in Richtung Küche. Ich folge ihr.

Marie holt einen kleinen Löffel aus der Besteckschublade, hüpft auf die Arbeitsplatte und macht sich über die Götterspeise her.

Mit Stolz in der Brust betrachte ich unseren Stammhalter, der seinen Job macht und wie immer im Stubenwagen abhängt. »War alles okay mit ihm? Wie war euer Tag?«

Marie zuckt mit den Schultern. »Du weißt doch, wie ein Tag mit Hans-Werner ist. Er schreit viel, trinkt mal gut, mal weniger gut. Zweimal durch den Wald laufen und das war's auch schon. Wie war dein Tag?«

»Oh. Ich hatte Sehnsucht nach euch. Der Rest war wie immer. Wir knabbern an einer harten Nuss. Uns haben heute die Köpfe geraucht.«

»Na, dann war dein Tag ja spannender als meiner.« Sie nimmt den zweiten Becher aus der Tüte und verpasst ihr einen Schubs. »Warum kaufst du immer noch diese doofen Plastikteile? Die brauchen ungefähr vierhundert Jahre, bis die verrottet sind. Das Zeug fliegt noch auf der Erde herum, wenn Hans-Werners Ur-Ur-Ur-Enkel auf dem Spielplatz im Sandkasten buddelt.«

Marie ist wirklich nicht gut drauf. Ich wasche meine Hände. »Also der Becher, den du gerade in den Händen hältst, den wird er auch noch ausgraben. Und die Pampers, die sein Ur-Ur-Ur-Großvater getragen hat, kommt dann ebenfalls zum Vorschein. Die Dinger verrotten nämlich ebenso schlecht.«

Marie leckt den kleinen Löffel ab. In ihren Augen funkelt es böse. »Du klugscheißerst. Du spielst den Lehrer Lämpel.« Sie hüpft von der Anrichte und rauscht davon.

Als ich mit Hans-Werner allein in der Küche bin, beuge ich mich über den Stubenwagen und flüstere: »Dann wollen wir mal dein zweites Nest zusammenschrauben.«

Die Teile sind flott nach oben getragen. Marie hat mitgedacht und den Akkuschrauber heute Mittag in die Ladestation gestellt. Er gibt Vollgas. Die Schrauben drehen sich wie Butter da rein, wo sie vor Kurzem herausgedreht wurden.

Hans-Werner liegt auf dem Bett, in dem ich seit einigen Tagen schlafe. Er ist wach. Marie sitzt im Schneidersitz neben ihm und lässt ein Tuch in der Luft baumeln, das er interessiert betrachtet.

»Paula hat toll ausgesehen. Sie hat sich auf den Kurs gefreut. Es haben sich vierzehn Frauen angemeldet. Für die Kinder gibt es ein großes Spielzimmer und einen Garten mit Spielgeräten. Sie werden von drei Erzieherinnen betreut.« Marie seufzt. »Ab August legt sie dann wieder richtig los. Theo geht in den Kindergarten.«

Ich schaue sie an, sehe ihren sehnsuchtsvollen Blick. Jetzt weiß ich, warum sie so mies gelaunt ist. Marie hat immer gerne gearbeitet. Sie muss sich erst daran gewöhnen, zu Hause zu bleiben. »Unternimm doch mal was. Setz dich in ein Café oder geh ein paar Klamotten kaufen.«

Sie zeigt mir den Vogel. »Wie denn? Hans-Werner hat noch keinen Rhythmus, noch keine festen Zeiten. Er meldet sich, wann immer ihm danach ist. Bis sich die Trinkzeiten eingependelt haben, vergehen Monate. Ich möchte ihn nicht in aller Öffentlichkeit stillen.«

Ich schraube das nächste Holzteil an. »Die erste Zeit mit einem Kind ist immer stressig … Da mussten alle Eltern durch und wir schaffen das auch.«

Marie knibbelt an ihren Fingernägeln. »Tz. Du sprichst so, als wärst du Mutter von fünf Kindern. Du verstehst nicht richtig, was ich sagen will. Ich habe ein schlechtes Gewissen, finde, dass ich keine gute Mutter bin.« Ihre Stimme zittert. »Ich konnte es nicht erwarten, Hans-Werner im Arm zu halten. Und jetzt fühle ich mich manchmal wie erschlagen. Vollkommen überfordert. Ich schäme mich, weil ich sehr oft denke, wie einfach alles ohne ihn war.«

Ich stehe auf, nehme Maries Hand und ziehe sie vom Bett. »Komm her, Prinzessin. Du musst kein schlechtes Gewissen haben.« Ich nehme sie in die Arme und streichele ihr die Haare aus dem Gesicht. »Du bist eine wunderbare Mama. *Wir* ist etwas anderes als *du* und *ich*, verstehst du? Im Moment ist alles anstrengend. Gerade für dich. Du musst Hans-Werner die Brust geben, du schleppst ihn fast den ganzen Tag und die halbe Nacht herum, bekommst wenig Schlaf. Du wirst sehen. Bald sind wir drei ein ganz eingeschweißtes Team.« Ich drücke sie an mich.

Marie schiebt mich von sich. »Vor Hans-Werners Geburt ist es mir nie in den Sinn gekommen, den Fernseher tagsüber einzuschalten, wenn ich mal einige Tage freihatte. Und jetzt? Sobald ich den Haushalt fertig habe und Hans-Werner schläft, drücke ich den Knopf und schaue das Vormittagsprogramm.«

Ich schraube weiter. »Sprich doch mal mit Svenja darüber. Oder mit Paula. Die hast du damals noch nicht gekannt. Die ersten Monate, nachdem Theo auf der Welt war, ist bei ihr alles vollkommen aus dem

Ruder gelaufen.« Ich forme mit den Händen dicke Hüften und pruste los. »Die war richtig fett. Mann, hatte die einen Hintern. Die habe ich nicht mehr wiedererkannt.«

Marie verschränkt die Arme vor der Brust. Sie wirft mir einen bösen Blick zu. »Mach dich auch noch lustig darüber. Du hast ja keine Ahnung, wie sich die körperlichen Veränderungen auf die Psyche einer Frau auswirken. Euch Männern sieht man nicht an, dass ihr ein Kind bekommen habt.«

Ich drehe die letzte Schraube in das Holz und hieve mich hoch. »O Mann, jetzt komm mir nicht damit. Es war nicht meine Idee, den Frauen das Gebären aufzubrummen.« Ich lege den Akkuschrauber auf die Fensterbank und befestige das Gestell, an dem der Stoff aufgehängt wird.

Marie verzieht beleidigt das Gesicht. Sie nimmt Hans-Werner von meinem Bett und drückt ihn zärtlich an sich. Ihr Blick ist feindselig. »Du bist widerlich … Ich wusste gar nicht, wie widerlich du bist.«

Ich finde, dass Marie sehr ungerecht ist. »Ja, meinst du, wir Männer haben keine Probleme und Ängste, nachdem wir Väter geworden sind? Ich rackere mich auch ab und möchte allem gerecht werden. Ständig geht mir im Kopf herum, dass ich dafür sorgen möchte, dass es Hans-Werner und dir gut geht. Und im Büro …«

Marie lacht kurz auf. »Was ist in der Kanzlei? Du sitzt mit deinem Hintern in einem eigenen Büro und wirst mit Sicherheit den Schlaf nachholen, den du hier in der Nacht nicht bekommst. Oooh, das sind ja richtige Probleme, die du stemmen musst. Ha! Darüber kann ich nur lachen.« Sie küsst Hans-Werner auf die Stirn. »Komm, wir gehen. Der Papa ist ganz fies.«

»Du … du bist ungerecht! Du hetzt Hans-Werner gegen mich auf«, rufe ich hinter ihr her. Vielleicht ist es gut, dass Marie nicht weiß, welche Probleme ich momentan im Büro habe.

Ich öffne das Fenster. Ich brauche frische Luft und verspüre das Bedürfnis, Adrenalin abzubauen. Ich flitze die Treppe hinunter ins Wohnzimmer, um das Mobile mit den Schmetterlingen aus dem Schrank zu holen, das wir von einer Nachbarin zu Hans-Werners Geburt geschenkt bekommen haben. Damit sause ich zurück nach oben. Etwas atemlos bringe ich es über der Wiege an und betrachte zufrieden mein Werk.

Ich höre Marie in der Küche werkeln, als ich wieder in die untere Etage laufe. Es duftet nach Gebratenem. Auf dem Holztisch stehen Teller und eine Schüssel mit gemischtem Salat. Das Besteck fehlt noch. Marie gefällt es nicht, dass ich helfen möchte. Sie schiebt mich beiseite, als meine Hand zum Griff der Küchenschublade wandert, um Messer und Gabel herauszuholen.

In einem sehr genervten Tonfall sagt sie: »Setz dich. Ich mache das schon.«

Meine Hand zuckt zurück. Auf dem Weg zum Tisch stoppe ich am Kühlschrank, um die Salatsoße mit zum Tisch zu nehmen, und wieder schiebt mich Marie weg.

»Warum setzt du dich nicht einfach? Du ackerst genug.«

Als ich etwas erwidern will, hebt sie eine Hand. »Warte. Du sorgst dafür, dass es Hans-Werner und mir gut geht, außerdem rackerst du dich in der Kanzlei wie ein Besessener ab. Weißt du was? Ich sollte dem Herrgott danken, dass du dich so für uns verausgabst.«

So zynisch habe ich Prinzessin Charles noch nie erlebt. Ich bleibe gelassen und setze mich. »Wir könnten uns jetzt weiter Gemeinheiten um die Ohren schlagen oder uns später auf der Couch vernünftig unterhalten.«

Marie reißt die Besteckschublade auf. »Dazu habe ich heute gar keine Lust. Es mag dir komisch vorkommen, aber irgendwie teile ich die Art von Humor nicht, die du hast. Das ist eher was für deinen Kumpel Gregor.«

Ich stöhne. »Ich wollte einen Witz machen, mehr nicht.«

Die Erklärung kommt bei Marie nicht wirklich an. Sie ist sehr schweigsam, isst mäßig von Schnitzel und Salat, verschlingt dafür zum Nachtisch noch drei Portionen Götterspeisen.

Der Abend ist kurz. Marie hat sich um 20 Uhr mit Hans-Werner ins Bett gelegt, um ihn zu stillen. Anschließend hat sie die Rollläden heruntergelassen und ist abgetaucht.

Ich habe die Küche blitzeblank aufgeräumt und danach noch ein wenig im Garten Unkraut gejätet. In den letzten Wochen durfte dort alles wachsen, was wachsen wollte.

Als ich später auf der Terrasse sitze und den Abend bei einem Glas Wein ausklingen lasse, denke ich nach. Ich lehne mich zurück und starre in den sternenklaren Himmel. Aus dem nahe gelegenen Biotop quakt und schnattert es. Die Enten und Frösche unterhalten sich.

Ich hoffe, dass die Phase schnell vorübergeht, die Marie gerade durchläuft. Als Mann kann ich nicht mitreden, wie sich eine Schwangerschaft anfühlt. Und nach den vierzig Wochen, von denen die letzten ziemlich an den Kräften der werdenden Mama zehren, geht der Stress erst richtig los. Was mit Körper und Geist passiert, wenn es an Schlaf fehlt, muss man nicht erklären. Für den Körper und die Psyche fängt Schwerstarbeit an.

Marie hat mich im letzten Jahr mit der freudigen Botschaft in der *Pianobar* überrascht, in der wir fast jeden Freitag das Tanzbein geschwungen haben.

Während sie sich den Blues *Endless Love* von Lionel Richie und Diana Ross von der Band gewünscht und wir ihn getanzt haben, hat sie in mein Ohr geflüstert, dass in ihrem Bauch ein kleines Wesen Purzelbäume schlägt, das die Krone unserer Liebe auf dem Kopf trägt. Ich war so aus dem Häuschen, dass ich daraufhin laut »Yippieee« rufend im Polkaschritt übers Parkett gewirbelt bin. Seitdem war *Endless Love* unser Babyblues, den wir in den vierzig Wochen sehr oft allein für uns im Wohnzimmer barfuß oder auf Socken getanzt haben.

Ich mache mir Gedanken. Gedanken um Marie. Die Hebamme kommt morgen, und ich glaube, dass wir das Thema Überforderung ansprechen sollten.

Mein Handy summt leise. Als ich aufs Display schaue, bin ich für einen Moment irritiert. Becky hat mir eine WhatsApp-Nachricht geschickt und ein kleines Video angehängt.

Hi Alex,
ich habe gerade auf deiner Mailbox angerufen.
Deine alte Handynummer existiert ja noch. Super.
Danke noch mal, dass du mir geholfen hast. Die
Lichtmaschine ist kaputt. Das wird teuer.
Schau mal, was ich für eine tolle Aussicht vom
Balkon habe. Nur grün und Donalds Garten.
Dein Kollege ist in Sauflaune. Die
Musik ist klasse.
Schlaf gut,
Gruß Becky

Dass Becky sich gemeldet hat, gefällt mir nicht. Ich muss ihr verklickern, dass sie mich nicht anrufen und mir auch keine SMS schreiben soll. Es gibt schon genug Dinge, die mir im Moment auf den Keks gehen. Jetzt werde ich auf keinen Fall ihre Rufnummer wählen, denn wenn Becky etwas getrunken hat, ist sie in Sabbellaune. Und darauf habe ich keine Lust.

Mit zusammengekniffenen Augen betrachte ich das Video, das ziemlich dunkel ist. Donald ist dennoch gut zu erkennen, Becky hat ihn herangezoomt. Er lässt es sich gut gehen. Er hockt vor einer Hollywoodschaukel, auf der ein Mann sitzt, den ich nicht erkennen kann und trinkt aus einer Sektflasche. Von wem die Musik ist, weiß ich nicht. Aber sie ist definitiv gut.

Ich denke über Gregors Vermutungen nach. Sollte es tatsächlich so sein, dass Donald mich aus der Kanzlei boxen will? Der Gedanke an die personellen Veränderungen, die Mockenhaupt diffus angedeutet hat, macht mir auch zu schaffen. Aber Spekulationen bringen mich nicht weiter. Das Wort Kündigung ist noch nicht gefallen und ich möchte es nicht zuerst in den Mund nehmen.

Ich werde morgen auf jeden Fall ins Büro fahren, denn mein Rückzug würde Donald mehr Raum lassen, sich noch breiter zu machen.

Ich gähne ausgiebig. Dann lösche ich Beckys SMS samt Video.

9. Fußballfotos

Nach einer heißen Dusche schaue ich auf den kleinen Wecker, der auf der Fensterbank steht. Es ist 7 Uhr, und ich finde, dass es eine respektierliche Zeit ist, um Becky anzurufen. Mit dem Handtuch um die Hüften setze ich mich auf den Badewannenrand und lausche dem Freizeichen. Nachdem Becky sich gemeldet und sich wahnsinnig gefreut hat, meine Stimme zu hören, rede ich Klartext. In freundlichem, aber bestimmtem Tonfall sage ich ihr, dass ich im Moment sehr viel um die Ohren habe und mir darum die Zeit fehlt, alte Freundschaften zu pflegen.

Für einen Augenblick ist es mucksmäuschenstill, dann entschuldigt sich Becky sofort. Sie sagt, dass es ihr leidtue, mich so spät gestört zu haben, und sie könne sich vorstellen, dass das Leben mit einem Säugling sehr turbulent sei.

Sie seufzt. »Es war spät gestern Abend. Ich habe noch lange auf dem Balkon gesessen und mich auf einen Vortrag vorbereitet, den ich heute halten muss.«

Ich wünsche Becky alles Liebe, dann verabschieden wir uns. Mein Finger beendet mit einem forschen Wisch das Gespräch.

Olga ist eine gestandene Hebamme, die einmal in der Woche zu uns kommt und ein Ohr für alles hat. Man hört sie meistens schon, wenn sie die Kirchstraße heraufgefahren kommt, weil der Motor ihrer alten Karre ein unverwechselbares Fahrgeräusch macht.

Sie ist klein, mollig, hat dicke rote Pausbäckchen und ihre Haare sind stets zu einem Knoten im Nacken zusammengebunden. Als ich sie das erste Mal gesehen habe, habe ich gedacht: *He, mit der kannst du kuscheln, wenn du Sorgen hast.* Sobald sie jedoch den Mund aufgemacht und geredet hat, bin ich drei Schritte rückwärtsgelaufen. Ihre Stimme klang so kräftig, dass ich automatisch die Hacken zusammengeschlagen habe und salutieren wollte. Damals war Hans-Werner noch in Maries Bauch, aber wir haben uns mächtig gefreut, die Hebamme kennenzulernen, die Marie und Hans-Werner nach der Geburt umsorgen sollte.

Während der ersten Viertelstunde hatte ich große Bedenken, dass *die* Frau die richtige Betreuung für unseren kleinen Hans-Werner ist.

Schnell stellte sich heraus, dass meine Zweifel unangebracht waren, denn Olga ist eine Seele von Mensch. Die Redensart, dass Hunde, die laut bellen, nicht zwangsläufig beißen müssen, trifft hier zu.

Während des gesamten Gesprächs hat sie immer wieder Maries Hand getätschelt oder sie in den Arm genommen und Rede und Antwort gestanden, wenn wir Fragen zur Geburt hatten.

Mit einem Blick auf die Uhr stelle ich fest, dass sie jeden Moment eintrudeln müsste, was sie auch zwei Sekunden später macht. Olga kommt in ihrem Wagen angebrettert und hält mit quietschenden Bremsen vor unserem Haus.

Ich eile im Laufschritt zur Tür und öffne sie einladend. Wie immer drückt mich Olga so feste, dass ich ein leises »Urgs« von mir gebe.

Sie stellt ihren Hebammenkoffer auf die Anrichte. »Na? Wo ist mein kleiner Freund? Alles okay in der Familie?«

Ich helfe ihr aus der Jacke und flüstere: »Marie ist ein wenig neben der Spur. Seit einigen Tagen ist sie nicht so gut drauf. Ich glaube, sie ist unzufrieden.«

Olga zupft ihre Bluse zurecht. Sie lächelt mich an und schafft es tatsächlich, leise zu antworten. »Marie muss nicht immer zufrieden und glücklich sein. Kein Mensch ist immer nur glücklich. Sie darf ruhig mal weinen. So baut sie die aufgestauten Gefühle ab.«

»Redest du mit ihr?«

»Natürlich.« Sie öffnet ihren Koffer und holt ein Herz aus rotem Stoff heraus, das so groß wie mein Handteller ist, und wedelt damit in der Luft. »Manchmal muss man sein Herz ausschütten.« Sie schlägt das Stoffteil auf ihren Oberschenkel und lacht. »In diesem Fall ausschütteln.

Ich nähe die Teile selbst und gebe sie an die Mamas weiter, die sich alles, was das Herz bedrückt, von der Seele reden möchten. Erst machen wir das gemeinsam, später machen es die meisten alleine.« Sie legt das Stück Stoff zurück in den Lederkoffer.

Ich drücke Olga. »Danke.«

Marie kommt. Sie hat geduscht und duftet wie eine Blume. Ihre Haare sind noch nass. Hans-Werner liegt an ihrer Schulter, sie begrüßt unsere Hebamme ebenfalls sehr herzlich. Hans-Werner versucht, das Köpfchen zu heben, dabei verzieht er den Mund.

Olga nimmt ihn Marie ab. »Was? So freust du dich, dass die Olga da ist? Na, komm. Wir schauen uns zuerst einmal deinen Bauchnabel an, ja? Und dann bin ich mal gespannt, wie fleißig du getrunken und wie viel du zugenommen hast.«

Ich könnte fluchen. Die Parkplätze, die zu unserer Kanzlei gehören, sind alle besetzt. Ich kurve auf dem Gelände herum und lenke mein Auto in den öffentlichen Bereich, auf dem jeder parken darf. Auch hier habe ich kein Glück.

Als ich sehe, dass ein Stück weiter eine alte Dame in einen Smart einsteigt, gebe ich Gas. Sie setzt ihr Auto so forsch zurück, dass ich die Augen zusammenkneife und auf den Knall warte, der Gott sei Dank nicht kommt. Eine Sekunde später legt sie den ersten Gang ein und prescht davon.

Anschließend habe ich alle Mühe, mein Auto in die Parklücke zu fahren, weil sie so eng ist. Um den Wagen zu verlassen, muss ich mich richtig anstrengen. Ich ziehe den Bauch kräftig ein und verziehe das Gesicht, weil ich meinen Dödel quetsche. Zehn Gramm mehr Pelle auf der Wurst und ich wäre nicht aus dem Auto gekommen. Ich klopfe meine Hosenbeine ab, obwohl die nicht schmutzig sein können, und greife mir in den Schritt, um zu richten, was gerade ordentlich gepiesackt wurde.

Als ich ein regelrechtes Gekreische höre, laufe ich rot an. Donald steht am geöffneten Fenster unseres Großraumbüros und biegt sich vor Lachen. Dabei zeigt er mit dem Finger auf mich. Neben ihm stehen Hannah und Anne, die ebenfalls gackern und mir zuwinken.

So eine Scheiße. Die haben mich bestimmt die ganze Zeit beobachtet.

Meine Finger krampfen sich um den Griff des Aktenkoffers. Mockenhaupts Worte über die personellen Veränderungen kommen mir in den Sinn. Bei der Vorstellung, dass er mich feuern wird, schießt mein Blut schneller durch die Adern.

Donald würde genauso wie jetzt am Fenster stehen und sich schieflachen, wenn Mockenhaupt mich wie einen Verlierer davonscheuchte. Diesen Genuss werde ich ihm nicht gönnen, denn was soll ein Kind von einem Vater denken, der sich mit eingezogenem Schwanz aus dem Staub macht?

Ich will, dass Hans-Werner stolz auf seinen Papa ist. Darum straffe ich mich.

Herr Rübsahm kommt mir mit einer silbergrauen Deutschen Dogge entgegen, die er am langen Arm an der Leine hält. Aha. Frau Dr. Mockenhaupt ist also im Haus. Ab und an taucht sie hier mit dem monströsen Sir Edward auf, um unseren Boss auf einen Kaffee zu besuchen. Meistens hat sie auch ihr Töchterchen Elisabeth dabei, die ihrem Liam dann ebenfalls Hallo sagt.

Sir Edward hebt den Kopf und bleibt kurz stehen, als er mich entdeckt. Dann wetzt er die Krallen und kommt auf mich zugeprescht. Unser Pförtner fliegt mehr oder weniger hinterher. Der Vierbeiner wedelt mit dem Schwanz und schnüffelt an meiner Hose, anschließend leckt er an dem Leder meines Koffers.

Herr Rübsahm hält die Leine jetzt mit beiden Händen und versucht mit aller Kraft, den Hund zu sich zu ziehen. »Hallo, Herr Beckfeld«, japst er. »Frau Dr. Mockenhaupt und ihre Tochter sind im Haus. Ich darf mich so lange um Sir Edward kümmern.«

Ich trete drei Schritte zurück, dann mache ich einen großen Bogen, denn ich habe einen Riesenrespekt vor dem Wauzi mit dem adeligen Namen. »Na, dann viel Spaß, Herr Rübsahm.«

Hinter mir höre ich Rübsahm schimpfen. »Du verdammte Töle … zieh nicht so.«

Ich laufe schneller, um ins Kanzleigebäude zu kommen.

Den Weg nach oben nehme ich über die Treppe. Auf dem mittleren

Absatz stoppe ich, weil mein Handy klingelt. Mein Display zeigt ein Klavier, das ich als Kontaktbild für den Namen Tschaikowski eingegeben habe. Ich gehe mal davon aus, dass Heiko das Licht der Welt erblickt hat, und liege mit meiner Vermutung richtig.

Tschaikowski klingt so glücklich, dass mir ganz warm ums Herz wird. »Bei Lisa haben die Wehen am Sonntag nach dem Frühstück eingesetzt. Um 23:12 Uhr war Heiko dann Gott sei Dank da. Er bringt fast dreitausend Gramm auf die Waage und ist neunundvierzig Zentimeter lang.«

»Wow. Gratuliere.«

»Danke. Wir sind unendlich dankbar, dass alles gut gelaufen ist. Ich bin noch bei Lisa im Krankenhaus. Heute Nachmittag gehen wir zu dritt nach Hause. Die Ärzte wollten Mutter und Kind noch bis übermorgen festhalten, aber Lisa hat sich durchgesetzt.«

Ich bitte Tschaikowski, seiner Frau liebe Grüße von den drei Beckfelds auszurichten. Und das erste Mal wird mir so richtig bewusst, dass Marie, Hans-Werner und ich eine Familie sind.

»Das mache ich. Dank dir. Jetzt fängt das Abenteuer an, und wir hoffen, dass wir das alles gut hinbekommen. Unsere Eltern leben in Heidelberg, und wir müssen sehen, dass wir alleine mit dem Kleinen klarkommen. Wir sind vor drei Monaten hergezogen, weil ich eine Stelle am *Humboldt Gymnasium* angetreten habe.«

»Im Grunde stehen wir auch noch am Anfang, aber etwas Erfahrung haben wir schon gesammelt. Wenn ihr eine Frage habt, ruft einfach an.« Ich nenne Tschaikowski unsere Privatnummer, die er notiert, und er sagt, dass er und Lisa im Fall der Fälle von dem Angebot sehr gerne Gebrauch machen werden.

Im Hintergrund höre ich Heiko schreien. Tschaikowski entschuldigt sich. »Ich bin mit tragen dran. Wir hören voneinander, okay?«

Mit vollstem Verständnis und nochmals lieben Grüßen verabschiede ich mich.

Während ich mein Handy verstaue, trete ich einen großen Schritt beiseite, denn Sir Edward kommt die Treppe heraufgerannt und zieht den armen Herrn Rübsahm hinter sich her. Der alte Mann keucht.

Donald hat sich noch nicht in sein Refugium zurückgezogen. Er sitzt auf der Fensterbank und begrüßt mich mit einem dummen Spruch. »Moin, Beckfeld. Wer zu spät kommt, den bestraft das Leben.« Für einen Moment unterdrückt er den Lachanfall, der sich sichtbar anbahnt. Dann hat er sich nicht mehr im Griff. Er steht schnell auf, gackert albern los, beißt sich auf den Finger und hüpft auf der Stelle.

Hannah zeigt ihm den Vogel, Anne schüttelt nur mit dem Kopf.

Ich knalle meinen Aktenkoffer auf den Tisch. »Du hast noch Restalkohol im Blut, oder?«

Donald beruhigt sich nur langsam. Er wischt sich Lachtränen aus den Augenwinkeln. »Von wegen, Beckfeld. Ich lag gestern schon um 21 Uhr im Bett und habe tief und fest geschlafen.« Er klatscht in die Hände. »Ich trage jetzt so viel Verantwortung, das kann ich mir nicht leisten.«

Anne grinst. »Das glaube ich dir nicht. Du hast im Leben nicht um 21 Uhr im Bett gelegen und geschlafen.«

»Das kannst du mir getrost glauben, denn ansonsten würde ich so übernächtigt wie Beckfeld aussehen.«

Ich hätte große Lust, dem Großmaul in den Hintern zu treten, weil er es wie Mockenhaupt macht und mich ständig mit meinem Nachnamen anredet.

Hannah druckt eine Seite aus und reicht sie Donald. »Das ist das Neueste, was ich von Frau Anröchte gefunden habe.«

»Danke, schöne Frau.« Er will Hannah in die Wange zwicken, die jedoch geistesgegenwärtig den Kopf zurückzieht und nach seiner Hand schlägt.

Als er außer Hörweite ist, lehnt sich Anne entnervt auf dem Stuhl zurück. »Der entwickelt sich immer mehr zum Kotzbrocken.«

Ich atme tief durch, denn Kotzbrocken Nummer zwei betritt das Büro. Liam kommt, dicht gefolgt von seiner Frau Elisabeth, die alles andere als glücklich aussieht. Die beiden verschwinden in der Küche. Durch die Verglasung sehe ich, dass sie hitzig miteinander diskutieren. Sie giften sich ständig an, wenn sie sich hier über den Weg laufen.

Schade, dass ich nicht hören kann, wie Elisabeth ihm den Kopf wäscht, denn das macht sie ganz offensichtlich.

Nachdem sie einige Minuten wild gestikuliert hat, stemmt sie die Hände in die Hüften, beugt sich vor, und so wie es aussieht, spuckt sie Gift und Galle. Dann rauscht sie hocherhobenen Hauptes ab.

Liam zeigt sich wenig beeindruckt. Er grinst und setzt sich an seinen Schreibtisch.

Und jetzt geht die Sonne auf. Svetlana tanzt an. Sie ist zurechtgemacht wie die legendäre Marilyn Monroe. Das Wischtuch und der Eimer, den sie in der rechten Hand trägt, passt überhaupt nicht zu ihrem sexy Outfit.

Die Schuhe mit den hammerhohen Absätzen müssen sündhaft teuer gewesen sein. Ich sage immer, je weniger Leder, umso teurer sind die Galoschen der Mädels. Als ich mir die Treter auch noch von hinten anschaue, bleibt mir die Spucke weg. Svetlana trägt Nahtstrümpfe. Damit ich nicht vom Stuhl kippe, kralle ich mich am Schreibtisch fest. Welche Frau trägt heutzutage noch diese herrlichen Seidenstrümpfe? Und das beim Putzen.

Ihr Hintern steckt in einem engen Rock, der hinten geschlitzt ist. Mit großem Eifer macht sie sich daran, die Glasscheiben im Küchenbereich zu reinigen. Es macht Spaß, ihr dabei zuzuschauen.

Ich könnte fluchen, weil mein Telefon klingelt und Iris mich zum Chef beordert. Und zwar sofort und das zügig.

Ich löse nur widerwillig den Blick von unserer Reinemachefrau, dann flitze ich los.

Die Damen im Vorzimmer winken mich durch, Iris wedelt ebenfalls mit der Hand in Richtung Mockenhaupts Bürotür. »Geh rein. Er wartet schon. Erschreck dich nicht. Sir Edward und die beiden Frauchen sind drin.« Sie kichert.

Mir bleibt heute auch nichts erspart. Die Schönheitschirurgin Frau Prof. Dr. Mockenhaupt erinnert mich, wann immer ich sie sehe, an Ute-Henriette Ohoven. Sie hat die gleiche Nasen- und Lippenform und ist stets sehr elegant gekleidet, was für meinen Geschmack too much ist. Ihre Tochter Elisabeth wird ihr immer ähnlicher.

Die Mockenhaupt-Frauen stehen mit dem Rücken zu mir am Fenster und telefonieren. Beide nehmen keinerlei Notiz von mir. Sir Edward sitzt mit heraushängender Zunge neben seinem Herrchen und bellt einmal kurz, als er mich sieht.

Es fällt mir schwer, nicht zu zeigen, wie nervös mich der große Hund macht.

Mockenhaupt gibt ihm ein Zeichen. »Sei nicht so unhöflich, Sir Edward. Sag Beckfeld Guten Tag … Hopp.«

Ich hebe beide Hände. »Lassen Sie nur, wir haben uns schon gesehen …«

Weiter komme ich nicht. Der Köter macht einen Satz, stellt sich auf die Hinterbeine, und bevor ich flüchten kann, liegen seine Pfoten auf meinen Schultern, und ich spüre den heißen Atem des Monsters, der so elendig aus dem Maul stinkt, dass ich die Luft anhalten muss, um nicht zu würgen.

Mockenhaupt lacht schallend. »Keine Angst, Beckfeld. Er frisst Sie nicht. Der hat vorhin seinen Eimer Pansen verschlungen.« Er stößt einen leisen Pfiff aus. »Das reicht, Sir Edward. Mach Platz.«

Sir Edward pariert aufs Wort.

Mein Boss greift nach einer Zigarre. »Beckfeld, ich habe einen Termin außer Haus für Sie. Brunhilde von Wehmeyer hat wieder einen Immobilienkaufvertrag zu prüfen. Sie wollte heute Nachmittag kommen, kann aber aus gesundheitlichen Gründen nicht. Ich wollte Donald hinschicken, die Lady hat aber gesagt, dass sie ihn nicht hineinlassen wird, weil sie ihn nicht leiden kann.« Er lacht schallend. »Sie sollen antanzen.«

Dieser Termin gefällt mir. Frau von Wehmeyer ist eine sehr vermögende, reizende alte Dame, die sich ab und an eine neue Immobilie an der Côte d'Azur in Monaco oder der Schweiz gönnt. Bevor sie jedoch den Kaufvertrag unterschreibt, lässt sie ihn auf Herz und Nieren durch unsere Kanzlei prüfen. Ich war schon zweimal in ihrer Villa, weil sie aus gesundheitlichen Gründen nicht zu uns kommen konnte.

Madame empfängt mich heute nicht im grünen Salon, sondern auf der Chaiselongue, die in der Bibliothek steht. Sie ist wegen einer Erkältung unpässlich und sieht wirklich nicht gut aus. Die Hausangestellte hat mich gebeten, mich mit der Durchsicht des Vertrages zu beeilen, damit die alte Dame weiter ruhen könne.

Bei starkem Earl-Grey-Tee und sehr süßem Gebäck gebe ich ordentlich Gas und studiere die Paragrafen des Immobilienvertrages. Es ist kein umfangreicher Vertrag.

Währenddessen spielt die adelige Dame auf einem kleinen Tisch mit sich selbst eine Partie Quartett.

Aus den Augenwinkeln sehe ich, dass sie die Karten mit hübschen und weniger hübschen Motiven auf ein gehäkeltes Deckchen legt, das mich an den Handarbeitswahn meiner Großmutter erinnert. Die hatte auf allen Möbelstücken diese Dinger liegen. Sie zierten blanke Schränke, Polstermöbel und auf dem Klo gab es keine Toilettenpapierrolle, die nicht ein giftgrünes oder orangefarbenes Häkelkleid getragen hat.

Ganz toll fand ich als kleiner Junge eine Puppe, die auf dem Deckel der Kaffeekanne aus gutem Porzellan saß und ebenfalls in Strick gekleidet war.

Madame hüstelt, als sie eine Karte, auf der eine dunkle Gestalt abgebildet ist, auf den Tisch legt, und schnäuzt leise schimpfend in ein Spitzentaschentuch.

Ich drehe mich ein wenig zur Seite, weil die betagte Lady eine regelrechte Bazillenschleuder ist.

Nach der dritten Tasse Tee und noch mehr süßen Keksen sage ich der alten Dame, dass sie mit ruhigem Gewissen ihr von und zu unter den Vertrag setzen könne, und wünsche ihr schon jetzt einen schönen Aufenthalt in dem kleinen Chalet in St. Moritz.

Sie lächelt charmant und krächzt: »Danke, Herr Beckfeld. Ich verlasse mich auf Sie.« Sie greift nach einem kleinen Glöckchen, das auf dem Tisch steht, und klingelt nach ihrer Hausdame, die wenige Sekunden später auftaucht. Frau von Wehmeyer bittet sie, den Vertrag zu kopieren, damit ich die Duplikate zum Abheften mitnehmen kann.

Nachdem ihre Angestellte den Raum verlassen hat, steht sie langsam auf. »Die Karten haben mir heute nichts Schönes erzählt. Manchmal wirkt es sich negativ aus, wenn jemand in meiner Nähe ist, der Probleme hat oder mit sich nicht im Reinen ist. Trifft eines davon auf Sie zu? Oder gar beides?«

»Auf mich? Nein. Nicht, dass ich wüsste.«

Ihre Erkältung lässt sie heiser lachen. »Schauen Sie nicht so. Ich wollte Sie nicht erschrecken …«

Die Hausdame kommt mit einem großen Briefumschlag zurück, den sie mir reicht. Ich schaue kurz hinein und bedanke mich.

Brunhilde von Wehmeyer lächelt mich an. »Grüßen Sie Dr. Mockenhaupt von mir.« Sie reicht mir ihre Hand, die eiskalt ist. Die Kälte überträgt sich auf meinen Körper, ich bekomme eine Gänsehaut.

Im Auto spüre ich, dass ich einen wahnsinnigen Durst habe und mir leicht kodderig ist.

Die Kuscheleinheit mit Sir Edward ist mir nicht so bekommen und der starke Tee und das sehr süße Gebäck waren wohl auch nicht das Richtige für meinen Magen. Ich brauche dringend ein Mineralwasser und lenke mein Auto langsam aus dem Villenviertel.

Was Brunhilde von Wehmeyer für Fragen gestellt hat … *Ob ich Probleme hätte*? Ich grunze. Also dass ich Probleme habe, kann man jetzt nicht wirklich sagen. Allerdings, wenn ich meine Situation aus einem pingeligen Blickwinkel betrachte, muss ich zugeben … ja, ein wenig problematisch ist es schon in den letzten Tagen. Meine größte Sorge ist, dass ich mich in Kürze eventuell in einer anderen Kanzlei bewerben muss.

Die Frage, ob ich mit mir im Reinen sei, die kann ich mit gutem Gewissen mit Ja beantworten. Ich schniefe. Okay. Wenn ich auch hier wieder pingelig bin … Ich war nackig mit Becky schwimmen. Ich hätte meine Unterhose anlassen können, sie hätte ihre Unterwäsche anlassen können. Wenn ich ganz ehrlich bin, und das bin ich immer, muss ich zugeben, dass ich ihr noch einmal zeigen wollte, wie … ähm, ja … wie gut gebaut ich untenrum bin. Es war also mehr männliche Eitelkeit und auf die Kacke hauen als Fleischeslust.

Und Gregors Beichte, okay. Die Aktion war schon etwas link, aber im Grunde war das lustig. Wobei ich nicht weiß – und das wird niemand wissen –, welche Art von Humor Gott und Jesus hatten, denn gelacht haben die nie. Jedenfalls nicht auf den Gemälden oder Schnitzereien, die ich von den beiden gesehen habe. Die müssen doch früher auch mal Spaß gehabt haben. Aber nein … Immer schön die Mundwinkel nach unten.

Vielleicht hat die himmlische Crew tatsächlich keinen Humor und mein Auftritt als Pfarrer rächt sich jetzt in Form diverser irdischer Probleme.

Dieses *hätte, hätte* macht jetzt eh keinen Sinn mehr. Die Redensart »Wenn der Hund nicht geschissen hätte, hätte er den Hasen gekriegt« stimmt. Aber es nützt gar nichts, sich im Nachhinein Gedanken über irgendwelche Dinge zu machen, die passiert oder nicht passiert sind.

Ich schaue auf die Uhr. Es geht auf die Mittagspause zu. Auf der Hauptstraße drossele ich das Tempo. Das *Hotel Granada* liegt nur einen Katzensprung entfernt. Ich werde dort ein Mineralwasser trinken und eine Kleinigkeit zu Mittag essen.

Die Tiefgarage des Hotels ist rappelvoll. Das *Granada* ist ein beliebtes Haus. Hier steigen in der Regel nur gut betuchte Gäste ab.

Ich genieße es, einen Aufzug der modernen Art zu betreten. Der Angestellte, der mich per Knopfdruck eine Etage höher begleitet, lächelt mich freundlich an.

Da ich schon öfter hier essen war, weiß ich nach dem Verlassen des Lifts, wo es langgeht.

In dem Restaurant, das mit dickem Teppichboden ausgelegt ist, duftet es köstlich. Das Gefühl der Übelkeit ist verschwunden, dafür habe ich jetzt einen Bärenhunger.

Ich laufe einen Schritt schneller, denn im hinteren Bereich entdecke ich noch einen freien Tisch. Die Geräuschkulisse ist angenehm. Die Gäste unterhalten sich bei leiser Musik.

Ungeschickt lässt grüßen. Ich stolpere über irgendetwas, kann mich noch soeben fangen und ranze gegen einen Tisch, an dem eine wohlbeleibte Dame sitzt und speist. Geschirr klappert.

Die dicke Frau, die ein kitschiges, lilafarbenes Spitzenkleid trägt, lacht ungeniert, weil ich mich fast auf die Fresse gelegt habe. Ihre riesigen runden Ohrringe baumeln wie Abrissbirnen hin und her.

Hinter mir lacht auch jemand. Ich muss nicht hinschauen, um zu sehen, *wer* da lacht. Es ist Becky. Ich drehe mich langsam um. In ihren Businessklamotten, mit dem roten Halstuch und den streng zurückgekämmten Haaren sieht sie wie die Notrutsche einer Fluggesellschaft aus.

Sie hält sich den Bauch. »Wer mich übersieht, der wird bestraft. Wenn ich dir kein Beinchen gestellt hätte, wärst du glatt an mir vorbeigelaufen.«

Die Dicke gackert immer noch.

Ich zische Becky leise an. »Sag mal, bist du bescheuert? Ich hätte fast den Tisch mit der Trulla da umgeworfen.« Mein Kopf zuckt nach rechts.

Becky lacht wieder und klopft auf den Stuhl, der neben ihr steht. »Setz dich. Du bist doch bestimmt hergekommen, um zu essen. Ich habe den Vortrag hier im großen Konferenzraum gehalten, von dem ich dir heute früh erzählt habe.« Sie stopft sich eine kleine Kartoffel in den Mund.

Ich überlege kurz, dass ich, wenn ich mit Becky zu Mittag esse, nicht mit mir im Reinen sein könne, und verwerfe den Gedanken sofort wieder. Es wäre total albern, ihr aus dem Weg zu gehen. Also setze ich mich. »Ich esse nur eine Kleinigkeit. Ich muss flott weiter.«

Nachdem ich die Karte studiert und beim Ober eine scharfe Thaisuppe und Mineralwasser bestellt habe, grinst Becky mich an.

»Donald und ich sind uns heute früh begegnet. Er war auf dem Weg zu seiner Garage, als ich das Haus verlassen habe.« Sie spießt ein kleines Möhrchen auf die Gabel und schaut mich an. »Er meinte, dass es kein Zufall sein könne, dass wir jetzt nebeneinander wohnen. Das ist ein richtiger Charmeur. Er hat gefragt, ob wir mal zusammen was trinken gehen.«

Meine Augenbrauen wandern in die Höhe. »Na, dann viel Spaß mit dem Trottel.«

Becky lacht. »Ihr konntet euch schon damals nicht ausstehen.« Sie nippt an ihrem Wässerchen. »Komisch. Obwohl ich ihm gesagt habe, dass es mich nicht interessiert, was du treibst oder nicht treibst, lästert er weiter über dich. Stimmt es, dass du Akten verschlampt hast und darum wieder im Großraumbüro sitzt? Donald hat es mit einem Hochgenuss erzählt.«

»Donald redet viel, solange der Tag hell ist. Das meiste davon ist jedoch Mist.« Ich lenke vom Thema ab. »Hast du schon einen Termin in der Kfz-Werkstatt?«

Becky schüttelt den Kopf. »Nein. Mein Vater kümmert sich darum … Ähm, wir hatten in der Firma kürzlich auch mal so einen Fall. Aus dem Schreibtisch eines Kollegen sind wichtige Unterlagen verschwunden. Alle haben gesagt, dass er sie verschlampt habe. Unser Chef, der Prötter, war richtig sauer. Dann ist eine CD aus dem Aktenkoffer des Kollegen verschwunden, auf der Kundendaten gespeichert waren, und es fehlten Papiere, die er abgeheftet hatte. Danach gab es ein Donnerwetter vom Feinsten. Der arme Kerl wurde beschuldigt, unordentlich zu sein und seine Arbeit zu vernachlässigen. Dann ging plötzlich das Gerücht um, dass er seine Frau betrüge. Er hat immer und immer wieder beteuert, dass ihm jemand eins auswischen wolle und diese Dinge absichtlich so gedreht habe, dass er als Idiot dastehe. Dem ging es richtig schlecht. Monica, Janina und ich haben zu unserem Kollegen gehalten und ihn vor den bösen Zungen verteidigt.« Sie zerdrückt mit der Gabel die restlichen Kartöffelchen und schiebt den Stampf hin und her.

Ich warte ungeduldig darauf, dass sie weiterredet. Meine Finger trommeln auf dem Tisch. »Und? Was ist dabei herausgekommen?«

Sie seufzt. »Letztendlich hat er gekündigt, weil seine Nerven nicht mehr mitgespielt haben. Es hat sich aber nie geklärt, ob jemand mit Knüppeln nach ihm geworfen oder ob er tatsächlich nicht korrekt gearbeitet hat. Wir Mädels haben ihm geglaubt. Herr Prötter nicht. Er hat viel Druck bekommen.«

Ich sage nur: »Hm.«

»Ich glaube, dass das Mobbing war. Und zwar auf die fieseste Art. Dagegen ist man machtlos.«

Der Ober serviert mein Süppchen und wünscht mir einen guten Appetit. Ich genehmige mir einen Löffel der Suppe. Sie ist wirklich extrem scharf und brennt im Rachen wie der Selbstgebrannte, den meine Eltern jedes Jahr aus Südtirol mitbringen. Ich fächere mir mit der Serviette Luft zu. »Das hört sich übel an. Armer Kerl. Hoffentlich hat er wieder einen guten Job bekommen.«

»Leider nicht. Janina hat ihn neulich im Park getroffen. Er ist arbeitslos. Heutzutage findet man nicht mehr so einfach eine neue Stelle. Was meinst du, wie froh ich war, dass ich, nachdem ich bei Spengemann aufgehört habe, bei Prötter untergekommen bin.«

Ich nicke.

Becky stützt ihre Ellenbogen auf den Tisch und betrachtet ihre Fingernägel. »Sag mal, ich habe in den Dippendorfer Nachrichten gelesen, dass ihr die Verteidigung von Enrico Gaspacho übernommen habt. Die Sache gegen den Schiedsrichter, diesem Piccolino, der hier um die Ecke wohnt. Siehst du Enrico mal?«

»Ich rede nicht über Mandanten, Becky. Das solltest du wissen.« Ich löffele weiter.

Sie stöhnt leise. »Ich bin die Letzte, die über den Fall reden will. Das interessiert mich nicht. Ich wollte dich lediglich bitten, falls du ihn mal sehen solltest, ob du ihm die Fußballtrikots meiner Neffen auf den Tisch legen würdest, damit er sein Autogramm darauf schreibt. Mirko, Manuel und Martin vergöttern ihn regelrecht.«

»Ach, Becky. Du hast doch damals mitbekommen, wie Mockenhaupt tickt.« Ich grinse. »Ich kann dir Autogramme von *ihm* besorgen. Mehr ist nicht drin.«

Sie rollt mit den Augen. »Ich wusste, dass du dir wieder die Hosen vollmachst. Dann kümmere ich mich halt selbst darum.«

Ich schiebe die Suppentasse beiseite und hole mein Portemonnaie aus der Hosentasche. »Mach das.«

Becky holt ebenfalls ihre Geldbörse hervor. »Komm mir ein kleines Stück entgegen, Alex. Du weißt doch mit Sicherheit, wann der mal wieder hier auftaucht. Es wäre nett, wenn du es mir verraten würdest. Wer soll darauf kommen, dass du es mir zugeflüstert hast?«

Ich setze schon zum Neinsagen an, als sie ihre Hand auf meine legt.

»Na, komm. Den kleinen Freundschaftsdienst kannst du mir doch erweisen. Stell dir mal vor, euer kleiner Hans-Peter …«

»Hans-Werner, er heißt Hans-Werner.«

Becky lächelt sanft. »… euer kleiner Hans-Werner hätte einen Herzenswunsch, zu deren Erfüllung ich beitragen könnte. *Ich* würde dich nicht im Regen stehen lassen. So etwas brächte ich nicht übers Herz.«

Ich seufze. »Na gut. Er ist in den nächsten Tagen hier. Ich sage dir Bescheid, wann er genau kommt, und gebe dir einen Tipp, wo du ihn abfangen kannst.«

Becky klatscht in die Hände. Dann lacht sie. »Wie sich die Zeiten doch ändern. Vor drei Jahren hätte ich mich mit einem Blaskonzert bei dir bedankt, heute sage ich einfach nur Danke.«

»Braves Mädchen. Aber behalte es für dich und tratsche es nicht weiter. Sonst habe ich ein Problem.«

Meine Ex schaut mir ernst in die Augen. »Und Probleme hast du wahrscheinlich schon genug, oder?«

Obwohl ich nicht nicken will, nicke ich.

Das, was Becky geschildert hat, hört sich beängstigend an. Auf dem Rückweg nehme ich mir vor, Anne zu fragen, ob sie Donald auch geflüstert hat, dass Mockenhaupt und Iris quasi nach München auswandern wollen. Sollte mein Kollege davon Wind bekommen haben, wäre es nicht verwunderlich, wenn er mit unlauteren Mitteln um die Position des Kanzleileiters kämpfen würde.

Mockenhaupts Jaguar steht nicht auf dem Parkplatz, also ist er ausgeflogen.

Ich werfe einen Blick auf den Umschlag. Demnach muss ich nicht sofort ins Vorzimmer, um die Kopien dort abzuliefern. Das kann ich später erledigen.

Der erste Weg führt mich aufs Firmenklo, auf dem sich nur die Mitarbeiter erleichtern dürfen. Unsere Reinemache-Mädels sorgen auch hier für absolute Sauberkeit und darum öffne ich in diesem Raum sehr gerne den Reißverschluss meiner Anzughose.

Als ich ins Büro laufe, nehme ich dankbar den Kaffee an, den Hannah gerade verteilt. Heiß und schwarz, wie ich ihn liebe.

Anne drückt mir einen Zettel mit einer Gesprächsnotiz in die Hand, die ich in den Ablagekorb pfeffere. Sie schwärmt in den höchsten Tönen vom neuen Imbiss, der eine Straße weiter eröffnet hat. »So gute Pommes habe ich schon lange nicht mehr gegessen. Außen knusprig und innen schön weich.«

Hannah reibt sich den Bauch. »Stimmt. Die Currywurst war auch ausgezeichnet.«

Sammy ist Vegetarier. »Der Gurkensalat war spitze. Alex, den musst du auch mal probieren.«

Liam hockt mit gelockerter Krawatte vor seinem PC und klatscht in die Hände. »Hallo? Könntet ihr mal die Klappe halten? Habt ihr nichts anderes zu tun, als übers Essen zu reden?«

Anne rollt mit den Augen. »Da ist aber jemand schlecht gelaunt, was?«

Sammy sagt leise: »Er hat Stunk in der Hütte. Der hat mit seiner Frau gestritten, darum ist er so schlecht drauf.«

Wir machen uns alle an die Arbeit.

Kollege Donald scheint sich in seinem Büro nicht sonderlich wohlzufühlen, denn er kommt schon wieder angelatscht. Er zieht einen Stuhl an Hannahs Schreibtisch und redet leise mit ihr.

Liam scheint sich wieder beruhigt zu haben. Er grinst vor sich hin, während seine Finger auf der Tastatur hämmern.

Hannah kichert in einer Tour, dann steht sie auf und läuft zum Kopierer. Donald lässt ihre makellosen, schlanken Beine nicht aus den Augen. Es ist ganz offensichtlich, dass er hinter ihr her ist.

Nachdem sie wieder am Schreibtisch sitzt, beschallt er sie weiter und macht sich erst kurz vor Feierabend vom Acker.

Hannah räumt ihren Schreibtisch auf.

Ich strecke mich. »Donald scheint Sehnsucht nach dir zu haben.«

Meine Kollegin rollt mit den Augen. »Anne und ich sind froh, dass er nicht mehr hier sitzt. Und was macht er? Kommt jede freie Minute angelatscht und sabbelt mir die Ohren voll.«

Ich spiele mit einem Fetzen Papier. »So wie es aussieht, mag er dich.«

Hannahs Kopf zuckt zurück. »Donald mag alle Frauen. Und keine Frau mag einen Mann, der alle Frauen mag. Er will mir unbedingt sein neues Haus zeigen.« Sie streicht sich über die Haare. »Er wird und wird nicht müde, sich einen Korb nach dem anderen abzuholen. Dabei bin ich seit geraumer Zeit in guten Händen.« Sie lächelt versonnen. »Er ist Mediziner.«

Ich springe auf. »Na, dann ist es verständlich, dass du immun gegen Donalds Charme bist.«

Wir wünschen uns gegenseitig einen schönen Feierabend.

Als ich in die Kirchstraße einbiege, sehe ich meinen Schwiegerpfarrer, der auf dem Kirchvorplatz wuselt. Er hat einige Sträucher entfernt, die an der Kirchenmauer hochgewachsen sind. Er wirft sie mit Schwung in die riesige Feuerschale, die normalerweise im großen Räucherofen seines Gartens steht, in der selbst gefangener Fisch geräuchert wird. Die Flammen züngeln nervös hin und her und verschlingen gierig das trockene Holz, während Werner kleines Geäst auf dem Boden zusammenfegt.

Ich halte kurz an, fahre das Seitenfenster herunter und rufe lachend: »Grüß Gott, Herr Pfarrer! Na? So fleißig bei der Arbeit? Das sieht dein Chef bestimmt gerne.« Ich zeige in Richtung Himmel. Mir liegt ein Kalauer auf den Lippen, den ich nicht für mich behalten kann. »Was für ein schönes Fegefeuer.« Dabei zeige ich auf den Besen und die Flammen, dann pruste ich los.

Werner lacht. »Versündige dich nur mit deinen Lästereien, mein Sohn. Der Herr hat eine große Festplatte. Der merkt sich alles.«

Ich winke und gebe langsam Gas.

Marie öffnet schon die Haustür, als ich übers Gartentor hüpfe. Sie sieht umwerfend aus. Ich bleibe einen Moment stehen. Ich sauge ihr Bild auf. Mein Herz hämmert wie verrückt gegen meine Rippen, und ich spüre ganz tief in mir, wie sehr ich sie liebe. Sie trägt ein weißes Sommerkleid, rote Sandalen und ihre honigblonden Haare sind zu einem Pferdeschwanz zusammengebunden.

Sie spitzt ihre kirschrot geschminkten Lippen, die ich sanft küsse. »Hallo, Prinzessin. Du hast dich so hübsch gemacht ...«

Marie lacht. »Ja. Ich musste mich gerade noch einmal umziehen, weil Hans-Werner mich vollgespuckt hat. Und nach saurer Milch duftend wollte ich nicht bei deinen Eltern auftauchen.«

Ich hebe die Augenbrauen. »Wir fahren zu meinen Eltern?«

Prinzessin Charles zieht mich ins Haus. »Ja. Wenn du flott in Freizeitklamotten schlüpfst? Ich habe deine Mutter angerufen und uns eingeladen. Deine Eltern freuen sich wahnsinnig, wenn wir sie mit ihrem Enkelsohn besuchen.«

Auf dem Weg zu Oma und Opa schläft Hans-Werner friedlich im Kindersitz. Marie erzählt, dass Olga heute sehr lange bei ihr war und dass mit unserem Sohnemann alles in bester Ordnung sei.

»Er hat einhundertsechzig Gramm zugenommen, Alex. Ist das nicht toll? Sein Bauchnabel sieht ebenfalls bestens aus.«

Ich nehme Maries Hand und drücke sie. »Und was hat Olga sonst noch gesagt?«

Marie spielt mit meinen Fingern. Sie dreht meinen Ehering hin und her. »Na ja. Olga meinte, dass die erste Zeit mit einem Baby total stressig ist. Und das würden fast alle frischgebackenen Eltern so empfinden. Sie sagte, dass man sich erst aneinander gewöhnen müsse. Es purzeln so viele neue Dinge auf einen ein und dieses Gefühlschaos von Sorge, Liebe, Ängsten und Glücksgefühlen müsse man erst in den Griff bekommen. Sie hat gesagt, dass ich ruhig mal weinen dürfe, wenn der Wasserstand zu hoch sei, denn irgendwo müsse es ja raus. Die Tränendrüsen seien die Schleusen, die sich öffnen, um Druck abzubauen.«

Ich streichele Maries Finger. »Das hat Olga schön gesagt. Da ist was dran.«

»Ja. Nach dem Gespräch habe ich mich wunderbar gefühlt und mir gedacht, dass ich mich mit Hans-Werner zu viel einigele. Nachdem Olga gegangen ist, kam mir die Idee, dass wir deine Eltern besuchen könnten.«

Ich genieße es, dass Marie so gelöst ist. Sie erzählt mir von dem Sorgenherz aus Stoff, das Olga ihr geschenkt hat und das sie ganz ordentlich ausgeschüttelt habe.

Kurz bevor wir bei meinen Eltern sind, erzähle ich ihr, dass mein Fast-Freund Tschaikowski und seine Frau seit Sonntagabend auch Eltern sind. »Der Kleine heißt Heiko.«

Marie freut sich. »Das ist toll. Vielleicht laden wir sie mal ein. Dann können wir uns austauschen.«

Ich schaue Marie von der Seite an. Es tut wahnsinnig gut, zu sehen, wie gelöst und fröhlich sie ist.

Hans-Werner wird wach, als ich mein Auto auf die Garagenauffahrt meiner Eltern lenke.

Sie scheinen gehört zu haben, dass wir heranrollen, denn beide kommen aus dem Haus. Seit unser Sohnemann das Licht der Welt erblickt hat, ist es Usus, dass er zuerst begrüßt wird.

Meine Mutter öffnet die hintere Autotür. »Hallo, Schatz. Das ist aber schön, dass du Omi und Opa besuchen kommst.« Sie streichelt seine kleine Hand.

Mein Vater mischt sich mit ungeduldiger Stimme ein. »Mach doch mal ein wenig Platz. Ich will ihn auch begrüßen.« Er schiebt meine Mutter zur Seite. »Hallo, Hans-Werner. Hier ist der Opa. Guck mal, du kennst mich doch bestimmt schon ein klein wenig.«

Marie und ich zwinkern uns zu.

Dann werden wir begrüßt.

Mein Vater lässt es sich nicht nehmen, die Babyschale samt Enkelsohn ins Haus zu tragen. Auf dem Weg dorthin zeigt er Hans-Werner die schönen Blumen, die er gestern in Töpfe gepflanzt, und den kleinen weißen Zaun, den er neu gestrichen hat.

Der Tisch im Wohnzimmer ist hübsch gedeckt. Mein Vater stellt den Kindersitz darauf, meine Mutter zieht Hans-Werner die Jacke und das Mützchen aus. Sie streicht ihm über den Kopf und lacht. »Da muss aber noch was wachsen, bevor wir einen Termin beim Friseur machen, was?«

Marie lacht. Sie setzt sich an den Tisch, greift nach der Warmhaltekanne und befüllt die Tassen. »Ich hatte viele Haare auf dem Kopf, als ich auf die Welt kam. Sie waren damals rötlich. Ich will doch schwer hoffen, dass bei Hans-Werner noch was kommt.«

»Alex hatte auch eine richtige Matte.« Meine Mutter befestigt ein Mobile-Clip am Tragegriff der Babyschale, an dem kleine Plüschteddys baumeln. »Guck mal, Hans-Werner. Das hat die Omi in der *Spielzeugkiste* am Markt gekauft. Wenn du größer bist, werden wir dort viel Spaß haben. Ha. Was meinst du, was es da alles zum Anschauen gibt.«

Marie und ich finden das Geschenk auch sehr hübsch.

Hans-Werner nimmt die Figuren ins Visier. Seine Arme und Beine zappeln in der Luft, das sieht witzig aus.

Da ich heute Mittag nur das Tässchen Thaisuppe mit einem Toast gegessen habe, knurrt mein Magen ganz gewaltig.

Meine Mutter stellt nicht nur Kuchen, sondern auch Deftiges auf den Tisch. Mein Vater und ich sind nicht die großen Kuchenesser und beißen lieber in Mettbrötchen oder in eine Frikadelle.

Während wir fleißig kauen, reden wir über dies und das, aber hauptsächlich über Hans-Werner.

Der ist heute so gut drauf, dass wir ganz in Ruhe Kaffee trinken und essen können. Erst dann fängt er an zu schreien und zeigt uns in Babysprache, dass er Hunger hat. Er macht die Faust und nuckelt daran.

Marie setzt sich mit ihm aufs Sofa, auf das meine Mutter schon ein Stillkissen bereitgelegt hat.

Ich helfe beim Tischabräumen und stelle Tassen und Teller auf die Spüle. Dabei betrachte ich interessiert zwei große Kartons voller Bilder, die auf dem Boden neben dem Kühlschrank stehen. »Mein Gott. So viele Fotos. Sind die von unserer Familie, Papa?«

Mein Vater stellt einen der Kartons auf den Tisch und setzt sich auf die Eckbank. »Nein, nein. Die sind alle von Opa Strüssmann. Die habe ich von ihm geerbt. Es sind Bilder von früher, als er im *1. FC Dippendorf* das Zepter geschwungen hat. Ich habe ihm immer gern zugehört, wenn er von dieser Zeit berichtet hat. Darum hat er mir sie wohl vermacht. Es könnte sein, dass von Opa August die eine oder andere Aufnahme dabei ist. Die beiden waren befreundet. Opa August war auch Mitglied im Verein.«

»Papa will einige heraussuchen, sie in Alben heften und dem Verein schenken. Die können das dann im Vereinsheim auslegen oder einzelne Fotos an die Wand hängen.« Meine Mutter deckt den Aufschnittteller mit Folie ab und stellt ihn in den Kühlschrank. »Die werden sich freuen, Erinnerungen von ihrem alten *Strüssi* zu bekommen.«

Ich setze mich neben meinen Vater, der mir ein Foto hinhält. »Schau mal. Da sind Opa Strüssmann und Opa August.« Er dreht das Bild um. »Es ist schade, dass er sie nicht beschriftet hat. Ich habe sie schon mal oberflächlich durchgesehen. Ich müsste seine Kinder mal fragen, wie alt er da war.«

Meine Mutter winkt ab. »Ach, als wenn die Marianne oder der Hugo das wüssten.« Sie reißt meinem Vater die Aufnahme förmlich aus der Hand. »Da könnte er um die fünfzig gewesen sein. Opa August war ja ein paar Jahre älter.«

Das nächste Foto ist eine Momentaufnahme, auf dem ein junger Mann zu sehen ist, der einen Ball mit der Brust abfängt. Ich beuge mich über das Bild und betrachte es genauer. »Der sieht aus wie …«

Mein alter Herr nimmt mir das Wort aus dem Mund. »Das ist Roberto Piccolino, dem der Gaspacho in den Sack getreten hat.«

Ich lache.

Meine Mutter kichert. »Ich bin ja mal gespannt, wie der Prozess ausgehen wird. Es wäre eine Schande, wenn Enrico bei der EM nicht dabei wäre.«

Da meine Eltern wissen, dass ich nicht über Dinge reden kann, die in der Kanzlei vor sich gehen, fragen sie gar nicht erst nach. Ich beschränke mich auf ein: »Wir werden sehen.«

Mit einer Flasche Wasser und zwei Gläsern auf einem Tablett sagt meine Mutter, dass sie Marie ein wenig Gesellschaft leisten wolle.

Ich helfe meinem Vater, die Bilder zu sortieren. Es macht wirklich Spaß, die alten Fotos anzuschauen, auf denen die Aktiven abgelichtet sind. Er kennt erstaunlich viele der Menschen, die sich auf dem Fußballplatz oder im Vereinsheim getummelt haben.

Piccolino taucht auf ganz vielen Bildern auf. Mal posiert er mit Sportsfreunden, mal mit jungen Athletinnen, die mit ihren Dauerwellen zur damaligen Zeit hipp waren. Und man muss neidlos gestehen, dass er ein verdammt gut aussehender, junger Mann war, dem mit Sicherheit die Frauen zu Füßen lagen.

Mit großer Geduld erklärt mir mein Vater, wer die Leute auf den Fotos sind. Er lacht, als er auf einer Aufnahme seinen früheren Schulkollegen Peter Garschhammer entdeckt, der damals um die dreißig gewesen sein muss. Er erzählt, dass er ihn nie leiden konnte, weil er schon als Kind ein rotzfrecher Bengel war, der sich oft und gerne geprügelt hat. Seine Haare sind feuerrot, und er hat eine so lange Nase, dass Pinocchio neidisch gewesen wäre.

Mein Vater reibt sich nachdenklich das Kinn. »Wir waren hundsgemein zu Peter. Vielleicht war er deshalb so aggressiv. Wir haben ihn nur Arschhammer genannt, roter Arschhammer. Wie oft musste ich als Strafarbeit den Satz *Ich darf zu Peter nicht roter Arschhammer sagen* schreiben. Später habe ich gehört, dass er wegen der Liebe weggezogen ist.«

Es gefällt mir, dass mein Vater aus dem Nähkästchen plaudert.

Dann schwelgt er weiter in Erinnerungen. Die Geschichten, die er zu den einzelnen Personen erzählen kann, die Opa Strüssmann fotografiert hat, sind alle interessant.

Die Zeit in meinem Elternhaus ist so schnell vergangen, dass ich erstaunt bin, dass wir schon aufbrechen müssen, weil Hans-Werner heute Badetag hat.

Ich schieße ein Foto nach dem anderen von Hans-Werner, der sich in der Badewanne sehr wohlzufühlen scheint, denn er macht einen tiefenentspannten Eindruck. Marie fährt ihm mit dem Waschlappen über den Kopf. »Manchmal läuft mir das Herz vor Liebe über, wenn ich den kleinen Frosch anschaue. Das fühlt sich ganz warm an.« Sie lächelt und sieht mich an.

Das, was sie gerade mit so schönen Worten beschrieben hat, spiegelt sich in ihrem Gesicht wider. Ich zücke mein Smartphone, zoome Maries Gesicht heran und drücke ab.

Als ich die Aufnahme betrachte, wird mir auch ganz warm ums Herz. Meine Marie ist entzückend, sie ist zauberhaft. Ich finde, dass sie von Woche zu Woche schöner wird.

Nach dem Baden kümmere ich mich um den duftenden Hans-Werner, und nachdem er frisch gepampert und bettfein angezogen ist, legen wir ihn gemeinsam schlafen.

Wir beschließen, den Tag bei einem leckeren Tee ausklingen zu lassen. Nachdem wir es uns mit den befüllten Tassen auf der Couch gemütlich gemacht haben, meldet sich Hans-Werner.

Marie schaut auf die Uhr. »Das war ja ein kurzes Nickerchen. Ob er schon wieder Hunger hat?« Sie steht auf.

Ich drücke sie zurück auf die Couch. »Keine Ahnung. Mach es dir bequem. Ich hole ihn. Mal schauen, ob er an der Faust nuckelt.«

Ich sprinte los und bin ganz stolz, dass er sofort ruhig ist, als ich ihn aus dem Stubenwagen nehme. Er kennt seinen Paps schon ganz genau.

Ich küsse ihn auf die Stirn und mache große Augen, weil er tatsächlich an seiner Faust saugt.

»Super. Das machst du richtig. Trink nur ordentlich, damit du schnell wächst und wir beide Fußball spielen können.«

10. Donald und Liam

Die vergangene Nacht war keine gute Nacht. Hans-Werner hat sie zum Tag gemacht. Marie hat ihn das letzte Mal um 5 Uhr gestillt. Meine beiden schlafen noch, als ich mich für den Tag vorbereite. Normalerweise hätte ich mich auch wieder wegklappen können, denn ich muss ja nicht zwingend im Büro am PC sitzen.

Während ich frühstücke, ruft Lukas alias Tschaikowski an. Heiko hat auch durchgemacht. Er fragt, ob das normal sei, dass ein so kleiner Furz einen solchen Radau veranstalten könne. Im Krankenhaus habe Heiko irgendwie besser geschlafen.

Ich grinse. »Jepp. Das wird nix mit der ruhigen Kugel im Urlaub, mein Freund. Stell dich auf turbulente Zeiten ein.«

Er lacht. »Na gut. Lisa wollte später deine Frau anrufen. Kannst du sie mal fragen, ob es ihr recht ist, wenn sie sich meldet? Sie wollte sich einen Rat holen. Es geht ums Baden.«

»Natürlich wird es Marie recht sein. Sie wird sich über den Anruf freuen. Im Moment schläft sie, ich lege ihr aber einen Zettel hin.«

Tschaikowski bedankt sich, und bevor er sich verabschiedet, bedauert er mich kurz, weil ich nach der unruhigen Nacht arbeiten müsse.

Bevor ich das Haus verlasse, räume ich die Küche auf und putze im Bad das Klo und das Waschbecken. Marie wuppt seit Tagen den Haushalt wieder so gut wie alleine. Sie sorgt trotz Müdigkeit dafür, dass immer alles aufgeräumt ist. Außerdem schafft sie es noch, die Wäsche zu machen und zu kochen. Manchmal frage ich mich, woher sie die Kraft nimmt.

Auf dem Weg in die Kanzlei fällt mir ein, dass ich Anne gestern nicht gefragt habe, ob Donald weiß, dass Mockenhaupt und Iris nach München gehen wollen. Darüber ärgere ich mich, denn das beweist, dass ich mit dem Kopf nicht wirklich bei der Sache bin.

Mockenhaupt und Iris steigen aus dem Paternoster, als ich das Firmengebäude betrete. Mein Boss lässt seiner Geliebten mit einer charmanten Verbeugung den Vortritt.

Ich mache ein freundliches Gesicht und grüße mit fester Stimme.

Iris erwidert meinen Gruß, Mockenhaupt denkt nicht daran, mir einen guten Morgen zu wüschen.

Er wippt auf Zehenspitzen auf und ab. »Wieso sind Sie nicht zu Hause, Beckfeld? Wissen Sie mein gut gemeintes Angebot nicht zu schätzen?«

Iris zwinkert mir zu. Sie kennt Mockenhaupt besser als jeder andere hier im Betrieb, und wenn Sie zwinkert, ist das, was er von sich gibt, so eine Art Witz. Das Dumme ist nur, dass niemand seine Witze versteht. Außer Iris.

»Natürlich weiß ich das zu schätzen, Herr Dr. Mockenhaupt. Unser Nachwuchs ist so pflegeleicht, dass ich mich beruhigt ins Kanzleibüro setzen kann.«

Er schnauft und schaut Iris an. »Wie gefällt uns das, Iris?«

Iris grinst. »Das gefällt uns gut, Herr Dr. Mockenhaupt.«

Er schaut mich an, dann lacht er schallend. »Na, sehen Sie, Beckfeld. Wenn die Iris sagt, dass uns das gefällt, dann stimmt das auch.« Er lacht wieder. »Wir sind den ganzen Tag nicht an Bord, Beckfeld. Wenn was ist, wenden Sie sich an Donald. Der ist im Bilde.« Dann prustet er regelrecht los und Iris prustet mit. Mein Boss hebt einen Finger und rauscht an mir vorbei.

Iris zwinkert wieder, und ich frage mich, was daran gerade lustig war.

Ich schaue den beiden hinterher. Ich habe im Moment das Gefühl, der Narr der Firma zu sein. Ha, ha, ha. Ich sollte mir eine Schellenkappe aufsetzen und tanzen, damit es auch ordentlich bimmelt. In der Kiste im Keller, in der meine alten Fußballbilder liegen, müsste auch meine Blockflöte sein, mit der ich jeden Heiligen Abend meine Großeltern beglückt habe. Wenn ich ein mittelalterliches Lied einstudieren würde, wäre ich als Tor perfekt.

Auf der Treppe nach oben baue ich Adrenalin ab. Vielleicht sollte ich meine Fühler schon mal langsam nach einem neuen Job ausstrecken.

Das wäre allerdings ein großer Schritt zurück, denn das Gehalt, das ich bei Mockenhaupt bekomme, werde ich in einer anderen Kanzlei im Leben nicht verdienen. Und an die Selbstständigkeit wage ich mich nicht heran. Es ist nicht einfach, bei der Juristenschwemme an ein Stück des Kuchens zu kommen. Ich kenne viele Kollegen, die sich mit den Krümeln zufriedengeben müssen. Und dabei ist es so, dass manchmal im letzten Moment noch ein Vögelchen kommt, das sie wegpickt.

Den letzten Rest Anspannung baue ich ab, indem ich die Tür mit so viel Schwung öffne, dass sie gegen die Wand scheppert.

Anne und Hannah sitzen dicht beieinander. Sie schauen kurz auf und winken, als ich ins Großraumbüro poltere, dann tuscheln sie weiter.

Liam scheint ebenfalls voller Adrenalin zu sein, denn er kommt auch so temperamentvoll hereingestürmt, wie ich es gerade gemacht habe.

Im Vorbeigehen ruft er Anne und Hannah zu, dass er ab 10 Uhr außer Haus sei.

»Bist du bei Gericht?«, will Anne wissen.

Liam bleibt kurz stehen. »Das ist jetzt nicht dein Ernst, oder? Ich soll *dir* sagen, was ich außer Haus zu erledigen habe?« Er lacht.

Anne wird knallrot. »Tschuldigung. Ich frage nur, weil …«

Herr Kotzbrocken winkt ab. »Behalte es für dich, okay?«

Ich fahre den PC hoch. Diese herablassende Art kann ich auf den Tod nicht ausstehen. Ach, was rege ich mich auf. In jeder Firma gibt es Arschlöcher und noch größere Arschlöcher.

Liam verschwindet in der Küche.

Hannah streichelt Annes Hand. Leise, aber laut genug, dass ich es verstehen kann, sagt sie: »Donald hat sich auch ab 10 Uhr für den Rest des Tages abgemeldet. Dann ist Ruhe im Karton.«

Ich horche auf. Hm. Donald ist ab 10 Uhr ebenfalls unterwegs? Ich öffne den Online-Terminkalender, den nur wir Anwälte einsehen können. Liam hat erst um 13:30 Uhr eine Verhandlung beim Amtsgericht. Donald hat keinen Eintrag, demnach hat er auch keinen Termin. Ich wette, der macht auf Freizeit.

Als mein Telefon klingelt und ich den Namen *Rübsahm* lese, muss ich grinsen. Hinter ihm steht mit Sicherheit wieder Klärchen, die ihn ordentlich durchwalkt. Ich nehme den Hörer ab. »Na, Herr Rübsahm? Tanzen die Mäuse wieder auf dem …«

Ich zucke zusammen, als Mockenhaupts Stimme in mein Ohr donnert. »Beckfeld, was reden Sie für einen Schwachsinn? Wir stehen noch beim Pförtner. Frau von Wehmeyer hat mich gerade angerufen. Es geht noch einmal um den Immobilienvertrag. Zu einem Punkt möchte sie meine Meinung hören. Von den Vorzimmerdamen habe ich gerade erfahren, dass Sie gestern die Kopie nicht reingereicht haben.«

Ich könnte mich ohrfeigen. Schon wieder ist mir etwas durchgegangen. »Oh, ich wollte es gerade machen. Ich habe quasi schon die Klinke in der Hand.« Und während ich rede, greife ich in den Ablagekorb, in dem der Umschlag liegt.

»Bringen Sie ihn runter. Iris fährt. Ich kann den Vertrag unterwegs lesen.«

Ich renne los und bremse erst vor der verglasten Scheibe unseres Pförtners ab.

Mockenhaupt telefoniert wieder, Iris nimmt den Umschlag an.

Nachdem ich mich vollkommen außer Atem wieder im Büro an den Schreibtisch gesetzt und mir einen Kaffee einverleibt habe, ordne ich die Papiere der Akte von Enrico, die Donald gestern zusammengerafft hat. Ich überfliege noch einmal die Aussagen, die die beiden Männer gemacht haben. Der Zeuge, Herr Blume, ist schon ein älteres Semester. Er hat eine Physiotherapie-Praxis in der Lüneburger Heide. Ein Herr Jonetz ist Beobachter Nummer zwei des vermeintlichen Tatgeschehens. Er hat eine Kfz-Werkstatt in Emden und ist wesentlich jünger. Beide waren für eine Nacht Gäste des Hotels.

So viel steht schon mal ganz sicher fest: Der Tatbestand einer schweren Körperverletzung ist nicht gegeben, weil die Beschwerden des Schiedsrichters nur von kurzer Dauer waren. Roberto klagte über Beschwerden beim Wasserlassen und – ich lache still in mich hinein – wegen der Schmerzen war für einige Tage kein Geschlechtsverkehr möglich. Der Notarzt der hiesigen Klinik hat Piccolino nach dem angeblichen Tatgeschehen untersucht und auf Fotos den Zustand seines Schnullis festgehalten. Aus medizinischer Sicht war keine Behandlung notwendig. Er bekam ein Schmerzmittel und das war es auch schon. Dennoch wird der Hammer der Gerechtigkeit zuschlagen und selbst bei einem milden Urteil wird Gaspacho wahrscheinlich für einige Zeit nicht spielen dürfen.

Als ich Anne lachen höre, wird mir bewusst, dass ich sie wieder nicht das gefragt habe, was ich sie fragen wollte.

Sie läuft in Richtung Kopierer. Ich nehme eine Unterlage und folge ihr.

Im leisen Tonfall frage ich sie, ob noch jemand aus dem Büro von Mockenhaupts Plänen wisse.

Sie antwortet ganz spontan im Flüsterton: »Keine Ahnung, ob schon was durchgesickert ist. Wie gesagt, ich weiß es von Hannah und die hat es von ihrem Freund, der in der Schönheitsklinik von Frau Dr. Mockenhaupt arbeitet.«

Ich schaue mich um. Liam kaut auf einem Bleistift, während er in Unterlagen blättert. Ich kann mir nicht vorstellen, dass er noch nichts von den Gegebenheiten weiß, denn er sitzt an der Quelle. Normalerweise müsste er tierisch verletzt sein, dass sein Schwiegervater ihn nach dem Abflug nach München nicht zum Kanzleileiter befördern wird.

Mein Telefon klingelt. Ich laufe zügig zu meinem Schreibtisch. Iris⊠ Handynummer blinkt im Sekundentakt auf dem Display. Ich stöhne leise. Wer weiß, was Mockenhaupt wieder zu meckern hat.

Ich presse den Hörer an mein Ohr und lausche Iris⊠ Worten. »Alex, Mocki tankt gerade den Jaguar voll. Er weiß nicht, dass ich dich anrufe. In dem gepolsterten Umschlag, den du mir gegeben hast, lag kein Immobilienvertrag. Er war leer. Was soll das?«

Ich schlucke schwer und bekomme von jetzt auf gleich eine Hitzewallung, wie meine Oma sie während ihrer Wechseljahre stündlich bekommen hat. Ich weiß, dass ich puterrot im Gesicht bin.

»Wie bitte? Das gibt es doch nicht. Ich habe genau gesehen, dass …«

Iris unterbricht mich. »Du musst den falschen Umschlag gegriffen haben. Sieh zu, dass der Richtige so schnell wie möglich im Vorzimmer landet. Mockis Halsschlagader ist ziemlich geschwollen.«

Nach dem Telefonat gehe ich die Unterlagen im Ablagekorb durch. Es liegt kein zweiter Umschlag darin, in dem sich die Kopien des Vertrages befinden.

Da ich nicht an Hexerei und Zauberei glaube, steht ziemlich sicher fest, dass jemand die Kopien herausgenommen, also bewusst zugestochen hat.

Theoretisch könnte es jeder meiner Kollegen gewesen sein, der mir ein Beinchen stellen will. Allerdings, Donald ist der Kandidat Nummer eins. Einen Profit hat er schon daraus gezogen, dass Mockenhaupt sauer auf mich ist. Er hätte allen Grund, sich zu freuen, wenn ich weiter abstürzen würde.

Ich beobachte Liam für einen Moment. Ob er sich einen Vorteil erhofft, wenn ich meinen Schreibtisch räumen müsste? Obwohl ich mir nicht vorstellen kann, dass Mockenhaupt und Liam noch mal Freunde werden, ist es nicht auszuschließen, dass Liam daran arbeitet, seinem Schwiegerpaps zu imponieren.

Nach nochmaligem Check meines Ablagekorbs greife ich zum Telefon. Ich muss die Hausangestellte von Frau Wehmeyer bitten, die Kopien noch einmal zu fertigen. Da ich nicht sagen kann, dass sie uns abhandengekommen sind, erkläre ich ihr, dass man die Schrift auf den Kopien teilweise nicht gut lesen könne.

Sie entschuldigt sich, dass sie die einzelnen Seiten nicht kontrolliert habe. »Oh, das tut mir leid. Dabei habe ich erst vor einer Woche eine neue Tintenpatrone in den Drucker gelegt.«

Ich sage ihr, dass ich die Unterlagen in zwanzig Minuten abholen werde.

Als ich im Auto sitze, rufe ich Marie an. Ich erkundige mich, wie es ihr und Hans-Werner geht.

Marie sagt, dass alles bestens sei. »Ich war gerade im Begriff, das Haus zu verlassen. Danke, dass du mir die Nachricht geschrieben hast, dass Lisa mich sprechen will. Wir haben telefoniert und uns spontan verabredet. Wir werden mit den Kleinen eine Runde spazieren gehen. Anschließend trinken wir hier einen Kaffee.«

Ich wünsche Marie viel Spaß.

Es freut mich, dass ihre gute Stimmung anhält und nicht nur eine Eintagsfliege war.

Ich drehe den Zündschlüssel. Als ich losfahren will, sehe ich Donald aus dem Gebäude kommen. Sein Auto steht nicht auf dem reservierten Parkplatz vor der Fensterfront, sondern rechts neben dem futuristischen Bau. Liam verlässt ebenfalls die Kanzlei. Statt zu seinem Wagen zu laufen, folgt er unserem Kollegen. Dabei sieht er sich ab und an um.

Ich pfeife leise durch die Zähne, weil beide in Donalds Karre einsteigen, und schalte die Zündung wieder aus.

Dass die gemeinsam wegfahren, wundert mich sehr, denn normalerweise laufen sie aneinander vorbei, ohne sich zu grüßen.

Sie unterhalten sich angeregt und dabei machen sie einen gut gelaunten Eindruck. Ein seltenes Bild. Ich zücke mein Handy und zoome die beiden heran. Das muss ich unbedingt festhalten.

Als Donalds Auto langsam anfährt, schnalle ich mich ab, gehe in die Versenkung und tauche erst wieder auf, als der Wagen vorbeigerollt ist.

Ich bin von Natur aus nicht sehr neugierig, aber wo die gemeinsam hinjuckeln, würde mich schon interessieren. Ich verrenke mir den Hals. Donald hat den Blinker nach links gesetzt.

Ich starte meine Karre, lege den ersten Gang ein und hänge mich dran.

Als ich ihnen auf der Hauptstraße folge, sind einige Autos zwischen uns. Wenn ich Glück habe, trennt uns keine Ampel. Und so wie es aussieht, habe ich großes Glück. Es geht immer schön geradeaus und mein Wagen gleitet auf der perfekten grünen Welle durch die Stadt. Nach circa fünfzehn Kilometern sehe ich, dass Donald sein Auto rechts in eine Seitenstraße lenkt.

Nachdem ich dort eingebogen bin, gehe ich vom Gas und halte kurz an. Donald fährt vorwärts in eine Parklücke, ich fahre hinter einem Kastenwagen ein Stück auf den Bürgersteig und beobachte, dass beide aussteigen, einige Schritte weiterlaufen und dann in einen Hauseingang verschwinden.

Ich schaue auf das Straßenschild, auf dem der Name Wissmannweg steht.

Nach einigen Sekunden fahre ich die Straße hinauf. Das Haus, das die beiden betreten haben, ist ein ganz normales Mietshaus.

Für einen Moment überlege ich, auszusteigen, um zu schauen, welche Namen an den Klingelschildern stehen. Dann ist mir das Risiko zu groß, gesehen zu werden.

Ich nehme mir vor, meine Schnüffelei auf einen späteren Zeitpunkt zu verlegen, und wende mein Auto.

Um zu Frau von Wehmeyer zu kommen, muss ich die gesamte Strecke wieder zurückfahren.

Als ich im Villenviertel bin und vor dem Haus von Brunhilde parke, ist mir klar: Wer sich hier ein Häuschen leisten kann, der hat es geschafft.

Als Kind war ich megascharf darauf, beim Monopoly in der Schlossallee mein Haus zu bauen. Ich habe mir immer vorgestellt, dass dort im Garten ein riesiges Schwimmbad sei, und das fand ich extrem cool. Ich war ganz deprimiert, wenn ich nur eine Hütte in der Bad- oder Turmstraße erwürfelt hatte.

Meine Eltern waren glücklich, wenn sie am Museumsplatz oder in der Theaterstraße ›wohnen‹ durften. Sie fanden, dass das so bildungsnah sei. Und mein Opa August war immer scharf darauf, auf dem Spielfeld in der Hafenstraße ein eigenes Häuschen zu besitzen, weil sich am Hafen meistens Nutten aufhalten.

Als ich in der Pubertät war, habe ich dann auf die Schlossallee und auf das Schwimmbad geschissen. Ich habe um eine Hütte in der Hafenstraße gewürfelt, als würde es um mein Leben gehen, und war der glücklichste verpickelte Junge von ganz Dippendorf, wenn ich es geschafft hatte.

Die Erinnerung lässt mich schmunzeln. Ich steige aus, laufe durch den gepflegten Vorgarten des von Wehmeyerschen Anwesens und drücke den antiken Klingelknopf, der neben der schweren Holztür angebracht ist.

Es öffnet niemand. Ich klingele noch einmal. Nichts. Mit einem Blick auf die Uhr stelle ich fest, dass ich eine Dreiviertelstunde zu spät bin.

Ich fahre mir durch die Haare. So eine Scheiße. Dann fällt mein Blick auf den Briefkasten, an dem ein kleiner Zettel klebt.

Hallo Herr Beckfeld,
rufen Sie wegen eines neuen Termins an?
Wir können nicht länger warten. Die
gnädige Frau hat einen Arzttermin.
Viele Grüße
C.W.

Ich raufe mir die Haare. Warum hat C.W. nicht gesagt, dass sie und die alte Dame auf dem Sprung sind? Und wieso schreibt die dusselige Kuh nicht einfach, wann ich noch einmal antanzen darf?

Ich werde dranbleiben, denn die Kopien müssen in Mockenhaupts Vorzimmer liegen, bevor er in der Kanzlei eintrudelt.

Leicht angepisst laufe ich zurück zu meinem Auto und mache mich auf den Rückweg. Dabei überlege ich, warum ich im Moment diese Pechphase durchlaufe. Alles, was ich anpacke, läuft aus dem Ruder. Alles.

Kann es sein, dass ich es mir mit dem lieben Gott verscherzt habe? *Ach, nee. Komm. Er ist doch derjenige, der alles versteht.*

Bevor ich mich wieder an den Schreibtisch setze, fahre ich zum neuen Imbiss um die Ecke und esse eine Currywurst mit Pommes. Meine Kolleginnen haben nicht zu viel versprochen. So fürstlich habe ich schon lange nicht mehr in einer Frittenbude gespeist.

Nach dem Essen versuche ich, C.W. zu erreichen. Wenn ich Glück habe, kann ich direkt von dem Imbiss aus noch einmal losfahren. Aber das Glück ist mir nicht hold. Es geht niemand ans Telefon.

Um die Mittagszeit beginnt der Ameisenlauf der Büroangestellten, deren Firmen keine Kantine haben. Darum buhlen in der näheren Umgebung einige Imbissbetriebe um die Gunst der hungrigen Bürokraten.

Auf dem kurzen Weg zum Parkplatz entdecke ich Anne und Hannah, die in eine Pizzeria verschwinden, und meinen Kollegen Jacob, der eine Bäckerei ansteuert.

Im Rückspiegel sehe ich ein Taxi heranrauschen, das mich forsch überholt, mit Karacho auf den Parkplatz vor unserer Kanzlei brettert und direkt vor dem Eingang hält.

Und noch während ich einparke, steigt unsere Svetlana aus dem Mietwagen und stöckelt ins Gebäude. Sie ist, wie immer, super zurechtgemacht. Mockenhaupt muss lange gesucht haben, bis er so eine hübsche Frau gefunden hat, die alles poliert, was glänzen soll. Sie ist wahrhaftig eine Perle. Eine Südseeperle, von der *Mann* gerne eine ganze Kette am Hals hätte.

Ich schaue dem Wagen hinterher und kann erkennen, dass jemand im Heck des Wagens sitzt. Es ist jedoch nicht auszumachen, ob es sich um eine Frau oder einen Mann handelt.

Herr Rübsahm sitzt ohne Jacke und Mütze am Empfang. Auf seinem Schreibtisch steht ein großer Kaffeepott, daneben hat er eine Thermoskanne gestellt. Er kaut an einem Brot. Als er mich sieht, winkt er und lacht. »So weit sind wir schon gekommen, Herr Beckfeld. Wenn der Chef nicht da ist, kommen und gehen die Putzen, wann sie wollen, und lassen sich nach einer verlängerten Mittagspause mit dem Taxi zur Firma chauffieren. Und der Boss von der Marketingfirma nebenan kommt jeden Morgen mit dem Fahrrad angestrampelt und fährt damit auch wieder heim. Verrückte Welt.«

Ich schlendere zu ihm. »Gönnen wir's Svetlana.«

Er nickt. »Von mir aus gerne. Sie scheint einen reichen Kerl an der Hand zu haben. Sie wird sehr oft am Abend von einem Taxi abgeholt. Manchmal höre ich sie telefonieren. Und so wie ihre Stimme klingt, schäkert sie ganz ordentlich herum. Ich frage mich, warum die noch putzen kommt.«

Ich wünsche ihm einen guten Appetit und laufe eine Etage höher. Wenn es stimmt, was Rübsahm vermutet, kann ich mir vorstellen, dass Svetlana sich das eine oder andere Schmuckstück nicht selbst gekauft hat.

Die Russen sind geschäftstüchtige Menschen. Vielleicht hat sie ihren reichen Prinzen gefunden.

Außer Sammy sitzt niemand im Großraumbüro. Er hat eine Tupperdose mit einem gemischten Salat vor sich stehen. Während er futtert, liest er die Tageszeitung.

Ich nutze die Ruhe, um einige Briefe zu diktieren.

Zwischendurch versuche ich immer wieder, C.W. zu erreichen, jedoch vergeblich.

Die Vorteile eines eigenen Büros vermisse ich, als die Mittagspause zu Ende ist. Das leise Stimmengemurmel meiner Kollegen stört mich beim Denken. Vor zwei Jahren kannte ich solche Probleme nicht. Da habe ich im größten Trubel auf Band gesprochen, ohne den Faden zu verlieren oder mich zu verhaspeln.

Gegen 15:45 Uhr betritt Liam grußlos das Büro. Demzufolge müsste auch Kollege Donald wieder in der Kanzlei sein. Ich stehe langsam auf und strecke mich. Während ich meine Schultern kreisen lasse, laufe ich zum Fenster, öffne es weit und beuge mich hinaus.

Donald hat sein Auto auf dem reservierten Parkplatz abgestellt.

Und bevor ich über das komische Verhalten meiner Kollegen nachdenken kann, klingelt mein Firmentelefon.

C.W., die sich als Carola Weigel entpuppt, sagt, dass sie sechsundvierzig Anrufe meiner Rufnummer auf dem Display habe. Und weil es wahrscheinlich sehr eilig wegen der Kopien sei, könne ich gleich vorbeikommen.

Sie kichert dämlich, als ich antworte, dass ich sofort käme, obwohl es im Grunde überhaupt nicht eilig sei.

Ich sitze Brunhilde von Wehmeyer in der Bibliothek gegenüber und lasse mich von der alten Dame zutexten.

Ich bin ein Idiot. Ich hätte den Umschlag mit den Kopien nur annehmen müssen, den C.W. mir an der Tür gereicht hat und … ab die Post. Aber nein. Ich Blödi frage, ob ich kurz eintreten dürfe, weil ich dringend austreten müsse.

Und als ich laut strullernd Letzteres erledigt hatte, hat C.W. gesagt, dass Madame mich *kurz* sehen möchte.

Wie lang *kurz* sein kann, ist mir klar, als ich erst nach einer halben Stunde die Villa verlassen durfte.

Den Umschlag mit den Kopien lege ich nicht nur auf den Rücksitz, ich schnalle ihn vorsichtshalber an. Man kann ja nie wissen.

Dann gebe ich Gas und steuere im Feierabendverkehr den Wissmannweg an. Im Gegensatz zu heute Morgen brauche ich wesentlich länger durch die Stadt.

Als ich die Namen auf den Klingelschildern des Hauses lese, in das Donald und Liam verschwunden sind, frage ich mich, was ich erwartet habe.

Die Namen Orlopowa, I. Kattowitz, Bernhard Junker, Viktoria Großhans und Henry Bender sind so nichts aussagend wie die graue Fassade des Hauses.

Durch meine Neugier habe ich unnütz Zeit verplempert. Ich fahre durch den dichten Verkehr zurück zur Kanzlei.

Der Parkplatz ist schon ziemlich leer gefegt. Donalds und Liams Autos stehen noch hier, also sind die beiden im Haus.

Ich sprinte in die erste Etage.

Die Mädels aus dem Vorzimmer sind längst zu Hause, darum werfe ich den Umschlag in den Stahlkasten, der neben der Tür steht. Dort landet nach Feierabend alles, was nicht mehr persönlich abgegeben werden kann.

Als ich an meinem ehemaligen Büro vorbeilaufe, höre ich bekannte Stimmen. Donald unterhält sich mit Liam.

Mein Kopf wandert langsam in Richtung Tür. Dann presse ich mein Ohr auf das blank polierte Holz.

Ich höre Donald reden. »*Das, was ich dann mehr bekomme, wird aufgeteilt. Wenn du mir nicht vertraust, können wir das schriftlich fixieren.*«

Liam lacht. »*Wir sind Juristen. Wir wissen am besten, was alles schieflaufen kann. Darum halte ich es für sinnvoll, wenn wir das vertraglich festhalten.*«

»*An mir soll es nicht liegen. Wir können uns später bei mir treffen. Hier im Büro ist es ziemlich riskant, über diese Dinge zu reden. Wenn Mockenhaupt nur ansatzweise ahnt, dass wir ein linkes Ding drehen, fliegen wir, noch bevor wir ins Flugzeug gestiegen sind.*«

Donalds Stimme ist jetzt ziemlich nah. »*Was ist? Kommst du heute Abend zu mir nach Hause?*«

Ich habe keine Lust, mich beim Horchen erwischen zu lassen. Ich flitze los und laufe im Affenzahn auf Zehenspitzen die Treppe hinunter, renne über den Parkplatz und werfe mich regelrecht auf den Fahrersitz.

Mit fliegenden Fingern starte ich mein Auto und mache mich vom Acker.

Jetzt ist mir klar, dass Donald und Liam gemeinsam dafür sorgen, dass ich keine Schnitte Brot mehr bekomme. Und ich weiß nicht, wie ich mich gegen ihre Intrigen wehren soll.

Das Küchenfenster ist weit geöffnet, als ich heimkomme. Der Duft von Bratkartoffeln und Speck weht mir entgegen. Ich liebe Bratkartoffeln und könnte mich sofort, mit einer Gabel bewaffnet, in die Pfanne knien.

Marie sieht mich kommen, sie winkt mir mit dem Pfannenwender zu. »Hallo, Schatz. Du bist spät dran.«

Ich zwinkere. »Der Papa war recht fleißig heute.«

Nachdem ich das Haus betreten habe, fliegen meine Schuhe von den Füßen.

In der Küche angekommen, darf ich sofort von den knusprigen Kartoffeln probieren, denn Marie weiß, was ich mag.

»Dazu gibt es Leberkäse mit Spiegelei.«

Ich hauche ihr einen Kuss auf den Mund. »Meine kleine, süße Küchenfee. Du bist perfekt.«

Ich schaue mich suchend um. »Wo ist mein Sohn? War ich so lange weg, dass er das Laufen gelernt hat und alleine spazieren gegangen ist?« Ich umarme Marie und wiege sie hin und her.

Sie lacht. »Meine Mutter ist vor einer Stunde mit ihm losmarschiert, damit ich in Ruhe kochen kann. Sie müsste jeden Moment zurück sein.«

Ich laufe ins Schlafzimmer, um meinen Anzug gegen einen Jogger zu tauschen. Nachdem ich kurz im Bad war und wieder in Richtung Küche laufe, sehe ich den Kinderwagen im Flur stehen.

Irmi sitzt in der Küche am Tisch und hält Hans-Werner im Arm, der zufrieden schläft. Sie schuckelt ihn leicht.

Nachdem wir uns begrüßt haben, strahlt sie mich an. »Du hast es wirklich sehr gut getroffen in der Kanzlei Mockenhaupt. So einen kulanten und großzügigen Chef findet man selten, der einem so vertraut und einem ein so freies Händchen beim Arbeiten lässt.« Sie seufzt, und das hört sich selig an. »Werner und ich freuen uns so, dass bei euch alles rund läuft. Es ist doch sehr belastend, wenn man zum Beispiel keine Arbeit hat oder einen Job machen muss, in dem nur mit Knüppeln geworfen wird. Das belastet auch die Beziehung. Werner hört an allen Ecken und Enden, dass einer dem anderen die Butter vom Brot nehmen will. Es wird mitunter an Stühlen gesägt, dass die Späne nur so durch die Luft wirbeln. Er leistet hie und da seelischen Beistand.«

Ich schlucke. Wenn die wüsste. Dann räuspere ich mich. »Na ja, das kann sich schnell ändern. Im Berufsleben ist es ja manchmal so. Heute Top, morgen Flopp.«

Marie streichelt meinen Arm. »Ja, sicher. Aber das kann dir nicht passieren. So korrekt wie du bist …«

Irmi nickt. »Eben. Alex leistet sehr gute Arbeit. Das liest man ja immer in der Zeitung, wenn er einen Prozess gewonnen hat. Aber mal davon abgesehen. Es gibt auch Arbeitnehmer, die schlampen. Sie sind nicht ordentlich und so etwas schadet einer Firma schließlich. Na, die sollen sich nicht wundern, wenn sie auf der Straße stehen.«

Marie nimmt ihr Hans-Werner ab. Sie flüstert: »Das kann deinem Paps nicht passieren, nicht wahr? Du kannst ganz schön stolz auf ihn sein.«

Irmi strahlt. »Ja, das sind wir alle.« Sie schaut mich an. »Wir sind so gespannt, wie die Sache Gaspacho ausgehen wird. Werner hat Gott um Beistand gebeten. Der Junge muss doch bei der EM mitspielen. Sonst brauchen wir den Fernseher gar nicht erst einzuschalten, wenn Deutschland spielt.«

Ich presse ein »Wir werden sehen« hervor.

Vollkommen entnervt verschwinde ich in mein Arbeitszimmer und lasse mich mit einem Plumps auf den Schreibtischstuhl fallen. Nach einem Seufzer lehne ich mich zurück und verschränke die Arme vor der Brust.

Irmis und Maries Worte hängen so schwer wie Betonklötze an meinen Füßen und ziehen mich regelrecht hinunter. Das Bild, das meine Familie von mir hat, stimmt mit der Realität nicht mehr überein.

Marie würde aus allen Wolken fallen, wenn sie wüsste, dass ich nicht mehr der große Hecht im Teich bin. Und weil das womöglich selbstverschuldet ist, wird sie enttäuscht von mir sein. Ich weiß, dass sie es nicht sagen würde, aber tief in ihrem Herzen wäre es so.

Bis jetzt hatte ich nie mit Intrigen zu kämpfen, die gegen mich gesponnen wurden. Ich habe noch das im Ohr, was Becky geschildert hat. Ihr Kollege konnte sich gegen den Mobbingangriff nicht wehren, er hat das Handtuch geschmissen.

Ich spiele mit meiner Unterlippe und starre in den Garten. Wenn ich einen Beweis für Donalds und Liams Linkereien hätte, könnte ich mit ihnen Klartext reden.

Meine Finger trommeln auf der Tischplatte. Beweise kommen nicht von selbst angeflogen. Mitunter muss man sehr hart daran arbeiten und Mosaiksteinchen um Mosaiksteinchen zusammenlegen, bis ein Bild entsteht.

Ich speichere das Foto, das ich auf dem Parkplatz von den beiden gemacht habe, auf meinen PC. Heute Abend wollen sich Liam und Donald treffen. Einige Fotos mehr, die belegen, dass die beiden enger miteinander zu tun haben, als sie vorgeben, wären von Vorteil.

Früher bin ich oft auf dem kleinen Waldweg gejoggt, der hinter den Gärten der Waldstraße entlangführt. Vielleicht kann man von dort aus einen Blick in Donalds Garten erhaschen.

Ich rufe Google Earth auf, um die Gegebenheiten zu betrachten, und tippe den Straßen- und Ortsnamen in die Suchmaske. Sekunden später sehe ich das, was ich sehen möchte.

Meine Nase wandert bis vor den Monitor. Das Haus kurz vor dem Wendehammer gehört Donald. Donnerwetter. Die Luftbildaufnahme zeigt wirklich eine imposante Hütte. Vielleicht hat er einen reichen Onkel, der Dagobert heißt und ein paar Scheinchen aus seinem Geldspeicher lockergemacht hat. In dem Bau, der nebenan steht, wohnt Becky. Ihr Balkon ist deutlich zu erkennen.

Ich müsste jetzt nur ihre Rufnummer wählen und sie fragen, ob ich es mir für ein oder zwei Stündchen auf dem Logenplatz bequem machen könnte, und die Sache wäre geritzt.

Meine Zähne graben sich in meine Unterlippe. Soll ich sie anrufen oder besser nicht?

So schnell der Gedanke gekommen ist, so schnell schiebe ich ihn beiseite. Wenn ich eine Runde hinter den Gärten joggen würde, gäbe es bestimmt eine Möglichkeit, einen Blick in Donalds Garten zu werfen. Vielleicht komme ich durch diese Aktion auch noch an ein oder zwei Fotos der beiden.

Als Marie ins Arbeitszimmer kommt und sagt, dass ihre Mutter weg sei und sie jetzt den Tisch decken werde, steht mein Entschluss fest. Ich nehme mir vor, eine Runde joggen zu gehen. Und dabei werde ich schnüffeln.

Während des Abendessens plappert Marie in einer Tour.

Sie erzählt, wie das Treffen mit Lisa war. »O Alex. Sie ist so sympathisch. Wir haben uns auf Anhieb gut verstanden. Es war super, dass du Tschaikowski in der Bäckerei kennengelernt hast. Bei ihr kullern auch oft Tränchen und es geht ihr manchmal so wie es mir ergangen ist. Ab und an überfällt sie ebenfalls das Gefühl, keine gute Mama zu sein.«

Ich bin nicht so ganz bei der Sache und sage: »Ja, ja, ja.«

»Und weißt du was? Olga ist ebenfalls ihre Hebamme. Tschaikowski und Lisa finden sie auch super. Ich habe Lisa den Rat gegeben, mit Olga über ihre Ängste zu reden.«

»Ja, ja.«

»Das Mütterkaffeetrinken wollen wir jetzt gemeinsam organisieren. Ich habe schon mit Werner gesprochen und ihn gefragt, ob er uns das Pfarrheim zur Verfügung stellt. Er hat zugestimmt. Du, das ist perfekt. Dort ist ja die komplett eingerichtete Küche. Kaffeemaschinen und Geschirr sind vorhanden. Das wird der Knaller.«

»Ja, ja.«

»Morgen wollen Lisa und ich durchrechnen, was ein Frühstück für jede teilnehmende Mama kosten wird. Dann möchten wir so eine Art Monatsbeitrag erheben. Das Einzige, was bei uns umsonst ist, ist die Milch.« Sie lacht, dann steht sie auf und redet nahtlos weiter. »Hast du etwas dagegen, wenn Svenja um 20 Uhr kommt? Sie möchte einen Babysachenverleih auf die Beine stellen. Ich würde sie gerne dabei unterstützen. Die Kleinen wachsen so schnell aus den Klamotten heraus, dass sie noch wie neu sind. Und meistens liegen sie dann eh nur in den Schränken herum.«

Mir kommt das mehr als gelegen. »Oh. Das hört sich gut an. Wenn du mich entlässt, würde ich gerne eine Runde joggen gehen.«

Sie nickt. »Frag Gregor doch, ob er nicht Lust hat, dich zu begleiten. Dann fühlt er sich nicht so alleine.«

Ich stehe auf, schniefe und muss aufpassen, dass mir bei dem Gedanken keine Lachtränen über die Wangen kullern. Gregor fühlt sich nie allein und erst recht nicht, wenn Paula nicht zu Hause ist. »Gute Idee. Das mache ich.«

Gregor ist ein Flappmann der besonderen Sorte. Er nimmt das Leben von der leichten Seite.

Aber als ich ihm am Telefon kurz schildere, was neuerdings bei uns in der Firma abgeht, bleibt ihm die Spucke weg. Er ist schockiert.

»Das stinkt zum Himmel und es hört sich schon komisch an. Die vertuschen doch was.«

Eigentlich wollte er heute Abend erst ins Kino und dann in eine Cocktailbar gehen. Er stimmt aber sofort zu, als ich ihn frage, ob er Lust habe, ein wenig mitzuschnüffeln.

Und ich stimme zu, ihn abzuholen und nach unserer Aktion vor der Bar, die die leckersten Cocktails von ganz Norddeutschland anbietet, abzusetzen. Für die Rückfahrt würde er sich ein Taxi bestellen.

Voller Tatendrang laufe ich ins Schlafzimmer und schlüpfe in meine Sportklamotten.

Als ich mich von Marie verabschiede, sage ich ihr, dass es etwas später werden könne, weil ich wahrscheinlich nach dem Sport bei Gregor noch ein Wässerchen trinken werde.

Gregor und ich beschließen, uns erst in der Dämmerung auf den Weg in die Waldstraße zu machen. Wir lümmeln uns auf die große Couch im Wohnzimmer. Gregor serviert kaltes Mineralwasser mit Limettensaft.

Meinem Freund geht es wunderbar. Er erzählt mir, dass er heute den halben Tag in der gemischten Sauna der *Wellness Oase* verbracht habe und morgen auf jeden Fall wieder dorthin gehen werde.

»Ho, ho, ho. Ich sag dir was, Kollege. Da hat Ästhetik vom Feinsten geschwitzt. Hast du Lust, morgen mitzukommen?«

»Nein. Es ist aber lieb, dass du diese Freude mit mir teilen willst.« Ich grinse ihn breit an.

Gregor lacht. »Ab Samstag ist das lockere Leben Vergangenheit. Die Zeit muss ich noch ausnutzen.«

Mir gehen ganz andere Dinge durch den Kopf. Gregor ist sensibel genug, es zu bemerken. Er stupst mich kurz an. »Mensch, jetzt mach nicht so ein Gesicht. Früher oder später werden wir wissen, was die Burschen im Schilde führen. Mich interessiert brennend, warum sie plötzlich so gegen dich intrigieren.«

Meine Finger krampfen sich um das Wasserglas. »Was ich dir jetzt sage, bleibt unter uns. Mockenhaupt will nach München. Er möchte dort eine zweite Kanzlei auf die Beine stellen und somit braucht der Standort in Dippendorf jemanden, der die Leitung übernimmt. Und in welchen Sphären sich das Gehalt bewegt, das weißt du. Die Aussicht, auf dem begehrten Stuhl zu sitzen, ist mehr als verlockend und wäre es schon wert, eine Schweinerei zu begehen.«

Gregor hebt die Augenbrauen. »Na, wenn das *so* ist … Dann kannst du mit allem rechnen. Für Geld trinken manche Menschen mit dem Teufel Bruderschaft.«

Als der Himmel sich ein wenig verdunkelt hat, fahren wir los. Ich lenke mein Auto zu dem kleinen Parkplatz, der am Rande des Wäldchens für die Besucher der Grünanlage angelegt wurde. Ich hole zwei kleine Taschenlampen aus dem Kofferraum.

Wir laufen den schmalen Weg entlang. Ich war lange nicht mehr hier und habe das Gefühl, dass das Grün unglaublich gewuchert ist.

Einen Einblick in die Gärten der Häuser haben wir nicht. Auch das hatte ich anders in Erinnerung. Die Grundstücke sind entweder mit Flechtzäunen eingefriedet, vor denen städtisches Grünzeug wächst, oder sie sind mit hohen Hecken eingezäunt.

Gregor bahnt sich einen Weg durch das Buschwerk. Er winkt mich zu sich. »Mach mal eine Räuberleiter, ich will über den Zaun schauen.«

Nur widerwillig stecke ich die Taschenlampe in meine Jogginghose und verschränke meine Hände, als Gregor seinen rechten Turnschuh auszieht und sein Bein hebt, an dessen Ende ein nackter Fuß zu sehen ist.

Ich rolle mit den Augen. »Du steigst bei dem warmen Wetter mit nackten Quadranten in Schuhe? Das muss doch voll müffeln.«

Gregor grinst. »Bei mir ist das schweißegal.« Jetzt krümmt er sich vor Lachen. »Meine Mauken stinken immer. So oder so.« Dann streckt er die Arme aus, greift nach dem Zaun, steigt auf meine Hände und hievt sich hoch.

Ich gehe in die Knie und ächze unter der Last meines Freundes. »Mann, bist du schwer. Und? … Was siehst du?« Mir bricht der Schweiß aus.

»Ich kann ins Wohnzimmer schauen. Es sitzen ältere Leute auf der Couch. Der Garten … Schön. Sehr gepflegt. Viele Rosen und wenn ich das richtig erkennen kann, stehen da drei große Buchsbäume.«

Ich stöhne. »Mann, komm auf den Punkt.«

»Okay. Bis zum Haus sind es einige Meter … Ob man aus der Entfernung gute Fotos durch die großen Fenster schießen kann. Nee. Das glaube ich nicht.«

Dann ertönt Hundegekläffe. Gregor antwortet in Hundesprache und bellt ebenfalls. »Wau, wau … wau, wau, wau.«

Der Hund knurrt.

Gregor knurrt auch. »Grrrr, wuff, wuff, grrrr.«

Das Bellen, das der Wauzi von sich gibt, hört sich nach einem Schoßhündchen an.

Gregor stützt seine Hände auf meinen Kopf. Meine Nackenwirbel knacken unter dem Gewicht. Dann hüpft er auf den Boden. »Die Häuser stehen in einer Flucht. Jeder Garten ist circa dreißig Meter tief. Du, das können wir vergessen. Wenn die nicht auf der Terrasse sitzen, wird das nichts mit den Aufnahmen.« Er klopft sich nicht vorhandenen Staub von der Hose und jammert wie ein kleiner Junge: »Mist. Ich darf mich nicht dreckig machen. Ich will doch noch was trinken gehen. Wir sollten das Ganze lassen.«

Ich ziehe ihn hinter mir her. »Jetzt sind wir einmal hier. Lass uns wenigstens schauen. Vielleicht sitzen sie ja im Garten.«

Gregor klopft wieder an seiner Hose. »Von mir aus. Dann schauen wir halt.«

Wir laufen weiter. Zwei Mädels kommen uns in knallfarbigen Sportklamotten entgegengejoggt. Sie tragen Kopflampen, die noch nicht eingeschaltet sind. Ihre Pferdeschwänze wippen im Takt ihrer Schritte. Als sie an uns vorbeigesprintet sind, dreht Gregor sich um und läuft rückwärts. Dabei schnalzt er mit der Zunge.

Ich schubse ihn. »Hör auf mit dem Mist. Paula wird dir eines Tages die Hammelbeine langziehen.«

Gregor schubst zurück. »Manchmal glaube ich es nicht. Du bist vielleicht ein Schnulli geworden. Ein Smartie …« Er bleibt kurz stehen und zeigt mir seinen Bizeps. »Ich bin Gott sei Dank noch ein richtiger Mann.«

»Ja. Ein richtiger Blödmann«, sage ich lachend.

Wir laufen den Weg bis zum Ende durch. Etwas frustriert starre ich auf die Hecke, hinter der sich Donalds Garten befindet. Sie ist haushoch und so dicht, dass man keine Chance hat, einen Blick auf das Grundstück zu werfen.

Wir laufen einige Schritte zurück und stehen vor der Parzelle, die Beckys Vermietern gehört. Die Koniferenhecke ist stellenweise so braun und kaputt, dass man durch die Lücken problemlos das Haus und die

Terrasse sehen kann. Die Rollläden sind alle heruntergelassen. Ich gehe in die Knie. »Da oben wohnt Becky. Siehst du den Balkon? Von dort aus kann sie alles überblicken.«

Gregor geht ebenfalls ein wenig in die Hocke. »Oh. Schön groß. Da kann sie sich ja bequem flachlegen lassen.«

Ich lache leise.

Mein Freund leuchtet mit der Taschenlampe in den Garten. »Schau mal. Der Rasen ist total hoch und die Blumen in den Töpfen sind ziemlich vertrocknet. Die Eigentümer sind bestimmt Rentner und Dauerurlauber.«

Er macht einen Schritt zurück. »Bei Becky brennt Licht. Warum rufen wir sie nicht einfach an und fragen, ob sie uns auf den Balkon lässt? Die ist doch gar nicht so übel.«

Ich grinse Gregor an. »Du findest Becky scharf, nicht wahr?«

Gregor zupft verlegen an seinem Ohrläppchen und starrt in den Himmel, der immer dunkler wird. »Quatsch.«

»Ich verwette meinen Sack darauf, dass du scharf auf ihre Hupen bist. Gib es zu. Am liebsten hättest du ein Video von ihren Titten.«

Gregor räuspert sich. »Du spinnst. So gut finde ich die gar nicht.«

Es macht mir Spaß, ihn zu foppen. »Ich höre an deiner Stimme, dass du lügst. Du solltest beichten gehen. Du wirst dich schon ordentlich ins Zeug legen müssen, damit der liebe Gott noch mal ein Auge zudrückt.«

Er wird fuchsig. »Was ist jetzt? Willst du weiter dummes Zeug reden oder sollen wir deine Ex anrufen?«

»Vergiss es.« Ich leuchte noch einmal durch die Hecke. Die beiden Grundstücke sind lediglich durch einen Sichtschutzzaun getrennt, dessen Elemente am oberen Rand durch kleine Rauten durchbrochen sind. Wenn ich mutig genug wäre, würde ich mich durch das Grünzeug schlagen und da durchlünkern.

Gregor verrenkt sich ebenfalls den Hals. Und dann scheint er den gleichen Gedanken zu haben wie ich. »Hm. So wie das aussieht, sind die Besitzer nicht zu Hause. Und wenn niemand da ist, der uns einladen kann, laden wir uns halt selbst ein.« Er leuchtet die Hecke komplett ab und zeigt mit dem Finger auf die Bepflanzung am rechten Grundstücksrand. »Dort stehen die Bäume weit auseinander, da ist eine Lücke … Sollten die Leute doch zu Hause sein, müssen sie erst das Rollo hochfahren, um uns zu entdecken. Und bis dahin sind wir längst über alle Berge.«

Das sind überzeugende Argumente.

Für einen Moment schauen wir uns erst an, dann um, ob die Luft rein ist, und anschließend halten wir es so wie in dem US-amerikanischen Animationsfilm *Ab durch die Hecke* und stehen nach wenigen Sekunden auf der anderen Seite der Bepflanzung.

Ich wische mit dem unteren Teil meines T-Shirts über mein Gesicht, weil Spinnweben daran kleben.

Gregor schlägt mit beiden Händen um sich, dabei macht er ein angewidertes Gesicht. »Wuah. An mir krabbelt es, das ist ja ekelig.«

So ein Weichei. Ich ranze ihn mit gedämpfter Stimme an. »Sag du noch mal, dass ich ein Schnulli bin. Und … schrei nicht so.«

Ich schalte die Taschenlampe aus und horche. Außer ein paar Motorgeräuschen, die von einer entfernten Straße kommen, ist nichts zu hören.

Ich schaue auf die Uhr. Es ist 21:24 Uhr. Liam wird mit Sicherheit schon bei Donald sein.

Gregor läuft auf Zehenspitzen zum Zaun. Ich könnte mich vor Lachen auf der Wiese kugeln, weil das so komisch aussieht.

Ich folge ihm. Von der Stelle aus können wir direkt in Donalds Wohnzimmer schauen, das hell erleuchtet ist. Die Terrassentür ist weit geöffnet, es ist aber niemand in dem Raum zu sehen, der noch verdammt kahl ausschaut. Ungemütlich lässt grüßen. Außer einem Campingtisch und vier Stühlen steht dort nichts. Statt einer Lampe hängt nur eine Glühbirne von der Decke.

Ich denke laut. »Na, der hat aber noch alle Hände voll zu tun. Die Hütte sieht ganz schön leer aus.« Mein Blick fällt in Richtung Beckys Balkon. Von dort aus hat sie wahrscheinlich keinen Blick auf die Terrasse, sondern nur in den Garten.

Und dann kommt im wahrsten Sinne des Wortes Leben in die Bude.

Zuerst taucht Liam auf. Er stellt ein voll beladenes Tablett auf den Tisch. Jetzt erscheint Donald. Er stellt Teller und Getränke daneben.

Ich zücke mein Smartphone und zoome die beiden durch die Lücken im Zaun heran. Es ist schon ziemlich dunkel, und ich glaube, dass die Qualität nicht die beste sein wird.

Die Jungs unterhalten sich angeregt, während sie essen. Die Pappschachteln verraten, dass sie Fast Food vor sich stehen haben.

Donald wischt seine Hände in einer Serviette ab. Dann steht er auf und verschwindet hinter einen Mauersims. Das Rollo senkt sich langsam. Mein Kollege wird den entsprechenden Knopf gedrückt haben. Ende der Vorstellung.

Gregor knipst die Taschenlampe an. »Tja, das war es ja wohl. Jetzt kann der Papa feiern gehen.« Er richtet den Kegel auf seine Füße und lacht. »Gut, dass man nicht sehen kann, wie die riechen.«

Meine Laune bessert sich ad hoc. Ich schlage nach ihm. »Los, hauen wir ab.«

Eine laute Stimme lässt uns zusammenfahren. Sie kommt vom Nachbargrundstück links.

»Hallo? Ist da jemand?«

Der Typ singt wahrscheinlich kräftig im Kirchenchor mit, denn die Stimmlage ist tief und sehr laut.

Wir schalten die Taschenlampen aus und rühren uns nicht vom Fleck.

Ein dünnes Frauenstimmchen mischt sich ein. »Johannes? Ich glaube, da bewegt sich etwas nebenan. Nimm die Hunde und lauf mal den Waldweg entlang. Lass die Tiere frei laufen, damit sich niemand davonschleichen kann. Jimmy und Aramis sollen einmal durch die Hecke in den Garten der Konappkes huschen und schnüffeln, ob alles seine Richtigkeit hat. Ich rufe Frau Feller an und bitte sie, den Fluter einzuschalten. Dann verriegele ich hier alles.«

Der Mann stößt einen Pfiff aus, und was ich dann höre, lässt mir die Haare zu Berge stehen. Das tiefe Gebell, das aus dem Haus kommt, lässt auf große Wachhunde schließen.

Sollte Gregor die Köter jetzt mit seinem albernen Gekläffe auch nur ansatzweise nervöser machen, töte ich ihn.

Als es nebenan ruhig wird, zerrt Gregor an meinem Arm. »Los, lass uns Gummi geben. Nix wie weg.«

Ich halte ihn fest. »Bist du bescheuert? Wir laufen Johannes doch direkt in die Hunde … ähm, Arme.«

Unmittelbar nach meiner Ansage wird der Garten in ein gleißendes Licht getaucht. Unter der Dachgaube hängen Strahler, die die Stärke der Flutlichtanlage auf dem Dippendorfer Sportplatz haben.

Ich schirme meine Augen mit der Hand ab. Das Hundegebell kommt näher. Mir wird flau im Magen, weil ich mir vorstelle, wie ich in meinem eigenen Blut auf der Wiese im Sterben liege, weil mich die Köter zerfleischt haben und ich mit letzter Kraft nach Marie und Hans-Werner rufe.

Dann höre ich eine Stimme, die aus den Wolken zu kommen scheint und nach mir ruft. Ein Engel. »Alex? Gregor? Was macht ihr denn hier?«

Mein Kumpel ist wesentlich gefestigter als ich. »Becky … kannst du uns irgendwie reinlassen? Die Hunde … schnell.«

Und der Engel spricht: »Los! Lauft die Kellertreppe runter. Links, neben der Terrasse.«

Gregor zieht mich hinter sich her. Ich stolpere mehr schlecht als recht und falle förmlich drei Stufen auf einmal hinunter.

Unten angekommen, lehne ich mich gegen die Mauer. Mein Herz rast wie verrückt, und ich habe das Gefühl, ohnmächtig zu werden. Ich bin doch gerade erst Vater geworden. Ich will nicht von Hunden gefressen werden.

Das Gebell ist jetzt ziemlich nah. Die Kellertür wird aufgerissen, Gregor schubst mich so, dass ich meiner Ex regelrecht um den Hals falle, dann huscht er hinterher und knallt die Tür zu.

Becky keift so, wie ich es von früher her kenne, und es klingt unter den Umständen wie Musik in meinen Ohren. »Seid ihr bescheuert, oder was? Der Typ nebenan hat Kampfhunde. Die sind normalerweise total lieb. Aber wehe, wenn …« Sie schaut mich mit großen Augen an. »Ach, du Scheiße. Du bist ja kreidebleich. Ich glaube, du brauchst dringend einen starken Kaffee.« Sie dreht sich um. »Lauft hinter mir her. Los, beeilt euch.«

Noch bevor wir den Keller verlassen haben, scheinen die Köter mit voller Wucht gegen die Tür zu springen, denn sie wackelt beängstigend. Gregors Schweißmauken werden eine Spur hinterlassen haben, die so breit wie die A 8 ist. Leck mich fett. Ich spüre, wie das Blut den Rückwärtsgang einlegt und in meinen Kopf schießt. Mein Gehirn schaltet auf Fluchtmodus.

Ich wusste gar nicht, wie sportlich meine Ex ist. Während ich vollkommen außer Atem im Wohnzimmer ihrer Wohnung quer über dem kleinen Esstisch hänge und nach Luft hechele, verschwindet sie leichtfüßig auf den Balkon. »Und? Alles okay da unten, Herr Stemmer? … Hallo? Herr Stemmer?«

Gregor klopft mir auf die Schulter. »Boah, das war knapp, mein Freund.«

Ich nicke nur und hechele weiter.

Jetzt meldet sich Herr Stemmer. »Ja. Ich kann nichts Auffälliges entdecken. Wenn jemand hier war, dann ist er ganz schnell geflüchtet. Meine Frau und ich hören das Gras wachsen. Also geirrt haben wir uns nicht. Da war was.«

»Danke, dass Sie so aufmerksam waren.«

»Seien Sie vorsichtig und verriegeln Sie alles ordentlich, Frau Feller. Und wenn was ist, rufen Sie uns an. Dann lass ich die Hunde frei.«

Becky bedankt sich noch einmal.

Wenige Minuten später steht eine Tasse mit pechschwarzem Kaffee vor mir. Becky und Gregor trinken Rotwein.

Mein Freund und ich tauschen bedeutungsschwangere Blicke, denn meine Ex schätzt die Situation vollkommen falsch ein.

Sie klimpert mit den Wimpern. »Ihr wolltet beide zu mir? So gut war ich schon lange nicht mehr im Rennen. Na, ihr seid mir ja zwei Casanovas.« Sie kichert wie ein Teenager. Ihre Finger spielen mit ihren Haaren.

Gregor verschränkt die Hände, lässt die Daumen kreisen und starrt an die weiße, holzvertäfelte Zimmerdecke und pfeift lautlos.

Becky sitzt auf dem Sprung. »Ähm … Alex. War das jetzt Spaß, dass du unter meinem Balkon aufgetaucht bist, oder hast du dir ernsthaft etwas dabei gedacht?«

Ich habe Angst, dass sie gleich losspringt und mir wie eine Krawatte am Hals hängt.

Sie spinnt ihre Gedanken weiter. »Ich meine, so in der Art ... du und ich, ich und du, nach dem Motto, lass es uns noch mal probieren?«

Gregor bekommt einen Hustenanfall, und ich spüre, dass ich schon wieder blass werde. Ich trinke einen kräftigen Schluck von dem Kaffee.

Bevor Becky sich weiter einbildet, dass Gregor und ich erst fensterln und anschließend vögeln wollten, hole ich tief Luft und puste ihr Kartenhaus um. »Hör zu, Becky. Donald und Liam mobben mich und drehen irgendein linkes Ding. Ich versuche, Beweise zu sammeln, und Gregor hilft mir dabei. Darum sind wir hier aufgetaucht.«

Becky lässt sich nach hinten auf die Couch fallen. »Menno. Das hättest du mir schonender beibringen können.« Sie schmollt.

Ich springe auf. Meine Hände verschwinden in den tiefen Taschen meiner Jogginghose. Ich laufe im Kreis. »Ich habe Stress in der Kanzlei. Erst ist eine Akte verschwunden und dann Kopien eines Immobilienvertrages. Dass die Akte nicht mehr da ist, für die ich die alleinige Verantwortung getragen habe, weiß Mockenhaupt, und er ist stinksauer. Er hat mich sofort abgestraft. *Darum* sitze ich wieder im Großraumbüro. Das hatte Donald dir ja schon brühwarm aufgetischt. Die Geschichte mit den Kopien des Vertrages konnte ich hinbiegen. Ich bin mir sicher, dass Donald und Liam ihre Finger im Spiel haben. Liam ist heute nebenan ...«

Becky unterbricht mich. Sie richtet sich kerzengerade auf. »Liam und Donald? Donald und Liam? Die waren sich nie grün. Und die kuscheln jetzt zusammen? Ist das dein Ernst?«

Ich nicke. »Ja. Und genauso ungläubig wie du reagierst, wird jeder reagieren, der die zwei kennt.«

Becky grunzt. »Das mag ja sein. Aber Fotos, dass die auch privat Kontakt haben, beweisen gar nichts. Was Donald und Liam außerhalb der Firma machen, geht niemanden etwas an. Das müsstest du als Anwalt doch am besten wissen.«

Gregor mischt sich ein. »Natürlich wissen wir das. Wir wissen aber auch, dass mitunter solche Dinge das Zünglein an der Waage sein können.«

»Wenn du meinst.« Sie zuckt mit den Schultern. »Ich achte ab jetzt drauf. Sollte ich die zwei im Garten oder vor dem Haus beim Kuscheln erwischen, kann ich ja den Auslöser betätigen und dir die Aufnahme schicken, Alex.« Sie streicht ihre kinnlangen Haare hinter die Ohren.

Gregor starrt auf ihre Brüste. »Wunderbar. Herrlich. Das ist prima.«

»Das wäre nett, Becky. Danke.« Ich schiebe die Kaffeetasse beiseite. »Komm, Gregor. Lass uns fahren. Die Cocktailbar wartet.«

Becky legt den Kopf schief. »Hoppla, ihr geht noch aus?«

Gregor nickt. »*Ich* gehe aus. Allein. Unser Schnulli muss heim.«

Er duckt sich, als ich lachend nach ihm schlage.

Becky prostet Gregor zu. »Einen Cocktail könnte ich jetzt auch vertragen. Nimmst du mich mit?«

Gregor hebt ebenfalls sein Weinglas. »Aber natürlich nimmt der Papa dich mit.«

Ich schaue frustriert auf die Uhr, weil ich weiß, dass es jetzt noch über eine Stunde dauern wird, bis Becky sich ausgehfein hergerichtet hat.

Als könnte Gregor Gedanken lesen, klopft er mir auf die Schulter. »Fahr du ruhig. Wir nehmen uns ein Taxi.«

Becky lehnt sich zurück und schaut mich aus halb geöffneten Augen an. »Ja, geh du ruhig«, sagt sie lächelnd.

Ich weiß auch nicht, warum ich so angefressen bin, als ich allein den Heimweg antrete. Ich gestehe mir ein, dass ich ein wenig neidisch auf Gregors Art bin.

Manchmal wünschte ich, ich wäre ein kleines bisschen draufgängerischer und würde nicht kreidebleich vor einem Zusammenbruch stehen, wenn ein kleiner Fiffi angelaufen kommt und einmal *wuff* macht.

Während ich nach meiner Pubertät wieder die Schlossallee bevorzuge, ist Gregor eher der Hafenstraßentyp.

Als ich nach Hause komme, bin ich noch immer schlecht gelaunt. Svenja und Marie sitzen am Küchentisch. Ich halte kurz die Luft an, als Svenja aufsteht und mich mit einer Umarmung begrüßt. Sie hat einen widerlichen Duft aufgelegt. Eine Mischung aus Eukalyptusbonbons und Rosenwasser quält meine Geruchsnerven.

»Hallo, Alex. Geht es dir nicht gut? Du siehst *ürgendwie* blass aus.« Ihre roten Haare sind straff zurückgekämmt, an ihren Ohren baumeln lange Ohrringe aus Federn. Die gelben Dinger erinnern mich an die Flusen, die mein Wellensittich Peterle früher in der Mauser verloren hat.

»Nein. Alles gut. Ich habe mich gerade ausgepowert. Ich war lange nicht joggen.«

Ich beuge mich zu Marie und küsse sie. »War unser Sohnemann pflegeleicht?«

»Ja, er war ganz zufrieden. Ich habe ihn vor einer Stunde gestillt. Seitdem schläft er.«

Svenja nippt an ihrer Teetasse.

Ich öffne den Kühlschrank und hole eine Flasche Bier heraus.

Marie räuspert sich extrem auffällig. Ich weiß, dass sie mir damit sagen will, dass es ihr nicht passt, weil ich mir um diese Zeit noch eine Flasche Bier genehmige.

Auf dem Ohr bin ich heute vollkommen taub. Ich laufe ins Wohnzimmer.

Marie ruft mir hinterher: »Dein Vater hat angerufen, Alex. Ich habe ihm gesagt, dass du gleich zurückrufen wirst. Ich habe ihm auch gesagt, dass ich Besuch habe und deswegen nicht quatschen kann.«

Ich seufze leise. Um diese Uhrzeit mag ich mich nicht mehr gerne beschallen lassen. Wenn mein Vater einmal am Reden ist, dann redet er. Ich schalte den Fernseher ein. Stern TV läuft, das ist genial. Meine Hand tastet nach dem Telefon. Ich kann meinen Vater getrost anrufen, denn er wird sich nicht stören lassen, weil er ein absoluter Fan dieser Sendung ist.

Mein Finger drückt auf die Ziffer eins, die die Verbindung zu meinen Eltern herstellt. Es dauert keine drei Sekunden, bis ich die Stimme meiner Mutter höre. »Alex, kannst du morgen noch mal anrufen? Papa schaut gerade Stern TV. Dann kann man ihn schlecht stören.«

Ich gähne. »Okidoki. Gibt es denn was Besonderes?«

»Na, so etwas Besonderes ist es jetzt ... Er wollte dich nur fragen, ob ihr morgen gegen 13 Uhr Lust und Zeit habt, ihn zum *1. FC Dippendorf* zu begleiten. Er hat drei Fotoalben fertig, die er im Vereinsheim auslegen möchte, und er will etliche Bilder in den Schaukasten neben den Tresen hängen. Der Redakteur der Kirchenzeitung macht Fotos und will darüber einen Bericht im nächsten Pfarrbrief schreiben. Papa fände es prima, wenn ihr den Kleinen mitbringen würdet. Die ganze Gemeinde könnte sehen, was wir für einen süßen Enkelsohn wir haben. Der Redakteur wird mit Sicherheit ein Foto von Hans-Werner veröffentlichen.«

Ich unterdrücke ein Lachen. Der selbst ernannte *Redakteur* des Kirchenblattes ist achtundsiebzig Jahre alt und Vollblutrentner. Er heftet alle drei Monate fünf Seiten mit den wichtigsten Terminen der Gemeinde zusammen und wirft sie in die Briefkästen der Schafe, die in dieser Gemeinde dem Herrn folgen.

Meine Mutter hat sich festgebissen. »Die Marianne und der Hugo Strüssmann sind auch dort. Es wäre wirklich schön, wenn ihr auch kämt.«

Mir ist klar, dass es eher meiner Mutter darum geht, dass wir sie und meinen Vater begleiten. Manchmal schiebt sie ihn gerne vor. »Mama, wenn ich aus dem Büro kann, bin ich auf jeden Fall dort. Ich werde mit Marie sprechen. Ich denke, das kriegen wir hin.«

Sie freut sich. »Das werde ich Papa gleich in der Werbepause sagen. Na, der wird sich freuen.« Dann fragt sie wie immer, wie es Hans-Werner gehe.

Ich sage ihr, dass der Kleine gut getrunken und seine Windel ordnungsgemäß vollgekackt habe.

Nach dem Gespräch mit meiner Mutter lasse ich mich vom TV-Programm berieseln. Dabei schweifen meine Gedanken immer wieder ab. Sie sind bei Gregor und Becky. O Mann. Was bin ich für ein Arsch. Meine Fantasie geht mit mir durch. Ich sollte beichten gehen.

11. Lass Blumen sprechen

Dass ich gestern Abend noch drei Flaschen Bier getrunken habe, lag daran, dass die liebe Svenja *ürgendwie* keinen Bock hatte, nach Hause zu fahren, und ich mich wach halten musste, denn Marie hat mich gebeten, auf das Babyfon zu achten.

Miss Öko hat ständig an ihren Wellensittichfederohrringen gefummelt und noch um 00:15 Uhr mit Marie darüber diskutiert, was sinnvoller sei. Hm. Sollte man die gebrauchten Strampler & Co auf die Couch legen und anbieten oder kämen sie auf dem Korkfußboden ihres Klangschalentherapiezimmers besser zur Geltung.

Das sind Fragen, mit denen sich eifrige Mütter beschäftigen.

Nachdem ich schon kurz vor der Geisterstunde jede Minute gähnend in die Küche gelaufen bin und wiederholt geäußert habe, wie müde ich sei, ist Svenja Gott sei Dank eingefallen, dass sie ein Zuhause hat.

Und laut Marie ist Hans-Werner gegen 2 Uhr eingefallen, dass er länger nicht gequäkt hat, und das hat er dann ausgiebig nachgeholt.

Ich habe von dem Theater nicht viel mitbekommen, weil ich wie ein nasser Sack Torf ins Bett gefallen bin und geschlafen habe wie Opa Strüssmann nach dem Fußnägelschneiden.

Mein Kopf ist heute ein wenig schwerer als gewöhnlich und in meinen Schläfen pocht es, als Marie mir während des Frühstücks Vorhaltungen macht. Sie ist unglaublich mies gelaunt.

»Du hättest mich heute Nacht schon ein Stündchen ablösen können.«

Ich setze zum Reden an, komme aber nicht dazu, weil sie weiterquasselt.

»Ich kann gar nicht verstehen, dass man ein schreiendes Kind überhören kann.« Sie schüttelt den Kopf. »Wenn du alleine mit Hans-Werner wärst, er würde sich ja blau schreien.« Ihre Hände fahren theatralisch in die Luft. »O Gott, ich hätte nicht *eine* ruhige Minute.«

Jetzt reicht es. »Hee. Leg mal den Rückwärtsgang ein, okay? Wenn Frau *Ürgendwie* nicht bis nach Mitternacht große Reden geschwungen hätte, wären wir gemeinsam früh zu Bett gegangen. Warum hast du mich nicht einfach wach gemacht? Dann müsstest du nicht so sauer sein.«

Marie springt auf und zischt mich an. »Ich habe versucht, dich zu wecken. Du hast nach meiner Hand geschlagen und gemurmelt: *Wau, wau … lass mich. Ich will mit Becky kuscheln.*« Sie stampft mit dem Fuß auf. »Darum bin ich so sauer.« Nachdem sie den Fußboden noch einmal mit einem Tritt attackiert hat, dreht sie sich um und rauscht davon.

Ich lege eine Hand vor die Augen. Klar, dass Marie darüber nicht lachen kann. Ich schaue auf die Uhr. Ich muss los.

Als ich mich von ihr verabschiede, sieht sie mich aus großen Augen an. Ihre kleinen Segelöhrchen schauen aus ihren honigblonden, glatten Haaren hervor, sie sind ganz rot. Das sind sie immer, wenn Prinzessin Charles aufgeregt ist.

»Alex. Sei ehrlich. Denkst du noch oft an Becky?«

Mein Mund wird ganz trocken. Meine Stimme krächzt. »Neeein. Nein. Überhaupt nicht. Ich, ich glaube, ich habe das letzte Mal an sie gedacht, ach Gott. Das ist bestimmt schon … O Mann.«

»Gegen Morgen habe ich geträumt, dass du sie getroffen hast. Der Traum hängt mir noch immer nach.«

Ich spüre, dass mir das Blut in Richtung Wangen schießt. Damit Marie es nicht bemerkt, ziehe ich sie so schnell an mich, dass sie in meine Arme stolpert. Ich streichele ihr über die Haare. »Für Träume kann man doch nichts. Da kommt manchmal was hoch, was zwanzig Jahre Vergangenheit ist. Mach dir keinen Kopf. Becky ist die Letzte, die ich sehen möchte und sehen werde.«

Anschließend lenke ich Marie vom Thema ab. Ich sage ihr, dass meine Eltern sich freuen würden, wenn wir heute gegen 13 Uhr im Vereinsheim des *1. FC Dippendorf* auftauchen würden, und erkläre ihr, warum. Sie lächelt und ist sofort einverstanden.

Dass ich geschwindelt habe, muss ich meinem Schwiegerpfarrer nicht auf die Nase binden. Ich mache am besten das, was ich machen müsste, wenn ich es ihm erzählt hätte, nämlich beten.

Darum bete ich während des ganzen Weges in die Kanzlei das Vaterunser, und als ich das Auto auf dem Parkplatz abgestellt habe, sage ich Amen und fühle mich wieder richtig gut.

Meinem Kopf geht es auch besser.

Sobald ich das Büro betreten habe, kommt Hannah angestöckelt. »Alex? Ich soll dir von Iris ausrichten, dass du beim Boss antanzen darfst, sobald du einen Fuß ins Büro gesetzt hast.«

Ich bedanke mich und schaue zu Liams Arbeitsplatz. Er sitzt nicht an seinem Schreibtisch.

Dafür kommt er mir entgegen, als ich über den Flur zu Mockenhaupts Büro laufe. Wir nicken uns kurz zu.

In Vorzimmer eins werde ich freundlich begrüßt, in Vorzimmer zwei werde ich ebenfalls mit einem Lächeln und einem »Hallo, Alex« empfangen.

Ich bin Iris dankbar, weil sie sofort den Wind aus den Segeln nimmt. »Es ist nichts Besonderes. Mocki will dir nur sagen, dass Gaspacho in zwei Stunden auf dem *Flugplatz Dippendorfer Heide* landet.«

Warum Iris mir so wohlgesonnen ist, weiß ich nicht. Ich weiß es auf jeden Fall zu schätzen und bin für ihre Tipps und vertraulichen Informationen immer sehr dankbar.

Kurz vor Mockenhaupts Tür bremse ich ab. »Hat er die Kopien vom Immobilienvertrag bekommen?«

Iris nickt. Sie flüstert. »Ja. Er hat aber momentan ganz andere Dinge im Kopf. Wir tauchen bis zum Prozessbeginn Gaspacho ab. Du sollst in der Zeit die Rufbereitschaft übernehmen.«

Ich nicke. »Kein Problem.«

Mein Fingerknöchel klopft forsch gegen die Tür. Mockenhaupt ist kurz angebunden. Er sagt mir tatsächlich nur, dass Enrico Gaspacho ab heute in der Gegend sei und er mir die Rufbereitschaft übertrage. Er informiert mich, dass die Telefonanlage so programmiert wird, dass die Gespräche von Enrico direkt auf mein Handy umgeleitet werden, weil ich der Einzige in der Kanzlei bin, der mit der Thematik vertraut ist.

Er zieht an seiner Zigarre, formt mit den Lippen ein großes O und bläst Qualmringe in die Luft. »Ich bin gleich mit Iris unterwegs und bis zum Prozessbeginn Gaspacho-Piccolino nur für den Papst oder den Herrgott persönlich zu sprechen. Haben Sie das verstanden, Beckfeld?«

»Natürlich, Herr Dr. Mockenhaupt.«

»Gaspacho will sich von mir nicht abholen lassen. Er kommt mit dem Taxi zur Verhandlung. Ich betrete das Gerichtsgebäude morgen früh durch den Hintereingang und ich werde es auch wieder auf diesem Wege verlassen. Haben Sie das verstanden, Beckfeld?«

»Selbstverständlich, Herr Dr. Mockenhaupt.«

Er grinst breit. »Gut. Sie bahnen sich nach der Verhandlung den Weg mit Enrico durch die Meute der Journalisten und Fußballfans und lassen sich in der Luft zerreißen. Sagen Sie, dass wir es nicht hinnehmen, dass wir den Prozess verloren haben, und in Berufung gehen werden. Ducken Sie sich, wenn rohe Eier und Tomaten fliegen. Reagieren Sie auf keine Aussage, in der geäußert wird, dass unsere Kanzlei die falsche Verteidigungsstrategie angewandt hat. Und dann müssen wir warten, bis etwas Gras über die ganze Sache gewachsen ist. In einigen Monaten redet kein Schwein mehr darüber.«

Mir bleibt nichts anderes übrig, als zu nicken. Und als ich das ausgiebig gemacht habe, entlässt er mich endlich.

Auf dem Rückweg ins Büro straffe ich mich. Mockenhaupt benutzt mich als Kanonenfutter. Die Gaspacho-Fans werden sauer sein, weil wir den Prozess nicht gewonnen haben. Ein Pfeifkonzert und Buh-Rufe sind vorprogrammiert.

Zurück im Büro hole ich mir zuerst einen großen Pott mit heißem Kaffee. Dann denke ich an das Versprechen, das ich Becky gegeben habe.

Ich wähle ihre Handynummer und versuche dabei nicht an sie zu denken, damit ich nicht mit meinem Gewissen in Konflikt komme.

Becky nimmt das Gespräch sofort an und ist hocherfreut, weil ich ihr die Gaspacho-Info zuspiele. »10:15 Uhr landet er? Du bist ein Schatz. Tausend Dank. Das passt mir super, denn heute gehe ich nicht arbeiten, weil ich krank bin.« Sie kichert.

»Du machst blau?«

»Ja. Dunkelblau. Gregor und ich frühstücken gerade.«

Ich verschlucke mich fast an meiner eigenen Spucke und muss mich stramm beherrschen, nicht zu fragen, ob mein Freund bei ihr übernachtet hat. Als Gregor dazwischenruft, dass er lange nicht mehr so gut geschlafen habe, weiß ich es.

Becky kichert wieder.

Warum auch immer, mein Arm zuckt so nach rechts, als habe er einen elektrischen Schlag bekommen. Der Kaffeepott fällt um, und die heiße Plörre landet auf den hellen Teppichboden.

Meine Hand knallt auf den Schreibtisch. »So eine verdammte Scheiße! Mann, bin ich ein Idiot!«

Becky lacht. »Ich wusste, dass du dich darüber ärgern wirst. Ich kenn dich doch … Grrr.«

Im Hintergrund höre ich Gregor lachen.

Nachdem ich gesagt habe, dass sie mich mal kann, beende ich das Gespräch.

Anne steht auf und sprintet in die Küche. »Warte, ich hole Küchenpapier.«

Hannah greift zum Telefon. »Ich rufe Svetlana an. Wenn wir das Grobe weggetupft haben, kann sie direkt mit einem Teppichreiniger drübergehen.«

Sammy meldet sich zu Wort. »Svetlana ist nicht im Haus. Sie hat sich krankgemeldet. Ihr müsst Klärchen anphonen.«

Meine Kollegin reagiert sofort und wählt eine andere Rufnummer. »Klärchen? Hier ist Hannah. Wir waren unvorsichtig und haben die schöne Auslegeware mit einem halben Liter schwarzen Kaffee versaut. Kannst du uns mit etwas Teppichschaum helfen? … Das ist lieb. Danke, du bist ein Schatz.«

Die Art, wie Hannah sich ausgedrückt hat, ist sehr kollegial. Nicht *ich*, sondern *wir* haben den Kaffee umgeschüttet. Ich bedanke mich mit einem Lächeln bei ihr.

Ich versuche, die Gedanken an den bevorstehenden Prozess auszublenden. Mockenhaupts Verhalten finde ich total unfair. Er wirft mich den Schweinen regelrecht zum Fraß vor.

Wenige Minuten später taucht Klärchen mit ihrem Rollwagen auf, auf dem unzählige Plastikflaschen, Tuben, Töpfchen und Spraydosen stehen. Nach einem fachmännischen Blick kramt sie nach einem entsprechenden Fleckenteufel, geht vor mir auf die Knie, dreht sich um und streckt mir ihr pralles Hinterteil entgegen. Ihre Backen wackeln unter dem dünnen Stoff ihres Kleides, als sie anfängt, mit energischen Schlägen den weißen Schaum in den Teppich zu klopfen.

Hinter mir höre ich erst einen Seufzer, dann Sammys Stimme, die traurig klingt. »Schade, schade, dass Svetlana krank ist.«

Ich verkneife mir ein Lachen und sortiere die Quittungen aus meinem Portemonnaie, die ich zur Abrechnung einreichen möchte. Dann kümmere ich mich um die Spesenabrechnung. Der Rubel muss rollen, denn das Bild unseres kleinen Traumhauses, das wir eines Tages bauen möchten, habe ich immer vor Augen.

Eine Stunde später sehe ich Mockenhaupt und Iris an der Glastür unseres Großraumbüros vorbeirauschen.

Wenige Minuten später stehe ich auf, laufe zum Fenster und beobachte, wie die beiden in den Jaguar steigen und in langsamer Fahrt den Parkplatz verlassen. Die werden es sich jetzt irgendwo gut gehen lassen.

Als mein Handy klingelt, fahre ich zusammen. Ich schaue auf die Uhr. Gaspacho müsste schon gelandet sein. Hoffentlich habe ich den jetzt nicht an der Backe.

Nein, habe ich nicht. Becky ist die Anruferin. Sie ist ziemlich aufgeregt. »Menno. Der Blödmann hat den Flughafen durch den Seitenausgang verlassen. Er wurde von einer Frau abgeholt. Das Gelände ist eingezäunt und wir sind nicht an ihn herangekommen. Die sitzen jetzt im Auto und knutschen. Hast du eine Ahnung, in welchem Hotel er übernachtet? Wir könnten ihn dort abfangen. Oder wohnt er bei der Frau? Ich will die Autogramme unbedingt haben.«

Ich könnte mich aufregen. »Hallo? Geht's noch? Woher soll ich wissen, welches Hotel unser Mandant gebucht hat? Und von einer Frau weiß ich gar nichts.«

»Warte. Gregor hat ein Foto gemacht. Er schickt es dir.« Sie beendet das Gespräch.

Keine zwei Sekunden später öffne ich Gregors Nachricht. Als ich das Foto anschaue, fällt meine Kinnlade runter. Die bildhübsche, blonde Frau, die Gaspacho am Hals hängt, ist – scheiß die Wand an – unsere Fleckenfee Svetlana.

Das ist ja eine Überraschung. Sie hat sich krankgemeldet, weil sie Enrico Gaspacho vom Flughafen abholen wollte.

Der Fußballer hatte mehrfach einen Termin in unserer Kanzlei, und ich kann mir sehr gut vorstellen, dass ihm unsere Reinemachefrau dabei über den Weg gelaufen ist. Wahrscheinlich hat es bei beiden *Boom* gemacht.

Ich rufe Becky an und höre Fahrgeräusche. Meine Ex sagt, dass sie dem Pkw der Frau schon hinterherfahren.

Leise verklickere ich ihr, wer die blonde Lady ist, die unseren Mandanten abgeholt hat, und höre förmlich, wie ihr die Luft wegbleibt. »Pah. Da hat sie ihre Krallen ja nach einem dicken Goldfisch ausgestreckt.«

Ich sage ihr noch einmal, dass mein Name absolut tabu bei der gesamten Geschichte ist.

Anschließend rufe ich Marie an und frage, ob ich sie um kurz vor 13 Uhr abholen solle, damit wir gemeinsam ins Vereinsheim fahren können, oder ob sie mit ihrem Wagen komme.

»Ja, ich komme mit dem eigenen Auto. Sollte Hans-Werner sehr unruhig sein oder am Stück krähen, kann ich nach Hause fahren.«

Diese Überlegung ist sehr gut.

Um kurz vor 13 Uhr fahre ich meinen PC runter und bin froh, dass ich die Abrechnungen für die gefahrenen Kilometer und die Spesen für die Monate März und April endlich vom Tisch habe.

Sammy kommt und klopft mir auf die Schulter. »Ich denke morgen früh an dich. Ich glaube, den Sekt müssen wir nicht kalt stellen, oder?«

Ich schüttele den Kopf. »Ich denke, eine Kanne Baldriantee wäre nicht schlecht.«

Das Vereinsheim liegt in der herrlichen Grünanlage direkt neben dem Sportplatz. Es stehen etliche Pkw davor. Das Auto meiner Eltern und Maries kleiner Fiesta parken in der ersten Reihe.

Ich bin baff, weil das Ganze wohl doch mehr Aufmerksamkeit erfährt, als ich gedacht habe.

Ein Kombi mit der Aufschrift *Dippendorfer Nachrichten* steht mit geöffneter Heckklappe direkt vor dem Eingang des Vereinsheims. Ein drahtiger Mann holt einen Metallkoffer aus dem Wagen.

Vor dem Flachdachgebäude unterhalten sich Menschen, auf deren Hemden oder T-Shirts das Logo des Fußballvereins gedruckt ist. Sie nippen an Sekt- oder Saftgläsern.

Im Gebäude stehen belegte Brötchen und Kuchen auf einer Anrichte. Es ist rappelvoll, alle Tische sind besetzt.

Marie und meine Eltern sitzen an der geöffneten Terrassentür. Meine Mutter hat Hans-Werner auf dem Arm, sie redet mit den Strüssmanns und anderen Nachbarn, die ihre Augen alle auf unseren Stammhalter gerichtet haben.

Ich begrüße die, die ich kenne, per Handschlag und ernte Schulterklopfer und lustige Sprüche, wie gut ich *das* hinbekommen habe.

Marianne Strüssmann ruft lachend, dass die Männer *das* nicht allein gebacken kriegen.

Mein Vater nimmt die Babyschale von einem Stuhl, der neben Maries steht. »Setz dich, Alex. Den Platz hab ich dir freigehalten.«

Ich nehme Marie in den Arm, sie kuschelt sich an mich.

Auf dem Tresen, der mit Girlanden geschmückt ist, stehen silberne Pokale.

Als mein Vater sieht, dass ich sie interessiert betrachte, klärt er mich auf, dass die auch aus Opa Strüssmanns Nachlass seien. »Er hat testamentarisch bestimmt, dass sie ebenfalls dem Verein zugutekommen sollen.«

Marianne und Hugo nicken eifrig.

Hugo wischt sich mit dem Handrücken über die Augen. »Der Verein hat Vaters Leben bunt und spannend gemacht. Er wollte, dass wir von seiner Hinterlassenschaft fünftausend Euro für die Vereinskasse spenden. Die Räumlichkeiten hier müssen renoviert werden.«

Mein Vater steht auf und nimmt mich an die Hand. »Komm. Sieh dir mal den Schaukasten an. Ich habe die Fotos reingehängt, die mir besonders gut gefallen haben.«

Wir bahnen uns den Weg zu dem großen Kasten, der neben dem Tresen an der Wand hängt.

Als wir vor der Glasscheibe stehen, wird mein Vater ein wenig sentimental. Er legt einen Arm um meine Schultern. »Wie vergänglich das Leben ist, was? Im Kasten hängen so viele Erinnerungen an Dippendorfer, die ich von früher kannte. Fotos von Jahrzehnten, querbeet, alles gemischt. Jung, alt und verstorben. Das da ist mein Arbeitskollege Wulf, der auch schon längst die Radieschen von unten anknabbert.« Dann zeigt sein Finger auf eine füllige Mittfünfzigerin mit kurzen, grauen Haaren. »Und da, die Hilde. Mit der war ich damals zusammen, bevor ich Mama kennengelernt habe. So wie du mit Becky. Die wackelt auch schon seit Jahren nicht mehr mit dem Hintern. Und da ist noch mal mein ehemaliger Schulkollege Peter Garschhammer, den wir immer Arschhammer genannt haben.«

Ich betrachte den rothaarigen Burschen mit dem extrem langen Riechorgan. Er grinst rotzfrech in die Kamera.

Ich höre, dass Hans-Werner anfängt zu schreien, und mache einen langen Hals. Meine Mutter läuft mit ihm auf der Terrasse hin und her.

Mein Vater schiebt mich ein Stück weiter nach rechts. »Hier habe ich die neueren Aufnahmen hingehängt. Siehst du … auf dem Foto ist Opa Strüssmann schon sehr betagt.«

Dann sticht mir eine Aufnahme ins Auge, auf der der Schiedsrichter Roberto Piccolino mit mehreren Männern in einer Runde sitzt, wo ganz augenscheinlich ordentlich gebechert wurde. Der Tisch biegt sich vor Getränken. Rechts von Piccolino sitzt ein junger Mann. Er sieht aus wie mein Kollege Donald Richter im Alter eines Abiturienten. Meine Nase berührt fast die Glasscheibe des Schaukastens. »Papa. Der junge Bursche hier. Weißt du, wer das ist?«

Hans-Werner beruhigt sich nicht. Er schreit noch immer.

Die Nase meines Vaters wandert ebenfalls bis kurz vor die Glasscheibe. »Nein. Den kenne ich nicht.«

Ein Mann, der neben uns steht, scheint unser Gespräch verfolgt zu haben, denn er tippt auf den vermeintlichen Donald und fragt: »Der da? Das ist der Sohn von Fritz Richter. Wie der mit Vornamen heißt, weiß ich nicht. Richter und Piccolino waren eng miteinander befreundet. Die sind doch zum Leidwesen ihrer Frauen nächtelang um die Häuser gezogen. Richter wurde dann irgendwann krank. Die Leber. Seitdem gab es nur noch Buttermilch.« Er lacht.

Mein Vater bedankt sich für die Auskunft.

Ich starre noch einmal auf das Bild. Die Kommunikation mit Donald ist nicht die schlechteste. Er plauscht viel und bläst sich gerne auf. Es passt nicht zu ihm, dass er nicht damit geprahlt hat, dass sein Vater mit dem prominenten Schiri um den Block gezogen ist. Mich würde interessieren, ob Donald unserem Big-Big-Boss erzählt hat, dass er Piccolino aus früheren Zeiten kennt beziehungsweise dass sein Papa und er dicke Freunde waren. Oder es vielleicht noch sind?

Hans-Werner schreit jetzt wie am Spieß. Mein Vater hat die Antennen auf Empfang gestellt.

»Oh. Was hat der kleine Schatz denn? Da muss der Opa mal flott Schützenhilfe leisten.« Mein alter Herr dreht sich um und eilt davon.

Ich schaue mich nach allen Seiten um. Ein Bauchgefühl zwingt mich zu etwas, was ich noch nie getan habe. Ohne zu fragen, nehme ich das Foto und noch einige andere, die sich überlappen, aus dem Kasten, die jetzt dem Vereinsheim gehören. Ich lasse sie in der Brusttasche meines schwarzen Hemdes verschwinden.

Marie kommt. »Alex, ich fahre jetzt mit Hans-Werner. Ich möchte ihn in Ruhe zu Hause stillen. Wir sind ja in zehn Minuten daheim.«

»Ja. Macht es euch auf der Terrasse gemütlich. Ich bin auch weg. Ich will noch einmal in die Kanzlei.«

Wir schlendern zu unserem Tisch zurück.

Marie schmunzelt. »Der Fotograf hat deine Eltern mit Hans-Werner schon abgelichtet, bevor du gekommen bist. Die Aufnahme wird in den *Dippendorfer Nachrichten* erscheinen.«

»Oh. Das ist ein Highlight für die beiden.« Ich drücke sie an mich und freue mich, dass sie mit unserem Sohnemann gekommen ist.

Alle zeigen Verständnis, dass wir uns verabschieden.

Meine Mutter haucht ihrem Enkel einen Kuss auf die Stirn. Der unrasierte Opa streichelt zum Abschied seine Hand.

Ich möchte Marie helfen, die Babyschale zu ihrem Auto zu tragen, mein Vater ist jedoch schneller. »Nix da. Darum kümmert sich der Opa.«

Meine Finger trommeln auf dem Lenkrad. Jede Ampel, auf die ich zufahre, springt auf Rot. Mein Schwiegerpfarrer sagt in einem solchen Fall immer, dass der Teufel dafür sorgt, dass man nicht vorankommt.

Ich ärgere mich, dass ich kein Brötchen aus dem Vereinsheim mitgenommen habe, denn mein Magen knurrt und ich könnte die Wartezeit an den diversen Ampeln sinnvoll nutzen und essen.

Mit einem Seitenblick schiele ich auf eine Metzgerei, die direkt hinter dem Zebrastreifen mit köstlichen Angeboten lockt. Auf einer großen, schwarzen Tafel stehen in Schönschrift die Mittagstischangebote für heute. *Brötchen mit Leberkäse*, *Hausgemachte Frikadellen mit Kartoffelsalat* und *Gegrillte Krakauer mit Brötchen und Krautsalat* stehen zur Auswahl. Und da ein Parkplatz vor dem Fleischer frei wird, denke ich nicht lange nach. Yammi, yammi. Eine Krakauer habe ich schon lange nicht mehr gegessen.

Als die Ampel auf Grün springt, hoffe ich, dass mir niemand die Parklücke auf dem Seitenstreifen vor der Nase wegschnappt. Wenige Sekunden später parke ich rückwärts so perfekt ein, dass mein damaliger Fahrlehrer vor Freude geweint hätte, wenn er dabei gewesen wäre.

Eine schrille Glocke ertönt, als ich das Geschäft betrete. Eine freundliche Verkäuferin verschwindet kurz durch eine Schwingtür, als ich meinen Wunsch nach einer gegrillten Wurst äußere. Sie kommt wieder und fragt, ob ich einen Klecks von der hausgemachten Satanssoße dazu haben wolle. Sie zeigt auf eine Flasche Ketchup, auf deren Etikett nur lodernde, rote Flammen gedruckt sind und Hot draufsteht.

O ja. Der Papa will und bestellt nicht nur einen, sondern zwei Kleckse von der dunkelroten Pampe.

Frau Wurst lacht. »Wie se wollen. Aber hörn se ma, da haben se auch morgen früh noch wat von. Die glüht ordentlich nach.«

Ich versichere ihr mit einem Augenzwinkern, dass ich es scharf liebe, verlasse nach dem Bezahlen glücklich das Geschäft mit einer kleinen Plastiktüte und hoffe, dass ich auch weiterhin auf rote Ampeln treffe, damit ich …

Meinen Gedanken kann ich nicht mehr zu Ende denken, weil mich von hinten jemand anspringt und die Arme um meinen Hals und die Beine um meine Hüften schlingt. Ich unterdrücke den Impuls, um mich zu schlagen, denn die Füße mit den rot lackierten Fußnägeln kenne ich. Sie gehören Becky.

Sie kreischt ausgelassen und drückt mir viele kleine Schmatzer auf die rechte Wange. »Yeah! Er hat die Fußballtrikos unterschrieben … Puh. Das war knapp.«

Ich befreie mich lachend aus der Umklammerung. »Na, prima. Dann hat sich der Aufwand wenigstens gelohnt.«

Becky steht jetzt vor mir und bewegt ihren Unterleib vor und zurück. »Wir haben ein verficktes Glück gehabt.« Und wieder hängt sie mir am Hals. »Eure Svetlana hat an der Tanke gehalten und ihre Karre vollgetankt. Enrico saß im Auto und ich habe ans Seitenfenster geklopft und einfach gefragt, ob er mir seinen Gaspacho auf die Trikots schreiben würde. Der hatte eine Mütze und eine fette Sonnenbrille auf und dachte, dass ich ihn trotzdem erkannt habe. Svetlana und er haben wohl nicht bemerkt, dass Gregor und ich ihnen nachgefahren sind. Das Ganze war innerhalb von einer halben Minute erledigt.«

Sie steckt mich mit ihrer Begeisterung an. »Mensch, das freut mich.« Ich schaue mich um. »Wo ist Gregor?«

»Den erreichst du zu Hause. Ich habe ihn vorhin abgesetzt. Ich muss noch schnell was einkaufen, anschließend möchte ich kurz zu meinen Eltern.«

Ich zeige auf meine Uhr. »Ich muss auch weiter, Becky.«

Sie nickt schnell und hängt mir wieder am Hals. »Danke, danke, danke, dass du mir geholfen hast. Ich halte Augen und Ohren offen. Du weißt schon. Wegen meinem Nachbarn Donald. Sollte sich was tun oder Liam dort auftauchen, mache ich Fotos und melde mich sofort. Entweder bei Gregor oder bei dir.«

Jetzt bedanke ich mich. Und das ebenfalls mit einer Umarmung.

Becky huscht an mir vorbei, sie winkt noch einmal, dann rennt sie los.

Ich lache breit, als ich zu meinem Auto laufe. Ich stelle mir vor, wie ihre Neffen ihr die Trikots aus den Händen reißen. Ich schwenke die Tüte mit der Wurst hin und her.

Dann sehe ich sie. Marie. Sie parkt auf dem Seitenstreifen vor der Ampelanlage und ist halb aus dem Auto gestiegen. Sie scheint zur Salzsäure erstarrt zu sein, mir geht es ebenso.

Ich möchte laufen, kann aber nicht laufen. Meine Arme und Beine sind irgendwie taub. Das Einzige, was sich an mir bewegt, ist die Plastiktüte mit der Wurst. Sie baumelt hin und her.

Marie schüttelt erst langsam den Kopf. Dann lacht sie kurz auf. In ihren Augen blitzt es gefährlich. »Wie hattest du dich noch ausgedrückt?« Sie äfft meine Stimme nach. »*Mach dir keinen Kopf. Becky ist die Letzte, die ich sehen möchte und sehen werde.* Du bist ein Lügner, Alexander Beckfeld. Ein ganz gemeiner Lügner. Und ich Idiotin habe dir vertraut.«

Sie setzt sich ins Auto, schließt die Tür und startet den Wagen.

Jetzt kommt Leben in meine Beine. Ich renne los. »Warte. Ma-Ma-Ma-Marie! Das ist doch alles nur wegen der Fußballtrikots! Ich habe nichts mit Becky.«

In dem Moment, in dem ich die Beifahrertür öffnen will, beugt sich Marie blitzschnell rüber und verriegelt von innen die Tür. Dann zeigt sie mir den Stinkefinger und gibt Gas.

Ich stampfe mit dem Fuß auf. »Scheiße! Verdammte Scheiße.«

Während ich die Wurst vertilge und zwischendurch huhh, wuaaa oder chhh sage, erkläre ich Gregor, warum ich so komische Geräusche von mir gebe.

Er weiß sofort, wovon ich spreche, denn er sagt, dass er ebenfalls Kunde der Metzgerei und Fan der scharfen Soße sei. Er hört geduldig zu, als ich ihm berichte, wie überschwänglich sich Becky bei mir bedankt hat, dass Marie zufällig Zeugin wurde und wie sie reagiert hat.

»Und was mache ich jetzt, chhh? Marie wird mir nie, huaaa, nie mehr was glauben, verstehst du? Ich schäme mich, wuaaa, in Grund und Boden.« Ich kaue schneller und schlucke. Meine Nase läuft und meine Augen tränen von der Satanssoße, die ihrem Namen alle Ehre macht.

»Jetzt bleib mal entspannt, Schnulli, und hör auf, dir die Hosen vollzukacken.« Gregor zieht Nasenrotz hoch. »Zuerst besorgst du schöne Blumen und lässt sie liefern, *bevor* du zu Hause auftauchst. Das ist total wichtig, denn wenn du ihr das Gebinde überreichst, haut sie es dir eh nur um die Ohren. Spar nicht. Hau richtig auf die Kacke. Lass einen fetten Strauß hübsch herrichten. Mit schönen Schleifchen und so. Dann kaufst du für sie die teuersten Sahnetrüffel, die der Supermarkt hergibt, und für dich eine Kiste Bier. Und dann macht ihr euch einen schönen Abend und du verklickerst ihr die Sache mit Beckys Neffen. Wenn es um das Wohl von Kindern geht, zeigen Frauen immer Verständnis. Immer.«

Ich tunke das Brötchen in die scharfe Pampe. »Du meinst, chhh, dass das funktioniert?«

»Mensch, das habe ich schon zwanzigmal ausprobiert. Wie gesagt. Du musst nur die Kinder vorschieben. Und dann lass ihr Zeit. Am besten lässt du sie eh einige Stunden mit ihrem Brass alleine. Marie muss jetzt erst einmal Adrenalin abbauen.«

Ich habe es nicht so mit Blumen, und daher weiß ich im Moment nicht, wo ich einen Floristen finde, der durch sein geschicktes Händchen meine Ehe retten wird.

Dann fällt mir ein, dass es am Park eine Gärtnerei gibt, die seit der Steinzeit existiert. Dort habe ich vor Jahrzehnten meiner Mama jedes Jahr zum Muttertag eine Blume gekauft, die sie im Nachhinein in der Sonne getrocknet hat. Die Dinger hängen heute noch im Partykeller als Deko an der Wand.

Als ich den Laden betrete, haben sich meine Schleimhäute noch immer nicht beruhigt. Ich schniefe.

Eine kleine Verkäuferin, die eine grüne Schürze trägt und ihre rostbraunen Haare zu Zöpfen geflochten hat, kommt geschäftig angelaufen.

»Hallo. Kann ich Ihnen helfen?«

Ich fahre mit dem Handrücken über mein rechtes Auge. »Ja. Ähm. Ich möchte etwas Blühendes bestellen. Etwas Schönes für meine Frau. Können Sie das gleich noch liefern lassen? Es soll zur Kirchstraße 2 gebracht werden. Zum Anbau links neben der St. Ludgeruskirche. Bei Beckfeld.«

»Wenn es eilig ist, sicher. Das machen wir gerne, Herr Beckfeld. Woran haben Sie denn gedacht?«

»Die Blumen, die meine Frau mag … also früher mochte sie sie jedenfalls, sind so … hm, weiß mit dicken Köpfen.«

Sie schaut mich fragend an.

Ich hole mein Smartphone aus der Tasche und suche das Foto mit dem geschmückten Sarg, in dem Opa Strüssmann seine letzte Reise angetreten hat. »Hier. Solche Blüten sollten sie haben …«

Sie nimmt mein Handy und vergrößert das Foto. »Das sind Anemonen, weiße Rosen und Schleierkraut. Kein Problem. Wie teuer darf das Gebinde denn sein?«

Ich krame in meiner Hosentasche nach einem Papiertaschentuch und schnäuze hinein. »Das ist egal. Mir kommt es nicht auf zwanzig Euro an. Hauptsache, es ist schön.«

Sie nickt und fragt, ob ich ein Glas Wasser trinken oder mich setzen möchte.

Da ich beides mit einem Lächeln dankend ablehne, zieht sie einen kleinen Block aus ihrer Schürzentasche. »Okay. Sollen wir auch eine Schleife fertigen?«

Jetzt nicke ich schnell. »Ja, ja. Auf jeden Fall. Es können auch mehrere Schleifchen sein.«

Sie verzieht das Gesicht. »Also mehrere? Das macht man eigentlich nicht. Eine reicht und das sieht hübsch aus. Ähm. Was möchten Sie denn mit der Schleife ausdrücken?«

»Hä? Wie meinen Sie das?«

Ihre Stimme verliert nicht an Geduld. »Was möchten Sie Ihrer Frau damit sagen?«

»Tja. Marie soll wissen, dass ich sie liebe. Und dass ich sie immer geliebt habe. Das ist mir ganz wichtig. Aber wie man das formulieren sollte …?«

Die Blumenfachfrau tätschelt meinen Arm. »Das machen wir schon. Das Schleifchen wird ein Haus weiter gefertigt. Ich frag meine Kollegin, die sich darum kümmert. Die hat immer einen schönen Spruch.«

Ich bin begeistert. »Er soll nur nicht zu geschwollen klingen.«

»Nein, nein. Unsere Grüße kamen bis jetzt immer gut an. Es hat sich nie jemand beschwert. Und wie soll die Unterschrift lauten?«

»Alex.«

»Ähm. Vielleicht sollten wir besser *Dein Alex* schreiben?«

Und wieder nicke ich eifrig. Die Frau macht einen richtig guten Job.

»Dann hätten wir es, Herr Beckfeld. Wir werden das Gebinde liefern, sobald es fertig ist. Ich mache mich sofort ans Stecken. Die Rechnung geben wir dem Lieferanten mit.«

»Ja, bitte. Danke.«

Den ganzen Weg bis zur Kanzlei versuche ich, zu Hause anzurufen. Marie geht nicht ans Telefon und das kann ich sehr gut verstehen. Sie wird dabei sein, Adrenalin abzubauen, und mein Kopfkissen verprügeln. Ich sollte meinem Busenfreund Gregor vertrauen und Marie für ein paar Stunden in Ruhe lassen. Er hat diesbezüglich wirklich genug Erfahrung gesammelt.

Ich versuche, das Ganze aus der Vernunftperspektive zu betrachten. Marie ahnt nicht, dass ich in der Kanzlei gegen hinterlistige Machenschaften kämpfen muss. Ich wollte sie aus allem raushalten und genau das wird mir jetzt zum Verhängnis. Es wird kompliziert, denn bei einer Aussprache kann ich nicht alle Karten offen auf den Tisch legen, sonst würde ich Gregor und Mark in die Pfanne hauen. Ich muss den goldenen Mittelweg finden und das wird nicht so einfach sein.

Dazu kommt dieser verflixte Prozess, nach dem Mockenhaupt mich wie ein trockenes Stück Holz verheizen wird. Mein Name wird unseren Mandanten noch eine Weile bitter aufstoßen.

Es wird für eine gewisse Zeit so sein, dass sich kein prominenter Kläger oder Angeklagter von mir vertreten lassen möchte. Bis auf die C-Promis, die froh sind, unsere Mandanten sein zu dürfen.

Dass ich in der Kanzlei auf dem absteigenden Ast herumturne, muss ich ihr ebenfalls schonend beibringen.

Meine Kollegen sind so gut wie alle ausgeflogen. Lediglich Jacob sitzt an seinem Schreibtisch und arbeitet.

Anne und Hannah sind ebenfalls fleißig.

Hannah blickt von ihrer Tastatur auf. »Ich dachte, du kommst nicht mehr. Das klang gegen Mittag so.«

»Ich weiß. Ich wollte noch ein paar Unterlagen ausdrucken lassen.«

Sie steht auf. »Ich geh Kaffee holen. Soll ich dir auch eine Tasse mitbringen?«

»Gerne. Das ist lieb.«

Sie streicht sich die Haare aus dem Gesicht. »Du siehst irgendwie geschafft aus. Alles okay bei dir?«

»Ja, es ist alles in Ordnung. Ich bin nur ein wenig angespannt. Das ist alles.«

Anne gähnt. »Ich bin mal kurz für große Mädchen, damit wieder ein Kaffee reinpasst.«

Hannah lacht. »Beeil dich, sonst wird er kalt.«

Während ich meinen PC hochfahre, bin ich froh, im Büro zu sein. Die Ablenkung tut mir gut. Vor meinem geistigen Auge sehe ich Marie und mich heute Abend eng aneinandergekuschelt auf dem Sofa sitzen. Ich wünsche mir nichts sehnlicher, als dass sie nicht mehr sauer auf mich ist.

Kollege Donald kommt hereingeschneit. Er scheint außer Haus gewesen zu sein. Er trägt seinen Aktenkoffer vor der Brust und umklammert ihn so, als läge ein Schatz darin, den er hüten wolle. Er grüßt, grinst und läuft in die Küche.

Meine Hand fährt zu meiner Brusttasche. Ich könnte Donald das Foto zeigen, auf dem er abgelichtet ist, und fragen, warum er nie erzählt hat, dass er Roberto Piccolino kennt und der Schiri ein enger Freund seines Vaters war. Mein Bauchgefühl sagt mir, dass ich es nicht tun soll.

Ich lasse meine Abrechnungen ausdrucken. Dabei wandert mein Blick zwischen dem Drucker und der Küche hin und her. Donald greift zur Kaffeekanne und kommt kurz darauf mit einer Tasse in der Hand angeschlendert.

Er hockt sich auf Hannahs Schreibtisch und beobachtet sie. »Was machst du am Wochenende, Hannah?«

Hannah lacht. »Ich freue mich darauf, mit meinem *Freund* zu kuscheln.«

Donald verzieht das Gesicht.

Meine hübsche Kollegin lehnt sich auf dem Stuhl zurück. »Sag mal. Was geht hier ab? Du triffst dich heute Abend mit Liam in Lübeck?«

Mein Kopf saust herum. Ich beobachte Donald, dessen Ohren rot werden.

Sie lacht. »Gib es zu. Du lockst ihn nur dorthin, um ihn auf dem Heimweg umzubringen.«

Donald grunzt und hüpft vom Schreibtisch. »Blödsinn. Wer erzählt denn so einen Schwachsinn? Ich wüsste keinen Grund, warum ich mich mit Liam privat treffen sollte.«

Unsere Kollegin grinst. Spöttisch sagt sie: »Oh, Entschuldigung. Dann habe ich mich wohl verhört, oder?«

Donald rauscht ab.

Er muss Anne angerempelt haben, die gerade zur Tür hereingekommen ist, denn sie keift ihm hinterher. »Schubsen gilt nicht, du Affe!«

Hannah zeigt einen Vogel. »Der spinnt doch. Die haben sich wohl verabredet. Ich bin doch nicht taub. Donald hat wortwörtlich zu Liam gesagt: *Sei pünktlich. Die anderen werden etwas später kommen. Ich habe für 18:30 Uhr einen Tisch für uns beide auf der Terrasse im* Calippo *reservieren lassen.*«

Vom Restaurant *Calippo* habe ich schon viel gehört. Eine der ersten Adressen in Lübeck. Von Dippendorf aus ist es fast eine Stunde Autofahrt bis zu dem edlen Schuppen.

Anne lässt sich auf den Schreibtischstuhl plumpsen. »Siehst du. Ich habe dir schon heute Mittag gesagt, dass er das nicht zugeben wird. Warum auch immer. Ich möchte wissen, was die miteinander zu tun haben.«

Das wüsste ich auch gerne. Und darum fahre ich den PC runter. Ich muss so schnell wie möglich mit Becky und Gregor sprechen, denn ich brauche ihre Hilfe. Und dann wird es Zeit, Marie die Wahrheit zu sagen.

Nachdem ich mein Auto gestartet habe, rufe ich Becky an. Ich muss sie nicht bitten, den beiden hinterherzuspionieren. Sie schlägt es von allein vor.

»Ich könnte ins *Calippo* fahren und ganz unauffällig die Ohren spitzen. Donald hat doch keine Ahnung, dass wir noch Kontakt haben. Sollte er mich sehen, wird er sich nichts dabei denken. Und in diesen Gourmettempel wollte ich schon immer mal.«

Ich sage ihr, dass ich Gregor fragen werde, ob er auch dabei ist. Sie lacht dunkel. »Das wäre der Knaller. Donald wird glauben, dass ich frisch verliebt bin.«

Gregor muss ich ebenfalls nicht bitten. Auch er kommt sofort auf die Idee, im *Calippo* aufzutauchen, um Spion zu spielen.

Da ich dort weder Donald noch Liam über den Weg laufen kann, schlägt Gregor vor, dass ich zu Hause bleiben und darauf warten solle, was er und Becky berichten werden.

Ich setze den Blinker nach links, um in die Kirchstraße einzubiegen, und fluche leise. Ein kleiner Lieferwagen mit der Aufschrift *Wir lieben Grün* muss kurz vor mir vor unserem Haus geparkt haben, denn der Fahrer ist erst im Begriff, aus dem Auto zu steigen. Marie hat die Blümchen also noch nicht bekommen.

Der kleine, ältere Mann öffnet die Hecktüren und holt ein riesiges Blumengebinde heraus. Das Gewicht des blühenden Trümmers zwingt ihn in die Knie. Er schiebt es noch einmal ein Stück zurück auf die Ladefläche und kratzt sich am Kopf.

Heilige Scheiße. Wenn Marie mir das um die Ohren haut, habe ich eine Gehirnerschütterung.

Dann fällt mein Blick auf die Schleife, die bis zur Stoßstange reicht und sich im seichten Wind hin und her bewegt. Sie ist weiß und hat einen schwarzen Rand.

Ich atme schneller. Da ist aber ganz gehörig was in die Hose gegangen. Von wegen Fachfrau. Die dusselige Kuh hat mich vollkommen falsch verstanden und ich Ochse habe zu allem genickt.

Mit Schwung öffne ich die Tür, springe aus dem Auto und renne los.

Mein Schwiegerpfarrer und Irmi kommen aus dem Haus. »Was ist denn bei euch los? Ist jemand aus eurer Familie verstorben, Alex?«, ruft Werner hinter mir her.

Ich antworte nicht, weil Marie aus dem Haus kommt und dem Fahrer zuruft: »Machen Sie sich erst gar nicht die Mühe, es auszuladen. Sie müssen sich in der Adresse geirrt haben.«

Der Fahrer kratzt sich wieder am Kopf. »Ich will zu Beckfeld. Zu Alex …«

Ich stehe jetzt vor dem Mann und gestikuliere mit den Händen in der Luft. »Husch. Weg. Tür zu … Fahren Sie.« Er bewegt sich keinen Millimeter. Meine Stimme wird laut. »Verdammt, hauen Sie ab.«

Und weil er noch immer nicht reagiert, werfe ich mich halb über dieses beschissene Blumenteil, um es komplett zurück ins Auto zu schieben.

Der Kerl regt sich auf. »Stopp. Finger weg. Sie machen ja die schönen Blumen kaputt.«

Marie öffnet das kleine Tor und steht jetzt rechts neben mir, meine Schwiegereltern stehen auf der linken Seite und hinter mir zerrt der Fahrer des Kastenwagens an meiner Anzugjacke.

Ich kneife die Augen zusammen, als der kleine Kerl es schafft, mich nach hinten zu ziehen. Ich taumele, meine Arme wedeln Halt suchend in der Luft.

Marie nimmt die Schleife in die Hand. Sie liest mit leiser Stimme: »Es fällt mir so schwer. In tiefer Liebe nehme ich Abschied von dir, meine geliebte Marie. Dein Alex.«

Sie schaut mich ungläubig an. Ihr Brustkorb hebt und senkt sich schnell. »Das ist … das ist geschmacklos, Alex.« Dann schreit sie. »Ich wusste gar nicht, wie geschmacklos du sein kannst!«

»Marie. Warte!«

Ich will hinter ihr herrennen, doch Werner hält mich fest. »Lass sie.«

Irmi presst die Lippen aufeinander. »Alex, was hast du dir nur dabei gedacht? Das ist makaber. Solche Witze mag Marie nicht …« Sie redet nicht weiter, sondern läuft ihrer Tochter hinterher.

Ich schaue Werner an. »Das war ein Missverständnis. Ein verdammtes Missverständnis. Im Moment geht alles drunter und drüber. Ich weiß nicht weiter …«

Er gibt dem Fahrer ein Zeichen. »Entfernen Sie die Schleife und legen Sie die Blumen vor die Wiese, auf der wir anonym bestatten.«

»Mir soll's egal sein.« Er greift in seine Jackentasche und drückt mir einen Umschlag in die Hand. »Aber bezahlen müssen Sie das Teil schon. Auch die Schleife.«

Werner nickt in seiner gütigen Art. »Ja, ja. Keine Sorge. Das machen wir.« Dann legt er einen Arm um meine Schultern und lenkt mich in Richtung Nachbarhaus. »Irmi hat einen Korb mit Kaffee und Kuchen hergerichtet. Wir legen noch ein zweites Gedeck hinein und nehmen ihn mit in die Kirche. Ich wollte ein wenig Ordnung im Kerzenzimmer schaffen.« Er drückt mich an sich. »Weißt du, mein Sohn, manchmal ist es notwendig, gründlich aufzuräumen. Die Zeiten sind mitunter so hektisch, dass man oberflächlich wird. Man wirft mal da was hin, mal dort. Und dann kommt der Zeitpunkt, an dem das Chaos perfekt ist und der Durchblick fehlt. Dann hilft nur eins. Alter Mist muss raus, damit man wieder durchatmen kann. Ich arbeite mit System. Darum fange ich immer in der rechten Ecke auf dem kleinen Regal an und arbeite mich Stück für Stück voran.« Er knetet meine Schulter. »In welcher Ecke willst du anfangen?«

Ich räuspere mir den Kloß im Hals weg. »Am *Tötzinger See.*«

Als wir im Kerzenzimmer sind, drückt Werner mich auf die dicken Polster der geschnitzten Holzbank, die in der Ecke neben dem Fenster steht.

Mit ruhiger Hand gießt er Kaffee ein. Dann legt er mir ein Stück Kirschkuchen auf den Teller und ich fange an zu reden. Erst leise und stockend, dann immer schneller.

Und nachdem ich zwei Stunden wie ein Wasserfall über meine Probleme geredet habe, streckt Irmi den Kopf zur Tür herein. »Entschuldigt … Marie möchte heute bei uns bleiben, Alex. Sie muss zur Ruhe kommen. Wenn du Hans-Werner sehen möchtest, komm einfach rüber.«

Bevor ich antworten kann, antwortet mein Schwiegerpfarrer. »Das ist super. Sie soll es sich mit dem Kleinen gemütlich machen. Alex muss ebenfalls zur Ruhe kommen und Kraft tanken. Heute Abend kann er keinen Stress mehr gebrauchen. Er hat im Moment noch andere Dinge an der Backe, die er stemmen muss.«

Irmi legt den Kopf ein wenig schief. Sie fragt nicht, sondern nickt nur und schließt leise die Tür.

Nach einer weiteren halben Stunde verabschiede ich mich von Werner mit einer herzlichen Umarmung. »Danke, dass du mir zugehört und mir Mut zugesprochen hast. Es hat mir gutgetan.«

Er lächelt. Dann bringt er mich zur Kirchentür. »Sprich mit ihm.« Sein Zeigefinger zeigt noch oben. »Er hat immer ein offenes Ohr.«

»Ja. Das mache ich. Was wirst du Marie sagen, wenn sie fragt, worüber wir gesprochen haben?«

»Ich werde ihr sagen, dass ich stolz darauf bin, dich zum Schwiegersohn zu haben. Den Rest überlasse ich dir.«

Gerührt bedanke ich mich.

Als ich das Gotteshaus verlassen habe, fällt mir auf, dass ich nicht ein einziges Mal husten musste. So langsam gewöhne ich mich an den Duft der Kirche.

Bevor ich nach Hause gehe, klopfe ich bei Irmi an. Sie hat Hans-Werner auf dem Arm. Ich küsse ihn auf die Stirn und wünsche ihm eine gute Nacht.

Eine Stunde später sitze ich mit einem Glas Rotwein im Arbeitszimmer vor dem PC und versuche, die Gedanken an Marie auszublenden, was mir nicht so gut gelingt.

Becky und Gregor sind zwar am Ball, haben aber im *Calippo* leider keinen Tisch mehr auf der Terrasse bekommen. Die begehrten Plätze waren alle reserviert.

Gregor hat ein Foto geschickt, das er durch das geöffnete Fenster des Lokals in Richtung Terrasse geschossen hat. Darauf sind Donald und Liam zu erkennen.

Gregor hat sich ein paarmal gemeldet und gesagt, dass die beiden sich angeregt unterhalten, sich ansonsten jedoch nichts bewegt.

Meine Finger knibbeln mal am Etikett der Weinflasche, mal trommeln sie auf dem Schreibtisch oder spielen mit einem Kugelschreiber.

Als Gregor um kurz vor 21 Uhr anruft und sagt, dass das Duo im Aufbruch ist, könnte ich fluchen.

Ich lehne mich zurück, schließe die Augen und gähne.

Als er um 21:07 Uhr anruft und mir aufgeregt ins Ohr flüstert, dass Svetlana, Roberto Piccolino und zwei weitere Männer in einem Taxi vor dem *Calippo* ausgestiegen sind und mit Donald und Liam einige Worte gewechselt haben, werde ich hellwach.

Mit Spannung warte ich auf die nächste Nachricht. Und die kommt ziemlich zügig in Form eines Videos und einer kurzen SMS.

Die sechs steuern zu Fuß eine Bar an, die neben dem *Calippo* liegt. Ich betrachte den Clip mehrmals hintereinander. Das ist der Hammer. Svetlana und Piccolino laufen eng umschlungen über den Gehweg. Ab und an küssen sie sich.

Ich komme nicht mehr klar. Unsere Perle ist mit Gaspacho zusammen und schäkert gleichzeitig mit dem Schiedsrichter Piccolino? Jetzt kann ich mir auch vorstellen, woher sie die edlen Klamotten und den Schmuck hat. Die Herren werden sich nicht lumpen lassen.

12. Der Prozesstag

Nachdem Gregor Becky nach der Bespitzelung nach Hause gebracht hat, ist er zu mir gekommen. Im Gepäck hatte er nicht nur Fotos, sondern auch Gesprächsaufnahmen auf dem Handy gespeichert, die wir uns zweimal gemeinsam angehört und dabei ständig mit dem Kopf geschüttelt haben, wie abtrünnig Menschen sein können.

Weder Donald noch Liam haben bemerkt, dass Becky und Gregor im Restaurant des *Calippos* gesessen haben.

In der Bar haben sich Becky und Gregor getrennt. Während Becky sich unter die Gäste gemischt hat, die an der Theke gestanden haben, war Gregor ganz nah dran. Er hat sich im ruhigeren Bereich der Bar hinter die große Sitzgruppe gestellt, auf der die sechs über ihre Machenschaften geredet haben. Dabei hatte er ständig sein Handy in der Hand, das auf Aufnahme geschaltet war.

Die Aufzeichnungen waren sehr aufschlussreich. Ich bin aus allen Wolken gefallen, als sich herausgestellt hat, dass die beiden Männer, die mit aus dem Taxi gestiegen sind, die Zeugen Blume und Jonetz waren.

Mein Freund ist gegen 3 Uhr heimgefahren, und ich habe es geschafft, noch fast drei Stunden zu schlafen.

Obwohl ich weder der Herrgott noch der Papst bin, wage ich mich um 6:00 Uhr, Mockenhaupt mit einem Anruf aus dem Bett zu klingeln.

Ich erkläre ihm, dass ich ihn mindestens zwei Stunden vor Prozessbeginn sprechen müsse, weil es erschlagende Neuigkeiten im Fall Gaspacho gebe.

Er holt tief Luft. »Hören Sie, Beckfeld. Wenn ich mich um diese Uhrzeit wegen eines angeblichen Orkans in die Firma begebe und mich dort tatsächlich nur ein leiser Furz erwartet, reiße ich Ihnen den Arsch bis zu den Ohren auf. Und zwar so weit, dass ein Smart darin parken kann.«

Ich unterdrücke einen Lacher.

Mürrisch verspricht er, in einer Stunde in der Firma zu sein.

Trotz des wenigen Schlafes fühle ich mich so fit wie Popeye der Seemann, der gerade eine Dose Spinat gefuttert hat und Bäume ausreißen kann.

Nach einer Dusche trinke ich nur einen Kaffee und mache mich auf den Weg.

Bevor ich zur Garage laufe, schaue ich auf das Haus meiner Schwiegereltern. Im ersten Stock hinter dem linken Fenster liegt Maries ehemaliges Kinderzimmer. Ich stelle mir vor, wie sie in ihrem Bett liegt und schläft. Ich habe große Sehnsucht nach Prinzessin Charles. Ich hauche einen Kuss in die Richtung.

Auf dem Parkplatz vor der Kanzlei herrscht gähnende Leere. Ich habe die freie Wahl und lenke mein Auto in die erste Reihe. Mockenhaupt ist schon da. Sein Jaguar steht auf der reservierten Parkbucht. Die Morgensonne spiegelt sich so in den Fensterscheiben, dass ich geblendet werde.

Ich flitze los, sprinte in die erste Etage und stiefele durch Vorzimmer eins, in dem noch nicht gearbeitet wird. Im Vorzimmer des Chefs sitzt Iris an ihrem Schreibtisch und schminkt sich.

Wir wünschen uns einen guten Morgen.

Sie gähnt. »Zu Hause bin ich nicht mehr dazu gekommen, mich anzupinseln. Ich hoffe, du hast einen guten Grund, Mocki aus meinem Wasserbett geschubst zu haben.«

Ich nicke. »Den habe ich.«

Sie zeigt auf die Tür zum Chefzimmer. »Geh durch. Mocki möchte gleich ein Frühstück. Soll ich dir auch etwas herrichten?«

Ich strahle sie an. »Wenn ich meine Frau nicht so sehr lieben würde, würde ich dich auf einem weißen Pferd entführen.«

Iris lacht. »Vielleicht im nächsten Leben.«

Mockenhaupt sitzt vor dem PC, als ich sein Büro betrete.

Nachdem ich mein »Guten Morgen, Herr Dr. Mockenhaupt« aufgesagt habe, grinst er mich an.

»Öffnen Sie schon mal die Gürtelschnalle, damit ich schneller an Ihre Backen komme.«

Wenn er in dieser Form scherzt, ist er gut drauf. Ich setze mich, öffne meinen Aktenkoffer und hole einen USB-Stick heraus.

Seine Finger trommeln auf dem Tisch. »Was möchten Sie mir sagen?«

Ich halte den Stick in die Luft. »Hier sind alle Informationen drauf, die wir brauchen, um den Prozess gegen Piccolino zu gewinnen. Um die Aufnahmen anzuhören, reicht die Zeit nicht. Ich muss Ihnen alles schildern.«

Er lacht. »Sie haben schlecht geträumt, oder?«

»Nein. Und es ist gut, dass es kein Traum war, denn der Vorwurf der Körperverletzung ist vollkommen aus der Luft gegriffen. Enrico Gaspacho sagt die Wahrheit. Er hat den Schiedsrichter nicht in die Weichteile getreten. Es ist alles ein abgekartetes Spiel. Und daran ist nicht nur Roberto Piccolino beteiligt. Die Gespräche sind gestern Abend in einer Bar in Lübeck heimlich aufgezeichnet worden.«

Mockenhaupt grunzt. »Sie haben sich strafbar gemacht.«

Ich lache. »Mit Verlaub, Herr Dr. Mockenhaupt. Das ist mir scheißegal.« Ich greife den Faden wieder auf. »An der Unterhaltung waren folgende Personen beteiligt. Roberto Piccolino, Ihr Schwiegersohn Liam, Donald Richter, unsere Reinemachefrau Svetlana und die von der Gegenseite benannten Zeugen Herr Blume und Herr Jonetz.«

Mockenhaupt kneift die Augen zusammen und schaut mich so an, als wäre ich ein Geist. »Mein Schwiegersohn? Richter? Und unser hübscher Feudel?«

»Ja. Es existieren auch Fotos von dem Treffen.« Ich greife in meine Jackentasche und hole einen zweiten Stick heraus, mit dem ich durch die Luft wedele. »Hier drauf sind alle Bilder gespeichert.«

Mockenhaupt nimmt das silberne, kleine Teil und schließt es an seinen PC an. »Geben Sie mir eine Minute …« Er scrollt durch die Dateien, bläht kurz die Wangen, greift in die Innentasche seines Jacketts und holt eine Zigarre heraus. Dann lehnt er sich zurück. »Jetzt haben Sie mich am Haken. Ich platze vor Neugier. Machen Sie weiter.« Während er die Zigarre anzündet, lässt er mich nicht aus den Augen.

Ich stehe auf und schaue auf die Uhr. »Ich bemühe mich, die Gegebenheiten so kurz wie möglich zu schildern. Bevor ich zur eigentlichen Sache komme, muss ich einen Abstecher in die Vergangenheit machen.«

Mockenhaupt nickt.

»Roberto Piccolino hat vor mehr als vierzig Jahren im *1. FC Dippendorf* Fußball gespielt. Sein Traum war es, die Schiedsrichterlaufbahn einzuschlagen und er wurde dabei von den damaligen Vereinskollegen kräftig unterstützt.«

Iris kommt mit einem Tablett herein, auf dem ein fertig zubereitetes Frühstück steht. Sie stellt es auf den Schreibtisch, befüllt unsere Tassen mit Kaffee und verschwindet auf leisen Sohlen.

Ich rede weiter. »Piccolino hatte seinerzeit viele Freunde im Verein. Unter anderem einen Peter Garschhammer. Ein rothaariger, langnasiger Mann, der oft wegen seines Namens verspottet wurde. Er wurde roter Arschhammer genannt. Letzteres weiß ich von meinem Vater. Garschhammer und er waren Schulkollegen.«

Mockenhaupt zieht die Schublade auf und holt Block und Kugelschreiber heraus. Er macht Notizen.

»Aus Erzählungen meines Vaters weiß ich auch, dass Peter Garschhammer seinerzeit wegen der Liebe in die Lüneburger Heide gezogen ist. In Hermannsburg hat er eine Praxis für Physiotherapie eröffnet. Die wurde aber nicht lange unter dem Namen Garschhammer geführt, denn noch bevor er geheiratet hat, hat er eine Namensänderung vornehmen lassen. Aus Peter Arsch… Ähm, Peter Garschhammer wurde Peter Blume.«

Mockenhaupt schaut konzentriert auf die Bilder. »Ich sehe hier aber keinen Rothaarigen mit einem langen Zinken. Hier sitzt nur ein Schwarzhaariger, der so ausschaut, als wäre er in der Oberlausitz geschnitzt worden.«

Ich lache. »Das ist Peter Blume. Er hat Svetlana gestern Abend erzählt, dass er nicht nur seinen Namen hat ändern lassen, sondern auch die verhassten roten Haare seitdem schwarz färbt. In einem Atemzug hat er auch erwähnt, dass er sich unters Messer gelegt habe, um die extrem lange Nase loszuwerden. Er ist sich ziemlich sicher, dass ihn Menschen, die ihn früher kannten, heute nicht mehr wiedererkennen werden.«

Mockenhaupt zieht an seiner Zigarre. »Das hört sich ja sehr interessant an. Wie geht's weiter?«

»Der blonde Mann, der rechts von Blume sitzt, ist sein Schwiegersohn und ebenfalls mit Roberto Piccolino befreundet. Wie aus den Gesprächen zu entnehmen ist, treffen sich die Männer regelmäßig.« Ich genehmige mir einen Schluck Kaffee. Dann greife ich in meinen Aktenkoffer und schiebe Mockenhaupt das Foto rüber, das ich aus dem Schaukasten des Fußballvereins gemopst habe.

Er betrachtet es genau. »Auf der Bank sitzt doch Roberto, oder? Da war er aber noch ein paar Jährchen jünger. Und daneben … Das ist doch unser Donald Richter. Er ist noch ein junger Bengel. Tja … dann kannte er Piccolino ebenfalls aus früheren Zeiten. Warum hat er uns das nicht erzählt?«

Ich hebe einen Finger. »Genau das dachte ich auch. Er kennt ihn nämlich sehr gut, weil Donalds Vater und Piccolino ebenfalls dicke Freunde sind. Das kam gestern Abend ganz deutlich bei den Gesprächen heraus.«

Mein Boss starrt Löcher in die Luft. »Und Svetlana. Was hat die mit Piccolino zu schaffen?«

Ich räuspere mich. »Aus den Sprachaufnahmen ist zu entnehmen, dass sie im Fußballverein ab und an putzt. Ich nehme an, dass sie Piccolino im Verein kennengelernt hat. So wie es scheint, ist sie mit ihm … ähm, geht sie mit ihm in …«

Er unterbricht mich. »Was? Das junge, hübsche Ding vögelt den alten Zausel?«

Ich verkneife mir ein Lachen, weil Mockenhaupt und Iris auch ein sehr ungleiches Paar sind.

Mit einem Kopfschütteln winkt er ab. »Egal. Und was hat das alles mit Enrico Gaspacho zu tun?«

Ich stehe auf und lehne mich gegen die Fensterbank. »Hier sind zwei Parteien, die sich aus verschiedenen Gründen mit Enrico Gaspacho beschäftigt haben. Bleiben wir zuerst bei Roberto Piccolino. Er hat gestern Abend von einer Wette berichtet, in der es um viel Geld geht. Um sehr viel Geld. Namen, die sich daran beteiligt haben, sind nicht gefallen. Über den Anlass der Wette hat Piccolino sich jedoch ausgelassen. Es geht darum, dass er viel Geld kassiert, wenn Deutschland die Europameisterschaft nicht gewinnen wird. Und wenn Enrico aus dem Verkehr gezogen ist, verliert die deutsche Mannschaft *den* Spieler, auf den am meisten in der EM gesetzt wird und vor dem die Spieler aller Mannschaften zittern. Das ist also Piccolinos Beweggrund, dass Gaspacho wegen Körperverletzung verurteilt und gesperrt wird.«

Mockenhaupt reibt sich das Kinn. »Alles schön und gut. Aber was haben unsere Jungs mit Enrico zu tun?«

Meine Hände verschwinden in den Hosentaschen. »Sie werden sich die Aufnahmen noch anhören. Es ist so, dass Donald und Liam mit der Situation in der Kanzlei nicht zufrieden sind. Liam, weil Sie ihn als Schwiegersohn ablehnen und er hier keine Karriere machen kann.«

Mockenhaupt lacht. »Stimmt.«

»Und Donald will mehr Geld für seine Arbeit sehen. Er drückte sich so aus, dass er schon sehr oft wegen einer Gehaltserhöhung angeklopft habe, er aber immer gegen eine Wand gelaufen sei.«

»Stimmt.«

»Die beiden haben sich wohl irgendwann angefreundet, ohne dass es jemand in der Kanzlei mitbekommen hat. Sie haben gestern Abend ganz offen darüber geredet, dass sie fleißig daran arbeiten, eine eigene Existenz aufzubauen. Kanzleiräume hätten sie schon. Donald Richter hat ein ansehnliches Haus gekauft. Im Souterrain dieser, na ja, mehr Villa als Haus, soll die Kanzlei entstehen. Sie streben an, die Reichen und Schönen zu vertreten. Donald hat zum Besten gegeben, dass seine Familie wusste, wie unzufrieden er in der Kanzlei sei. Und das muss wohl bis zu Piccolino vorgedrungen sein. Ich gehe davon aus, dass dann der perfide Plan geschmiedet wurde, Enrico Gaspacho ungerechtfertigt anzuzeigen.

Es war alles so raffiniert eingefädelt, dass wir den Prozess niemals hätten gewinnen können. Das hätte Schlagzeilen gemacht und dem hervorragenden Ruf der Kanzlei Mockenhaupt einen Knacks gegeben. Donald hat sich eingeschleimt und den Speichellecker gespielt, um nicht aufzufallen. Übrigens, Svetlana ist als Lockvogel ausgeflogen. Sie muss es geschafft haben, sich dem Profi-Fußballer zu nähern. Sie war auch diejenige, die ihn an dem besagten Abend ins *Hotel Granada* gelockt hat. Die ganze Sache war ein inszeniertes Theater.«

Mein Chef reibt sich nachdenklich das Kinn. »Also in den vielen Jahren meiner Tätigkeit in der Kanzlei ist mir schon vieles untergekommen. Aber so etwas Ausgebufftes habe ich noch nie erlebt.« Er winkt ab. »Und was Liam und Donald anbelangt. Sollen die beiden Trottel ihre eigene Kanzlei eröffnen. Gerne. Von mir aus noch heute. Die dämlichen Frösche werden keine Mücke vom Teich abbekommen, solange es die *Rechtsanwaltskanzlei Mockenhaupt* gibt.« Er haucht seinen schweren Siegelring an und poliert ihn an seinem Sakko.

Ich hole tief Luft. »Das wissen Donald und Liam auch. Und darum arbeiten die beiden weiter an Ihrem Untergang. Und Roberto Piccolino hilft kräftig mit, weil er sich aus der ganzen Kiste einen großen finanziellen Gewinn erhofft. Wie schon erwähnt, wenn Enrico Gaspacho gesperrt wird, stehen die Chancen besser, dass wir die Europameisterschaft nicht gewinnen.«

Jetzt lacht Mockenhaupt schallend. »An meinem Untergang … hach, ich kann nicht mehr. Ich habe mich selten so amüsiert.« Dann wird er von jetzt auf gleich ernst. »Das ist lächerlich. Die Kanzlei hat ein richtig, dickes Fundament. Das würden sie im Leben nicht schaffen.«

Ich grunze leise. »Tja … Liam und Donald sind schon einen Schritt weiter. Gestern Abend haben die beiden den nächsten Schlag angekündigt. Sie wollen der Presse tatsächlich vertrauliche Informationen aus der Akte Sissy Anröchte zuspielen. Donald hat damit geprahlt, dass er die Unterlagen aus meinem Schrank verschwinden lassen hat, als ich wegen der Geburt meines Sohnes zu Hause war. Es wurde nicht darüber gesprochen, wie er in mein abgeschlossenes Büro kam. Er hat sich gefreut, dass es ihm gelungen ist, mich als unzuverlässig darzustellen. Gelegen kam ihm sofort, dass Sie geäußert haben, dass durch meine Schuld die Akte eventuell in die falschen Hände gekommen sein könnte.«

»Wo befindet sich die Akte jetzt?«

Ich zucke mit den Schultern. »Das weiß ich nicht. Darüber wurde kein Wort verloren.« Dann sage ich ihm, dass ich nicht mehr berichten könne, was sich total dämlich anhört, denn das war ja mehr als genug.

Mockenhaupt macht jetzt einen sehr nervösen Eindruck und sein Teint rötet sich innerhalb von Sekunden. Diese Nachricht treibt seinen Blutdruck in die Höhe. Er greift nach einer Brötchenhälfte, die mit Marmelade beschmiert ist, ich gönne mir ein Käsebrötchen.

Mein Chef schmatzt. »Ich gebe zu, dass das dunkle Machenschaften sind … Hm. Hochkriminelle Geschosse aus dem Hinterhalt, gegen die man sich einfach nicht wehren kann. Das sind feige Methoden elendiger Heckenschützen.« Er tupft mit einer Serviette an seinen Mundwinkeln. »Wenn *das* an die Öffentlichkeit kommt, was in Sissys Akte steht, dann sieht es in der Tat nicht gut für uns aus, Alex.«

Aha. Jetzt bin ich wieder der Alex.

Dann brüllt er so laut, dass die Scheibe Käse auf meiner Brötchenhälfte flattert: »Iris!« Er scheint erst jetzt kapiert zu haben, dass es hier nicht um Frösche geht, die nach Mücken schnappen, sondern um gefährliche Kreaturen, die im übertragenen Sinne Menschen fressen.

Iris hat mich zwei Häuser vor dem Gericht abgesetzt und ist mit Mockenhaupt weiter in die Tiefgarage des Justizpalastes gefahren, von der man durch den Hintereingang ins Gebäude gelangt. Der ist nicht jedem zugänglich, man muss vorher angemeldet sein und eine Kontrolle passieren. Während Iris am Steuer des Jaguars gesessen hat, hat mein Boss die ganze Zeit mit Gaspacho telefoniert und ihm mit knappen Worten die Situation erklärt. Er hat auch nicht ausgelassen, dass Svetlana wohl nur als Lockvogel agiert hat und auf ihn angesetzt wurde.

Ich laufe im Flur vor dem Gerichtssaal hin und her und schlendere über den abgelaufenen Parkettboden zum Fenster. Obwohl es draußen ordentlich zur Sache geht, konnte ich unbehelligt das Gericht betreten. Von mir hat niemand Notiz genommen. Journalisten diverser TV-Sender stehen vor den Treppenstufen, Pressefuzzis rennen mit ihren Kameras wie aufgescheuchte Hühner hin und her. Fans in Fußballtrikots stehen im Pulk zusammen und unterhalten sich.

Ich kann den großen Parkplatz überblicken. So voll wie heute ist er selten. Alle warten darauf, dass die Show beginnt.

Vor der Glastür am Ende des Flurs steht eine kleine Menschenmenge, die darauf wartet, hereingelassen zu werden. Es sind Zuschauer, die den Prozess verfolgen wollen.

Ein Blick auf die Uhr lässt mich nervös werden. Langsam wird es Zeit, dass Mockenhaupt auftaucht. Nicht, dass er vor lauter Aufregung in der Tiefgarage einen Herzkasper bekommen hat.

Als ich vor dem Gerichtsgebäude ein Johlen und laute Begeisterungsrufe höre, ist mir klar, dass Gaspacho im Anmarsch ist. Er steigt aus einem Taxi und wird sofort von den wartenden Journalisten eingekreist.

Das ist in der Tat ein Trottel. Was tut er sich da an? Die Fans bedrängen ihn von allen Seiten, er kommt kaum voran. Er hätte sich von Mockenhaupt abholen lassen sollen.

Dann öffnet ein Beamter die Glastür und die Zuschauer strömen in Richtung Gerichtssaal. Darunter sind auch zwei Vertreter der Presse.

Wenige Minuten später kommt Gaspacho. Wir begrüßen uns. Seine Hand fühlt sich kalt an. Er flüstert mir zu, dass die Nachrichten, mit denen Mockenhaupt ihn während der Autofahrt überrascht hat, ihn fast aus den Schuhen gehauen haben. Seine Stimme zittert, als er sagt, wie enttäuscht er sei, dass Svetlana ein doppeltes Spiel gespielt hat.

Ich lächele ihn beruhigend an und sage ihm noch einmal das, was mein Boss ihm längst eingetrichtert hat. »Entspannen Sie sich. Überlassen Sie Mockenhaupt das Wort. Halten Sie sich ganz zurück.«

Meine Hand fährt zu seinem Rücken. Ich schiebe ihn in das Verhandlungszimmer.

Als wir uns auf die Anklagebank setzen, die links des u-förmigen großen Tisches steht, kommt die Truppe der Gegenseite. Sie scheinen bestens gelaunt zu sein, denn der Kollege Furtwengler stolziert lachend vorneweg, dicht gefolgt von einem grinsenden Roberto Piccolino und den Herren Blume und Jonetz, die ihren Job als Zeugen erledigen sollen. Ich beiße mir auf die Unterlippe.

Mockenhaupt hat recht. Peter Blume sieht tatsächlich aus, als wäre er, wo auch immer, geschnitzt worden.

Sein Schwiegersohn Herr Jonetz macht einen verunsicherten Eindruck. Er lässt die Augen fahrig über das Mobiliar gleiten, an dem der Richter gleich sitzen wird.

Dann kommt Mockenhaupt. Seine Erscheinung ist so dominant, dass es von jetzt auf gleich mucksmäuschenstill im Saal wird. Wenn einem Rechtsanwalt *das* passiert, steht er ganz oben auf der Erfolgsleiter.

Mein Boss setzt sich und stellt den Aktenkoffer auf den Tisch. Er klopft Gaspacho auf die Schulter und redet leise mit ihm.

Furtwengler und Piccolino hocken sich auf die Bank, die uns in einigen Metern Entfernung gegenübersteht.

Der hagere Anwalt befördert den Aktenkoffer mit Schwung auf den Tisch. Wir begrüßen uns mit knappen Worten.

Mockenhaupts und seine Blicke duellieren sich, als sie die Schlösser ihrer Aktenkoffer aufspringen lassen. Ich grinse, weil Furtwenglers Schnallen nur ein leises *pling*, *pling* von sich geben. Er zieht scharf Luft ein, als Mockenhaupts Metallteile laut *klack*, *klack* machen.

Die Zuschauer hinter uns unterhalten sich wieder mit gedämpften Stimmen.

Das Lüftchen im Gerichtssaal wird etwas eisiger, denn der Staatsanwalt Winter kommt mit einer frostigen Miene hereingeschneit. Er nimmt rechts an dem langen Tisch Platz, an dem der Vorsitzende und der Protokollant sitzen werden.

Mein Boss hat rote Wangen. Das bedeutet, dass es in ihm köchelt. Wer gleich auch nur einen falschen Buchstaben sagt, den wird er so zusammenscheißen, dass es spritzt.

Dann geht die Tür auf, und das Hohe Gericht erscheint. Allen voran Richter Egger, der augenscheinlich erkältet ist. Er hat eine rote Nase. Der stets angepisst wirkende, spindeldürre Staatsdiener legt eine Mappe auf den Tisch. Anschließend stellt er ein kleines Fläschchen daneben und kramt in seiner Robe nach einer Packung Taschentücher, nimmt eines heraus und schnäuzt sich erst einmal kräftig die Nase.

Der Protokollant, der heute eine attraktive Protokollantin mit langen, schwarzen Haaren ist, öffnet ihren Laptop und lässt die Fingerknöchel knacken.

Nach einer mürrischen Begrüßung blättert der Richter in seinen Unterlagen und ruft die Zeugen Blume und Jonetz auf. Mit näselnder Stimme belehrt er sie über ihre Aussagepflicht und erklärt ihnen die Bedeutung eines Eides. Anschließend müssen die beiden den Gerichtssaal verlassen.

Jetzt steht ein sichtlich entspannter Gaspacho im Mittelpunkt und der Vorsitzende spult das übliche Programm ab.

Er macht sich ein Bild von Enricos Persönlichkeit, dann soll er über seine Verhältnisse und seinen Werdegang berichten.

Der Fußballprofi spricht, wie immer, ein grottenschlechtes Deutsch. Er sorgt für den einen oder anderen Lacher, als er von *seine* Karriere berichtet und davon spricht, dass nicht alles blank ist, was glänzt. Als er stolz erzählt, dass er auch wegen *seine* neue Liebe am Tag x in Dippendorf war, huscht der Hauch eines Lächelns über Mockenhaupts Gesicht.

Nachdem er endlich die Klappe halten darf, hebt Richter Egger einen Finger in Richtung Staatsanwalt. »Legen Sie los, Herr Winter.«

Mockenhaupts rechter Oberschenkel wackelt permanent hin und her, und er rammt jedes Mal mit dem Knie gegen ein Tischbein, was ordentlich rumst.

Richter Egger fährt ihn barsch an. »Herr Dr. Mockenhaupt. Ich darf doch sehr bitten! Hören Sie mit dem Herumgebumse auf.«

Es ertönt Gelächter.

Der Herr Staatsanwalt scheint das Lachen schon während seines Studiums verlernt zu haben, denn ich habe noch nie gesehen, dass er die Mundwinkel nach oben zieht. Mit einer übertriebenen Betonung liest er die Klageschrift vor, dabei wandert seine rechte Hand in der Luft hin und her.

Richter Egger schnieft derweil, schraubt das Fläschchen auf und verpasst sich eine Ladung Nasentropfen. Anschließend zieht er jede fünfzehn Sekunden Nasenrotz hoch. Dabei beobachtet er argwöhnisch

Mockenhaupts Knie, das sich noch immer bewegt, aber nicht mehr gegen Holz rumst.

Nachdem die Klageschrift verlesen ist, fragt der Richter mit krächzender Stimme, ob Enrico die Vorkommnisse noch einmal schildern möchte.

Ich schließe die Augen. Es reicht, wenn ich den ganzen Scheiß, den ich Wort für Wort mitsprechen kann, nur hören und nicht sehen muss.

Souverän schildert er, was er weiß, und beteuert noch einmal seine Unschuld.

Richter Egger hat keine weiteren Fragen. Mit zusammengezogenen Augenbrauen putzt er sich wieder die Nase und ruft den ersten Zeugen auf. Zuerst soll der Geschnitzte befragt werden, und ich weiß, dass Mockenhaupt gleich kurzen Prozess machen wird.

Herr Blume kommt mit federnden Schritten in den Saal gelaufen und setzt sich, nachdem er dazu aufgefordert worden ist. Er streicht sich erst über die pechschwarzen Haare, dann über die tiefschwarzen Augenbrauen.

Richter Egger fragt Herrn Blume nach seinem Namen, Wohnort, Alter und Beruf und nimmt seine Angaben ins Protokoll auf. Dann will er wissen, ob er mit dem Kläger verwandt sei, was er verneint. Anschließend befragt er ihn nach dem Sachverhalt und lässt ihn reden und reden und reden, ohne ihn einmal zu unterbrechen. Herr Blume schmückt seine Schilderungen so gekonnt aus, dass der Richter sich mit Sicherheit nicht nur ein gutes, sondern ein sehr gutes Bild von der Sachlage machen kann.

Man könnte es fast so formulieren, dass Herr Blume eine Bilderbuchaussage gemacht hat. Er ist hervorragend vorbereitet. Der Vorsitzende scheint zufrieden zu sein, denn er kümmert sich wieder um seine Nase, statt Fragen zu stellen. Er entfaltet das nächste Taschentuch.

Jetzt darf Furtwengler den Zeugen befragen, er will aber nicht, weil er keine Fragen hat.

Wir sind dran.

Mockenhaupt steht mit einem leisen Seufzer auf. Dann verschränkt er die Arme auf dem Rücken und läuft hin und her. Und das macht er über eine halbe Minute.

Der Vorsitzende hustet. »Herr Dr. Mockenhaupt, sagen Sie Bescheid, wenn Ihr Spaziergang länger dauert. Dann könnte ich in der Zeit noch ein Dampfbad nehmen.«

Die Zuschauer kichern.

Mockenhaupt bleibt stehen und hebt einen Finger. »Nein, nein. Ich musste nur kurz in mich gehen.« Er bleibt vor Herrn Blume stehen und beugt sich so blitzschnell zu ihm vor, dass der regelrecht zusammenzuckt. »Herr Blume. Wollen *Sie* dem Vorsitzenden die Wahrheit schildern?«

Herr Blume wird rot. »Ich habe die Wahrheit …«

Mockenhaupt saust herum und steht mit drei Schritten vor Roberto Piccolino. »Oder möchten *Sie* lieber schildern, was tatsächlich vorgefallen ist, Herr Piccolino?« Roberto ist verunsichert. Er rutscht auf dem Stuhl hin und her.

Furtwengler hebt eine Hand. »Einspruch!«

Der Vorsitzende macht eine Handbewegung und näselt: »Lassen Sie Herrn Dr. Mockenhaupt reden.«

Mein Chef nickt ihm zu. »Danke.« Mit fester Stimme spricht er weiter. »Herr Blume. Der Vorsitzende hat Sie vor Prozessbeginn darüber aufgeklärt, dass Sie hier die Wahrheit sagen müssen. Sie befinden sich vor Gericht … und nicht auf dem Heidschnuckenfest in der Lüneburger Heide. Das ist Ihnen schon klar, oder?«

Der Geschnitzte tauscht mit Piccolino einen Blick und nickt.

»Herr Blume. Sie betreiben in Hermannsburg in der Lüneburger Heide eine Praxis für Physiotherapie?«

Blume brummelt leise: »Ja.«

»Die Welt ist groß, Herr Blume. Erzählen Sie uns, wo Sie geboren worden sind?«

»In Dippendorf.«

Mockenhaupt macht große Augen. »Ach. In *Dippendorf* … Das ist ja interessant. Wie lange haben Sie denn in Dippendorf gelebt?«

Blume schaut zu Boden. »Ich war knapp über dreißig, als ich …« Er räuspert sich. »… nach Hermannsburg gezogen bin.«

»Hm. Lassen Sie mich raten, Herr Blume. Sie sind der Liebe wegen in die Heide gegangen, oder?«

Blume nickt.

Mockenhaupt betrachtet den Zeugen eindringlich. »Kleine Frage am Rande. Wie machen Sie das, Herr Blume? Ihre Haarfarbe ist beneidenswert. Schwarz wie die Nacht, ohne einen grauen Nebelschleier.«

Blume spielt mit den Fingern. »Das ist nicht meine natürliche Haarfarbe. Sie sind gefärbt.«

Mein Boss lacht. »Ah, das beruhigt mich. Im Grunde könnte ich also auch so attraktiv durch die Gegend laufen. Aber wissen Sie was, Herr Blume? Ich gefalle mir so, wie ich bin.«

Staatsanwalt Winters Mundwinkel sinken noch tiefer in Richtung Kinn. »Werter Herr Kollege. Können Sie Ihr Interesse am Haarefärben nach der Verhandlung mit dem Zeugen führen?«

Mockenhaupt lässt sich nicht aus dem Konzept bringen. »Also ich würde die Haare nur färben, wenn sie rot wären.«

Jetzt zuckt es in Blumes Gesicht.

Piccolino verschränkt die Arme vor der Brust.

Dann kichert Mockenhaupt. »Wissen Sie was? Ich habe vor vielen, vielen Jahren mal von einem Jungen gehört, der rote Haare hatte und dazu noch Garschhammer hieß.« Er kreischt los. »Den haben sie immer roten Arschhammer genannt.«

Der Vorsitzende lacht jetzt dermaßen, dass alle mit einstimmen. »Ist das wahr, Mockenhaupt? Roter Arschhammer? Ich kann nicht mehr.«

Mein Boss lacht. »Ja.« Dann dreht er sich blitzschnell nach Blume um und sagt mit eisiger Stimme: »Ein Meineid ist kein Kavaliersdelikt, Herr *Blume*. Ein Meineid ist ein Verbrechen, für das Sie bestraft werden können. Das Strafmaß reicht von einem Jahr bis zu …« Er hebt die Stimme. »… fünfzehn Jahren! Und jetzt machen Sie verdammt noch mal den Mund auf, und reden Sie nur über Dinge, die tatsächlich stattgefunden haben.« Blume sackt förmlich in sich zusammen.

Mockenhaupt dreht sich zu Piccolino um. »Sie und Ihr Freund könnten sich gegenseitig dabei helfen, die Schlingen von Ihren Hälsen zu befreien. Wir können aber auch Svetlana, Donald und Liam zu Hilfe holen. Die Entscheidung überlasse ich Ihnen.«

Blume springt auf. »Ich … ich möchte eine Aussage machen. Es war alles nur wegen der Wette und der Europameisterschaft. Und weil Liam und Donald sich nicht mehr von Ihnen unterbuttern lassen wollten.«

Piccolino lehnt sich zurück und legt eine Hand über die Augen. »So eine Scheiße. So eine verdammte Scheiße.«

Enrico Gaspacho springt auf. Sein Zeigefinger wedelt in der Luft. »Ich hab immer gesagt, dass der da ein Stück Scheiße ist, das ich freiwillig nie treten würde.« Er zeigt auf Piccolino.

Furtwenglers Hand schlägt auf den Tisch. »Was soll das alles?«

Der Vorsitzende massiert seine Schläfen. »Herrrrgott im Himmel. Das ist ja das reinste Affenhaus hier. Ruhe!«

Mockenhaupt denkt nicht mehr daran, das Gerichtsgebäude durch den Hinterausgang zu verlassen. Er, Gaspacho und Iris warten auf mich, weil ich nach dem Ende der Verhandlung eine Stange Wasser wegbringen muss. Es ist eine Ehre für mich, dass mein Chef gemeinsam mit mir vor die Presse treten will.

Ich stehe am Pinkelbecken und lasse laufen.

Die Wende im Prozess hat den Zuschauern im Gerichtssaal den Atem geraubt. Mockenhaupt hat weiter in lustiger Manier dafür gesorgt, dass es nicht langweilig wurde.

Roberto Piccolino haben nur so die Ohren geschlackert, als Mockenhaupt ihn mit den Tatsachen konfrontiert hat. Ich kann mir vorstellen, dass er davon ausgegangen ist, dass Svetlana, Donald oder Liam kalte Füße gekriegt und aus dem Nähkästchen geplaudert haben.

Herr Blume ist immer kleiner geworden. Der Zeuge Jonetz hat die Aussage verweigert, nachdem er den Gerichtssaal betreten und einen Blick mit seinem Schwiegervater Herrn Blume getauscht hat.

Dass Svetlana, Donald und Liam den Plan der falschen Verdächtigung mitgeschmiedet haben, wurde von keiner Seite erwähnt.

Letztendlich verdonnerte der Vorsitzende Piccolino zu einer Bewährungsstrafe von dreizehn Monaten und Herr Blume muss eine Geldstrafe zahlen.

Als ich wieder zurück im Flur bin, hält Mockenhaupt schon eine Zigarre in der Hand. Ich weiß, dass er ungeduldig darauf wartet, sie endlich anzünden zu können.

Wir ziehen die Roben nicht aus, sondern laufen in voller Montur die Steintreppen in Richtung Ausgang hinunter. Enrico und Mockenhaupt laufen vor. Ich halte mich hinter den beiden, das scheint meinem Boss nicht zu gefallen, denn er bleibt stehen, zieht mich neben sich und zwinkert mir zu. »Kommen Sie, Alex. Mein künftiger Partner gehört an meine rechte Seite.«

Ich könnte vor Freude und Rührung heulen. Mein Big-Big-Boss hat mich *Partner* genannt.

Als die Journalisten auf uns zustürmen und uns Aufnahmegeräte und Mikrofone unter die Nase halten, habe ich noch immer einen Kloß im Hals.

Bevor Mockenhaupt vor den Presseleuten ein Statement abgibt, raucht er die Zigarre an. Danach sonnt er sich im Bad der Menge und beantwortet geduldig die Fragen, mit denen er bombardiert wird.

Und es macht mich stolz und glücklich, dass er einen Arm um meine Schultern legt und nicht in der Ich-, sondern in der Wir-Form spricht. »Dank der hervorragenden Zusammenarbeit mit meinem Partner Herrn Beckfeld können wir uns nun alle auf die Europameisterschaft freuen.«

Es wird kräftig applaudiert.

Eine zierliche Journalistin ruft: »Herr Dr. Mockenhaupt, wie haben Sie es nur geschafft, das Ruder so herumzureißen, dass Sie den Prozess gewinnen konnten?«

»Das fragen Sie noch?« Er lacht und klopft mir auf die Schulter. »Ganz einfach. Weil wir die Besten sind, mein Partner und ich.«

Und wieder wird geklatscht.

Dann treten wir beiseite und verabschieden uns von Enrico Gaspacho, dessen Taxi auf dem Seitenstreifen auf ihn wartet. Er bedankt sich mit einer Umarmung bei Dr. Mockenhaupt und mir und erwähnt, dass er uns einige Logenplätze für das Endspiel der Europameisterschaft reservieren lassen wird.

Mockenhaupt lacht. »Ein Mann, ein Wort. Das Angebot nehmen wir gerne an, nicht wahr, Alex?«

»Klar. Ich freue mich darauf.«

Einige Fans, die Gaspacho zum Taxi geleiten, sind total aus dem Häuschen und singen aus voller Brust: Olééé, olé, olé, olééé, wir sind die Champions, olé.«

Auf dem Rückweg in die Kanzlei bittet Mockenhaupt mich, bei dem Gespräch dabei zu sein, das er gleich mit Donald, Liam und Svetlana führen wird.

Eine Stunde später gibt es nur ein kurzes Gewitter. Mockenhaupt hält sich nicht mit langen Reden auf.

Donald, Liam und auch Svetlana sind längst im Bilde, wie die Verhandlung ausgegangen ist.

Als sie Mockenhaupt gegenübersitzen und ich hinter ihnen auf der Fensterbank hocke, sehe ich gekrümmte Rücken.

Unser Boss erklärt mit knappen Worten, dass er menschlich zutiefst enttäuscht von Donald und Svetlana sei.

Liam schaut er in die Augen. »Bei dir wundert mich nichts. Dass du ein Arschloch bist, war mir schon immer klar.« Er holt tief Luft. »Weiß meine Tochter, was du gegen mich im Schilde geführt hast? Ahnt sie, dass du in die Hand gebissen hast, die deinen kleinen Arsch am Kacken hält, du Wurst?«

Liam schüttelt den Kopf. »Nein.«

Mockenhaupt ist sichtbar erleichtert. »Für dich gibt es in meinem Haus weder Kaffee noch Kuchen, geschweige denn ein Abendessen. Wenn du auch nur ansatzweise mit deinem dicken Zeh mein Grundstück betreten solltest, macht Sir Edward Hackfleisch aus dir.« Er schaut auf die Uhr. »Das ist deine letzte Stunde in meiner Kanzlei.«

Jetzt ist Donald an der Reihe. »Richter. Sie sind ein Idiot. Sie glauben, dass Fischstäbchen im Meer geangelt werden. Wie sind Sie an die Akte Anröchte gekommen, die in Alex' Schrank stand?«

Donald fährt sich durch die Haare.

Svetlana ergreift das Wort. »Ich habe der Schlüssel vom Hausmeister genommen, als ich geputzt habe sein Büro.«

»Wo ist die Akte jetzt?«

Donald atmet schwer. »Im Wissmannweg. In Svetlanas Wohnung.«

Jetzt weiß ich, was Liam und Donald im Wissmannweg gemacht haben. Ich kenne Svetlana nur mit ihrem Vornamen. Darauf wäre ich nie gekommen.

Mein Boss nickt langsam. »Ich möchte die Unterlagen so schnell wie möglich auf meinem Schreibtisch haben. Am besten, Sie fahren gleich los.« Er schaut Donald und Liam abwechselnd an. »Anschließend packen Sie Ihre privaten Sachen zusammen. Auch für Sie ist heute der letzte Arbeitstag.«

Dann erklärt er mit nüchterner Stimme, dass er von einer Anzeige absehen werde.

Als wir allein sind, verschränkt er die Hände und lässt die Daumen kreisen. »Die hätten schon eine Strafe verdient. Aber das bringt die Kanzlei nur ins Gespräch und negative Schlagzeilen sind keine geschäftsfördernden Schlagzeilen.« Er grinst mich an. »Alex, wir beide unterhalten uns in der nächsten Woche. Ich bin in einigen Monaten in München. Dort eröffne ich eine zweite Kanzlei. Ich brauche einen zuverlässigen Partner. Ich lass mir was Schönes einfallen und mache Ihnen ein Angebot. Sie haben ja schließlich ein Maul mehr zu stopfen. Ihr kleiner Franz-Peter wird viel Kraftfutter brauchen, wenn er so stark wie sein Papa werden will.«

Ich lache. »Mit Verlaub. Hans-Werner. Nicht Franz-Peter.«

Mockenhaupt lacht. »Das werde ich auch noch lernen.« Dann reicht er mir die Hand. »Danke, Alex. Ähm … und wenn wir schon auf dem

Weg zur Partnerschaft sind, sollten wir uns duzen.« Er streckt mir die Hand hin. »Alex, ab jetzt kannst du mich Rudi nennen.«

Die Euphorie, die mich erfasst hat, ist vollkommen verschwunden, als ich unser Haus betrete. Weil die Tür verschlossen war, weiß ich, dass Marie nicht da ist.

Es ist still. Ich bleibe im Flur stehen und hoffe trotzdem darauf, ihre leichtfüßigen Schritte oder Hans-Werners Krähen zu hören, aber nichts dergleichen geschieht. Die Ruhe schmerzt in meinen Ohren.

Etwas umständlich steige ich aus meinen Schuhen. Was nützt die schönste Freude, wenn man sie mit niemandem teilen kann?

Der Griff des Aktenkoffers gleitet mir aus der Hand. Er knallt auf die Fliesen.

Mein dicker Zeh tastet nach meinen Adiletten, die ich heute Morgen so temperamentvoll von den Füßen geschleudert habe.

Ich habe Sehnsucht nach Marie und Hans-Werner. Da ich nicht weiß, ob Marie schläft, krame ich nach meinem Handy und wähle die Rufnummer meiner Schwiegereltern. Irmi geht ans Telefon. »Oh. Hans-Werner schläft, Marie ist im Bad und Werner ist gerade in die Kirche gegangen. Er holt Kerzen.«

Im Hintergrund höre ich leise Stimmen. »Habt ihr Besuch?«

»Ja.«

»Sag Marie, dass ich angerufen habe. Ich melde mich später noch mal. Dann will ich mal nicht weiter stören.«

»Ach, Alex. Du störst doch nicht.« Sie lacht leise. »Glückwunsch. Wir haben in den Nachrichten gehört, dass ihr den Prozess gewonnen habt.«

»Ja. Danke.« Nachdem ich das Gespräch beendet habe, drängt es mich, einige Worte mit Werner zu wechseln. Vielleicht hat Marie sich zu unserem Streit geäußert.

Ich greife nach meinem Haustürschlüssel und laufe zur Kirche, dessen schwere Holztüren weit geöffnet sind.

So langsam weiß ich, worüber Gott sich freut. Ich tauche meine Fingerspitzen in das Weihwasserbecken, das im Vorraum des Gotteshauses steht, und bekreuzige mich.

Werner kommt aus dem Kerzenzimmer. Als mein Schwiegerpfarrer mich kommen sieht, strahlt er. »Ah. Alex. Grüß dich. Glückwunsch. Wir haben in den Nachrichten gehört, dass ihr den Prozess gewonnen habt.«

Und ewig grüßt das Murmeltier. »Ja. Danke.«

»Dafür hat *er* gesorgt.« Werners Finger zeigt an die hübsch bemalte Decke der Kirche. »Ich habe sehr viel mit dem Herrn gesprochen. Glaub mir. Er regelt so einiges, von dem die Menschen denken, dass sie diejenigen sind, die alles checken.«

Ich hocke mich auf eine Kirchenbank. »Danke, das ist nett. Gaspacho hat uns einige Logenplätze für das Endspiel zugesagt. Du bist schon mal eingeladen und deinen Chef kannst du auch mitbringen.«

Werner lacht. »Ich werde die Einladung weitergeben.«

»Wie geht es Marie? Weißt du, ob sie noch sehr sauer auf mich ist? Hat sie was gesagt?«

Er weicht mir aus. »Ich muss wieder rüber. Wir haben Besuch.«

Ich hebe eine Hand und nicke. »Ja, ja. Geh nur.«

Als Werner die Kirche verlassen hat, seufze ich laut. Dann schaue ich mich um, laufe den Seitengang entlang und betrachte das große Holzkreuz, an dem der geklebte Jesus hängt.

»Na? Geht's dir gut?« Ich knie mich auf die Holzbank, die seit zwei Tagen vor der Heiligenfigur steht, und betrachte die Klebestellen. »Da ist ja fast alles verheilt. Man sieht kaum noch, wo ich dir die Knochen gebrochen habe.« Ich falte die Hände. »Du und dein Papa, ihr wisst doch alles. Sagt mir, wie ich Marie glaubhaft versichern kann, wie sehr ich sie liebe. Wie schaffe ich es, dass sie mir glaubt, dass ich sie nicht mit meiner Ex betrogen habe?« Meine Finger massieren meine Schläfen. »Du weißt doch am besten, dass Gregor und Mark mich hereingelegt haben. Dass ich nicht zum Renovieren gefahren bin, das war mir schon klar. Aber ich bin nicht mit zum *Tötzinger See* gefahren, weil ich vögeln, sondern nur, weil ich angeln wollte. Und das weißt du ganz genau. O Herr. Herrje.

Woher sollte ich wissen, dass Becky wie aus dem Nichts aufgetaucht ist und sich wie ein Blutegel an meinem Hals festgesaugt hat.« Ich schlage mir gegen die Stirn. »Ich wäre nie im Leben mit den beiden notgeilen Hengsten Mark und Gregor mitgefahren, wenn ich das nur ansatzweise vorher geahnt hätte. Und dann die Mobbing-Aktion im Büro. Ich wollte Marie nicht einweihen. Sie hat doch schon genug mit unserem kleinen Hans-Werner zu tun. Marie hat den Babyblues überstanden, sie schläft aber noch immer keine Nacht durch und ihre Nerven sind angespannt. Sollte ich sie auch noch mit dem Kanzleischeiß belasten? Ich wollte allein mit allem fertig werden. Puh. Die Gedanken, die ich mir um den Prozess gemacht habe, waren auch nicht von schlechten Eltern. Wenn Gregor und Becky mir nicht geholfen hätten, ganz ehrlich, Jesus, wäre ich jetzt voll am Arsch. Tja, und die Art und Weise, wie meine Ex sich bedankt hat, also … du weißt ja, wegen der Autogramme von Gaspacho … dafür konnte ich auch nichts. Sie ist mir auf den Rücken gesprungen und hat »Danke, danke« gerufen. Und ausgerechnet dann kommt Marie vorbeigejuckelt. Klar. Was sollte sie auch denken, als sie gesehen hat, wie Becky mir am Hals hing.« Ich seufze kräftig. »Meine Blumenaktion, mit der ich Marie überraschen wollte, ist auch in die Hose gegangen. Manchmal glaube ich, dass dir da oben ab und an langweilig ist und du deshalb so komische Missverständnisse arrangierst, damit du was zu lachen hast. Aber das war echt nicht lustig.« Ich stütze meine Ellenbogen auf die Bank. »Ein Tag wie heute sollte gefeiert werden … Ach, was rede ich. Du kannst unmöglich jedem bei seinen Problemen helfen … Ich werd dich jetzt wieder alleine chillen lassen.«

Ich halte kurz die Luft an, als ich Marie leise hinter mir lachen höre. Sie legt die Arme um meinen Hals und flüstert in mein Ohr: »Ich glaube auch nicht, dass Gott das kann. Ich glaube aber, dass er etwas in uns bewegt, wenn wir mit ihm sprechen. Und *das* wiederum treibt uns dazu an, aktiv zu werden. Und nur die Menschen, die sich bewegen, können auch verzwickte Knoten lösen.« Sie kniet sich neben mich und nimmt meine Hand. »Werner hat heute Morgen lange mit mir geredet. Lass uns heute Abend ausführlich über alles sprechen.« Sie haucht mir einen Kuss auf die Wange. »Erst wird gefeiert. Wir haben im TV gesehen, dass ihr den Prozess gewonnen habt. Herzlichen Glückwunsch.«

Ich drücke sie. »Danke.«

Sie steht auf und zieht mich hinter sich her.

Als wir bei den Schwiegereltern klingeln und die Tür geöffnet wird, stehen meine und Maries Eltern gemeinsam im Flur.

Mein Vater breitet die Arme aus und strahlt über das ganze Gesicht. »Üüüberraschung! Irmi und Werner haben uns zur Feier des Tages zum Grillen eingeladen.« Er nimmt mich in die Arme. »Mann, das habt ihr ja prima hinbekommen. Die EM ist gerettet. Glückwunsch.«

Nach der zehnten Gratulation, die meine Mutter ausspricht, gehen unsere Eltern auf die Terrasse.

Marie und ich laufen ins Esszimmer, in dem Hans-Werner friedlich in der Wiege schläft.

»Ach Gott. Ich habe ihn lange nicht gesehen. Er ist gewachsen.«

Marie lacht. »Er ist so süß … Ich könnte ihn stundenlang anschauen.«

Ich nehme sie in die Arme, atme ihren Duft und wiege sie hin und her. In meinem Bauch macht sich ein warmes, vertrautes Gefühl breit. Mir ist bewusst geworden, wie wichtig mir Marie und Hans-Werner sind. Ein Leben ohne sie kann ich mir nicht mehr vorstellen.

Ende

Printed in Poland
by Amazon Fulfillment
Poland Sp. z o.o., Wrocław

34826264R00154